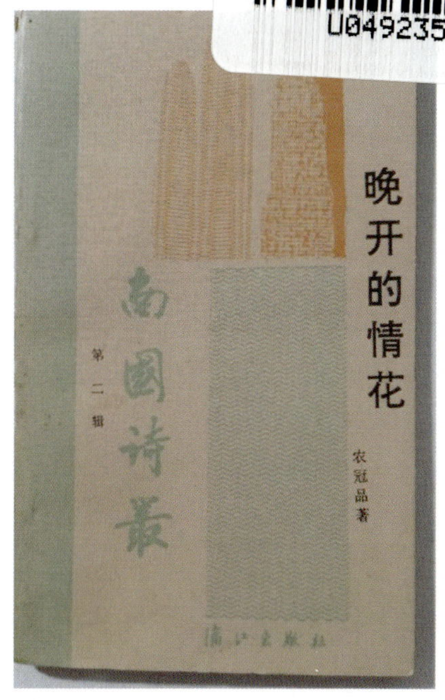

农冠品诗集《泉韵集》漓江出版社 1984 年出版，诗集《晚开的情花》漓江出版社 1991 年出版，诗集《岛国情》1990 年广西人民出版社出版，歌词合集《相思在梦乡》（署名夕明为农冠品笔名）广西民族出版社 1995 年出版

农冠品诗集《爱，这样开始》1989 年广西民族出版社出版

农冠品诗集《醒来的大山》1997 年广西民族出版社出版

诗集《广西当代少数民族作家丛书·农冠品卷》漓江出版社 2001 年出版

农冠品随笔集《热土草》香港天马图书有限公司 1998 年出版

诗集《广西当代作家丛书 · 农冠品卷》漓江出版社 2002 年出版

笔者与农冠品老师合影（梁春仙摄于 2019 年 11 月 16 日）

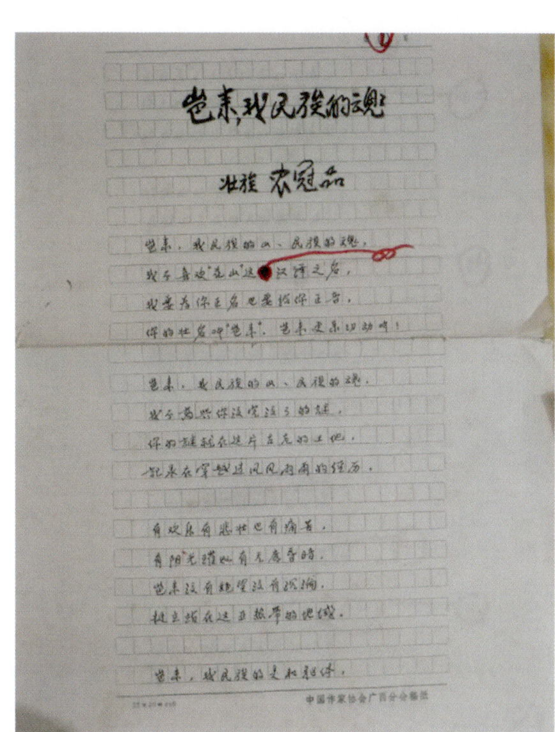

岜莱，我民族的魂

壮族 农冠品

中国作家协会广西分会稿纸

农冠品诗歌《岜莱，我民族的魂》手稿第 1 页

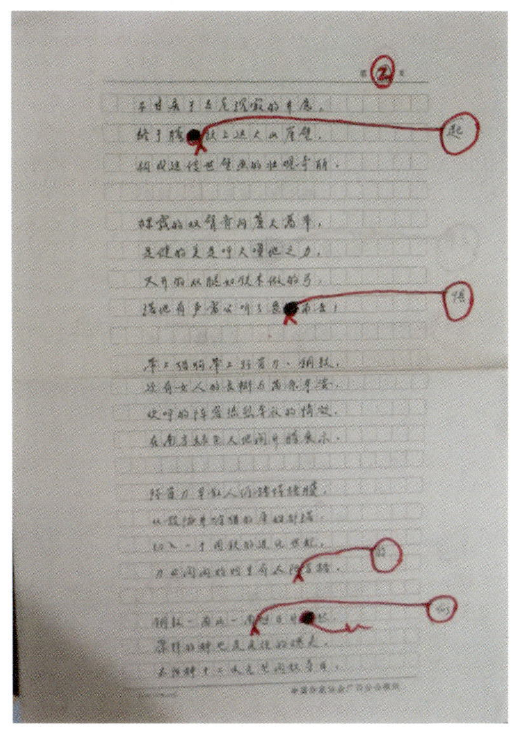

中国作家协会广西分会稿纸

农冠品诗歌《岜莱，我民族的魂》手稿第 2 页

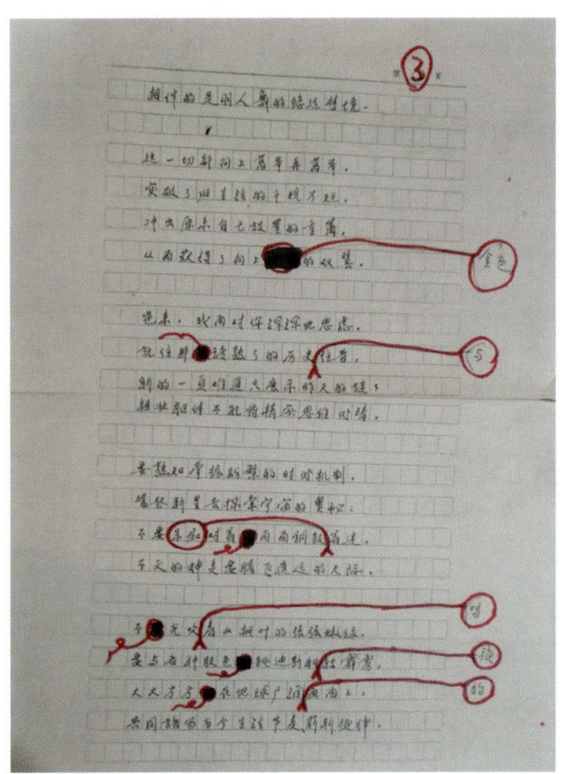

农冠品诗歌《岜莱，我民族的魂》手稿第 3 页

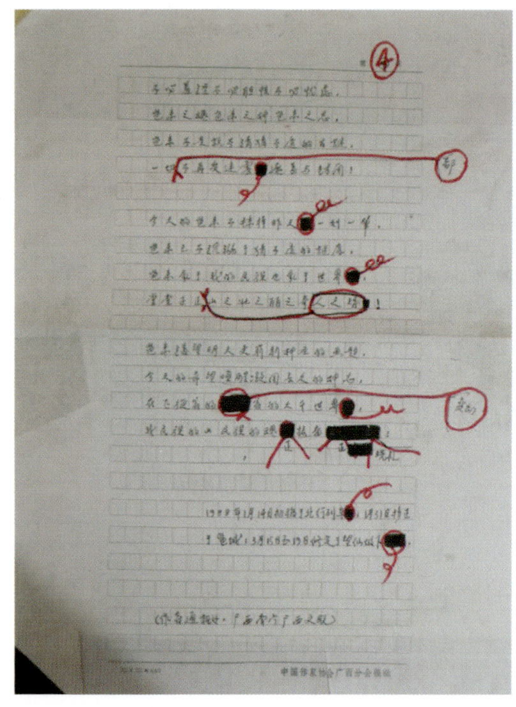

农冠品诗歌《岜莱，我民族的魂》手稿第 4 页

笔者于 2015 年 2 月 21 日到广西壮族自治区大新县三合村浪屯做田野调查（右起笔者、村民农普安、村民农甲品）

笔者于 2017 年 8 月 21 日和三合村浪屯农民农团品一起查看该屯的水路

几位受访的三合村浪屯农民：右起农愿族屯长、农团品、农甲品的妻子、农甲品、路过的某村民（笔者摄于 2017 年 8 月 21 日）

从后山俯瞰农冠品家乡广西壮族自治区大新县三合村浪屯全景（笔者摄于 2015 年 2 月 21 日）

山脚下的村庄：三合村浪屯（笔者摄于 2015 年 2 月 21 日）

本书为2017年度广西高校中青年教师基础能力提升“当代壮族诗歌族性写作研究”项目（编号：2017KY1491）阶段性研究成果。本书同时受广西高校人文社会科学重点研究基地广西民族文化保护与传承研究中心资助。

『我族』『我乡』的族性书写

壮族诗人农冠品创作研究

农丽婵◎著

知识产权出版社
全国百佳图书出版单位
—北京—

图书在版编目（CIP）数据

“我族”“我乡”的族性书写：壮族诗人农冠品创作研究/农丽婵著．—北京：知识产权出版社，2020.8

ISBN 978 -7 -5130 -6907 -6

Ⅰ．①我… Ⅱ．①农… Ⅲ．①农冠品—诗歌研究 Ⅳ．①I207.22

中国版本图书馆 CIP 数据核字（2020）第 076590 号

内容提要

本书以农冠品诗歌的族性写作为研究个案，通过文本细读和田野调查的方法，对农冠品诗歌族性写作的维度、书写技巧及相关语境进行分析，深入地挖掘农冠品诗歌作品的族性内涵和书写特征，以期揭示文学族性叙述与民族建设、文学语境之间的深层关系。本书为相关的研究话题提供若干学理思考，对今后相关话题的理论研究具有重要的参考价值。

责任编辑：李小娟　　　　**责任印制**：孙婷婷

“我族”“我乡”的族性书写——壮族诗人农冠品创作研究

WOZU WOXIANG DE ZUXING SHUXIE——ZHUANGZU SHIREN NONGGUANPIN CHUANGZUO YANJIU

农丽婵　著

出版发行：	知识产权出版社有限责任公司	**网　　址**：	http：//www.ipph.cn
电　　话：	010 -82004826		http：//www.laichushu.com
社　　址：	北京市海淀区气象路 50 号院	**邮　　编**：	100081
责编电话：	010 -82000860 转 8693	**责编邮箱**：	laichushu@cnipr.com
发行电话：	010 -82000860 转 8101	**发行传真**：	010 -82000893
印　　刷：	北京九州迅驰传媒文化有限公司	**经　　销**：	各大网上书店、新华书店及相关专业书店
开　　本：	720mm×1000mm　1/16	**印　　张**：	17
版　　次：	2020 年 8 月第 1 版	**印　　次**：	2020 年 8 月第 1 次印刷
字　　数：	249 千字	**定　　价**：	78.00 元

ISBN 978-7-5130-6907-6

序

族性与族体、族群、种族、民族等都是民族学的基本概念，是构成族群、民族等族类共同体的基本属性。研究认为，“族性”是一种动态的经过长久构建的文化现象，它主要指族群集团的性质和特点，主要包括体质特征、心理特征、地理起源、经济方式、宗教、语言、文化，甚至饮食、居所的外部特点等。族性不仅包括外在的因素，如族群语言、体质特征、文化、经济等，还包括内在的因素，如族群成员的心理特征、地域想象和族性认知等。自族类共同体诞生以来，族性便是富于变化的。对其变动机制的理论解释主要分为四种：强调内部识别的认同理论；强调外部交往的接触理论；强调内部关系的多民族国家理论；强调外来影响的现代性理论。综合把握四种不同的解释路径及其内部理论流派的具体差异，有助于增进对族性变化和当下民族问题的理解。

近年来，族性研究是学界关注的热点研究话题之一，文学方面的研究则涉及族性写作等问题。少数民族作家的族性写作是一个以身份建构为书写核心，对民族身份进行表述和展现的极其纷繁复杂的文学书写过程，而身份建构又是一个被“他者”叙述话语裹挟的极其复杂的文学叙述过程，其写作语境受多民族国家建设进程的制约。广西壮族自治区有 11 个世居少数民族，壮族是中国人口最多的少数民族，很早就形成了自己的族性。改革开放以后，壮族学者加大了对壮族民族特点和族群文化的研究力度，壮族族性研究和族群文化研究成果颇丰，但在文学领域对当代壮族文学的族性进行个案研究的成果不多。农冠品老师是一位民间文艺家，对广西各少数民族的民间文化研究卓有建树，出版了两部民间文艺理论集，参与了壮族和瑶族多部大型民间古籍的搜集整理工作。农冠品还是当代重要的壮族诗人，他在繁忙的工作之余，从1949年至2015年，共创作、发表、结集和出版了7部诗集。诗集《泉韵集》于1988年获得了广西壮族自治区人民政府首届铜鼓奖；诗集《晚开的情花》于1992年获得了第二届广西壮族文学奖。此外，他曾经担任过《广西文学》诗歌栏目的主编，他的诗歌在20世纪80年代至90年代的广西文坛产生了较大反响。我们在对农冠品诗歌大量阅读的过程中发现，他的诗歌受壮族民间文化和民间文学影响深远，诗歌以描写壮族民间文化为主要题材，内容涉及壮族的族源历史、民间文化、民间宗教等，生动地展现了壮族的社会生活场景和文化传承的脉络，以及1949年至20世纪末长达半个多世纪族群的现代化进程。农冠品的诗歌族性叙述的历史进程时间长，跨度大，内容丰富。农丽婵《“我族”“我乡”的族性书写——壮族诗人农冠品创作研究》这部著作以农冠品的诗歌作为当代壮族诗歌族性写作的一个研究案例展开了相关的学理探讨。

《“我族”“我乡”的族性书写——壮族诗人农冠品创作研究》以农冠品诗歌的族性写作为研究个案，不仅因为其诗歌呈现出鲜明的族性内涵，还因为其作品体系中清晰地呈现出建构历史记忆纵横交错的脉络，作品生动地展现了多彩的民族文化，翔实地展演了壮族现代化的历史发展进程，在族群历史记忆中传承了民族传统。本书借助农冠品诗歌族性写作的个案研究，思考当代广西壮族诗歌族性叙述的一些书写技巧和文学规律，参与学界相关的学术对话与交流。本书在借鉴前人研究的基础上，通过对农冠品诗歌族性写作的维度、书写技巧及相关语境进行分析，揭示文学族性叙述与民族建设和文学语境之间的深层关系。本书文本细读和田野调查方法相结合，以期深刻地挖掘农冠品诗歌作品的族性内涵和书写特征。农丽婵的研究以文艺学、民族学、人类学及相关学科的学理为指导，经过相关的理论分析，认为农冠品诗歌的族性写作方法研究同样适用于对其他少数民族诗人的族性叙述研究；面对广西诗歌族性写作的现状，提倡族性多维度书写，提倡心性、族性和文学性书写的合一；提倡地域书写。农丽婵的研究成果属于对农冠品诗歌作品的研究综述，对今后广西其他民族诗人的创作研究具有一定的参考价值。

农冠品是我的学术长辈，也是我的学业导师。有农冠品老师的传帮带，我至今仍在努力学习。当然，还得感谢农丽婵的这份学术成果。2016年6月农丽婵硕士毕业，我担任了她硕士毕业论文的答辩主席，对于她的毕业论文，我给予了肯定的评价。她的论文以农冠品诗歌的族性写作为研究个案，从农冠品诗歌族性创作背景及作品综述、诗歌族性内涵的呈现及书写、诗歌族性写作的维度、诗歌族性写作的语境交流的四个方面进行阐述分析，挖掘农冠品诗歌作品的族性内涵和书写特征，探讨文学族性叙述与民族文学语境之间的深层关系，揭示当代广西少数民族诗歌族性叙述的书写技巧和文学发展规律。我赞成少数民族诗人应提倡族性多维度书写，提倡心性、族性和文学性书写的合一，提倡地域书写，才能取得多民族国家文学的在场。答辩结束后，我特地跟她说，回去要好好修改补充，以学术著作公开出版。仅仅过了三年，农丽婵的学术著作《“我族”“我乡”的族性书写——壮族诗人农冠品创作研究》就以成熟的文本再次呈现在我眼前。

农丽婵硕士毕业后，除了应付繁杂的行政工作外，还潜心学术和创作。像这样默默努力、不断前行的学者值得鼓励，值得学习。

是为序。

南宁师范大学文学院　黄桂秋

2019 年 11 月 28 日

目　录

导　　论

本书以前人的成果和文本细读为基础，结合田野调查，运用文艺学和人类学等相关学科的理论，对广西壮族自治区当代壮族诗人农冠品诗歌的族性写作特点、方法及其相关的语境等问题进行分析研究，希望通过此个案研究，参与相关领域的学理对话。

一、研究的缘起

壮族族性研究是一个众说纷纭，又值得探究的话题。农冠品老师是一位民间文艺家，对广西各少数民族的民间文化研究卓有建树，共出版了两部民间文艺理论集，参与了壮族和瑶族多部大型民间古籍的搜集整理工作。农冠品是广西壮族自治区当代重要的壮族诗人。在对农冠品诗歌的阅读过程中，笔者发现，他的诗歌受壮族民间文化和民间文学影响较深，以描写壮族民间文化为主要题材，内容涉及壮族的族源历史、民间文化、民间宗教等，生动地展示了壮族族群的社会生活场景和文化传承的脉络。他的诗歌族性叙述的历史进程时间长，跨度大，内容丰富，故笔者决定以农冠品的诗歌作为当代壮族诗歌族性写作的一个研究案例展开学理探讨。2015 年 4 月到 2018 年 12 月，笔者多次深入农冠品的家乡广西大新县五山乡三合村浪屯进行田野调查，收集了大量的图片和文字资料，并与当地群众、农冠品及家人结下深厚的友谊。笔者通过对农冠品本人、同事和故交等的访谈，对农冠品老师的创作动机和诗歌创作背景进行了详细的了解和调查。在三年多的田野调查期间，笔者收集到了 1949 年后至 2015 年农冠品创作、发表和出版的诗歌、散文及相关的书面材料，还收集到了大量的口述材料，为本书研究提供了较为翔实的数据和文本依据。

二、研究目的和对象

（一）研究目的

本书以农冠品诗歌族性写作的个案进行实证研究，对当代壮族重要诗人农冠品诗歌的族性特点、书写方法、书写维度和写作语境等展开讨论，以期探寻农冠品诗歌族性写作的特点和创作规律，进而揭示多民族国家建设语境和文学语境对当代壮族作家族性写作的一些影响，为相关研究和文学创作提供学理思考。

（二）研究对象

本书研究的对象主要为：中华人民共和国成立后至 2010 年 12 月 31 日，农冠品创作并公开发表的山歌、诗集、散文和随笔，包括《泉韵集》《爱，这样开始》《岛国情》《晚开的情花》《醒来的大山》《记在绿叶上的情》《世纪的落叶》和《广西当代作家丛书·农冠品卷》的部分诗歌共 622 首；散文集《风雨兰》《热土草》；农冠品收集的歌谣集和民间文学集子；与农冠品诗歌创作相关的语境，主要包括文学语境和民族建设语境等；诗人的人生经历及社会关系等。

三、研究现状述评

本书主要从以下几方面展开相关的学术回顾和学理阐述。

（一）族性的定义

族性（enthnicity）的概念第一次在学术意义上使用是美国学者格拉泽和莫伊汉尼。1962 年，在他们的著作《远离熔炉》中，正式提出了这个概念，并用于描述“族裔集团的性质和特点”[1]。其后，在他们的另一著作《族性：

[1] 王希恩．全球化中的民族过程［M］．北京：社会科学文献出版社，2009：126.

理论和经验》中，继续对这一研究主题进行探讨，认为“族性”是一个“新的社会范畴”❶。

英国学者芬顿在《族性》一书中指出，族群几个定义之间的共同意义并不共享，并区分了“种族”“民族”和“族裔”几个概念，提出“族性指血统与文化的建构、血统与文化的社会动员及围绕起来建立的分类系统的逻辑内涵与含义”❷。他还认为，“族性”“族群”和“族裔”概念内涵的变化取决于不同的社会条件。“族性”往往与各种不公平的社会关系联系在一起，与权力和社会资源上的分配不均相关。“族性”是由公民因素、工具性因素、情景性因素及原生性因素构建的。

在《学术与人生：俄罗斯民族学家访谈录》一书中，季什科夫认为，“族性”的界定包括“一是具有群体成员共同分享的关于共同地域和历史的想象，具有统一的语言，物质文化和精神文化具有共同的特点；二是政治上形成的关于‘故乡’的想象；三是该群体对自身归属感的感知”❸。

我国学者严庆在他的著作《冲突与整合：民族政治关系模式研究》中认为，“族性”应具有以下几个特点：“是一个族类群体的普遍特质；可以被感知；只在一个族际框架内联系才有意义；可转化为政治力量。”❹

我国学者王希恩在《全球化中的民族过程》一书中，认为“族性”：“能够构成各种族类群体的基本要素，包括血统、语言、传统文化、祖籍地、宗教和种族等。族性作为族群的构成要素的基本点就是因为其原生性，即族体成员与生俱来的自然和文化属性。”❺

笔者认为，“族性”是一种动态的经过长久构建的文化现象，它主要指族群集团的性质和特点。它主要包括：体质特征、心理特征、地理起源、经济方式、宗教、语言、文化，甚至饮食、居所的外部特点等。族性不仅包括外在的因素，如族群语言、体质特征、文化、经济等，还包括内在的因素，如族群成员的心理特征、地域想象和族性认知等。

---

❶ 芬顿．族性［M］．劳焕强，译．北京：中央民族大学出版社，2009：105.

❷ 同❶4.

❸ 季什科夫．学术与人生：俄罗斯民族学家访谈录［M］．臧颖，译．北京：中央民族大学出版社，2013：192.

❹ 严庆．冲突与整合：民族政治关系模式研究［M］．北京：社会科学文献出版社，2001：51－62.

❺ 王希恩．全球化中的民族过程［M］．北京：社会科学文献出版社，2009：127.

（二）族性写作研究

1. 族性写作研究的背景及现状

20世纪80年代以后，文学领域的族性写作以"寻根"文学为代表。刘大先在《文学的共和》一书中曾提道："少数民族文学研究浪潮正在掀起，在这个时代，少数民族文学和主流——汉族文学都是平等的主体，独白的时代已经结束，现在是众声喧哗的时代，少数民族文学及批评也要发出自己的声音。"❶ 近年来，文学领域的族性写作研究正以跨学科的视野和广阔的人文关怀，关注着少数民族作家和其他社会群体的文学创作。这些研究尤以对满族和藏族的作家研究成果为最丰，苗族的沈从文、满族的老舍、藏族的阿来为长期以来研究的焦点。此外，对海外华人作家族性写作的关注也较多。目前，对苗族作家沈从文的研究成果多从地域文化和作家作品的关系方面进行透析和阐释，相关的研究尚未从族群发展的脉络对沈从文的作品进行深入研究，故本书暂不将其研究成果列入学术回顾的阐述范围。

满族在文学创作方面涌现出了一大批的年轻作家。满族文化的资深研究者关纪新在《当代满族文学的"族性"叙说》一文中提出："近年来涌现了大批的青年作家，比较著名的有朱春雨、赵大年、叶广芩、边玲玲、王家男等十二位满族青年作家，堪称'井喷'。"❷ 满族特殊的历史发展进程深重地影响着作家的创作心理、作家的创作题材和创造风格，将作家和作品置放于特定的历史环境中进行解读和研究，无疑有助于更深刻地了解作家进行文学创作的目的和作品的深层内涵。在这方面对满族作家进行深入族性研究的硕士论文有：张鹏辉的《20世纪中国小说中的满族书写——以老舍、叶广芩、邓友梅为研究对象》❸ 和申国亮的《历史、族性、生命意识：何处为家?》❹ 等。

对藏族的族性写作研究以阿来的长篇小说《尘埃落定》为焦点，主要通过历史的发展进程，阐述作品的族性写作过程，如马卫华的《文心穷诘〈尘

❶ 刘大先. 文学的共和［M］. 北京：北京出版社，2014：135.

❷ 关纪新. 当代满族文学的"族性"叙说［J］. 民族文学研究，2012（2）.

❸ 张鹏辉. 20世纪中国小说中的满族书写——以老舍、叶广芩、邓友梅为研究对象［D］. 长沙：湖南大学，2008.

❹ 申国亮. 历史、族性、生命意识：何处为家?［D］. 广州：暨南大学，2007.

埃落定〉的族性书写》❶ 和徐新建的《权力、族别、时间：小说虚构中的历史与文化——阿来和他的〈尘埃落定〉》❷ 等。一些学者则将研究的目光转向了阿来的其他小说，如罗庆春在《族性人性诗性——阿来小说〈孽缘〉、〈鱼〉叙事解码》❸ 一文中，从阿来小说《孽缘》《鱼》的叙述序列中挖掘其叙述规律，认为这两篇小说采用了“回顾叙述”“同步叙述”和“预示叙述”三种叙述策略。朱未央的硕士论文《族性书写中的民族文化素与身份隐喻：以扎西达娃、阿来等少数民族作家为例》阐述了“藏族作家如何将民族的隐喻身份包含于各种文学创作的族性写作之中”❹。

除了研究满族、藏族作家以外，对蒙古族、哈萨克族等少数民族作家也有相关的族性写作研究，如崔荣的《族群文化书写与民族根脉的追寻——内蒙古三少数民族女作家文学主题分析》❺ 一文对内蒙古达斡尔族、鄂伦春族和鄂温克族的女作家的作品进行族性研究；姚新勇的《族群图腾的再塑与广阔丰饶中国的重构——以三位少数族裔诗为例》❻ 对三位诗人乌曼尔阿孜·艾坦（哈萨克族）、巴音博罗（哈萨克族）、栗原小荻（白族）的诗歌作品进行了族性写作的相关研究。

海外的族性写作研究逐渐成为热点，研究的焦点主要集中在对海外华人族群写作过程的研究上。这类研究多从身居海外的华人和亚裔等特殊族群作家的族裔身份建构过程进行阐述，详细地分析了作家在书写过程中对族性消解、整合及身份认同产生的焦虑和矛盾，阐述了作家在当地文化认同和族裔身份之间的矛盾和抗争。这些研究主要有王菲的《依赖与消解——谭恩美小说族裔性研究》❼、许双如的《面具背后的族裔表征政治——解读汤亭亭小说

---

❶ 马卫华. 文心穷诘《尘埃落定》的族性书写［J］. 南方文坛，2012（3）.

❷ 徐新建. 权力、族别、时间：小说虚构中的历史与文化——阿来和他的《尘埃落定》［J］. 西南民族大学学报（人文社科版），1999（7）.

❸ 罗庆春. 族性 人性 诗性——阿来小说《孽缘》、《鱼》叙事解码［J］. 西南民族大学学报（人文社科版），2006（8）.

❹ 朱未央. 族性书写中的民族文化素与身份隐喻：以扎西达娃、阿来等少数民族作家为例［D］. 上海：复旦大学，2012：5.

❺ 崔荣. 族群文化书写与民族根脉的追寻——内蒙古三少数民族女作家文学主题分析［J］. 民族文学研究，2014（2）.

❻ 姚新勇. 族群图腾的再塑与广阔丰饶中国的重构——以三位少数族裔诗为例［J］. 民族文学研究，2013（5）.

❼ 王菲. 依赖与消解——谭恩美小说族裔性研究［J］. 天津外国语大学学报，2014（4）.

〈孙行者〉的“身份扮演”书写》❶、陈爱敏的《流散书写与民族认同——兼谈美国华裔流散文学中的民族认同》❷ 等。还有一些硕士论文和博士论文也对该问题进行了相关的理论研究，如程珮的硕士论文《在历史中建构族性——比较视野下的加拿大新移民和华裔“先侨史”书写》❸、栗建勇的硕士论文《北美新移民文学的族性叙事究》❹、徐丽虹的硕士论文《人性和族性的解构和再建构：论〈春香夫人及其他作品〉》❺ 等。

壮族是我国人口最多的少数民族，族性特点较为复杂。近年来，我国学者对壮族的族性及相关问题进行了深入探讨，研究成果较多。朱慧珍的《民族文化审美论》❻ 一书，从壮族文化、风土人情入手，从民族审美的角度探寻壮族群的审美序列和心灵密码。作者从民族审美的角度分析了陈多、李甜芬、黄柳琼、韦银芳和岑献青五位壮族女作家的写作特点。陈丽琴的《壮族当代小说民族审美导论》❼ 一书，从民族审美的角度分析了当代壮族小说作品蕴含的内涵和特点，揭示这些作品独特的民族美学特征、美学意蕴和审美价值。黄晓娟从女性心理特点出发，深入描写了少数民族女性作家的书写灵魂，她的《中国当代少数民族女性文学研究》❽ 一书，分析了 20 世纪 80 年代以来，我国少数民族女性作家的书写现状。该书对李明媚、陶丽群、许雪萍和罗小莹等几位当代壮族女作家的民族性、时代性和写作特点进行了深入分析。该书认为，20 世纪 80—90 年代以来，广西壮族女性作家的作品充满了对人性的关怀和“形而上学”的思考。黄晓娟的《多元文化背景下的边缘书写：东南亚女性与中国少数民族女性文学的比较研究》❾ 一书，通过对中

❶ 许双如．面具背后的族裔表征政治——解读汤亭亭小说《孙行者》的“身份扮演”书写［J］．天津外国语大学学报，2014（4）．

❷ 陈爱敏．流散书写与民族认同——兼谈美国华裔流散文学中的民族认同［J］．四川外语学院学报，2008（2）．

❸ 程珮．在历史中建构族性——比较视野下的加拿大新移民和华裔“先侨史”书写［D］．广州：暨南大学，2015．

❹ 栗建勇．北美新移民文学的族性叙事研究［D］．南宁：广西民族大学，2012．

❺ 徐丽虹．人性和族性的解构和再建构：论《春香夫人及其他作品》［D］．金华：浙江师范大学，2011．

❻ 朱慧珍．民族文化审美论［M］．南宁：广西人民出版社，2004．

❼ 陈丽琴．壮族当代小说民族审美导论［M］．北京：民族出版社，2010．

❽ 黄晓娟．中国当代少数民族女性文学研究［M］．上海：上海文艺出版社，2014．

❾ 黄晓娟．多元文化背景下的边缘书写：东南亚女性与中国少数民族女性文学的比较研究［M］．北京：民族出版社，2009．

国少数民族女性作家和东南亚国家女性作家的文本与文学现象进行比较分析，阐发二者的差异和相似之处。该书对越南女性和壮族女性作家进行了比较，论证了二者的族源关系。董迎春的《多民族文化视野下的新世纪广西诗歌》❶一书，站在多民族文化视野下阐释了广西“民族诗歌”的创作背景及可能，分析了21世纪以来广西诗歌的书写现状。

其他研究成果还有韩颖琦的《黄佩华：不遗余力书写本民族文化的壮族作家》❷，黄雪婷的《民族地域文化的执著书写——论壮族作家岑隆业的小说创作》❸，单昕的《民族形式及其现代转型：以壮族作家韦其麟的创作为例》❹，翟红、谭慧娟的《永远的红水河：壮族作家小说创作中的民族文化底色》❺ 等，这些研究成果主要阐释了壮族作家文学创作的民族性等问题。

2. 相关问题研究现状

本书族性写作研究主要针对少数民族作家的族性写作过程、语境和写作技巧等问题，从以下几方面进行相关的学术史回顾。

（1）族性写作过程及语境研究。族性写作是一个以身份建构为书写核心，对民族身份进行表述和展现的极其纷繁复杂的文学书写过程，而身份建构又是一个被“他者”叙述话语裹挟的极其复杂的文学叙述过程，其写作语境受多民族国家建设进程的制约。本书研究的论题本质是阐述农冠品诗歌的民族身份建构问题。目前，学界对该问题的相关理论研究或侧重于身份建构的外围书写场景和叙述话语的深度阐述，或侧重于对身份建构过程的描述。

少数民族作家的族性写作与外部环境息息相关，受多重语境的制约。刘大先的《现代中国与少数民族文学》一书，对民族身份建构的相关问题，特别是对族性写作的外部环境进行了全面分析。该书对民族主义叙述主体的历史时间的格序、主体建构、民族认同和民族主义表述的差异，以及地理空间中的民族想象等展开相关的学理阐述。该书认为，应把少数民族文学放置于中国文学和世界文学的大语境中进行研究，少数民族族裔文学不但具有复杂的意义结构，还与现实生活息息相关。少数民族族裔文学的精神内涵、文学

---

❶ 董迎春. 多民族文化视野下的新世纪广西诗歌［M］. 北京：中国社会科学出版社，2018.

❷ 韩颖琦. 黄佩华：不遗余力书写本民族文化的壮族作家［J］. 广西文学，2013（11）.

❸ 黄雪婷. 民族地域文化的执著书写——论壮族作家岑隆业的小说创作［J］. 长江大学学报（社会科学版），2012（5）.

❹ 单昕. 民族形式及其现代转型：以壮族作家韦其麟的创作为例［J］. 民族文学研究，2014（4）.

❺ 翟红，谭慧娟. 永远的红水河：壮族作家小说创作中的民族文化底色［J］. 山东文学，2012（5）.

内涵和文化内涵，并不局限于某个单一的族群，它是各种族群文化互相交流渗透的结果。少数民族族裔文学和国家的主流文学之间形成了一个多元共生的复杂关系。❶

欧阳可惺等的《民族叙述：文化认同、记忆与建构》❷ 一书，以广阔的人文关怀和包容的学理态度，对民族主义叙述中民族身份认同、历史记忆建构的过程进行了深刻的学理阐述。书中《当代少数民族文学中的民族主义表达》❸ 一文对民族身份的建构进行了阐述。作者认为，应该把少数民族族裔文学置于一种动态的中华民族体系的建构体系之中进行研究。少数民族文学的民族叙述过程不仅是民族文化的自我阐述过程，还表达了对主流话语的回应。少数民族作家的创作是一种身份的界定。该文以新疆文学发展为研究个案，对少数民族文学表达中的“少数族裔性”进行了全面而深刻的阐述，包括少数民族作家族性写作过程中民族认同的形成、民族身份的界定和展示、少数民族作家作品中地域书写和民族的风情化书写的族性写作内涵等。

族性写作与民族文学的发展、国家文化建设和多民族国家体系的建构息息相关。刘大先在《现代中国少数族裔的文学书写》❹ 一文中，认为现代的少数民族作家在中华民族体系的建构中萌生了民族意识，作为一种现代多民族国家催生的民族建构主体，其不可避免地受到了多民族国家建构普遍话语的制约，多民族国家体系建构对少数民族作家文学的发展起着重要的作用。

族性写作本质上属于民族记忆的建构，是历史实践的一部分。作家在作品中，建构和整合族群历史记忆的同时，也建构了作家的民族身份。李燕在《身份建构中的历史叙事——以白先勇、严歌苓两代移民作家为例》❺ 一文中，从建构历史和解构历史两个不同的角度出发，对白先勇、严歌苓两代移民作家民族身份建构问题进行了详细的分析，特别是对两位作家的历史叙述方式进行了详细的分析，认为他们的作品以不同的历史叙事方式来展示不同的“故乡”记忆。

关于农冠品诗歌中的民族形象塑造和民族身份建构的问题，目前在黄伟

---

❶ 刘大先．现代中国与少数民族文学［M］．北京：中国社会科学出版社，2013：267.

❷ 欧阳可惺，等．民族叙述：文化认同、记忆和建构［M］．广州：暨南大学出版社，2013.

❸ 同❷3－35.

❹ 刘大先．现代中国少数族裔的文学书写［J］．贵州民族学院学报（哲学社会科学版），2011（6）.

❺ 李燕．身份建构中的历史叙事——以白先勇、严歌苓两代移民作家为例［J］．汕头大学学报，2008（2）.

林、张俊显主编的《从雁山园到独秀峰——独秀峰作家群寻踪》❶ 一书中虽有所提及，但只是在书中以一两句话带过，没有形成系统性研究。

（2）族性写作维度研究。少数民族作家族性写作维度是创作主体在主观和客观因素的综合作用之下对文学技巧的自主选择。族性写作维度研究不但涉及文学叙述者采用的写作视角问题，还涉及文学场域的相关问题。目前，关于族性文学叙述的维度研究，学界尚未形成系统的相关理论，只在相关的研究中有所阐述。

与文学维度相关的研究是文学的场域研究，在该领域的研究中最为著名的是布迪厄的《艺术的法则：文学场的生成和结构》❷ 一书。该书将经济资本运作理论运用于文学理论研究，认为文学的书写、文学作品的生成及文学创作走向社会都遵循了一定的生产和流通的逻辑，作家为了赢得创作和场域环境的统一和获取相关的运作资本，在写作技巧和文学表现上都进行了加工和改造。

在杜宁的《文学批评的方法论研究》❸ 一书中，作者认为文学研究包括作者、文本、读者、政治和文化五个维度。在第一章“作者的维度”中，他介绍了创作者的几种维度理论，重点介绍了杰姆逊的历史研究方法。

刘大先在《现代中国与少数民族文学》❹ 第四章第三节“少数民族文学的空间话语”中关注了当前少数民族文学发展的场域和多元化的写作维度问题。在该章节中，他认为少数民族文学的研究场域可以分为制度性空间、文本空间和阐释空间等。少数民族文学学科的发展与国家、政党、政治有着难以割舍的关系。少数民族文学存在着多元的叙述维度，受社会结构、文学体制、公共媒体、教育系统、知识体系等场域制约。

少数民族作家以“我者”的眼光，关照了本族群的历史和文化，在文学书写中，尽力突显其文化的异质性，张扬族群的族性，但事实上，少数民族作家单向度的文学叙述是在特定的历史条件下催生的产物。欧阳可惺等在《作为民族叙述的“单边叙事”与当代少数民族文学批评》❺ 一文中，认为少

❶ 黄伟林，张俊显．从雁山园到独秀峰——独秀峰作家群寻踪［M］．桂林：广西师范大学出版社，2012：198－205.

❷ 布迪厄．艺术的法则：文学场的生成和结构［M］．刘晖，译．北京：中央编译出版社，2016.

❸ 杜宁．文学批评的方法论研究［M］．北京：中国社会科学出版社，2014.

❹ 刘大先．现代中国与少数民族文学［M］．北京：中国社会科学出版社，2013：262.

❺ 欧阳可惺，等．民族叙述：文化认同、记忆和建构［M］．广州：暨南大学出版社，2013：85.

数民族作家存在着"单边叙述"的问题。他主张，应该把少数民族的文学置于一种多向度的审视之中，将少数民族的文学叙述置于一种流动的历史空间去考察。他还认为，少数民族文学存在着单边叙述的情况，单边叙述存在着很多的弊端。这些弊端在于淡忘了"他者"的存在，缺乏历史叙述的"坐标"。因此，少数民族文学批评应该用现实主义方法来描述这个写作过程，少数民族文学批评的任务在于透过少数民族的"单边"叙述方法寻找更多与单边叙述相关的问题及规律。

少数民族作家的写作视野不但与纷繁复杂的社会场域相关，还与少数民族文化的传承脉络及自身发展规律息息相关。李洋在《民族作家与存在意识》❶ 一文中，提出少数民族作家的存在意识与族群历史的关系问题。他认为，各民族的文化是在特定的历史中形成的，其结构化特征具有鲜明的历时性和共时性特点，历时性赋予作家文化遗产继承的情感，而共时性则赋予作家清醒的当代意识，但可惜的是，这个早在1987年就已经提出的观点，后来并没有进行深入研究。

在多场域和多话语的制约之下，作家个人创作的实际和审美取向不同，选取了不同的创作视野，呈现出不同的书写维度。张永刚在《后现代与民族文学》❷ 一书中认为，后现代的思潮使具有统一倾向和共同特性的宏大叙事主体遭遇解构压力，西南边疆的少数民族作家面临着重新构建新的主体世界的书写任务。少数民族文学的民间立场只是文学主体视觉上的立场，是对政治意识形态、一统观念和精英启蒙的逃离，是对本民族日常生活的回归，民俗视野往往与地域视野紧密相连。张永刚教授在该书中提到的民间立场和笔者提出的"民俗的视野"相似，但张永刚教授没有就这两个写作立场与多民族国家体系建构的深层关系展开相关的探讨。

目前，学界虽对少数民族作家的民俗视野、地域视野有较多关注，但是相关的阐释理论主要集中于对作家作品的民俗事象和地域文化的表象的阐述，没有对民俗事象文学展示与多民族国家体系建构之间的深层关系进行学理阐述。学界对作家的民俗视野和多民族国家间的深层关系的理论研究也较少。

---

❶ 李洋. 民族作家与存在意识［J］. 民族文学研究，1987（6）.

❷ 张永刚. 后现代与民族文学［M］. 北京：人民出版社，2014：170.

(3) 族性写作方法研究。第一，马克思主义对我国的现代文学影响深远，学界对马克思主义与我国现代文学的关系研究成果较多，相关研究紧扣马克思主义的传播和现代文学史发展脉络的角度进行梳理和分析。刘勇、杨志、李春雨等在《马克思主义与中国 20 世纪中国文学》❶ 一书中梳理了 20 世纪以来马克思主义思想在我国的传播过程和对我国现代文学的影响。刘勇、杨志、李春雨等认为，马克思主义的现实主义文艺思想是对传统现实主义的批判和继承，它满足了中国文学的需要，因此在 20 世纪中国的文学中不断被强化和认同。该书梳理了文艺的大众化问题，认为文艺大众化的发生最初与政治和社会因素相连。该书还梳理了现代文学中关于“民族形式”问题的线索，认为“民族形式”是对现实主义新的呼唤。

当代作家的马克思主义思想和文艺方法是经过几代人努力传承的结果，这个过程就是马克思主义中国化的过程。樊篱、袁兴华在《马克思主义文艺思想初论》❷ 一书中阐述了马克思主义文艺思想的中国化历程，该书对现实主义、文艺大众化和民族形等文艺思想的传承进行了论述。

王杰在《文化与社会：马克思主义与 20 世纪中国文学理论发展研究 》一书中深入分析了 20 世纪以来马克思主义文艺理论对我国现代文学的影响。该书认为，中国的马克思主义文艺理论一方面呈现出“早熟的”征象，强调表征和阐释人民大众审美经验；另一方面中国的马克思主义文艺理论在理论的系统化和学理化阐释方面表现出某种不成熟。❸

其他相关研究成果还包括安涛的《20 世纪中国马克思主义文学理论研究》❹，姚倩的《论马克思主义在中国的传播、接受与影响》❺、张志平的《想象和建构“大众文学”——论“五四”以来中国文艺大众化运动》❻、黄念然的《马克思主义文学批评的中国化探索——延安文艺大众化运动的重要

---

❶ 刘勇，杨志，李春雨，等. 马克思主义与中国二十世纪中国文学［M］. 南昌：百花洲文艺出版社，2006：236，241－245.

❷ 樊篱，袁兴华. 马克思主义文艺思想初论［M］. 长沙：湖南师范大学出版社，2004：236，241－245.

❸ 王杰. 文化与社会：马克思主义与 20 世纪中国文学理论发展研究［M］. 北京：中国社会科学出版社，2016：1－2.

❹ 安涛. 20 世纪中国马克思主义文学理论研究［M］. 北京：人民出版社，2017.

❺ 姚倩. 论马克思主义在中国的传播、接受与影响［J］. 长江丛刊，2018（7）.

❻ 张志平. 想象和建构“大众文学”——论“五四”以来中国文艺大众化运动［J］. 文艺理论研究，2016（5）.

历史价值》❶、黄念然和陈朝阳的《冯雪峰的革命现实主义与马克思主义文艺理论的中国化》❷、黄念然和王诗雨的《瞿秋白与马克思主义文艺理论中国化探索》❸ 等。

第二，象征是一种常见的文学创作的方法，在少数民族作家的文学中得到广泛运用，象征是指用一种具体的事物或符号来表达某种思想和更深层的寓意。象征理论研究的名著首推特纳的《象征之林》❹。该书以详尽的个案，深入研究了在仪式过程中的各种象征符号及其重要作用，讨论了在这些仪式中象征符号之间的关联，关注了象征符号在田野场景和社会中的作用等相关问题。

象征不仅仅是一种文学创作手法，整个社会的运作体系都存在着对象征符号的运用。波德里亚在《象征交换与死亡》❺ 一书中认为在后现代社会中，象征不再是管理社会的方式，象征交换的需求受到各种价值规律的阻碍。现代社会被仿真的现实所替代，当一个社会的操作系统接近于完美的时候，这个社会的系统就会离死亡不远，因此，作者主张以死亡对抗死亡。他还对现代社会体系中的象征进行了深刻的反思，主张把社会上的象征话语去掉。波德里亚的象征思想在我国学界产生了较大影响。

在少数民族文学的作品中，象征手法的大量运用包含了更多的历史文化背景和社会意义。欧阳可惺在《民族叙述：文化认同、记忆和建构》❻ 中，认为在少数民族的文学叙述和民族想象的过程中，作家往往把文学想象和社会想象相结合形成象征。象征比较全面地反映了少数民族文学的民族主义意识形态。少数民族作家运用象征表达了民族主义思想，对“他者”文化参照式的评价和质疑，表达了一种文化的抵抗。

---

❶ 黄念然．马克思主义文学批评的中国化探索——延安文艺大众化运动的重要历史价值［J］．人民论坛，2017（10）．

❷ 黄念然，陈朝阳．冯雪峰的革命现实主义与马克思主义文艺理论的中国化［J］．吉首大学学报：社科学版，2017（3）．

❸ 黄念然，王诗雨．瞿秋白与马克思主义文艺理论中国化探索［J］．西北大学学报（哲学社会科学版），2019（1）．

❹ 特纳．象征之林［M］．李玉燕，译．北京：商务印书馆，2012．

❺ 波德里亚．象征交换与死亡［M］．刘东，等，译．北京：译林出版社，2012．

❻ 欧阳可惺，等．民族叙述：文化认同、记忆和建构［M］．广州：暨南大学出版社，2013：48－49．

持有同样观点的有李长中，他在《生态·批评与民族文学研究》❶ 一文中，认为四川的少数民族文人通过对象征方式的运用，借以表达和张扬他们内心深处对永恒的渴望，用悲哀、苦闷等表述方式表达对现实生活的认识。

刘大先受到了布迪厄的场域分析方法的影响，在《现代中国与少数民族文学》❷ 第四章第三节“少数民族文学的空间话语”中，认为将少数民族文学作为文化资本进行运作时，象征财富的市场存在着两套经济逻辑，少数民族文学的资本运作是为了获取相应的“经济”利益。

徐鸿关于少数民族作家文学的象征问题的分析，受到了荣格无意识理论的启发，他认为少数民族作家文学象征手法的运用是对族群历史记忆的一种传承。在他的《文学嬗变中的中国当代少数民族文学》❸ 一书中，对少数民族文学象征运用问题进行了分析，认为少数民族文学中各种象征意象是族群记忆深处的心理积淀，少数民族作家通过对象征的运用极易唤起族群的认同和共识，象征意象体现着民族情感和共识。

在我国少数民族文学创作中，大量使用了文化表征符号，通过对表征符号体系的整合，形成了族群的文化象征符号体系，最终强化了民族认同。与象征相关的研究是表征。霍尔在《表征：文化表征与意指实践》❹ 一书中，认为表征涉及被表征物和符号之间的关系，且与特定语境中表征符号的交流、传播、理解和解释相关。

综上，族性写作方法研究成果丰硕，但相关领域研究尚需深入。

（三）农冠品的诗歌研究

农冠品的诗歌在20世纪八九十年代的广西文坛影响较大，针对其诗歌的各种文艺批评和文学研究的文章和专著众多。这方面的研究归纳起来主要分为三大类：一是文学审美批评；二是文化研究；三是文学史研究。

1. 文学审美批评

20世纪八九十年代，对农冠品诗歌的文艺学研究以文学审美批评为主，这些文学批评主要从农冠品诗歌题材的选取、思想内涵和艺术特色等方面

❶ 李长中. 生态批评与民族文学研究［M］. 北京：中国社会科学出版社，2012：52－53.

❷ 刘大先. 现代中国与少数民族文学［M］. 北京：中国社会科学出版社，2013：252.

❸ 徐鸿. 文学嬗变中的中国当代少数民族文学［M］. 北京：中国科学出版社，2014：72.

❹ 霍尔. 表征：文化表征与意指实践［M］. 徐亮，等，译. 北京：商务印书馆，2013.

展开。

（1）关于少数民族题材。少数民族作家的民族性首先表现在对少数民族题材的选取上。关于农冠品诗歌少数民族题材的广泛选取，引起了众多名家的关注。

韦其麟在为农冠品诗集《泉韵集》作序时，敏锐地意识到了该诗集浓郁的民族性。他在序中欣喜地提到农冠品诗歌对民族题材大量选取的问题，认为农冠品的诗歌歌唱家乡，歌唱民族，反映了对故乡土地的热爱。[1]

董永佳在《甜甜的乡情 多彩的歌——浅谈壮族诗人农冠品的诗歌》[2]一文中，也注意到了农冠品诗歌对多民族题材的选取问题，其观点和韦其麟相似。他认为，农冠品的诗歌散发着浓郁的乡土气息和民族热情，诗歌题材广泛，乡土气息和时代气息浓厚，表达了对人民和对时代的热爱。

王溶岩在《从山泉里流出来的诗》[3]一文认为，一位少数民族作家作品的民族特色首先表现在内容的选取上，农冠品的《泉韵集》反映了少数民族的生活，展示了多彩的民族风情画卷，歌唱了各民族的美好理想和劳动生活。王溶岩在该文中第一次提出了农冠品诗歌对民间歌谣、古典诗词和优秀新诗传统的继承问题。

黄桂秋在前人研究的基础上，以西方的文学理论审视了农冠品诗歌的民族题材，并将农冠品诗歌的民族题材进行了详细的分类。在他的《大山的泪与笑——读农冠品的大山诗》[4]一书中，将农冠品的大山诗分为三类：缅怀革命老区、赞颂边疆英雄和赞颂故乡。他认为，农冠品的诗歌表达了山民们的生活，鼓舞了民族斗志。他第一次提出农冠品的大山诗存在着"俄狄浦斯情结"。

1984—1993年，黄绍清教授持续关注农冠品的诗歌创作。关于农冠品民族题材的选取方面，他的观点主要有：一是在1984年的《抒发真情 开拓诗境》[5]一书中，认为农冠品的诗歌主要以祖国南疆少数民族的现实生活为书写题材。

---

[1] 农冠品．泉韵集［M］．桂林：漓江出版社，1982：1.

[2] 董永佳．甜甜的乡情 多彩的歌——浅谈壮族诗人农冠品的诗歌［J］．广西文艺评论，1984（1）.

[3] 王溶岩．从山泉里流出来的诗［N］．广西日报（副刊《山花》），1984-04-05.

[4] 黄桂秋．大山的泪与笑——读农冠品的大山诗［J］．南方文坛，1988（2）.

[5] 黄绍清．抒发真情 开拓诗境［J］．广西民族学院学报，1984（2）.

二是在1985年的《山泉般潺潺的歌音》❶ 一书中，认为《泉韵集》选材于各民族的生活，涌动着一种爱国和爱民族的情感，诗集的创作受到民歌的影响。农冠品的诗歌主要运用了现实主义的手法进行创作，并在接受民歌的传统的基础上，对诗歌的形式进行了改造，主要形式有“豆腐块”和“民歌体”。他还认为，该诗集具有鲜明民族特色和山村的生活气息，塑造了具有鲜明民族性格的人物。

三是在写于1992年的《海域韵味 岛国情思》❷ 一文中，提出该诗集以异国风情表现为主，情感真挚，语言流畅、朴实，抒发了眷念祖国、故乡之情。

四是在写于1993年的《壮族当代文学引论》一书中，他第一次把农冠品诗歌的语言风格归纳为“新颖跳脱，挥洒铺陈”❸。

李建平等在《广西文学50年》❹ 一书中，关注了农冠品诗歌民族题材等方面的问题，认为农冠品的诗歌在民族题材的选取方面具有浓郁的民族特色。

对于该问题的研究，学界普遍认为农冠品的诗歌大量选取了极富特色的与少数民族文化相关的题材。这些题材不仅仅局限于壮族，还涵盖了汉族、苗族、瑶族、侗族、京族等民族文化和生活的大量书写，弘扬了民族团结的主题。

（2）关于民族情感。关于农冠品诗歌的理论研究，除了注意到农冠品诗歌丰富多彩的民族题材以外，学者们更加注重对诗歌作品民族思想内涵和情感脉络的分析。

农作丰在对农冠品诗歌的研究中，深刻地意识到农冠品诗歌中民族情感的波动和诗风的变化。他第一次提出了农冠品诗歌诗风的转向问题。他从农冠品诗歌中民族文化内涵入手，结合其民族情感的脉络进行分析，试图透析深埋在诗人内心深处的情感密码。他在《金凤凰的歌》❺ 一文中认为，诗人对民族的传统文化及民族心态进行了冷静反思，是“清醒的变调”。

向成能在《〈爱的追求〉诗集〈爱，这样开始〉读后随想》❻ 一文中，深刻地指出农冠品的诗歌与当时的社会环境相关，诗人的命运和国家的命运

---

❶ 黄绍清．山泉般潺潺的歌音［M］．南宁：广西民族出版社，1985：208－222.

❷ 黄绍清．海域韵味 岛国情思［J］．广西作家，1992（1）.

❸ 黄绍清．壮族当代文学引论［M］．桂林：广西师范大学出版社，1993：277－305.

❹ 李建平，等．广西文学50年［M］．桂林：漓江出版社，2005：244－247.

❺ 农作丰．金凤凰的歌［J］．民族文学研究，1991（4）.

❻ 向成能．《爱的追求》诗集《爱，这样开始》读后随想［N］．广西民族报，1989－08－02.

紧密相连，成为第一位关注该问题的研究者。他注意了农冠品诗歌中象征手法的运用。在《源与流——农冠品〈江山魂〉琐忆》[1]一文中，他认为农冠品诗歌创作与社会主旋律的提倡密切相关。

（3）关于艺术特色。关于农冠品诗歌艺术特色的研究重点，主要集中在其诗歌的审美特色、语言风格、民间文学的艺术继承和意象塑造等方面。

在文学审美方面，以向成能为代表。他在《〈南方山区透视〉——思想艺术管窥》[2]一文中，关注了农冠品诗歌对西方现代派文学手法的使用，对农冠品诗歌中蒙太奇的表现手法进行了深入分析。他认为，农冠品的诗歌在历史和现实的杂糅中传达出了对审美的感受与真实生活的体验。诗人在审美观照中，从族群历史的溯源中，表达了对民族文化的反思。

黄绍清和董永佳的文章对农冠品诗歌的语言风格进行了相关述评。黄绍清在《抒发真情 开拓诗境》[3]一文中，认为农冠品的诗歌受古典诗词影响较深，主要表现在对句法的运用、句式的铺陈上，情感的奔放是其诗歌的特色。董永佳在《甜甜的乡情多彩的歌——浅谈壮族诗人农冠品的诗歌》[4]一文中，关注了农冠品的语言特色，认为农冠品诗歌的特色是注重诗歌的立意，语言音乐感强，句式凝练。

关注民间文学和农冠品诗歌之间联系的学者较多。杨长勋在《骆越涛潮》[5]一文中，着眼于农冠品的诗歌与民间文学的紧密关系。他认为其诗歌受民歌影响较大，主要表现在：①在民歌中获取灵感和素材；②很多诗歌直接取材于民间文学；③诗歌形式借鉴了民歌的形式。因此，杨长勋认为，农冠品的诗歌在创作上以乡土文学为起点，最能给其创作艺术力量的是少数民族的民间文学。

王溶岩在《从山泉里流出来的诗》[6]一文中，也持同样的观点，认为农冠品诗歌和民间文学有着紧密的关系。诗歌撷取一些平凡的生活场景，表现和抒发了真挚的少数民族情感，在语言上继承了民间歌谣和古典诗词的传统。

---

[1] 向成能．源与流——农冠品《江山魂》琐忆［J］．南国诗报，1991（2）．

[2] 向成能．《南方山区透视》——思想艺术管窥［N］．南国诗报，1988－05－15．

[3] 黄绍清．抒发真情 开拓诗境［J］．广西民族学院学报，1984（2）．

[4] 董永佳．甜甜的乡情多彩的歌——浅谈壮族诗人农冠品的诗歌［J］．广西文艺评论，1984（1）．

[5] 杨长勋．骆越诗潮［M］．北京：民族出版社，1992：124－139．

[6] 王溶岩．从山泉里流出来的诗［N］．广西日报，1984－06－27．

20世纪八九十年代，对农冠品诗歌理论的研究主要以文学审美批评为主。这些文学审美批评以审美推介为主要目的，相关研究扎实展开，主要从农冠品诗歌的民族题材的选取上入手，对其突出的少数民族特性给予了肯定。

2. 文化研究

目前，对农冠品诗歌的文化研究不多，相关的研究主要围绕农冠品诗歌的创作和民族文化的发展，以及民族形象的建立、民族文化发展的脉络等问题展开相关的学理探讨。

农作丰是第一位意识到农冠品诗风创作后期转变的学者，他的《〈南方民族文化透视〉——评农冠品诗集〈晚开的情花〉》❶ 一文虽属文学评论，但该文深刻地意识到民族文化和农冠品诗歌之间紧密的关系，并从民族文化发展的角度进行深入研究，认为农冠品的诗歌与民族文化认知紧紧相连。诗集《晚开的情花》是诗人对民族文化的深刻反思。

黄伟林、张俊显在《从雁山园到独秀峰——独秀峰作家群寻踪》❷ 一书中首次提出了农冠品民族形象的重塑问题。该书认为，诗人对民族文化进行了深刻的反思，对民族形象进行了重新塑造，而大山意象就是其塑造的载体。该书还认为，农冠品的诗歌对生命的礼赞是通过对大山的抒写和讴歌为载体来实现。诗人用饱含感情歌唱大山，书写人生经历和生命体验，讴歌生命和劳动。农冠品的诗歌偏重于对本民族文化的反思、对壮民族的精神进行重新塑造，以及偏爱于使用红、黄、黑三种颜色。

与黄桂秋观点一致，雷锐在《壮族文学现代化的历程》一书中认为，农冠品的大山诗存在“俄狄浦斯情结”。在对大山的描写中，表达了诗人对家乡的发展和进步的渴望。除此以外，雷锐认为，农冠品的诗歌是对民族文化的深刻反思，它的诗具有现代的品质。他的诗关注了民族文化和人性，注重从民族文化中挖掘民族精神含义。❸

向成能在《大山创造了他创造诗意的基因》❹ 一文中，全面剖析了农冠品的诗歌和大山之间的联系，突破了单纯文学审美批评，转向文学文化研究。

---

❶ 农作丰.《南方民族文化透视》——评农冠品诗集《晚开的情花》[J]. 南国诗报，1993（52）.

❷ 黄伟林，张俊显，从雁山园到独秀峰——独秀峰作家群寻踪［M］. 桂林：广西师范大学出版社，2012：198－205.

❸ 雷锐. 壮族文学现代化的历程［M］. 北京：民族出版社，2008：305－308.

❹ 向成能. 大山创造了他创造诗意的基因［J］. 当代艺术评论，1992（1）.

他认为，故乡和大山深刻地影响了农冠品的诗歌，诗人在对历史的追溯和现实生活中，展示了其审美的视角。他还认为，农冠品把自己融入时代和民族特质之内，用自己的艺术实践，多视角地选择形象，描绘了大自然界的生命实体，反映了时代的心声，在其审美选择和创造实践中，农冠品的诗歌显示出一种群体意识和族体审美心理。

3. 文学史研究

对农冠品诗歌的文学史研究主要从民族文学史发展的角度进行评价。这些文学史评价肯定了农冠品诗歌与民间文学之间的继承关系，认为他的诗歌展现了多彩的民族风情，抒发了热爱祖国、热爱民族之情，语言富有音乐色彩，但也有学者认为农冠品有些诗歌过于直白。

胡仲实在《壮族文学概论》❶ 一书中认为，在广西区内外有一定成就的壮族诗人有黄宝山、蒙光朝、侬易天、覃建真、古笛、韦文俊、农冠品等，他们绝大部分兼壮族民间文学的翻译、研究和整理工作，具有较深厚的少数民族民间文学的根底。

梁庭望、农学冠在《壮族文学概要》❷ 一书中认为，农冠品的诗歌创作受到民间文化和古典文学的影响较大，其诗歌形式多样，从民间文学中汲取营养，从古代的诗词中学习有用的东西，语言清新流畅，具有时代和民族特色，但又认为有些诗歌诗意过于简单，提炼不够。

周作秋、黄绍清、欧阳若修等在《壮族文学发展史》❸ 一书中认为，农冠品的诗歌抒发了民族、时代的情感，开拓了民族题材和新生活的意境。诗歌的内容上，主要以祖国南疆少数民族的现实生活题材为主；艺术技巧的评价上，赞同了黄绍清关于农冠品诗歌语言特点的阐述，认为农冠品诗歌语言的显著特征是“新颖又跳脱”“挥洒铺陈”；还认为其诗歌借鉴了民歌手法，创作了一些以刻画人物为主要目标的叙事诗，但有些诗歌的立意不深，对生活尚缺乏深入的思考。

4. 农冠品诗歌研究特点及空白

综合农冠品诗歌研究现状及前人的研究成果，笔者认为农冠品诗歌研究

---

❶ 胡仲实. 壮族文学概论［M］. 南宁：广西人民出版社，1982：141.

❷ 梁庭望，农学冠. 壮族文学概要［M］. 南宁：广西人民出版社，1991：374 – 378.

❸ 周作秋，黄绍清，欧阳若修，等. 壮族文学发展史［M］. 南宁：广西人民出版社，2007：1573 – 1583.

主要有以下三个特点。

一是以文学审美批评为主。黄绍清、农作丰、向成能等学者对农冠品诗歌的研究属文学审美批评。诚如高玉所述，“审美批评是一切文学批评的基础，是其他文学批评显在或潜在的条件”❶，审美批评是文学最重要的批评。中国自古以来注重文学的审美研究，文学的审美批评是文学批评的重要基础，相关文学规律的研究建立在深入的文学审美批评的基础之上。这些文学审美批评从农冠品诗歌的思想和艺术特色方面进行文学批评。这些审美批评认为农冠品诗歌在内容上注重选取民族特色的题材，大量描写了大山和故乡，展现了多彩的民族风情；在情感表达上抒发了民族之情、爱国之情，表达了对现代化建设的歌颂；在艺术特色上，关注了诗歌的语言、意象的刻画，认为其诗歌语言新颖，富有音乐感，但有些诗歌的意象刻画不够深入，语言过于直白。

二是文学文化研究尚处于徘徊阶段。黄伟林、雷锐等人对农冠品诗歌的研究属于审美文学批评和文学的文化研究。这些文学研究关注了农冠品诗歌中民族形象的重塑的问题，探讨了民族文化发展与作家创作关系。他们的主要观点是，农冠品的诗歌与民间文化、地域文化有着深厚关联。这些成果主要从民间文化、地域与诗歌创作的联系等方面进行深入研究，关注了民族文化的传承问题。

三是文学史研究以审美评价为主。文学史的评价主要从内容和艺术特色方面对农冠品的诗歌给予肯定，并从壮族文学发展史的角度，对农冠品诗歌的审美性进行评价。

农冠品诗歌研究目前存在研究空白主要有以下三个方面。

一是作家的民族身份研究尚待深入。相关研究虽然阐述了农冠品诗歌中存在的民族形象塑造问题，但并没有就此详尽地叙述其民族形象塑造的过程，也未将作家民族形象的写作与多民族国家建构的语境结合起来进行学理阐述。

二是族性写作规律虽有总结，但尚待深入。以往的研究成果虽阐述了农冠品诗歌的民族性问题，对民族题材、写作技巧运用进行了深入的总结和阐释，但相关研究在一些方面尚存在空白点，如从族群文化发展的脉络和文化传统的继承的线索中寻找农冠品诗歌创作的规律，把握作家采用民俗和地域视野的书写的缘由等问题。

---

❶ 高玉．跨文学研究论集三编［M］．杭州：浙江工商大学出版社，2013：152．

三是对诗歌的文学场域研究尚待深入。以往的研究仅从文学审美方面对农冠品的诗歌进行民族性研究，对文学外部发展环境的研究仍存在空白点。

总之，对农冠品诗歌的研究是流动的，对其作品的相关研究至今仍存在较多空白点。农冠品这位当代壮族诗人，他的诗歌和壮族民间文化血脉相连。在特定的时代中，诗人的民族意识受到激发，创作了大量具有本民族特色的诗歌，其诗歌风格的形成有多种原因，受到民间文化、古典文学乃至外国文学的影响，与“他者”的文化交流与体验也冲击着其心灵。因此，农冠品诗歌的研究呼唤多向度的文学批评和多元化的文学研究方法。

四、研究的方法和意义

（一）研究方法和资料来源

诚如冯黎明教授所述，“就文学活动本身的前学科性和文学研究的学科性缺失来看，文学研究本来就应该在学科的互涉中生存”[1]。文学的本体属性决定了文学研究方法的跨学科性。本书以尊重文学审美的基本规律为前提，立足于文学的内部研究，使用文学研究的基本方法——文本细读，以期在文学阅读中把握作家的文学创作规律。本书对农冠品自中华人民共和国成立后至 20 世纪末已出版的诗歌作品进行了相应的学理分析。作家的文本只有通过回归相关的社会场域去研究，才能更好地把握文学作品的审美性，故本书侧重考察了作家对社会生活的参与情况，并将作家的文学创作过程置于社会发展语境中去审视。本书受人类学和社会学理论与方法的启发，运用田野调查法，对农冠品的故乡，以及过去和现在的生活环境进行了田野调查，以期进一步挖掘潜藏在文学文本以外的写作序列。本书还采用了列表归纳法、心理分析法等多种方法对农冠品的诗歌进行立体化研究。

1. 文本细读

文本细读是在文学研究过程中，研究者通过对文本的详细阅读，逐渐形成研究者独特的文学审美经验，进而形成某种文学理论认知。文本细读是文学研究者进行文学研究和审美批评时采用的最基本的研究方法。陈晓明教授

---

[1] 冯黎明. 学科互涉与文学研究方法论革命［M］. 武汉：武汉大学出版社，2014：41.

认为，当今中国的文学批评对文本细读和审美批评缺乏足够的重视，使很多文学理论建立在观念的论断式批评之中。中国当代文学理论与批评一直以观念性论述为主，未能很好地开展文本细读。[1] 可见，由于文学研究对文本细读缺乏足够的重视，导致很多文学理论研究缺乏足够的事实依据做基础，今后应当加强文本细读、经典文学作品的审美推介等工作，这将有助于形成独特的研究经验和审美体验，形成完善的文学研究理论体系。

2. 田野调查

2015 年 2 月，笔者对农冠品的家乡广西大新县五山乡三合村浪屯进行了田野调查。笔者发现农冠品对民族文化始终怀有一种深厚的情感，他一生的文学研究和创作都与民族文化相关，在其诗歌作品中，对民族形象的塑造和文化内涵的反思并不是一种无意识的情感表达，而是基于一种深厚的民间文学的学养之上，是对族群和国家有着深厚情感的有意识的文学再创作。笔者认为，如将文学研究简单地建立在文本细读和单纯的审美体验的基础上，对相关的文学规律进行总结，往往会陷入对文学研究“自我言说”的理论误区。对少数民族作家的文学研究往往涉及族群与多民族国家体系的深层关系问题，如果研究者仅仅进行文本细读，将无法深层次地感受少数民族作家的情感和把握写作规律，因此只有将文本细读和田野调查法相结合，才能更深刻地理解农冠品诗歌作品背后深刻的生命意识，体会诗人对民族和国家的真挚情感，把握深埋在诗歌词句深处的文学审美内涵和族性叙述序列。

3. 文献资料收集

笔者主要从以下方面进行文献收集和整理：一是对农冠品的文学创作资料进行搜集整理，包括 7 部诗歌创作集，两部随笔，两部民间理论集，多部民间文学编撰集，农冠品参与或合编的部分的民间故事、歌谣集和大型壮族民间文化典籍 12 部；二是收集中华人民共和国成立以后各种版本的壮族文学史、壮族通史。通过收集史料，掌握较翔实的壮族文学史和族群研究资料；三是对族性写作理论的相关资料进行收集，包括硕士论文、博士论文和学术论文，查阅民族学、历史学、社会学、人类学、文学批评和文学史等书籍 210 多部；四是查阅和收集古代壮族的文献资料，包括二十四史和地方志中描写壮族文化的相关资料；五是收集口头叙述资料。本书对农冠品本人及与

---

[1] 陈晓明. 众妙之门：重建文本细读的批评方法 [M]. 北京：北京大学出版社，2015：1.

其相关的人员进行了深入的访谈，并整理成文。

4. 比较分析和总结归纳

本书在资料搜集和田野调查的基础上，进行详尽的文本细读，对农冠品诗歌创作各个时期的族性写作特点进行比较分析，总结出其族性写作的特点。笔者对农冠品已出版或发表的622首诗歌按内容进行了总结归类和列表分析，形成了较为完整的农冠品诗歌作品研究体系，以求在系统研究中，寻找其诗歌族性写作的一些共性，总结出相关的创作规律。

（二）研究意义

20世纪80年代以后，随着我国改革开放的步伐加大，国家经济建设飞速发展，当代少数民族文学的族性写作话语多元化、杂语式和现代化趋势明显。这种族性写作趋势不但有利于我国多民族统一共生的文学体系的现代化建构，还有利于当代少数民族文学的繁荣。因此，深入研究当代少数民族作家中的族性写作方式和方法，总结他们的创作规律，探寻未来的发展趋势，是十分有必要的。

改革开放以后，在飞速发展的经济社会的推动下，壮族族群与其他族群的交往和交流更加频繁，交流方式日益多元化。在这一时期，当代壮族和汉族文学交融加深，文学语言、文化观念杂糅现象突出，族群文学边界交集明显。本书通过对农冠品诗歌族性写作的个案研究，探讨当代壮族和汉族文学的边界问题，对壮族族性问题进行反思，从民族建设语境来探寻壮族作家族性写作和族群文化发展的深层关系，对于推动当下壮族作家写作语境的学理研究，促进壮族文学发展有所帮助，同时还可以启发壮族作家审视民族身份，提高自我认知能力，树立族性写作的信心，提高文学创作水平，具有一定的现实意义。

笔者对农冠品家乡广西大新县五山乡三合村进行了长时间的田野调查，掌握了作家的创作背景和自然环境背景的相关材料，对农冠品本人和相关人员进行了详细的口头访谈，收集了大量的翔实的资料，这些资料可作为今后对农冠品诗歌深入研究的参考资料。本书属于农冠品诗歌研究的综述，笔者对农冠品至今出版的所有的诗歌作品进行了归类，并对相关的文学述评进行了总结和阐述，可为今后更深入地研究农冠品诗歌提供科学的数据和史料，具有一定的史料价值。

第一章

族性写作背景和经历

农冠品，笔名夕明、侬克，1936 年 8 月出生于广西大新县五山乡三合村浪屯的农民家庭。他是民间文艺家和“在新中国的阳光照耀下成长起来”[1]的壮族诗人，是当代广西为数不多的在民间文学研究和文学创作等方面均卓有建树的诗人和学者之一。农冠品的诗歌受民族文化影响深远，情感热烈，语言清新，诗歌充满了浓郁的地方文化特色和民族风情。农冠品诗歌风格的形成与当地社会、族群的发展及作家所处的知识背景有着极为密切的关系。

第一节　族性整合背景

族性是族群普遍具有的特性，少数民族作家作为族群的一员，其现实生活和文学创作逃不脱族群社会和文化发展脉络的制约。农冠品诗歌族性写作不是无源之水，它根植于特定的地域文化之中，受特定族群文化范式和族群社会发展的制约，与多民族国家建构密切相关。农冠品的诗歌借助族性写作抒发族群情感和表达个体生命，蕴含着深厚的民族性整合的历史渊源。

---

[1] 周作秋，黄绍清，欧阳若修，等. 壮族文学发展史［M］. 南宁：广西人民出版社，2007：1573.

一、史书中的壮族

在我国古代史书中，对壮族的先民早有记载。史书中对古壮族族群的称谓较多，有“西瓯”“骆越”“乌浒”“俚僚”“俍”“僮”等，对壮族居住地的社会发展情况也多有叙述，本书仅列举一些与研究相关的叙述。

壮族先民属百越的一支。《史记·五帝本纪》这样记载：“帝颛顼高阳者，黄帝之孙而昌意之子也。……北至幽陵，南至于交趾，西至流沙，东至蟠木。动静之物，大小之神，日月所照，莫不砥属。”“放欢兜于崇山，以变南蛮。”“方五千里，至于荒服。南抚交趾、北发。”❶在《史记》中，称其为“蛮”，书中这样记述：“东长、鸟夷，四海之内，咸戴帝舜之功。要服外五百里荒服：三百里蛮，二百里流。”❷在《汉书》中则称“粤人”“百粤”“南越”“南粤”，书中这样记载：“故衡山王吴芮与子二人，兄子一人，从百粤之兵，以佐诸侯……粤人之俗，好相攻击，前时秦徙中县之民南方三郡，使与百粤杂处……南越王赵佗称臣奉贡……五年春，南粤王尉佗自称南武帝。”❸

壮族族群聚居地虽物产丰富，但社会经济落后，气候湿热，多瘴疠。在《隋书》中这样记载：“自岭以南二十余郡，大率土地下湿，皆多瘴疠，人尤夭折。南海、交趾，各一都会也，并所处近海，多犀象玳瑁珠玑，奇异珍玮，故商贾至焉。其人性并轻悍，易兴逆节……诸蛮则勇敢自立，皆重贿轻死，唯富为雄。”❹在《群书治要》一书中，讲述了马援出征前与妻子诀别的场景，提到岭南的瘴气，“又出征交趾，土多瘴气，援与妻子生诀，无悔吝之心，遂斩灭征侧，克平一州”❺。在《三国志》中提及广西梧州一带多瘴疠，“苍梧、南海，岁有暴风瘴气之害，风则折木，飞沙转石，气则雾郁，飞鸟不经。自胤至州，风气绝息，商旅平行，民无疾疫，田稼丰稔”❻。除史书记

---

❶ 司马迁．史记［M］．韩兆琦，评注．长沙：岳麓出版社，2012：1－2.

❷ 同❶2－10.

❸（汉）班固．汉书今注［M］．南京：凤凰出版社，2013：26－45.

❹ 二十五史·卷五·南史北史隋书［M］．北京：中国文史出版社，2003：1288.

❺（唐）魏徵，等．群书治要［M］．天津：天津人民出版社，2015：190.

❻（晋）陈寿．三国志（文白对照）［M］．陈寿选，田余庆，吴树平，等，译．西安：三秦出版社，2004：834.

载外，在其他一些文人作品中也有这些地区发生瘴气的叙述，如在范成大笔记《桂海虞衡志·杂志》中认为除了桂林以外，两广为瘴气之地："瘴，二广桂林无之。自是而南，皆瘴乡矣。瘴者，山岚水毒，与草莽诊气，郁勃蒸薰之所为也。"❶周去非在《岭南代答》中记载："若深广之地，如横、邕、钦、贵，其瘴殆与昭等，独不知小法场名在何州。"❷ 岭南除了瘴气，还多贼寇，"广西土瘠民贫，并边多寇。自侬智高平，朝廷岁赐湖北衣绢四万二千匹"❸。此外，广西自古为官员的流放地之一。清汪森在《粤西通载发凡》一书中，赞扬了刘熙被贬广西后，仍安心在当地从事讲学的事迹，从侧面反映出当时气候和自然环境的恶劣。"唐宋之时，以岭南为迁谪所居，然苟非诸君子，则无以开辟其榛芜，发泄其灵异。在汉则刘熙、程秉、薛综、虞翻，讲学交州，著述不倦，此文教之始也……"❹

历史上"南越"之地多战事。"南越"之地的族群与族群之间，中央与地方之间纷争不断。族群之间的纷争，强化了地域和族群认同，明晰了族群间的边界。据史书记载，最早的族群边界的划分争夺，源于黄帝和蚩尤的涿鹿之战，之后历朝历代在越地战事不断，多为争夺领地和中央对地方的集权统治。《史记》中这样记载"南越"之地的纷争："鄱君吴芮率百越佐诸侯，又从入关，故立芮为衡山王，都邾。"❺《汉书》中也有："高后八年，隆虑侯（周）灶为将军，击南越。元鼎五年，三月中，南越相（吕）嘉反，杀其王及汉使者。"❻《三国志》中这样谈及："韩信伐赵，张耳为贰；马援讨越，刘隆副军。"❼《宋史》中记载了侬智高叛乱，中央政权发兵征讨的历史事件："夏四月庚辰，广源州侬智高反""戊辰，邕州言苏茂州蛮内寇，召广西发兵讨之"❽。《元史》中记载了梧州之民叛乱遭平定的史实："己巳，以梧州妖民吴法受扇惑藤州、德庆府泷水瑶蛮为乱。"❾《明史》也有"丁亥，前南京兵

---

❶ 杨东甫，杨骥．笔记野史中的广西［M］．桂林：广西师范大学出版社，2012：80－81.
❷ 周去非．岭外代答［M］．杨武泉，校注．北京：中华书局，2012；151.
❸ 同❷182.
❹ 廖子良．广西地域文化和地区百科全书［M］．桂林：广西师范大学出版社，2014：182.
❺ 司马迁．史记［M］．韩兆琦，评注．长沙：岳麓出版社，201：181.
❻ 广西壮族自治区通志馆．二十四史广西资料辑录［M］．南宁：广西人民出版社，1987：11.
❼（清）严可均．全晋文·上［M］．北京：商务印书馆，1999：160.
❽ 二十五史·卷九·宋史·上［M］．北京：中国文史出版社，2003：44.
❾（明）宋濂．二十五史·元史［M］．乌鲁木齐：新疆青少年出版社，1999：34.

部尚书王守仁兼左都御使，总制两广、江西、湖广军务，讨田州叛蛮”❶。历代壮族地区和中原纷争不断，各类纷争多以“南越”之地归服朝廷而告终。族群间和地区间的纷争促进了战争双方的族性整合，使族群边界重新得以划定，中央的集权得以进一步加强。

随着地方经济和社会的发展，在古代史书和文学作品中反映壮族社会发展的史料增多，尤以明清以后为最。在《史记·货殖列传》中，描写了“南越”之地物产丰富，多稻、鱼和珍稀之物：“江南出楠、梓、姜、桂、金、锡、连、丹沙、犀、玳瑁、珠玑、齿革。”❷ 广西全州县土地肥沃，风景秀丽，自古人才辈出，在明朝多有赞诗，如县丞汤珍曾有诗云：“土风蔼清淑，秀发人文昌。济济多士美，接济参翱翔。”❸ 在清朝的史书《李志》中这样描绘全州：“风俗淳朴，讼狱稀简。田野沃润，民以耕渔为业。”❹ 宋朝的《方舆胜览》这样描绘柳州：“山水清旷，中朝名士初寮辈，尝避地寓居。耳濡目染，或耻于是非。柳河东之教化，其所由来远矣。”❺ 清朝的《一统志》这样描绘柳州：“至唐始循法度，民业有经，公无负逋，嫁娶葬送，各有各法，风土与中州不少异。人少斗讼，喜嘻乐。民淳事简，阜物富庶，视他州为乐。”❻《金志》这样描绘桂林：“岭南地气卑下，唯静江与湖湘接壤，民风习俗不殊中土。”❼

二、族群自我认知

在古代，壮族的自我认知处于一种相对模糊的状态，一般自我指称为“布侬”“布壮”“布土”“布伶”“布沙”“布依”“布曼”等，但指称的范围不大。范宏贵教授在《同根生的民族——壮泰各族渊源与文化》❽ 一书中认为，壮族的自我认知呈现了“由粗到细”、由模糊到清晰的发展趋势。李

❶ （清）张廷玉，等. 明史卷一［M］. 长春：吉林人民出版社，2005：137.
❷ 纪丹阳. 史记译注［M］. 上海：上海三联出版社，2014：299.
❸ 蒋钦挥. 全州古代诗选［M］. 南宁：广西人民出版社，2011：166.
❹ 胡朴安. 中国风俗［M］. 长春：吉林人民出版社，2013：333.
❺ 同❸166.
❻ 同❹334.
❼ 同❹332.
❽ 范宏贵. 同根生的民族——壮泰各族渊源与文化［M］. 北京：民族出版社，2007：5.

富强、潘汁在《壮学初论》一书中认为，在古代，壮族认同主要是各个支系或小群体的认同。1949 年前，壮族的族群认知长期处在模糊状态之中，主要原因是“各个支系或小群体自给自足地生活在相对独立的小环境中，较少与别的支系或群体交流交往，也缺乏参与国家管理的机会，也就是说，既无强化民族认同的条件，亦无强化的需要”[1]。1958 年，广西壮族自治区成立，党和政府实行了民族平等政策，大力发展民族文化和民族经济，壮族人民的生活水平日益提高。随着社会的发展，壮族族群自我认知能力不断提高，族群认同观念深入人心，“壮族”的称呼普遍得到了社会各界人士和普通老百姓的认可。20 世纪 70 年代末以来，研究壮族的学科——“壮学”进入了系统、深入研究时期，涌现了大批学者和研究成果，有黄现璠、黄增庆、张一民的《壮族通史》，范宏贵、顾有识等的《壮族历史与文化》，胡仲实的《壮族文学概论》，欧阳若修、周作秋、黄绍清等的《壮族文学史》，梁庭望的《壮族文化概论》等。改革开放以后，广西经济实力不断加强，各地政府加大了对少数民族文化遗产保护和开发工作的力度。少数民族文化的传承日益为壮族人民群众所重视，壮族群众文化自信心日益增强，族群的自我认知不断提高。20 世纪 80 年代以后，经济发展迅速，壮族人民的生活水平显著提高。各地政府重视少数民族文化的保护工作，相继出台了一系列挖掘抢救少数民族文化的政策和措施，加大了少数民族文化遗产的保护和研究力度。一批壮族文化古籍，如《壮族简史》《布洛陀诗经》等相继出版，少数民族保护文化体系渐成规模。

三、杂糅的族性

壮族历史源远流长，在漫长的历史发展进程中，壮族族群的文化特征是多元的，壮族不但具有独特的民族性，还具有一定的复合性。覃德清在《壮族文化的传统特征与现代建构》一书中概括了壮族的传统文化，主要包括：“话壮”民族语言文化；“那”文化；“咽”为代表的青铜文化；《布洛陀》为代表的神话文化；“诺鸡”和“麽”为代表的原始宗教文化；宇宙“三盖”和万物“波乜”观为基础的朴素哲学思想；“欢敢”和“欢娅圭”为代

[1] 李富强，潘汁．壮学初论［M］．北京：民族出版社，2009：90，93．

表的歌谣文化。[1] 覃德清教授认为：“壮族文化大体可分为桂西及云南文山文化区，桂中、北及毗邻文化区和桂南文化区。”[2]

在漫长的历史长河中，壮族与其他族群交往频繁，尤其受汉文化影响深远，壮族族性呈现复合性，主要表现为：一是壮族族群语言文字对汉语言的借用。壮族在学习汉语的基础上，对汉字加以改造，创造了自己民族文字——土俗字。土俗字借用了汉字的偏旁部首，或以单个汉字为造字的部件，或对之增笔画，或减少笔画，组成新的字体，借以表达壮音和意义。范成大在《桂海虞衡志》一书中这样提及：“俗字，边远俗陋，牒诉券约专用土俗书，桂林诸邑皆然。今姑记临桂数字，虽甚鄙野，而偏傍亦有依附。”[3] 在壮语中，部分壮语词汇也借用汉语来完善和表达句子意思，《岭外代答》这样记载：“余又尝令译者以《礼部韵》按交趾语，字字有异，唯‘花’字不须译，又谓‘北’为‘朔’。”[4] 1949 年后，随着普通话的普及，很多壮族群众在表达思想感情的时候，大量借用国家通用语言汉语，壮语和汉语表达混用的现象非常普遍。二是在古代，部分壮族群众自觉改变服饰，其着装和汉族无异，居住环境渐渐从汉俗而变。史书上这样记载：“甚至交趾之界，瑶僚之居，弃卉服而袭冠裳，挟诗书而延儒绅，大平诸军，材贤渐出，由是观之，革俗由政，为政在人，不可诬也。”[5] 部分族群的节庆。三是仪式与汉文化交相融合甚多，族群的节日习俗有所发展变化。在《岭表纪蛮》中对壮族沿用汉俗早有记载：“瑶僮两族悉受制此等长官之下，一方保持其固有之节期与仪式，一方又仿效汉人之节期与仪式，两者遂成融混之状态。例如，瑶僮等族原以十月为岁首，现时除边界或交通极塞之所在地外，余皆仿从汉制。”[6]

壮（族）汉（族）文化易发生交融的原因较为复杂，主要原因有：一是壮族族群内在的变革需求。在古代，壮族的言行、衣食与汉人迥异，世居自然环境相对恶劣，经济落后。族群成员较易产生内在的变革需求和“仿效”心理。这以广西西南部壮族地区一些壮族群众慕汉心理为典型。在广西大新县雷平、恩城、全茗等乡镇原土司管辖区，当地壮族群众多自称其祖先为山

---

[1] 覃德清．壮族文化的传统特征与现代建构［M］．南宁：广西人民出版社，2006：6 – 17.

[2] 周作秋，等．壮族文学发展史（下）［M］．南宁：广西人民出版出版，2006：1301.

[3] 范成大．桂海虞衡志校补［M］．齐治平，校补．南宁：广西人民出版社，1984：31.

[4] 周去非．岭外代答［M］．杨武泉，校注．北京：中华书局，2012：160.

[5] 胡朴安．中国风俗（上）［M］．长春：吉林人民出版社，2013：327.

[6] 刘锡蕃．岭表纪蛮［M］．北京：商务印书馆，1934：198.

东白马人氏，或称狄青南下部队的后代等，但经笔者调查发现，他们多为世居大新的壮族群众；当地部分壮族群众为了逃避朝廷的迫害和战乱，修改了姓氏，将原来的“侬”姓改为“许”“赵”等；有些壮族群众通过与汉族通婚后，渐渐地修改民族身份，由壮族转变为汉族。古代壮族群众修改和隐藏族源和身份的做法，其主要目的是为了能更好地融入主流社会，获得在社会立足和生存发展的空间。二是壮族族群的性格特点所致。壮族自古以来就是一个通达、宽容和与时俱进的民族，在长期的历史环境和自然环境下逐渐养成了“宽和明达”的文化心理，具有乐于接受其他民族文化的开放品格❶。壮族宽容的民族个性决定了这个族群对外来文化的吸纳态度。三是封建朝廷在壮族地区长期地大力推广汉文化和汉文教育，地方官和被流放的官员广泛宣传儒家文化，在大力推行多民族国家文化一体化的进程中，壮族较易接受并融入其中，形成壮（族）汉（族）文化彼此交融的局面。四是受多民族国家发展建构进程的影响。汉族是我国的主体民族，历史悠久，文化灿烂，在文化传播上占据着极为有利的优势地位，在多民族国家一体化的进程中，汉文化起到了核心的作用，对壮族文化及其他少数民族容易吸引和产生辐射。诚如徐杰舜教授所言：“汉族历史发展的长河中，从点到线，从线到面，像滚雪球一样，融合了许多民族，混血而成。”❷ 壮族是个经济和文化相对落后的族群，在与汉文化交流中，较易向汉族文化靠拢，与汉文化形成交融。

壮汉融合有着悠久的历史渊源。《史记》中这样记载：“略定杨越，置桂林、南海、象郡，以谪徙民，与越杂处十三岁。”❸ 越王赵佗建立南越国，与当地的越人相处融洽。在汉朝，南越族群和朝廷纷争不断，除了纷争也有讲和：“南越与汉和亲，乃遣军使南越……越王听许，请举国内属。天子大说，赐南越大臣印绶，壹用汉法，以新改其俗。”❹ 在隋朝，朝廷继续加强对岭南地区的管辖，壮汉错居，“南蛮杂类，与华人错居”❺。在唐朝，大量的官员被流放至广西，著名的官员有房琬、王翃、李渤、柳宗元、刘恂、沈佺期、李商隐、张九龄等，这些官员到达广西后，传播了大量的汉文化，不少官员

---

❶ 覃德清. 壮族文化的传统特征与现代建构［M］. 南宁：广西人民出版社，2006：143－144.

❷ 徐杰舜. 汉民族发展史［M］. 武汉：武汉大学出版社，2012：1.

❸ （汉）司马迁. 史记［M］. 卢苇，张赞煦，点校. 杭州：浙江古籍出版社，2000：899.

❹ （汉）王继如. 汉书今注解：第4册［M］. 南京：凤凰出版社，2013：1646.

❺ （唐）魏徵撰. 简体字本二十四史 隋书：第2卷［M］. 北京：中华书局，2000：1229.

还为当地百姓做了不少的益事。最为著名的是柳宗元，他革除当地的陋习，勤政为民，广收门徒，深受当地群众爱戴。“柳州土俗，以男女质钱，过期则没入钱主，宗元革其乡法。其已没者，仍出私钱赎之，归其父母。江岭间为进士者，不远数千里皆随宗元师法，凡经其门，必为名士，著述之盛，名动于时。”❶ 宋朝经济飞速发展，各族群之间的经济往来频繁，地区间的贸易互通得到了朝廷的鼓励，“楚、蜀、南粤之地，与蛮僚溪峒相接者，以及西州沿边羌戎，皆听与民通市。……重和元年，燕瑛言交人服顺久，毋令阻其交易”❷。明朝，广西各地书院兴盛，汉文化得到了广泛的传播，著名的有王守仁兴办的田州府学、敷文书院，清湘书院、柳山书院也名盛一时。清朝，广西各地经济继续发展，壮汉文化融合加深“娶嫁不避同姓，旧习相沿，今渐向化”❸。在岭南的壮族地区，土司统治时间长达数百年，甚至上千年，承接汉文化，以土官为最。在《金志》中这样提及：“土民则性朴而悍，土官尚仿佛汉人。”在《太平府志》中这叙述：“太平、安平、万承、恩城土官，皆延师教其子弟，亦娴文艺。”❹ 在《白山司志》中这样叙述：“官族则瓦屋鳞次，墙宇修整焕然，有中州富官之气象。”❺ 随着历代封建王朝统治者对学校教育的推广，社学、州学和义学的兴办，其他社会成员渐渐地接纳了汉文化，融入了主流社会。据《大新土司志》记载，到清光绪年间，据养利、全茗、茗盈、太平 4 个州统计，历代考试获得功名的有 121 人。❻ 改土归流后，各地从汉的习俗更为明显。“自改流后，知礼义，士诵诗书，婚丧之仪，俱不悖礼。”❼

19 世纪末 20 世纪初，西方列强掀起了瓜分中国的狂潮。西方文化大量涌入，国内民族和族群意识渐渐崛起，“国族”意识在国家生死存亡之际得到了迅速加强。严复在《天演论》中这样提出：“天演之事，将使能群者村，

❶ （后晋）刘昫，等．旧唐书［M］．陈焕良，文华，点校．长沙：岳麓书社，1997：2650.

❷ 广西壮族自治区通志馆．二十四史广西资料辑录（三）［M］．南宁：广西人民出版社，1989：82.

❸ 胡朴安．中国风俗（上）［M］．长春：吉林人民出版社，2013：341.

❹ 同❸339，359.

❺ 覃兆福，陈慕贞．壮族历代史料荟萃［M］．南宁：广西人民出版社，1985：167.

❻ 大新地方志．大新土司志［M］．南宁：广西人民出版社，2013：100.

❼ 同❸354.

不群者灭，善群者存，不善群者灭。”❶ 梁启超提出了：“今日欲救中国，无他术焉，亦先建设一民族主义之国家也。”❷ 壮族族群被纳入了这样的多民族国家体系中，族群意识被国族意识所替代。

民国时期，国民党桂系推行《奉令禁止滥用夷等名称》的训令，下令改用“僮”字。❸ 但当局认为，壮族大部分“除语言不同之外，已不能分别其种族为何之，谓为汉族亦无不可”❹，故没有把壮族单列为一个民族，而把壮族归入了汉族。

中华人民共和国成立后，壮族和汉族及其他民族融合加深，特别是在改革开放以后，受市场经济一体化的影响，越来越多的壮族农村群众走向大城市，与其他族群的群众一起劳动、生活，相互间交流情感和文化交流较为频繁。笔者在广西大新县五山乡做田野调查时发现，当地壮族农民到广东和福建等地外出打工后，除了会讲壮语外，还会讲普通话、粤语、闽南话等多种语言。不少壮族群众去广东打工，与汉族群众通婚，组建多民族家庭。

由于壮汉融合历史悠久，壮族族性存在一定的复合性。在清朝和民国时期，部分政府官员、文人和学者认为壮族群的一些文化变迁较大，如饮食、衣着和居住等方面与汉族差别不大，故认为壮族汉化程度较高，是个民族特征不明显的民族，“因沐化日深，渐变其习，与汉人颇通，服饰小异而大同”❺。另一些学者和官员则持相反意见，认为壮族虽有归化趋向，但仍保留其特有的民族特征。在《岭表纪蛮》中，刘锡蕃认为，“僮人多与汉人杂居，且多为婚配，身材容貌与汉人无显著之区别”，但其体质特征是明显的，即“有此等生活条件之下遂养成其人具有‘精健’‘勇敢’‘坚忍’‘服从’”❻。《雷平县志》里提出，上甲的壮族“其风俗、语言、衣食、居处，仍守其遗制。生活简单，据苦耐劳，是其特性”❼。1949 年后，一些学者致力于壮族的

---

❶ 严复. 严复集：第 5 册［M］. 北京：中华书局：1986：1347.

❷ 张品兴. 梁启超全集：第 4 卷［M］. 北京：北京出版社，1999：899.

❸ 广西壮族自治区党史研究室. 中国共产党民族工作的伟大实践 · 广西卷［M］. 南宁：广西人民出版社，2014：133.

❹ 广西省政府十年建设编纂委员会. 桂林纪实：上册［M］. 北京：国家图书馆出版社：1943：9.

❺ 覃兆福，陈慕贞. 壮族历代史料荟萃［M］. 南宁：广西人民出版社，1985：172.

❻ 刘锡蕃. 岭表纪蛮［M］. 北京：商务印书馆，1934：41.

❼《雷平县志》，1946 年油印本。

文化研究，如黄现璠、黄增庆和张一民在《壮族通史》❶ 一书中对壮族的族源、人口、分布、文化艺术进行了系统的论述，李富强、潘汁撰在《壮学初论》❷ 一书中对壮族的族源、社会发展、壮族语言文化等问题进行了阐述。李富强、白耀天在《壮族社会生活史》一书中认为壮族和汉族一样是农耕文化历史悠久的民族，提出壮族和汉族文化只是表层文化趋同的观点❸。笔者认为，在长期的历史发展长河中，壮族虽特有部分的族群文化发生变迁，但其仍保留着独特的族群风俗习惯和文化特征，具有独特的文化发展和生存适应模式。

四、族性整合与当代壮族诗歌

中华人民共和国成立初期，李维汉曾这样描述当时民族建设的情况：“由于各种历史上的原因，有许多少数民族成分长期地零星地居住在汉族居民之中，长期受汉族人民的影响……解放后，中央人民政府民族政策的实施，影响和唤醒了这些被遗忘的少数民族成分，他们开始抬起头来要求享受民族平等权利。”❹ 诚如李维汉所述，国内民族建设形势严峻，新中国迫切需要建立一个多民族统一的国家民族体制，以维护和巩固国家主权，发展国内经济，维护市场统一，应对内外危机。这时期，我国实行了民族平等政策，极大地激发了各族人民的积极性，全国上下形成了民族大团结的局面，各地纷纷掀起了社会主义建设的热潮。这个时期，还开展了民族识别工作。各民族明晰了族群身份，政治地位得到了确立。1958 年，广西壮族自治区成立，随后，相继建立了云南文山壮族苗族自治州，广东连山壮族瑶族自治县、下帅壮族瑶族民族乡，贵州六个壮族民族乡，湖南清塘壮族民族乡。我国实施的一系列的民族平等政策，使壮族人民的平等地位得到了切实保障，壮族人民当家做主，极大地激发了壮族作家的创作热情；民族身份的认可，促使壮族作家对族群身份及族群文化进行了深入思考。中华人民共和国成立初期，广西涌现了韦其麟、农冠品、莎红等大批壮族诗人。他们诗情迸发，创作了大量极

❶ 黄现璠，黄增庆，张一民. 壮族通史［M］. 南宁：广西人民出版社，1988.

❷ 李富强，潘汁. 壮学初论［M］. 北京：民族出版社，2009.

❸ 李富强，白耀天. 壮族社会生活史［M］. 南宁：广西人民出版社，2013：1.

❹ 王希恩. 全球化中的民族过程［M］. 北京：社会科学文献出版社，2009：106.

富民族特色的作品。他们一方面以感恩的心态，歌颂祖国，歌颂党给落后的民族带来的光明前景，表达对民族平等政策的拥护和支持；另一方面不断汲汲取族群民间文化艺术的营养，大量选取族群民间文化入诗。在艺术技巧上，借鉴了壮族族群和其他少数民族的民间文化的艺术形式和艺术手法，表达了作家对民间文化的热爱和“根性”皈依。雷锐教授在《壮族文学现代化的历程》一书中曾说，这时期“一些壮族诗人在当时民主改革的大背景下，广泛收集整理民间文学，并从中吸收营养，摄取素材，在壮乡辽远的历史中输入现代血液，取得了较好的成绩。韦其麟是其中最有影响的代表”❶。韦其麟于1953年发表了《玫瑰花的故事》，1955年发表了《百鸟衣》，这两首诗歌不但在题材源于壮族民间传说，在艺术形式上还借鉴了壮族民歌的表现形式。20世纪50年代起，农冠品开始发表诗歌作品，其诗取材于壮族文化，表达了对国家的民族团结和民族平等政策的支持和歌颂。

20世纪60年代末至70年代末期，壮族诗歌进入缓慢发展期。但如王希恩所述：“世界性的族性张扬其实早在这个世纪六七十年代就已开始了。”❷

20世纪80年代，我国继续遭遇全球族性张扬语境的裹挟。为了保持独特的民族性，国家大兴民族经济，繁荣民族文化。为了抵御西方现代派文化思潮的冲击，在文化领域出现了“寻根”的热潮。在文学领域，1985年4月韩少功在《文学的“根”》一文中提出“文学有根，文学之根应深植于民族传统文化的土壤里，根不深，则叶不茂”❸ 的口号，提倡作家应从传统民族文化中寻找文学和民族的自信。20世纪80年代中期，广西文艺界提出了“百越境界”，以“当我们把目光投向荒莽险峻的大山，云遮雾掩的村寨，当我们沿着历史的遗迹，追踪巡山狩猎、刀耕火种的民族过去，我们发现生活在广西的十二个兄弟民族有着比较共同的、与中原文化有所差异的文化渊源。离开百越文化传统以及由此产生的审美意识与心理结构来反映广西历史和现实是很难想象的”❹ 作为文学创作指导思想和对“寻根文学”的呼应。20世纪80年代末，广西文学界提出了“广西文坛反思”，是“对传统文艺方法做

❶ 雷锐．壮族文学现代化的历程［M］．北京：民族出版社，2008：246．

❷ 王希恩．全球化中的民族过程［M］．北京：社会科学文献出版社，2009：139．

❸ 陶东风，和磊．中国新时期文学30年［M］．北京：中国社会科学出版社，2008：234．

❹ 李建平．广西文学50年［M］．桂林：漓江出版社，2005：153．

一次逆动"❶，仍属对民族文化的反思范畴。农冠品在写于1988年的《参照系与价值观》一文中，曾这样提及这个时期广西文学创作的指导思想："广西是多民族地区，它的文学艺术参照系，一是民族的优秀传统，二是当代国内外的优秀文艺。"❷ 反观和审视"百越"文化成为这个时期广西文学重要的文学叙述语境。

20世纪80年代中期，韦其麟、黄青、农冠品、莎红等为首的一批壮族老诗人重拾20世纪五六十年代诗歌创作的激情，以诗歌热情地歌颂祖国和民族团结，歌颂祖国现代化的飞快进程。韦其麟1981年发表了《莫弋之死——红水河边一个古老的故事》，1983年发表了《岑逊的悲歌——一个壮族传说》，1984发表了《寻找太阳的母亲》等诗歌，均受壮族传说影响。莎红发表了大量的民族题材的诗歌，他除了描写壮族的民俗风情外，还描写了广西其他少数民族的风情。例如，描写壮族风情的诗有《歌海浪花（组诗）》《歌圩的前夕》《青铜鼓响了》《花山壁画赞》等，描写其他少数民族的诗有《赶场的日子》（彝族）、《月节酒歌》《尝新节的晚会》《老山里的小屋》《清水谣》（瑶族）等。农冠品在20世纪70年代末期至80年代中期，发表了大量的诗作，出版了诗集《泉韵集》，描写了广西各民族的风情。

20世纪80年代末期至90年代初期，我国改革开放和市场经济深入发展，区域间的联系加强，壮族族群与其他族群交流增多，加之受西方现代派浪潮的影响，族群成员的个体生命意识迅速崛起，现代化气息浓郁。在诗歌创作上，韦其麟、农冠品为首的老诗人继续以书写民族为主要题材，对族群文化内涵和本质进行了更深层次的思考。韦其麟于1991年发表了诗歌《普洛陀，昂起你的头！》，以诗剧的形式讲述了壮族的创世神普洛陀因为普救众生而失去爱情的故事。诗歌赞颂了普洛陀的英雄气概和大无畏精神，对普洛陀的悲剧命运表达了深切的同情。全诗气势宏大，情感悲壮。诗歌对族群创世之神形象的刻画和对其悲剧命运的描写，表达了诗人对族源历史的深刻反思。作品在结尾发出强大的感召："江河奔腾，千回百转，总向东流，总向东流！普洛陀，普洛陀昂起你的头，高高地昂起你骄傲的头！"❸ 韦其麟出版了散文诗集《童心集》（1987年）、《梦的森林》（1991年），反思了个体生命和生

---

❶ 农冠品．热土草［M］．香港：香港天马图书有限公司，1998：83.

❷ 同❶10.

❸ 潘琦．广西当代少数民族作家丛书·韦其麟［M］．桂林：漓江出版社，2002：177.

活的本质。诗人在诗歌中这样写道："我从哪里来？妈妈，我是怎样来到你身边的。"❶"这是我自己的歌。有什么好笑的呢，树林里小鸟的歌，山下小河唱的歌，我也一句听不懂，不是也很好听的么？"❷ 诗歌表达了对生命本源的拷问，对人性本真的执着追求，以及诗人个体生命意识的崛起，在生命的认知上达到了一个新的高峰。农冠品的诗风在这时期出现了新的转向，在诗集《晚开的情花》中文化反思情结明显，语言沉郁。黄堃、黄神彪、梁肇佐、李甜芬等大批年轻的壮族诗人相继涌现，他们不但书写民族文化的题材，更注重个体的生命意识和社会生活的本质，对族群文化本质的反思直指深处，赞美和批判共存。年轻诗人黄堃的诗关注壮族的历史、民族文化的本质、个人的生命价值。黎学锐在《绽放的生命花朵——读黄堃的诗》一文中指出："诗歌指向的是公共民族历史志，他着力探寻的是民族的传统文化与精神品格，而不仅仅是一种个人民族记忆的简单书写。"❸ 在黄堃的笔下，族群形象不再是抽象的、想象的，而是具体的、鲜活的。黄堃在诗歌世界里用激情和才情建构和塑造了一个个沉郁的、迷茫的、积极向上的、宽容的、善良的现代壮族后裔形象。诗歌这样写道："迪斯科之树枝叶繁茂/同时有一群穿牛仔裤的少年/诅咒着土地去贩猪排骨/长者们无语。神圣的眼里布满悲凉和期待/——旧的智慧默默燃烧/长者们一个个站着死去。"❹ 黄神彪的长诗《花山壁画》以一个现代社会壮族后裔的身份对族源和族群身份进行叩问："面对你，花山壁画，我不知道应该骄傲还是惭愧。……那时候我仍是一个天真的孩子，我便这样天真地叩问苍天：我们的骆越大地在世纪最初混沌时刻，你就这般风餐露宿着成为一个民族的圣地吗？"❺ 诗歌对壮族的族源进行了梳理，复述了先祖艰辛的创业史，激活了沉寂已久的族群历史记忆。诗人重新拷问了壮族族群的历史和文化的本质，表达了"根性"的皈依："花山壁画，我是你骆越民族一位忧郁和痛苦的后裔哟！"❻

20 世纪 90 年代中期至 21 世纪初，受商品化经济的巨大冲击，广西壮族文学渐渐市场化。一些壮族诗人或转入其他文体的创作，或转而从事其他职

---

❶ 韦其麟．童心集［M］．桂林：漓江出版社，1987：6.

❷ 同❶1.

❸ 黎学锐．绽放的生命花朵——读黄堃的诗［J］．民族文学研究，2007（1）。

❹ 潘琦．广西当代作家丛书·黄堃［M］．桂林：漓江出版社，2002：41.

❺ 黄神彪．花山壁画［M］．南宁：广西民族出版社，1990：1.

❻ 同❺108.

业，广西壮族诗歌一度走向了低迷。公民开始更多地关注个体生命的发展，部分壮族作家的创作转入了对个体生命的思考，远离了对社会和民族文化的思考，壮族诗歌族性写作话语渐渐趋于多元化。除少数壮族诗人继续坚持族性写作外，更多壮族诗人转入个人日常生活的写作，抒写现代生活给个体生命带来的痛苦和迷茫，再现异化后人对生活的理想化追求。罗小凤教授认为："21 世纪初期，一部分年轻壮族诗人的诗歌创作表现为一种自我的追求和个性的抒写，转入了个人小情绪的写作。"❶ 有一些少数民族诗人，干脆逃离了族性写作，刻意回避对生活、社会和民族文化的反思，作品缺乏历史的厚重感；一些广西诗人则将写作视点定位于“世界性”“中国性”，对广西本土的书写尤其是对地方文化、民族文化的挖掘、想象与建构明显不足。❷ 这时期的壮族作家“从与政治意识同步的主流位置上逐步走向边缘，每个人都寄居一隅，离开了主流的话语空间❸。这一时期，较有影响力的壮族诗人有石才夫、许雪萍、黄土路、黄芳、费城、覃才等。许雪萍的诗风细腻、含蓄、凄婉、迷茫，透露出淡淡的伤感，处处散发着女性身体写作的魅力。她在一首诗中这样写道："光芒。我知道，我的身体，有一部分已经成为深渊/荒野和洞穴/在时光的颠簸中，我感觉到了疼，尖锐的疼/平静的死亡如一把利器——"❹ 诗歌真实地表达了现代生活中人被异化后心灵深处的痛苦和伤感。黄土路善于从日常的生活中寻找诗意，诗歌平淡而富有韵味——“第一次给海写诗/觉得自己应该有一个像海一样的恋人/因为是第一次/你才把海想象得很小/仿佛盛在手心的一掬水/伸在远方/等待你收回手臂/把它一饮而尽。"❺ 黄芳的诗多书写女性朦胧的情感——“爱情是主打题材，她处理爱情题材时，与其说设置种种虚幻的场景来让审美经验呼之欲出，倒不如说她以女性独特的方式处理思维和表现世界的矛盾。"❻

进入 21 世纪以来，壮族诗歌的族性写作话语趋于多元化的原因是纷繁复杂的。笔者认为，究其原因主要有：第一，在市场化日益发展的背景下，一些壮族诗人表达了长期以来对概念化和政治化族性写作话语的厌倦、对抗和

---

❶ 罗小凤. 新世纪广西诗歌观察［M］. 南宁：广西人民出版社，2014：13.

❷ 同❶34.

❸ 雷锐. 壮族文学现代化的历程［M］. 北京：民族出版社，2008：406.

❹ 潘琦. 广西当代作家丛书・许雪萍［M］. 桂林：漓江出版社，2002：7.

❺ 黄土路. 慢了零点一秒［M］. 西宁：青海出版社，2007：173.

❻ 董迎春. 多民族文化视野下的新世纪广西诗歌［M］. 北京：中国社会科学出版社，2018：152.

回避，转入了对个体生命的反思和对个人生活方式的思考，表达了回归人性、回归个人生活世界的强烈渴望；第二，由于在漫长的历史长河中，壮族族群长期缺乏统一的文字、统一的宗教信仰，族性特征呈现较为复杂，族群凝聚力相对较弱，在市场经济强有力的冲击下，集体文化认同较易发生变迁，壮族文学的族性写作话语也较易发生转变，或被消解；第三，近年来，年轻的壮族人对壮族的文化缺乏全面了解，不少壮族作家也对壮族文化缺乏全面的认知和深刻的理解。

诗歌作为一种语言的艺术，既可以书写心灵的镜像，也可以书写社会和民族发展的镜像。当代壮族诗歌族性话语写作的多元化倾向，正是壮族文学渐向现代化发展的深刻反映。笔者曾就相关问题与农冠品、农学冠和农作丰老师有过交流，谈话记录如下。但笔者认为，这种现象只是暂时的。

（1）2015 年 4 月 24 日，笔者对农冠品的访谈。

笔者：您怎么看当下少数民族作家的创作现状？

农冠品：现在的年轻少数民族作家书写自我比较多，不像我们老一代少数民族作家，以反映国家和民族政治大事为主。

笔者：我还是认为坚持必要的族性写作是必需的。

农冠品：对。以前我们这一代老作家的文学创作都是写“大我”，现在对写自我内省体验和感受的比较多，也就是写“小我”多一些。

笔者：文学创作是作家的自由，可以写“小我”，也可以写“大我”，时代所需。

农冠品：现在和以前不同，鲁迅那会儿更不同……20 世纪初，有些作家内省的作品也较多，你可以关注一下。

笔者：好。

笔者：有些人认为，壮族被汉化了，没有自己的族性特点。您对壮族族性怎么看？

农冠品：壮族族性是多元化的，千百年来还是保留了自己的文化，比如山歌、语言、宗教等，这些我在诗歌作品中有所描写。壮族文化本身具有一定的局限性，因此我在诗歌中对壮族的文化进行了反思。有些人认为壮族被汉化了，其实不是这样的，壮族保留了自己独特的文化，所以我们要继续发扬我们民族的文化传统。搞文学创作，就要反映自己的民族特色。

（2）2017 年 8 月 24 日，笔者对农作丰[1]进行访谈。

笔者：农冠品老师和韦其麟先生这一代老诗人写民族题材比较多，现在年轻人写民族题材比较少。对于这个问题，您怎么看？

农作丰：世界变化太快了，接受信息的途径比较多，年轻人生活方式和我们那一代人明显不同，现在的文化娱乐性成分比较多，现在要求年轻人再重拾我们老一代人的生活方式不太可能。民族教育是一个与时俱进的东西，我主张顺势而为，加以引导，才是民族文化发展和民族教育的科学态度。

（3）2017 年 8 月 27 日，笔者对农学冠进行访谈。

笔者：在当下很多壮族年轻诗人为什么不再写民族诗呢？

农学冠：他们不一定都要写关于民族诗的。例如，舒婷的作品表现了女性心理，也同样具有思想性和艺术性。诗歌要大量运用比喻、暗喻和象征的手法，不要写得太直白。作家选择的民族题材要广，不一定专注写某个具体的民族。彝族可以写彝族，白族可以写白族，壮族也可以写壮族或别的民族。有些作家为什么写不出壮族文化的内涵，就是因为他没有充分挖掘壮族的特点，没有充分挖掘壮族的民族性。

笔者：现在的壮族诗人很少写壮族题材，有些诗人的创作题材和民族几乎沾不上多大的关系，多以抒发个人的小情感为主，如大多写爱情，感觉写作视野相对比较狭隘。

农学冠：这个问题比较复杂。有些诗人不喜欢显露他的少数民族身份。有些诗人虽然在写民族性的东西，但并不公开自己的少数民族身份。这些都要尊重作家个人的意愿。但无论你写了哪个民族的文化，读者读了你的诗后，起码要让读者分辨出来，你的诗表现的是北方的民族，还是南方的民族的文化内涵。南方民族的诗歌抒情的成分比较多，北方民族的诗歌情感表达相对刚强一些。你研究农冠品的诗歌，你可以强调他的诗歌的民族性，不能强调的不要勉强套用相关的理论。一些诗歌情感的表达是有共性的，有些东西整个中华民族都适用的。

---

[1] 农作丰，男，壮族，广西大新县人，1965 年出生，广西师范大学文学硕士，现为广西自治区纪检监察委员会干部。

第二节　地方知识背景

在古代，客观世界作家创作的关系问题已为人所关注，如在《礼记》中，就有“人心之动，物使之然也”[1]之说；在《乐记》中，也有“至于王道衰，礼义废，政教失，国异政，家殊俗，而变《风》、变《雅》作矣”[2]等说。在《地方知识——阐释人类学论文集》的译序中，纳日碧力戈认为，从地方知识的角度去理解文化的差异和共性，能更明了“我者”文化与“他者”文化之间的共性和个性特征[3]。基于上述研究目的，在2015年2月到2017年8月期间，笔者到农冠品的故乡大新县五山乡三合村浪屯进行田野调查，收集了大量的研究资料。笔者于在2015年2月到该村考察期间，适逢该村自然环境受到重金属污染，被列为限制访问区域，故田野采访期间所获的考察资料有限。2017年8月笔者再次到五山乡三合村浪屯进行田野调查，开展补充调查，亲眼见证了三合浪屯自然环境和人民生活的变迁。

一、五山乡：群山环绕的乡镇

据《大新县志》，广西壮族自治区大新县五山乡自古属万承土州，唐属邕州都督府，五代十国属邕州。宋省万承州，元明清因之。民国时为万承县北盛乡。1951年4月，养利、万承两县合并为养利万承联合县（内定称为大新县），同年9月，养利万承联合县与雷平县合并为大新县，县城设在桃城街。[4] 1969年，从昌明公社划出五山公社。[5]

---

❶ 郭绍虞. 中国文学批评史［M］. 天津：百花文艺出版社，2008：37.

❷ 同❶38.

❸ 格尔茨. 地方知识——阐释人类学论文集［M］. 杨德睿，译. 北京：商务印书馆，2014：16.

❹ 大新县志编纂委员会. 大新县志［M］. 上海：上海古籍出版社，1989：26.

❺ 同❹1－34.

（一）沿边贫困山区

大新县位于云贵高原南缘、广西壮族自治区西南角，距自治区首府南宁市166千米，东南界崇左市江州区，北邻隆安县，正北与天等县接壤，西北接靖西县，西南邻龙州县，并与越南民主共和国毗邻，国界线长41.4千米。❶ 大新县五山乡位于大新县城桃城镇的东北面，位于东经107°18′，北纬22°18′，海拔401米，东邻福隆乡，东南与昌明乡毗连，南接龙门乡，西南靠全茗乡，西北接天等县驮堪乡，东北与隆安县布泉乡接壤。五山乡辖1个社区和8个村，包括天水社区、三合村、文化村、温新村、文应村、其山村、宾山村、盆山村、联山村，54个屯，130个村民小组。❷ 五山乡农民生活贫困，五山乡内有五个贫困村，三合村是其中之一。五山乡政府驻天水社区度灵屯，距县城30千米。截至2014年12月31日，全乡总人口5435户，21387人，其中女性为10553人，人口自然增长率4.28‰。❸ 2015年年末全乡有5446户21589人，其中乡村人口21232人，城镇人口357人，女性10676人，人口自然增长率为2.38‰。❹ 2016年年末全乡有5483户21650人，其中女性10708人，人口自然增长率为4.11‰❺。

（二）人多地少的旱区

五山乡境内群山环绕，重峦叠嶂，自然环境恶劣，是大新县最干旱的地区之一。全乡仅有一条小河流经其山、罗山、宾山等村屯，地表水源缺乏，为全县旱区之首；因其地形为盆地，雨季无法向外排涝，又是全县涝灾的重灾区。当地群众广为流传的一句俗语“小雨能淹死蚂蚱，天旱能渴死蛤蚧”生动地反映了当地的气候特征。

五山乡境内石山环绕，耕地面积较少，部分耕地为山间的缝隙中开垦的零星地块，较难连片种植，有些地块形似鸡窝，当地群众戏称这样地为“鸡窝地”。2013—2017年，五山乡的耕地面积变化不大，村民以旱地耕作为主，

---

❶ 大新县志编纂委员会．大新县志［M］．上海：上海古籍出版社，1989：1.

❷ 相关资料由五山乡人民政府于2015年2月21日向笔者提供。本文资料已于2018年12月经赵精致乡长审阅。

❸ 相关资料由五山乡人民政府于2015年2月21日向笔者提供。

❹ 大新县地方志办．2016年大新年鉴［M］．南宁：广西人民出版社：257.

❺ 同❹252.

人均的水田耕地面积不足 0.40 亩 * 。2013 年全乡耕地总面积为 2132.57 公顷，其中水田面积 460.21 公顷，旱地面积 1672.36 公顷。❶ 2014 年年底，全乡行政区域总面积 144 平方千米，林地面积 10978.8 公顷，其中速丰桉种植面积 9.13 公顷。❷ 2015 年区域总面积 144 平方千米，林地面积 10978.8 公顷，全乡耕地总面积为 2131.89 公顷（土地确权数是 2043.24 公顷），水田面积 460.07 公顷，旱地面积 1671.82 公顷，人均耕地面积为 1.481 亩，其中人均水田 0.31 亩，人均旱地耕地面积 1.17 亩。❸ 2016 年区域总面积 144 平方千米，林地面积 10978.8 公顷，全乡耕地总面积为 2131.89 公顷，其中水田面积 460.07 公顷，旱地面积 1671.82 公顷，人均耕地面积为 1.477 亩，人均水田面积 0.31 亩，人均旱地面积 1.167 亩。❹ 由于地下岩洞众多，地下水无法储存，地表水源缺乏，因此五山乡耕地多以栽种旱粮为主，粮食作物有玉米、水稻，经济作物有龙骨花、旱藕、金银花、八角等。

（三）山路崎岖

五山乡境内山路崎岖，交通不便，村民主要靠步行出行。20 世纪 70 年代中期以后，村民们逐步解决了交通不便的难题。1975 年后修建了乡级公路。1999 年，五山乡天水村至昌明乡奉备村约 6.5 千米的乡级公路建成。2014 年，五山至昌明县级公路、天水社区度灵屯至三合村岜瑞屯乡级公路、天水社区至温新村和天水社区至文应村村级公路建设全部完工。这些路段的建成，大大缩短了当地农民到昌明乡、龙门乡和县城赶集的路程。2014 年，全乡实现了村村通水泥路的目标。❺

2015 年 2 月 21 日，笔者从大新县城乘车沿全茗方向入五山的乡级公路出发，虽然一路上较少有车辆行驶，但 30 千米的路程仍花了近一个钟头的时间。乡级公路绕山而过，一路悬崖高耸，坡陡路窄，路面转弯频繁，道路路面损坏严重，坑洼不平，会车困难。沿路可以看到在山边的空地中，群众用锄头一点点挖出的零碎的“鸡窝地”。一路上甘蔗和高大的树木较为少见。

---

* 1 亩约等于 666.67 平方米。

❶ 相关数据由五山乡人民政府向笔者提供。

❷ 大新县地方志办. 2015 年大新年鉴［M］. 南宁：广西人民出版社：252.

❸ 同❷257.

❹ 同❷252.

❺ 同❷254.

时值冬末初春，在山边的低洼处，零星可见几棵李树。李树正值花期，开着零星的白色小花（见图1－1和图1－2）。

图1－1 狭小崎岖的山路

图1－2 山边的耕地

2017年8月21日，笔者对五山乡三合村进行补充调查，笔者从大新县城乘小车沿昌明乡奉备村至五山乡天水村路段进入五山乡三合村浪屯，仅花四十多分钟就到达了三合村，交通状况有所改善，路面平坦、宽阔，路况良好。沿途风景秀丽，山青水绿，正值水稻的抽穗和扬花期，田野丰收在望。路边的沟渠流着清澈的流水，路边的梨树已经挂满了累累的果实（见图1－3和图1－4）。

图1－3 平整的村级水泥路

图1－4 沿途秀丽的风景

（四）经济发展缓慢

五山乡经济较为落后，该乡以发展农业经济为主。2014年农作物播种面积3451.6公顷，粮食播种面积1980.6公顷，总产量7689吨。全乡因地属旱区，甘蔗种植面积较少，全乡为316公顷（人均蔗地面积0.22亩），2014年和2015年榨季入厂原料蔗6036吨，种蔗收入有限。五山人民生活生产条件艰苦，2015年全乡农民人均纯收入6658元，主要为外出劳务输出所得。[1]农作物播种面积3252.13公顷，粮食播种面积2058.27公顷，总产量8181吨，甘蔗种植面积比去年有所减少，全乡为192.07公顷（人均蔗地面积0.13亩），2015/2016年榨季入厂原料蔗2754吨。农民人均纯收入7471元。[2] 2016年，全乡农作物种植面积49398亩（3293.2公顷），粮食总产8554吨，甘蔗种植面积为2503.15亩（166.88公顷，人均蔗地面积0.11亩），2016/2017年榨季入厂原料蔗15272吨。农民纯收入8383元。[3] 2017年，五山乡生产总值2.52亿元，农村居民人均纯收入8697元。[4]

二、浪屯：干旱贫瘠的村落

五山乡三合村位于乡政府西面，是五山乡人口、面积最大的行政村，辖10个自然屯：种老屯、布马屯、凛屯、罗屯、岜度屯、巴瑞屯、浪屯、布唔屯、常屯、新茗屯，共有23个村民小组，三合村经济作物有八角等，矿产资源有铅、锌矿，经济发展相对比较缓慢，地少人多，水田面积小，农民主要靠外出打工补贴家庭收入。据相关资料显示，2015年，三合村共有968户4140人；耕地面积3132亩，其中水田1417亩，旱地1715亩，作物以玉米、黄豆为主，农民人均纯收入为5631元。[5] 2017年三合村农业人口993户4387人，三合村总耕地面积4281亩，其中畲地2900亩，水田面积1381亩，人均耕地不足一亩，为0.97亩/人，其中水田仅为0.31亩/人。[6]

三合村浪屯是一个典型的壮族聚居村落，壮族人口占98%以上。近年来，该屯生态环境有所改善，农民生活水平不断提高，但经济发展仍相对较为缓慢。

---

[1] 大新县地方志办．2015年大新年鉴［M］．南宁：广西人民出版社：253.

[2] 同[1]257.

[3] 同[1]253.

[4] 相关数据由大五山乡政府2018年3月10日向笔者提供。

[5] 相关数据由大新县统计局2016年4月5日向笔者提供。

[6] 相关数据由五山乡人民政府2018年3月10日向笔者提供。

（一）依山聚落

浪屯四周群山环绕，无一地面河流通过。屯口大榕树下有一条村级公路经过，向东连接布唔屯，村级公路向东八千米处为乡政府所在地（见图1－5）。屯口榕树下是村民重要的活动场所，树下设有村务公开栏和告示。

图1－5　屯口的路

浪屯依山而居，靠山而生。截至2014年12月31日，浪屯共有62户人家，256人❶，村民多分散居住在村落背后的大山脚下，世代以耕作山下的水田和后山盆地内的旱地为生。大山海拔一百多米，山上多碎石、灌木和杂草，土地裸露的程度较高。山上的小路绕山而上，沿小路步行至半山坡可见浪屯的全貌。后山的绕山小路是通往劳动场所的重要通道，村民每天都要绕过这座山到后山的盆地去耕种（见图1－6和图1－7）。大山是当地群众获得日常生活燃料和获取食物来源的重要场所，村民世代以大山为生。

图1－6　村落全景

图1－7　村后通往后山的路

❶ 相关数据由五山乡三合村村干部和浪屯村干部于2015年2月21日向笔者提供。

浪屯周边山多，坡陡，当地的农民自古以来以步行为主，这样的状况一直延续到20世纪80年代。当地的村民告诉笔者，在修乡级道路以前，村里的孩子到全茗乡去读书要路过大新铅锌矿，再从那山间的小路穿过山弄，翻山越岭，穿越峡谷，才能到达全茗小学，全程一般要走四五个小时。孩子们从早上出发，到学校一般是中午了。1949年前，乡里基本没有汽车和自行车，村民的出行方式主要是步行。村里的道路多被野草和荆棘覆盖。2013年后，有环乡的乡级公路通过。2014年后，浪屯农民可以通过从五山乡天水村至昌明乡奉备村路段到县城及附近的乡镇赶集，交通不便的状况有所改善，近年来，随着当地农民外出打工收入的增加，部分外出打工的农民购置了小轿车，逢年过节从广东等地开车回家探亲访友。

（二）干旱缺水

浪屯水资源缺乏，全屯没有地上河流通过，仅有一小眼泉水从山间流下，平时有少量水源流出，但流量极不稳定。该水源自古为村民日常生活饮水。该水源流量小的时候，无法满足村民的生活需求。在干旱少雨的年份，当地群众要步行到很远的村落去挑水，或到山里的深洞去挑水。泉水从山上流到山下，经过一条狭长的水道，进入长、宽各约一米的方形小水池，供村民日常取水之需。小水池的西面修建有一个约50立方米蓄水池，蓄水池内水质浑浊。水池内溢出的地下水经水坑向外流出，经田野的水利沟渠灌溉村里唯一的50亩稻田。2011年村民们全部用上了自来水后，该泉已不再是该屯群众的饮用水源，主要用于灌溉农田。2015年以后，生态环境改善，该泉水流量稳定，常年有水（见图1-8和图1-9）。

图1-8　村里的唯一饮用水源

图1-9　浪屯的唯一水田

为了确保泉水常年水路畅通，2013 年村民自费集资修建了一条穿山水道，水道穿越几座山的岩石而过，全长约 8 千米。修建水道的工程非常艰苦，大约花了半年的时间（见图 1－10）。

图 1－10　狭长的穿山水路

2017 年 8 月 21 日，笔者再次到达浪屯时，发现该屯山下的泉眼已被修缮一新。村民扩大了泉眼周边蓄水池的面积，增修了一个大约 120 立方米蓄水池，附近的水利沟渠也被整饬一新（见图 1－11～图 1－14）。蓄水池存储雨季多余的水源，加上从泉眼流出的水资源，水田的灌溉水源充足。该泉眼自 2015 年年底被修缮后，泉水流量稳定，多余的水源被用来引水灌溉，庄稼产量稳定，连年丰收。笔者在调查期间，正值水田里第二造的水稻处在分蘖期，庄稼长势喜人。村民在泉眼的周围还挖了鱼塘养鱼。

2017 年 8 月 21 日，农冠品的大弟农甲品向笔者讲述了村里有关泉水的一些趣事。

笔者：我这次来调查，发现你们屯在泉水附近修了蓄水池。

农甲品：是，2015 年底修了一个大的蓄水池。

笔者：你们在水池里养鱼吧？

农甲品：有的。

笔者：在泉水附近，我看见有小孩游泳，现在你们不喝水池里的水了？

农甲品：有自来水了，我们现在很少喝，但现在那泉水倒很怪。

笔者：怎么怪？

农甲品：这泉水我们屯里的人都叫它"神经泉"。

笔者：泉水"神经"？是怎么一回事呢？

农甲品（笑）：它是很“神经”啊，不但以前是，现在还是。

笔者：为什么呢?

农甲品：以前我们很穷，天又旱，没有水喝，村里的人天天到泉边去等水，它像和我们斗气似的，一滴水也不流出来。等得我们都渴得“冒烟”了，我们回到家的时候，它突然“哗”地一声淹没了庄稼。你说气人不气人？所以我们干脆叫它“神经泉”。

笔者：现在不是经常有水吗？挺多的啊。

农甲品：是啊，但它现在仍被我们称为“神经泉”。

笔者：为啥?

农甲品：现在生活好过了，那泉水倒是天天流。以前穷，天又旱，怎么不见它流那么好呢？你说神经不神经?

笔者（笑）：哦。

图1－11　加修小蓄水池

图1－12　增修的大蓄水池

图1－13　昔日的“神经泉”

图1－14　蓄水池全貌

虽然近年来水利设施有所改善，但该屯除稻田有一些简易的排水沟渠外，山间耕地没有任何水利设施，农业生产非常被动，当地农民主要靠天上降雨灌溉农作物。当地的农作物多为旱作，主要有玉米、木薯和黄豆等，水稻产量较低。一年的旱作和水稻的收成基本够维持全屯一年的口粮。自然灾害的年份村民主要靠旱作玉米、红薯、木薯和黄豆等充饥，或靠打工挣钱到集市上买大米吃。当地农民种的蔬菜面积小，仅够村里人自家食用。

（三）农民生活贫苦

浪屯自古以来以农业生产为主，当地农民劳作艰辛，特殊的自然环境和生活环境造就了浪屯人民善良、淳朴和坚忍的性格。

1. 依山种地，靠天灌溉

据三合村村委会2015年2月21日向笔者提供的数据，至2014年12月31日止，浪屯耕地面积为300亩，其中250亩为旱地，水田50亩，人均耕地面积为1.2亩。[1] 这些耕地除山下的50亩水田以外，30%的旱地耕地是从山上的石头缝里挖出细小地块，零星、细碎，土地的肥力较差；60%耕地则位于后村山中盆地间，约有150亩，为连片的旱地。

浪屯的主要耕地位于群山环绕的一个小盆地底处。1995年开挖山间隧洞之前，村民们要爬山进去耕作。挖掘山洞后，要到达该盆地进行劳动，仍需从后村的小路翻越两座高山，再从山间的隧洞穿过，才能到达该村唯一的大面积的耕地。狭长的山洞在两山之间穿山而过，是村民通往山内耕地的关键通道。该山洞由村民自筹资金开挖，洞长约100米，洞宽约10米，能容一头牛和数人通过。洞口宽两米，高两米五，有些地方只有两米二或两米三。笔者在2015年和2017年调查期间两次从洞内穿过，洞内光线黯淡，地面凹凸不平，非常潮湿。从翻山到穿洞而过抵达洞外的劳作场所，走路约需二十分钟。洞外的沿山耕地零星、细碎，地势低矮，石头杂生，无法大规模连片种植。沿洞口的山脚南行约300米，可见开阔的山间平地。山间的耕地没有水利设施，农机作业的条件较差，当地农民在盆地内耕作“靠天吃饭”（见图1－15和图1－16）。

---

[1] 相关数据由三合村村委会于2015年2月21日向笔者提供。

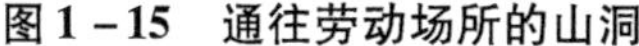

图 1－15　通往劳动场所的山洞

图 1－16　盆地内零星的耕地

2015 年 2 月 21 日，因雨天路滑，笔者未对后山的全部耕地进行实地考察（见图 1－17～图 1－19）。为了弥补这个缺憾，2017 年 8 月 21 日，笔者再次和农愿族屯长、农团品三人穿过山洞前往盆地内考察。笔者发现盆地内的耕地开阔，地势呈东向西倾斜，东高西低。盆地内耕地土层较薄，碎石较多，土地贫瘠。农愿族屯长告诉笔者，后山的地势低洼，一下雨就会有积水，常常淹没农田。山里的雨水无法在短时间内排出。有些年份因为自然灾害，农民颗粒无收。在粮食丰收的年份，农民们也要翻山越岭，将地里的玉米和木薯运出去，粮食的外运成为当地农民的一个难题。为了解决这个难题，在他的带领下，村民从山外挑来碎石铺在路面上，暂时缓解了雨天运粮的难题。如今，盆地内仍无任何水利设施。笔者到达盆地时，发现盆地内长势最旺盛的是木薯，其次是黄豆。玉米已经收割完毕，地里只剩下玉米秆。农愿族屯长与笔者的相关谈话如下。

笔者：盆地里的耕地好开阔。

农愿族屯长：是，这里是我们屯最大的连片耕地，地势低。

笔者：是，但风景挺好的，山好高。翻过这些山能到哪里？

农愿族屯长：到别的乡啊，如昌明乡，还可以到大新铅锌矿。

笔者：那你们有没有从这些山爬出去过呢？

农愿族屯长：一般不爬，山太高了。

笔者：地势那么低，这里的田地会不会被水淹？

农愿族屯长：会的。一下雨，这里经常被水泡，所以低一点的地方我们不敢种东西的。山里的水很难消退，要泡很久的。这山路很难走，一点点小雨，泥泞很多，走不了路呢。有时候进来运玉米，都运不出去。

劳动实在太辛苦了，前两年我们从外面拉了点碎石铺在路上，现在状况好多了。

笔者：我进来的时候发现有人养黑山羊。

农愿族屯长：是，但不多。

笔者：村里的农民一年的粮食够吃吗？

农愿族屯长：基本够吧，以前不够。

笔者：我们进来那个山洞什么时候开挖？

农愿族屯长：1995 年。在那个山洞开挖之前，村里的人出门，都要爬上大山才能出去的。

笔者：嗯，山是挺高的。你们都要爬过那些山才能进山里劳动吗？

农愿族屯长：是的。自从那个洞挖好了以后我们去种地就不用爬山了。但是当时规划得低了一点，宽两米，高两米五，但实际上有些地方并不到两米五，只有两米二或两米三。

图 1－17　盆地内的山路

图 1－18　山间的耕地东高西低

图 1－19　前往盆地的山洞

2. 劳动强度大，生活艰辛

浪屯自给自足的农业生产方式明显，劳作艰辛。1949 年至改革开放前，当地群众生计困难。直到改革开放后，村民们才基本解决温饱问题。2017 年 8 月 21 日，笔者对农冠品大弟农甲品，浪屯农民农佳品、农团品、农普安进行了访谈，他们向笔者讲述了当地村民贫苦的生活。[1]

笔者问农佳品：您小时候在哪儿读书？

农佳品：我没有读过什么书，和农冠品只是小时候的玩伴。

笔者问农普安：以前你们到全茗小学读书经过哪条山路，您还记得吗？

农普安：现在不记得了，只记得翻山越岭的，路很难走，不像现在的路一样平呢。以前我们走的都是羊肠小道，要穿过峡谷，一路都是山岭，翻过很多座山崖才到大路口。

笔者：那走到学校不是要大半天吗？

农普安：嗯，从天没亮就出发，走到已经是中午了，可以吃中午饭了。

农甲品：佳品从没有读过书，他小时候一直帮地主放牛。每天放牛后，地主才给他吃粥，干够一年活后，地主偶尔会给他一套旧衣服和一顶帽子回家过年。

笔者：你们村以前有地主吗？

农佳品：没有，要到龙门乡或别的村去。

农团品：有几个像我一样十几岁的穷人的孩子，要放牛才有粥吃。年底回家的时候得一个帽子或一件衣服，或一些谷子。

笔者：解放后，你去哪里做工呢？

农佳品：一直没有出去做工，在家种地。

农团品：后来他在 20 世纪五六十年代还当上了生产队长了呢。

笔者：当上生产队长后主要负责什么工作呢？

农佳品：平时我叫大家开会干活之类，可以领到工分。我当了十几年的生产队长都是挣工分。

---

[1] 农佳品、农团品、农普安均为大新县五山乡三合村浪屯的村民，农甲品是指农冠品的大弟，农冠品四兄弟他排行第二。

农甲品：我当时也是生产队的会计，也能挣到工分。

笔者（笑对农甲品）：您当生产队的会计，应该有些钱吧？

农甲品：哪有什么钱呢？我从1987年到1990年做了三年会计，都是挣工分，一分钱也没有拿到。

笔者：你们挣工分用来干吗呢？

农甲品：按工分来分东西啊。我们干活后，收获了东西，统一归到集体，最后按工分来分劳动成果，就是分一些稻谷等。

农甲品妻子：也就是说把所有的东西归到仓库后，才由队长按工分的多少分粮食。

笔者：嗯。分田到户后情况怎么样？

农团品：分田到户就是把田分到各家各户，各家自己种自己的地。

农甲品：分田到户后，多好一点，粮食多了。

笔者：分田到户后队长有负责干啥活呢？

农佳品：后来我就不做了，只种自己的地了。

农团品：后来就有屯长了。

笔者：屯长应该有补助的吧？

屯长：一天补助3.3元。

笔者：啊，这么少？

农团品：种自己的地，做一些事情也可以了，我以前做生产队指导员那会每天只收入1元钱。后来我去做水利，就一天几毛钱。

农甲品的妻子：后来我去矿场做工，一天收入1.8元就算多的了。

农甲品：不，是一天1.2元。

农团品：也有八角的，一天去打工除去吃的剩下一月四十元都很开心了。

笔者：你们去广东打过工吗？

农甲品的妻子：我们这一代都老了，年纪大了，去广东人家也不要，赶不上（好时代）了。

农甲品：九几年（20世纪90年代）我们村没多少人出去，2000年才出去多一些。

笔者（向农普安）：您是做老师的，做老师应该没他们那么辛苦吧？

农普安：谁说，那时候当老师也很辛苦的。

笔者：怎么会呢，您都有工资了，比他们好多了。

屯长：我爸很辛苦的，每次他去龙门中心小学校上课，都要翻过好几座山才到。

笔者：他不是天天这样吧？

屯长：嗯，隔几天回来一次，拿钱回来。

笔者：为啥？

屯长：我们还小，我妈带着我们6个孩子在家很辛苦，他要回来帮干农活。

农普安：我一个月工资三十几块钱，我没有工分，样样都要花钱买，那叫缺粮。

农甲品妻子：当老师也很辛苦的。每次他回来，还要带了一撮头巾到山里去砍柴。

笔者：您在村里还有田地吗？

农普安：没有，1977年田被没收了，仓库里的东西没有我的份，和你爸妈一样，吃粮所的。那叫非农业人口。

笔者：那您的工资够维持生活吗？

农普安：勉强够，但养6个孩子就很困难了。

笔者：您当老师的时候教学情况怎么样？

农普安：我在龙门中心小的时候教好几个班，乡下的孩子很听话，不难教。我教语文。我的房间就在教室旁边，一间小房两个人住，等另外一个老师煮好饭，那个炉子的柴火还没熄灭，我就用那余火来煮饭。下了课回来就自己生火炒菜。我们的床很小，仅够一个人睡。

1949年年初，当地农民石工比较多。目前，当地农民以从事农业为主，从事商业的人口极少，有少量的农民从事手工业。

2015年10月，国家的扶贫攻坚工作实施精准扶贫方略，经过精准识别，三合村共有建档立卡贫困户269户1086人，贫困发生率为24.7%。[1] 2017年8月，广西壮族自治区文学联合会在三合村挂点扶贫，帮扶工作有：放种养补助，协助办理和发放扶贫小额贷款；组织文艺汇演，修建篮球场、修路；培育山油茶产业基地、甘蔗双高基地、八角产业基地；爱心捐赠等。

[1] 相关数据由五山乡三合村村委会于2017年8月21日向笔者提供。

3. 自强建设家园

改革开放以后，当地农民渐渐逃离了自然环境恶劣的大山和艰苦的农业生产劳作环境，外出打工谋生。目前，外出打工的人口占全村人口的一半以上，现在村内的人口大部分为留守的老人和儿童。因浪屯的农民文化水平低，外出打工又没有相关的文凭和专业技术，只能从事一些收入不高、劳动强度较大的工作。农冠品的大弟农甲品告诉笔者，他一家六口都曾在广东打工，两个老人和两个小孩都靠儿子和儿媳两人挣钱养活，全家生活艰辛。

以下是笔者 2017 年 8 月 21 日与当地村民的访谈摘录。❶

笔者：你们去广东打过工吗？可以和我谈谈吗？

农团品：我没有出去打工，我种自己的地，自己找一些事情做。我以前做生产队指导员的时候，每天只收入 1 元钱。后来我去别的乡做水利，一天就几毛钱。

农甲品：20 世纪 90 年代我们村的人出去打工的很少，2000 年以后出去多了。

农团品：我 1976 年高中毕业后，考不上大学，1977 年就去做水利了，我们挣的是工分，没有钱。1978 年去硕龙打洞。在 19 岗（大新县城附近的地名）那里干活，一天挣几毛钱，高兴得要命了。以前我长得小，老挨欺负，常被别人取笑，他们开玩笑说“五山佬挨水淹，被水卷走”，说的是我个子小。我虽然个子小，但扛那开山炸石头的炸药有四十几斤重，也不怕。1980 年我们村分田到户后，我就回家种地了。我有个女儿和你一般大小，刚去广东打工。

农甲品妻子：我孩子也去过大新的罐头厂打工，自己带玉米糊去吃，他们在罐头厂打工认识了一些朋友，才一起相约去广东打工。

笔者：你们老一代农民都没有到过南宁打工吗？

农团品：大部分没有，多种自己的地，有时会做一些零工。现在的年轻人去打工怕辛苦，哪像我们，在家里做零工只要赚一块钱都干了。

笔者（向农团品）：那您有多少个孩子呢？

农团品：3 个。

---

❶ 农佳品、农团品、农普安均为大新县五山乡三合村浪屯的村民，农甲品是指农冠品的大弟，农冠品四兄弟兄弟排行第二。

笔者：你们的孩子都在外打工吗？

农团品：是。

农普安：我有一个孩子有工作，一个是屯长，其他的都做农民。

农甲品：是。

笔者：在广东都做什么工作呢？

农甲品的妻子：具体的工种说不上来，他们都进厂了。

屯长：他们都把孩子带出去了，都在广东打临时工，什么能挣钱就做啥。

农甲品：搞建筑，做菜刀，做洗发水、皮具这些活，都有。

浪屯的农民虽然生活艰苦，但外出打工的浪屯农民大多非常自强。他们在外努力干活，省吃俭用，攒钱回家盖楼房。至笔者 2017 年 8 月访谈结束时，该村楼房拥有率达 90% 以上。这些楼房最矮为一层半。全村房屋整齐，破烂的泥房已基本消失。笔者还了解到，该村农民不但努力改善居住环境，还筹资修建了水源地 8 千米过山水路工程。

2012 年以后，政府为解决贫困山区农民的住房问题，给予每户 1 万 ~ 3 万元危房补贴。农冠品父母曾经居住过的老宅至今仍为简单的平顶毛坯房，房内设施较为简单。

2017 年 8 月，笔者在调查时发现，屯里楼房的数量有所增加，但屋内的设施仍普遍较为简陋。浪屯村民的生活方式基本沿袭传统，但随着社会的发展，20 世纪 80 年代以后，村民们与外界交往的机会增多，日常生活的现代元素逐渐增多。

浪屯村民的男女双方均从事农业生产劳动，女性除在外承担体力劳动外，还要分担家里较多的家务活。男性多负责从事较重的体力活，如犁田、耙地、上山打石头、扛石头等；女性则从事相对较轻的体力活，如挑担、淋水、施肥等。在家中做菜的多为男性，女性主要负责洗碗和扫地等。家中事务多以女性为主，妇女不但承担地里的农活，还要承担家中的家务，劳动强度较男子大一些。女性主要负责养育和教育子女的任务。在平时和节日，女性可以上桌和男性一起就餐。就餐时，一些年老的女性一般要照顾小孩，年轻人退席后再自行就餐。女性在家中的地位较高，家中的事务一般由女性操持。一些家庭的女性还掌管家中的财务。改革开放以前，因为该屯的村民生活艰苦，一年到头都吃玉米粥，做工又辛苦，女性多不愿意嫁到该屯。改革开放以后，村民们生活有所改善，有别村的女性陆续嫁入该屯。

1949 年前，当地农民的男女婚配仍以媒妁之约为主。婚前，男女双方并不相识，也未曾谋面，婚姻全由父母操办。先由男方家长到仪式专家处去打听附近的村落有无合适婚配的适龄女青年。如有合适的人选，男方家的家长即到道公处询问这个女孩和自己儿子的命相和五行是否相合，能否为男方家添丁生子等。如女孩的命相和男方的命相相配，男方即请媒婆出面，带上肉和米，到女方家里下聘礼，到家里去求婚。如女方家同意后，即选定吉日举行婚礼。如男方能选中贤良和勤劳的女子为妻，则算是家里的福气。农冠品的大弟农甲品和妻子告诉笔者，结婚之前他们并不相识，农甲品的妻子是三合村凛屯的。农冠品的父母先去问算命先生，哪里有合适的女孩，算命五行相配才能结婚。然后男方到女方家去下聘礼，女方同意后，才选定日子结婚。农普安、农团品、农佳品等人的婚姻按照这样婚配的程序进行。改革开放后，村民自由恋爱、自主婚姻盛行。一些外出打工的年轻村民在打工期间找到了适合自己的配偶。青年男女结婚不再由父母包办，但结婚之日仍请道公看日子，选好良辰吉日后才成亲。

笔者 2017 年 8 月 21 日与当地村民的访谈中谈及相关的内容，具体谈话如下。

笔者（向农甲品妻子）：您的娘家是浪屯的吗？

农甲品妻子：不，我是凛屯的。

笔者：那会交通不便，通信工具缺乏，你们两个是如何认识的呢？

农甲品：去问命（算命）认识的，看生辰，我父母去问算命先生看命合不合才认识的，不像现在自由恋爱。父母知道这个女孩人品可以，就去算命先生那里去看生辰合不合适，才结婚的，不看人，看日子。

笔者：以前你们互不认识吗？

农甲品妻子：是的。婚姻都是老爸老妈决定的。

农团品：我们都是一样的，不像你们年轻人自由恋爱。

农普安：我也一样的。

农甲品妻子：在算命先生那里看好生辰以后，再去对象家里，带点肉和米去到家里问，对方答应才能结婚。

笔者：那你的老爸老妈怎么认识她呢？

农甲品：挨村去找啊，问道公啊。相中好的就好了，差的只有认命了。

农团品：现在年轻人都是性格合得来才结婚的。

浪屯子女随父姓，均为农姓，习惯与隔壁的村落通婚，隔壁村多为农姓。无子的家庭，可招婿上门，大多为两代同堂。有分家的传统，儿子长大结婚了，一般要分出去住。当地的农民都知道侬智高传说。据当地农民说，全村农姓为“侬”姓后人，为躲避战乱，繁衍至今。农冠品告诉笔者：“1949年前，浪屯大概有十几户人家，农姓是古时候从云南那边为躲避战乱逃到了这里。那时浪屯的人口相对较少，山多，比较安全，不易被官兵找到。当时有一些田地和水源，生活还能自给自足，安逸祥和，颇有陶渊明文章里描写中的‘桃花源’的味道。”

第三节　人生和创作经历

一、艰辛求学路

农冠品出生于一个农民家庭。家中祖父过世较早，有祖母、五个伯父和父亲。五位伯父都是农民，四伯父善编竹器，手艺精致。父亲曾任当地小学教师，母亲是农民。农冠品是家中老大，下有三个弟弟。二弟是南宁一所高等院校的退休老师，大弟农甲品和三弟均为农民。三弟因病早逝。

农冠品在他的散文《记忆的河》[1]中，曾说及儿时的艰辛：儿时常和家人翻山走10里路到大新县龙门乡龙门街赶集，随母亲上街卖东西。赶集时，他常听说战乱之事。

农冠品在读书期间，阅读了大量的文学作品，开始文学创作。

2016年5月23日，农冠品和笔者谈及他的往事，相关的谈话内容如下。

笔者：农老师，我想了解一下您早期的读书情况，您可以谈谈吗？

---

[1] 农冠品．记忆的河［N］．广西政法报，2002－04－15．

农冠品：我早年的求学经历是比较辗转和艰辛的。先是1948年在全茗小学读高小，走路要好几个钟头，要翻过几座大山。我母亲每个月看望我一次，逢圩日，她会挑一些米，大约有十几斤吧，交给学校饭堂，我才吃上饭。当时的山路很难走，草很高，她来学校看我一次很不容易。1950年我考上了龙门中学，后来又考上了龙州高中，当时龙州高中是比较有名的，我去那里读书也是走路去的，五山离龙州有一百多里路呢，得在大新雷平住一晚上才能到。学校里有图书馆，我开始阅读一些像《长江文艺》之类的期刊，高中的时候也写过一些诗歌，也投过稿，但都没有被采用。考上大学后，在学校里我参与了当时的文学创作小组，开始在校刊中发表诗歌。我发表的第一首诗歌是《青年进行曲》，该诗在校园中经常被朗读。

笔者：看得出来，您对读书和文学很执着啊。

农冠品：我是比较喜欢读书。

2015年2月1日上午，农冠品大弟农甲品向笔者谈起了农冠品的艰辛往事，相关的谈话内容如下。

笔者：您好，我想了解一些关于你大哥农冠品的一些情况，您能说说吗？

农甲品：我家有四兄弟，冠品是老大，我排行第二，我二弟是广西民族师范学院的老师，现在退休了住在南宁，三弟病逝了。儿时因为家里穷，我只好弃学了。前些年，我在南宁和我大哥一起住，在南宁打工。我现在广东随儿子打工，这几天刚到家（浪屯）。

笔者：干农活的日子一定很辛苦吧。

农甲品：谁说不是啊，很辛苦，都一辈子了。不过没办法，家里穷，当时我爸爸觉得我读书没有哥哥和弟弟好，就不给我读书了。

农甲品：以前老人很辛苦，辛辛苦苦养了一只鸡，大了，舍不得吃，把鸡卖了，供冠品读书。

笔者：当一辈子的农民您后悔了吧？

农甲品：没有，我大哥帮了我很多忙，就是生活稍微辛苦一点。

笔者：农冠品老师小时候读书很勤奋吧？

农甲品：是的，他读书是很用功的。我们读书时，没有鞋子穿，得光着脚走路去上学，到全茗读小学得走好几个钟头呢。他学习成绩很好，后来他到外边读书和工作了。

2017 年 8 月 21 日，笔者再次到三合村浪屯进行补充调查，村民农普安、农佳品向笔者谈及农冠品儿时的情况，相关谈话内容如下。

农普安：我和农冠品是叔侄关系，我们一起长大。

笔者：你们那时候去全茗读书情况如何？

农普安：很辛苦，我们那时候没有鞋子穿，靠步行去上学。我们要翻好几座大山，从村对面的那座山穿过去，再走小路。山很陡，草很高，山路上荆棘密布。

笔者：您和冠品一起读过书吗？

农普安：没有。我比他大四岁，我读书比他早。

农佳品：我和他一起玩，但不在一起读书。我没有读过书，因为家里穷。

笔者：你们去全茗读书是走哪条路呢？

农普安：你从大新县城来一定路过铅锌矿吧，就沿着那条路走过去，到山弄里走小路，才到配偶村（五山乡），再穿过几个村，才能从山弄里钻出来走到大路。我们从山坡到山坡，再到峡谷，才能走到学校。总之，以前的路很难走。

农普安：早上从村里走路到学校后，就是吃中午饭的时间了。

笔者：你们在学校里有宿舍住吗？

农普安：有的。我们一个星期才回一次家。

笔者：你们用不用交米给学校呢？

农普安：用。去的时候要带米交给学校，我们才有饭吃。

笔者：你们都打赤脚吗？

农普安：哪有鞋子穿呢，家里有一双草鞋穿已经算是一件令人非常高兴的事情了。

笔者：你们以前的粮食以什么为主呢？

农普安：吃玉米糊。

笔者：有米饭吃吗？

农普安：有啊，但很少。

笔者：你们带大米去学校，还是带玉米去学校？

农普安：带大米去。

笔者：你们的小学是三年制，是吧？

农普安：是的。

农普安：记得农冠品去龙州高中读书的时候，我还给他寄去了5元钱。

笔者：干什么用呢？

农普安：因为他太穷了，我就接济他一些。

二、心系故乡

农冠品童年疾苦，但勤奋好学。1948年，他到全茗小学读高小。从五山乡浪屯到全茗小学要翻山越岭超过7千米 路，走四五个小时。因此，他在学校寄宿，一个星期回一次家。1950年，农冠品考入龙门初中（大新县城第二中学）。就读了一年后，他就上了高中，1956年，考入广西师范学院（今广西师范大学）中文系。读书的时候，他聆听过黄现璠教授的演讲，受到黄教授思想的启发。大学毕业后，1960年他被分配到广西壮族自治区文联工作。工作后，农冠品一直居住在南宁，因工作繁忙和个人身体的原因，他很少返回家乡三合村浪屯，但他的心仍然牵挂着贫瘠的故乡。在农冠品的诗歌中多次提到故乡三合村浪屯，如《轮印》和《忆古榕》曾提及村中的大榕树和村里的泉水。2017年8月21日，农冠品大弟农甲品，浪屯农民农佳品、农团品、农普安在访谈中谈及相关情况。

农甲品：我哥大学毕业后一直在南宁工作。他平时工作比较忙，全身心地投入写文章当中，工作以后很少回到家乡。他退休后几次想回来，但身体又不太好，就很少回来了。父母过世后他回过家乡。

笔者：村里挖山洞的时候他过捐钱吧？

屯长：村里的公益事业他都捐钱的。

笔者：或许他工作太忙了吧。他退休后，还是有很多事情要他做的。你们不是有很多人去过他家吗？

农甲品：我去过很多次的，村里的很多人也去过他家的。

农普安：我去过两次。

屯长：他总说工作太忙，有时候要开会、出差。退休后，他身体不好，就很少回来了。

农甲品：村里原先还有一棵大榕树，就在村后面的山上。我哥还写过一首诗歌，就写咱村里的那棵大树，诗歌里的那个老人是我们的祖母。

农团品：他好像也写过村里的那口泉水吧。

笔者：有的。

农甲品：他写过泉水流出来的情景，还写了 1958 年砍村里榕树的事情。

笔者：你们看过他的这首诗吗？

农甲品：他给我们看过的。

三、情系民间文学

农冠品在大学期间，以广西大新县的一则民间故事为题材，创作和发表了第一篇文学作品《金羽毛》。作品发表后，极大地激发了他创作民间文学的热情。大学期间，他曾和同学多次深入广西各地搜集民间故事。

1960 年大学毕业以后，农冠品被分配到广西壮族自治区文联工作，主要从事民间文学收集、整理和研究工作。他和蓝鸿恩、陈白曙、侬易天等学者参加了广西民间文学研究会的早期创建工作。研究会成立以后，他们开始了民间文学相关资料的收集活动。那时全国经济落后，人民生活水平低，但他们仍坚持开展民间文学的收集和整理工作。他们深入广西壮族自治区各个地区，曾到广西壮族自治区金秀大瑶山、富川、都安、恭城等少数民族地区地收集资料，与当地的农民同吃、同住、同劳动。1961—1963 年，全国经济困难，他们仍坚持在广西各地的农村开展资料收集工作。“文化大革命”期间，农冠品利用闲暇时间整理民间文学资料，阅读了我国大量古代文学作品，做了多本读书笔记。“文化大革命”结束后，农冠品以前所未有的激情投入民间文学的搜集和整理工作中，他和他的同事完成了广西民间文学“三套集成”的收集整理工作，完成了《壮族民间故事选》《鹦哥王》等多部民间文学专集，《布洛陀经诗译注》《嘹歌》《密洛陀》（瑶族）等大型民间古籍的整理工作。他注重国际间的民间文学学习和交流，与同事一起完成了《壮傣传统文化比较研究》。1990年，他出访菲律宾进行民间文化考察。

2016年5月23日，笔者对农冠品进行访谈。从谈话中，笔者深深地感受到他对民间文学工作的热爱和执着。

笔者：农老师，您好，关于您从事民间文学工作的一些具体情况，可以谈谈吗？

农冠品：好。我1960年大学毕业后被分配到广西文联工作，和蓝鸿恩、陈白曙、侬易天几个人一起负责民间文学工作。当时成立了广西民间文学研究会。我们还年轻，不怕辛苦，跑的地方比较多，曾到金秀大瑶山、大苗山、富川、都安等地收集资料。1961—1963年，我们在乡下和农民一起度过了艰难的日子。我的诗集《泉韵集》中有好几首是那时写的。

笔者：农老师，到乡下采风的生活很辛苦吧？

农冠品：是。那时我们下乡没有交通工具，采风和收集资料都靠步行。我们要翻过很多座山。我们给农民一些粮票，和农民一起吃住，一起劳动。我们一边听农民讲故事，一边做记录。当时没有录音机、照相机，主要靠笔记录。钢笔字是用钢笔粉沾水写的。我们有时也住旅社。因为大瑶山山蚂蟥比较多，它吸饱了人血，就偷偷溜走了。晚上回到旅社休息的时候，才发现大腿上鲜血直流。年轻的我们顾不上劳累，回到旅社的房间继续整理白天收集的资料。

笔者：您可以谈谈关于壮族大型古籍收集的情况吗？

农冠品：收集和整理古籍资料工作非常辛苦，工作量非常大。以前电脑还没有普及，我们都是手工书写、整理和校对，然后再拿去印刷厂刻印。有时候我们也会自己用钢板刻印。

笔者：我发现您对瑶族和苗族的山歌和古籍也进行过相关的收集和整理工作。您会讲苗语和瑶语吗？

农冠品：不会。调研主要靠请当地的一些小学老师和瑶族群众协助。他们一句一句翻译，我们一句一句记录、校对和整理。

笔者：你们的工作量很大啊。

农冠品：是的，当时我们和古籍办的同志一起努力做了这些工作。改革开放以后，我们收集整理了很多大型古籍，我担任了多部大型古籍的主编和副主编。

笔者：嗯，像壮族的大型古籍《布洛陀经诗译注》《嘹歌》，瑶族的史诗《密洛陀》，民间文学的三大集成广西地区卷，您都担任了主编和副主编吧。

农冠品：是的。

四、主要创作经历

农冠品在收集和整理民间文学资料之余，创作了 7 部诗集。诗集《泉韵集》发表于 1984 年，主要展示了广西壮族自治区汉族、壮族、苗族、侗族、瑶族和京族等民族的风情。部分诗作是农冠品在工作后不久，在 20 世纪 60 年代初采风中写成的，其他诗作为“文化大革命”至 20 世纪 80 年代初的作品。诗集《爱，这样开始》发表于 1989 年，主要收集了农冠品“文化大革命”后至 1985 年间发表的作品。“文化大革命”结束后不久，农冠品和作家陆地等人到左右江革命根据地考察所作诗集《岛国情》出版于 1990 年，是农冠品访学菲律宾期间所作，主要描写了菲律宾的异国风情。诗集《晚开的情花》出版于 1991 年。这部诗集对壮族文化内涵进行反思和挖掘，对壮族社会的陋习进行批判。诗集《醒来的大山》出版于 1997 年，题意为“十一届三中全会给落后的大山带来了新的希望”，大部分诗作是农冠品 1983 年到青海参加民间史诗研讨会期间创作。诗集《记在绿叶上的情》在 1997 年结集，未出版，诗歌作品均已经发表。诗集对广西壮族自治区各民族 1949 年至 20 世纪末期社会主义现代化建设进程进行详细描述。诗集《世纪的落叶》1999 年结集，未出版，诗歌作品均已经发表。诗集按 20 世纪 50 年代、60 年代、70 年代、80 年代、90 年代五个阶段进行排序，主要描写了广西壮族自治区壮族地区 1949 年至 20 世纪现代化建设情况。部分诗作是 20 世纪 50 年代农冠品到南宁市五塘镇和农民一起劳动创作而成，其他诗作是农冠品在 20 世纪 60 年代至 20 世纪末在工作之余写成。农冠品 7 部诗集记录了他长达半个多世纪的心路历程，详尽地展现了 1949 年后壮族的现代化进程，展现了农冠品对民族文化的态度和观点，抒发了农冠品真挚的爱国和民族情感。

2016 年 5 月 23 日，笔者对农冠品进行访谈，具体谈话内容如下。

笔者：农老师好，您能就您诗歌的创作经历谈谈吗？

农冠品：好。诗集《泉韵集》部分诗是我在20世纪60年代初采风中写成的。诗集《爱，这样开始》是我和著名作家陆地等人到左右江革命根据地百色市考察时候写的。“文化大革命”刚刚结束，我的心情比较激动，当我了解到韦拔群一家人为革命牺牲的事迹后，我深受感动，回到单位后，就写了这方面的诗歌。

笔者：诗集《爱，这样开始》中的《寻求》《遗产》《表率》等诗歌是写韦拔群烈士和红七军革命战士的。

农冠品：对，革命成果来之不易啊，韦拔群一家人为了革命都牺牲了……他们的事迹令人感动。我创作的描写百色地区的诗歌大概有五十多首吧。

笔者：您在什么样的背景下创作诗集《晚开的情花》呢？

农冠品：改革开放以后，受新思潮（西方现代主义思潮）的影响，我的诗集《晚开的情花》一改以往歌颂为主的格调，对壮族文化进行了反思和批判。壮族文化是基于农业文明的文化，有灿烂的文明，但也存在一定的局限性，如保守、落后的因素尚存。我这部诗集对这些因素进行了批判和思考，在表现手法上借用了西方现代派的写作技巧，但不是很多，只有几首。

农冠品：《岛国情》是我第一次去菲律宾时写的作品。那是我第一次出国，心情比较激动，写了很多菲律宾风俗民情，当然也写了一些思念家乡和祖国的诗歌作品。

笔者：诗集《世纪的落叶》是怎样写成的呢？

农冠品：这本诗集是我20世纪50年代在南宁市五塘镇体验知青生活写成的。当时的劳动比较辛苦，休息的时候，我就记录下一些劳动和生活场景，记录的事情多了，慢慢地集成了一部诗集。

笔者：诗集《记在绿叶上的情》是如何创作而成的呢？

农冠品：这部诗集就比较综合了，各类题材都有。我当时想做一些新的尝试，想转变诗歌的风格，因此在这部诗集里做了一些尝试。人老了，总想有些改进和收获。我想使用一种新的诗歌体，这种诗歌体既有别于新诗，又不同于古体诗，主要是想解决格律的问题。诗歌创作是要讲究押韵和节奏的。可惜的是，这种尝试在这部诗集不多。

农冠品：诗集《醒来的大山》题意为“十一届三中全会给落后的大

山带来了新的希望”。这部诗集是1983年我到青海参加民间史诗研讨会期间写的。当时我游历了很多地方，因此写了很多山水诗。这部诗集里也有描写故乡大新风景的，算是一种思乡的情怀吧。

第二章

诗歌作品及情感世界

农冠品的诗歌以书写广西各地少数民族风情为主题，情感积极向上，奔放热情，国家和民族情感真挚、热烈，字里行间洋溢着独特的南方民族风情，语言清新晓畅，诗歌形式别致，用韵讲究，意境自然、淡雅和深远，在20世纪八九十年代的广西文坛具有较大的影响。

第一节　作品体系和主线

一、概况

农冠品自20世纪50年代开始发表诗作，至今共出版了7部诗集，两部散文随笔，一部歌词集，如表2-1所示。

表 2-1　农冠品自 20 世纪 50 年代至今已发表的作品

出版（结集）时间	类别	名称	内容	出版社	备注
1984 年	诗集	《泉韵集》	诗歌主要描写了汉族、壮族、瑶族、京族的风土人情和劳动情况，各族人民建设国家的生活和劳动情况。诗歌歌唱理想，歌唱民族团结。诗集由“甜蜜的海”“京族三岛风情”“边疆的云”“桂西的山”四部分组成	漓江出版社	1988 年获广西第一届铜鼓奖
1989 年	诗集	《爱，这样开始》	诗歌主要描写了汉族、壮族、瑶族等各族人民的建设情况，表达了农冠品对“四人帮”罪行的控诉，对祖国“四化”建设的祝福。诗集由六部分内容组成：百色起义的缅怀组诗；其他民族的现代化建设组诗；壮族地区现代化建设组诗；歌颂民族团结和歌颂祖国组诗；其他	广西民族出版社	《在金凤凰落脚的地方》和《将军回到红河边》分别获获得第一、第二届少数民族文学奖
1990 年	诗集	《岛国情》	为农冠品出访菲律宾所作，诗歌主要描写了菲律宾的异国风情	广西人民出版社	获得菲律宾人民的好评
1991 年	诗集	《晚开的情花》	诗歌以对壮族文化的内涵反思为主题，对壮族族源进行爬梳，对壮族文化内涵进行反思和深刻挖掘，对壮族文化进行风情展示，特别注重对“三月三”节的风情描绘，对广西及其他省市的地域进行风情化叙述	漓江出版社	1992 年获第二届壮族文学奖
1997 年	诗集	《醒来的大山》	为描写祖国河山的山水诗，内容包括十个部分：“桂山漓水情”“春城花”“古都短章”“青海诗草”“兰州见闻”“天府吟”“山城剪影”“长江浪花”“醒来的大山”“黑水河流过的地方”。对广西的地域描写体现在以下三部分内容中：“桂山漓水情”“醒来的大山”“黑水河流过的地方”	广西民族出版社	—

续表

出版（结集）时间	类别	名称	内容	出版社	备注
1997 年	诗集	《记在绿叶上的情》	诗歌内容较为繁杂，以壮族为主的其他民族的社会主义现代化建设进程情况进行详细描述。诗歌以歌颂劳动，歌颂民族团结，歌颂祖国为题，继续关注地域描写，描写了包括壮族地区、广西其他民族地域和其他省市的地域风情	诗歌已发表	已结集，未出版
1999 年	诗集	《世纪的落叶》	诗歌对广西其他民族（主要是壮族）的“四化”建设过程进行翔实的描写，历史的叙述分 20 世纪 50 年代、60 年代、70 年代、80 年代、90 年代阶段展开，主要描写了壮族地区现代化进程中发生的大事和涌现的英雄人物	诗歌已发表	已结集，未出版
1995 年	歌词合集	《相思在梦乡》	歌唱祖国建设的歌词集	广西民族出版社	1997 年获第三届壮族文学奖优秀奖
1995 年	散文集	《风雨兰》	生活和文学随笔	广东人民出版社	—
1998 年	散文集	《热土草》	文学随笔和民间文学的感悟	香港天马图书有限公司	—

二、作品体系

农冠品用诗的语言建构了庞大的族性叙述体系，完成了身份建构和自我认同。为了方便研究，笔者根据诗歌的题材和内容，现将农冠品创作的 7 部诗集和《广西当代作家丛书 · 农冠品卷》中的部分诗歌共 622 首诗进行归类，如表 2 – 2 所示。

表 2－2　农冠品创作的部分诗歌

类别	诗歌名称	主要内容	诗集名称	数量（首）	类别合计（首）	创作（发表）年份
第1类：族群历史和文化反思	《万寿果》	赞美南方的木瓜，表达立志为人民服务的心愿	《爱，这样开始》	1	30	1979
	《花山奇观》	花山颂歌，赞颂人民力量的伟大	《爱，这样开始》	1		1980
	《擎天树》	歌唱和赞美壮乡的枧木	《爱，这样开始》	1		1981
	《写在绿绿的蕉叶上·壮乡的银河》	歌颂和赞美红水河	《泉韵集》	1		1982
	《金茶花》	民族恋歌	《爱，这样开始》	1		1982
	《民俗》	壮民俗新看	《记在绿叶上的情》	1		1985
	《致虎歌》	虎年之歌，鼓励壮族人民虎年扬虎威	《爱，这样开始》	1		1985
	《红水河，光明的河》	歌唱和赞美红水河	《爱，这样开始》	1		1986
	《我是红木棉》	把“我”比喻为故乡的红棉树，讴歌民族团结	《爱，这样开始》	1		1986
	《骆越雄风》	追溯骆越民族的历史	《记在绿叶上的情》	1		1990
	《神铸》	赞颂壮族铜鼓艺术	《晚开的情花》	1		1991
	《七月南方》	描写了南方七月的景色	《晚开的情花》	1		1991
	《南方山区透视》	—	《晚开的情花》	1		1991
	《透视 A：交叉与重逢》	描写和再现了现代文明与族群传统文明的冲突	《晚开的情花》	1		1991
	《透视 B：沉醉与撞击》	描写和再现了现代文明与族群传统文明的冲突	《晚开的情花》	1		1991
	《早落的露》	描绘北方早晨的景色	《晚开的情花》	2		1991
	《柳絮》	描写京城的柳絮	《晚开的情花》	1		1991
	《无蹄》	描写风	《晚开的情花》	1		1991
	《邑来，我民族的魂》	歌颂花山，花山是民族的魂	《晚开的情花》	1		1991
	《夏之吟》	歌颂伟大的党	《晚开的情花》	1		1991
	《牧》	描绘南方的风景	《晚开的情花》	1		1991

续表

类别	诗歌名称	主要内容	诗集名称	数量（首）	类别合计（首）	创作（发表）年份
第1类：族群历史和文化反思	《乡祭》	—	《晚开的情花》	3	30	1991
	《祭红土黑土》	祭土地，土地赞歌	《晚开的情花》	1		1991
	《祭这本歌书》	祭歌书，歌书赞歌	《晚开的情花》	1		1991
	《祭母体》	把民族比喻为母体，反思民族文化	《晚开的情花》	1		1991
	《搬山》	改编莫一大王的传说	《爱，这样开始》	1		1991
	《奋飞吧，我的民族》	壮民族颂歌，对族群成员进行感召	《记在绿叶上的情》	1		1996
	《雁》	对一对青年男女爱情悲剧的壮族民间故事进行改编	《当代作家丛书·农冠品卷》	1		2002
	《以黑为美的族群》	描写黑衣壮的民俗风情	《当代作家丛书·农冠品卷》	3		2002
	《致花山》	歌颂和赞美花山	《记在绿叶上的情》	1		2003
	《蛙崇拜》	对蛙崇拜进行现代阐释	《记在绿叶上的情》	1		2003
第2类：以大山意象为背景	《雾中》	描写大山的雾	《醒来的大山》	1	10	1986
	《鹧鸪情》	描绘山乡劳动、生活场景。鹧鸪啼，山民的希望	《醒来的大山》	1		1986
	《故道》	咏故道。新的山路，山民的希望	《醒来的大山》	1		1986
	《羊回头》	咏山路。山路难走，羊回头	《醒来的大山》	1		1986
	《深潭边》	悲剧故事	《醒来的大山》	1		1986
	《山的启迪》	借山咏志。山巍然屹立，从不动摇，给人以启迪	《记在绿叶上的情》	1		1992
	《影印》	再现了落实责任制后，夫妻在山里齐种树的生活场景	《醒来的大山》	1		1997
	《石头与鸟》	再现山乡生活场景。建新房，鸟飞走，大山迎来新的幸福	《醒来的大山》	1		1997

续表

类别	诗歌名称	主要内容	诗集名称	数量（首）	类别合计（首）	创作（发表）年份
第2类：以大山意象为背景	《蜜，流进……》	再现山乡生活场景。清晨的山里，夫妻俩在种果	《醒来的大山》	1	10	1997
	《轮印》	追忆过去。讲述了当兵的丈夫逃回家后，与妻重逢的故事	《醒来的大山》	1		1997
第3类：“三月三”节和歌圩	《家乡歌节》		《泉韵集》	5	14	1980
	《彩色的河》	描绘广西“三月三”节对歌场景	《泉韵集》	1		1980
	《乡野间的交响》	描绘广西“三月三”节对歌场景	《泉韵集》	1		1981
	《金凤》	描绘广西“三月三”节对歌场景	《泉韵集》	1		1982
	《春草》	描绘广西“三月三”节对歌场景	《泉韵集》	1		1982
	《溶汇》	描绘广西“三月三”节对歌场景	《泉韵集》	1		1982
	《盘阳河畔三月三》	描绘广西“三月三”节对歌场景	《爱，这样开始》	1		1982
	《红豆歌·红豆树下致歌仙》	抚今忆昔，今天三姐秀才是一家	《爱，这样开始》	1		1983
	《红豆树下》	描绘搭歌台唱山歌的场景，祝福未来	《世纪的落叶》	1		1983
	《歌圩短章》	描绘广西“三月三”节对歌场景	《记在绿叶上的情》	1		1983
	《阳春三月三》	描绘广西“三月三”节对歌场景	《爱，这样开始》	1		1985
	《唱歌同振民族心》	描绘对歌的场景，歌唱民族团结	《爱，这样开始》	1		1985
	《下枧河秋歌》	描绘下枧河的歌坡节对歌场景	《晚开的情花》	1		1991
	《三月三》	描绘广西“三月三”节对歌场景	《记在绿叶上的情》	1		1992

续表

类别	诗歌名称	主要内容	诗集名称	数量（首）	类别合计（首）	创作（发表）年份
第4类：以故乡意象为背景和故乡的诗	《甜蜜的海》	赞颂家乡甘蔗林	《泉韵集》	1	16	1978
	《淡淡的远山》	表达思念故乡的情感。故乡的远山有亲人	《爱，这样开始》	1		1986
	《故乡散题·鸡鸣繁星》	描绘故乡的清晨，表达对幸福生活的向往	《泉韵集》	1		1980
	《香蕉沟》	描绘香蕉沟新景	《泉韵集》	1		1982
	《圩日》	描写故乡圩日的场景	《泉韵集》	1		1982
	《甜甜的乡情》	描写故乡景色	《泉韵集》	1		1982
	《归程》	抒发思乡之情	《世纪的落叶》	1		1983
	《家乡有金花银花》	赞颂家乡的特产金银花	《爱，这样开始》	1		1984
	《啊！故乡的山》	描写故乡的山，渴望故乡早日改变落后面貌	《爱，这样开始》	1		1984
	《方土吟》	故土吟，期盼故乡早日脱贫	《记在绿叶上的情》	1		1991
	《在乡间》	—	《晚开的情花》	5		1991
	《鸟语》	描写乡间景色	《晚开的情花》	1		1991
	《花色》	描绘乡间景色	《晚开的情花》	1		1991
	《夜风》	描绘乡间景色	《晚开的情花》	1		1991
	《山果》	描绘乡间景色	《晚开的情花》	1		1991
	《蝶舞》	描绘乡间景色	《晚开的情花》	1		1991
	《我爱这方热土》	抒发对故乡的依恋之情	《记在绿叶上的情》	1		1995
第5类：大新风景	《德天好风光》	描写大新德天瀑布秀丽的风景	《世纪的落叶》	1	22	1993
	《黑水河》	描写大新黑水河秀丽的风景	《世纪的落叶》	1		1983
	《忘不了那美人蕉》	大新县太平镇中学校园印象	《醒来的大山》	1		1991
	《希望云彩》	赞颂大新县边关重镇硕龙镇	《醒来的大山》	1		1991
	《绿的潇洒》	赞颂故乡的甘蔗林	《醒来的大山》	1		1991
	《墨绿龙眼林》	赞颂故乡的龙眼林	《醒来的大山》	1		1991

续表

类别	诗歌名称	主要内容	诗集名称	数量（首）	类别合计（首）	创作（发表）年份
第5类：大新风景	《致黑水河》	描写大新县黑水河秀丽的风景	《醒来的大山》	1	22	1991
	《大海的孙女》	描写大新县乔苗水库秀丽的风景	《醒来的大山》	1		1991
	《平安的乐曲》	描写大新县特产毛鸡	《醒来的大山》	1		1991
	《利江情》	赞颂大新县利江秀丽的风景	《醒来的大山》	1		1991
	《桃城》	描写大新县桃城镇的新貌	《醒来的大山》	1		1991
	《野菊花》	赞颂大新县乔庙水库的建设者的牺牲精神	《醒来的大山》	1		1991
	《绿窗》	描写家乡绿色的雨	《醒来的大山》	1		1991
	《剑麻诗情》	描写大新县的特产剑麻	《醒来的大山》	1		1991
	《水彩画》	描写大新县明仕田园秀丽风光	《醒来的大山》	1		1991
	《奇洞初游》	描写大新风景龙宫洞独特的风光	《醒来的大山》	1		1991
	《崛起的甜蜜》	赞颂崛起的大新县糖业	《醒来的大山》	1		1991
	《那岸人》	大新那岸电站建设者的颂歌	《醒来的大山》	1		1991
	《啊，德天瀑布》	描写德天瀑布秀丽的风景	《醒来的大山》	1		1991
	《龙眼故乡》	赞颂大新县的特产龙眼	《醒来的大山》	1		1991
	《夜访一》	讲述大新县蛤蚧养殖户覃俊鹏艰苦创业的故事	《醒来的大山》	1		1991
	《夜访二》	讲述大新县蛤蚧养殖户覃俊鹏艰苦创业的故事	《醒来的大山》	1		1991

续表

类别	诗歌名称	主要内容	诗集名称	数量（首）	类别合计（首）	创作（发表）年份
第6类：边境风情	《利剑》	讴歌戍边战士，他们是祖国的一把利剑	《世纪的落叶》	1	31	1974
	《青山歌谣》	摇篮曲。赞颂军民鱼水情	《泉韵集》	1		1979
	《杜鹃》	咏杜鹃。红色的杜鹃花是烈士的象征	《泉韵集》	1		1979
	《你虽然》	战士未婚妻写给战士的情歌	《泉韵集》	1		1979
	《边疆月色》	赞颂守边战士纯洁的爱情	《泉韵集》	1		1979
	《边境速写》	—	《泉韵集》	5		—
	《家乡的土地，祖国的山》	赞颂家乡和祖国。家乡的土地和祖国的山河不可侵犯	《爱，这样开始》	1		1979
	《锦鸡画眉歌》	送阿哥参军的歌	《爱，这样开始》	1		1979
	《阳春红棉》	咏阳春的木棉。红棉是保卫祖国战士的象征	《世纪的落叶》	1		1979
	《诉说》	赞颂友谊关。友谊关是友谊之关	《世纪的落叶》	1		1979
	《记史》	歌唱和平，歌颂中越友好	《世纪的落叶》	1		1979
	《边城与星星》	边境战士颂歌。星星就是战士们明亮的眼睛	《泉韵集》	1		1980
	《一山雨一山晴》	边境战士颂歌。战士们的牺牲换来了祖国的晴天	《泉韵集》	1		1980
	《边境早市》	描绘中越边境的早市	《泉韵集》	1		1980
	《边疆的云》	描绘边境的云。边疆的云与战士形影相连	《泉韵集》	1		1980
	《泉韵》	描写边疆的泉水	《泉韵集》	1		1980
	《青山随想》	赞美边疆的青山，歌颂和平	《爱，这样开始》	1		1980
	《鸡鸣》	边境战士颂歌	《爱，这样开始》	1		1980

续表

类别	诗歌名称	主要内容	诗集名称	数量（首）	类别合计（首）	创作（发表）年份
第6类：边境风情	《绿》	边境战士颂歌。战士的军装与边疆晨光都是绿色的	《爱，这样开始》	1	31	1980
	《边疆花》	赞颂木棉花，木棉花是英雄的花	《爱，这样开始》	1		1980
	《我爱法卡无名花》	赞颂法卡山上的守边战士	《泉韵集》	1		1982
	《思恋的边境》	描写祖国的边境线的风景和战士的爱国精神	《爱，这样开始》	1		1986
	《青山魂》	—	《晚开的情花》	8		1991
	《青山魂》	赞颂戍边战士的牺牲精神	《晚开的情花》	1		—
	《哨卡》	赞颂戍边战士的爱国精神	《晚开的情花》	1		—
	《炊烟》	描写中越边境风景，向往和平	《晚开的情花》	1		—
	《鸟啼边林》	描绘中越边境风景	《晚开的情花》	1		—
	《邀酒》	向烈士表达崇敬之情	《晚开的情花》	1		—
	《夜，雷雨》	描绘中越边境风景，歌颂战士戍边战士的爱国精神	《晚开的情花》	1		—
	《边境的风》	描写中越边境的风，表达亲人对战士的思念	《晚开的情花》	1		—
	《寻访・回答》	寻访边防战士，战士的回答是需要亲人们的支持和理解	《晚开的情花》	1		—
	《南疆明珠》	抚今忆昔，歌颂凭祥改革开放	《记在绿叶上的情》	1		1994
	《边境绿叶情》	抚今忆昔，歌颂凭祥改革开放	《记在绿叶上的情》	1		1994

续表

类别	诗歌名称	主要内容	诗集名称	数量（首）	类别合计（首）	创作（发表）年份
第7类：百色风景和红军革命的历史	《听歌》	喜听红军歌，用歌声表达对红军的感激之情	《爱，这样开始》	1	49	1975
	《虹》	讲述红军和敌军交战，救下少数民族群众的故事	《爱，这样开始》	1		1975
	《桄榔树下》	讲述一位老共产党员的回忆，讲述了艰苦的革命历程	《爱，这样开始》	1		—
	《风雨航程》	讴歌百色起义的革命先烈	《爱，这样开始》	1		1977
	《火炬·宝剑·巨笔》	描写革命遗址东兰县的魁星楼，讴歌百色起义的革命先烈的丰功伟绩	《爱，这样开始》	1		1977
	《寻求》	追忆和缅怀韦拔群烈士的丰功伟绩	《爱，这样开始》	1		1977
	《遗产》	描写了韦拔群烈士生前用过的一口锅，以小见大，缅怀韦拔群烈士	《爱，这样开始》	1		1977
	《回答》	写革命遗物标语，以小见大，缅怀革命烈士	《爱，这样开始》	1		1977
	《红棉报春》	写革命遗物红七军标语，以小见大，缅怀红七军的革命烈士的丰功伟绩	《爱，这样开始》	1		1977
	《火种》	写革命遗物学员分布图，以小见大，缅怀革命烈士的革命历程	《爱，这样开始》	1		1977
	《红霞》	通过革命遗物区域图，以小见大，缅怀革命烈士的革命历程	《爱，这样开始》	1		1977
	《长缨》	写红七军战士的遗物子弹带，以小见大，缅怀革命烈士的革命历程	《爱，这样开始》	1		1977

续表

类别	诗歌名称	主要内容	诗集名称	数量（首）	类别合计（首）	创作（发表）年份
第7类：百色风景和红军革命的历史	《诉说》	缅怀革命烈士的丰功伟绩。在纪念馆里蕴藏着一个个的革命故事	《爱，这样开始》	1	49	1977
	《百色赋》	追忆百色市红色的历史	《爱，这样开始》	1		1977
	《饮马泉》	追忆红军长征的革命历程	《世纪的落叶》	1		1977
	《龙岩行》	革命遗址龙岩，追忆红七军的革命历程	《世纪的落叶》	1		1977
	《难忘的腊月天》	追忆红七军艰苦革命的历程	《世纪的落叶》	1		1977
	《表率》	写韦拔群烈士的遗物一张借条，以小见大，缅怀韦拔群烈士	《爱，这样开始》	1		1978
	《喜风雨》	写革命遗址“共耕社”，缅怀革命先烈	《爱，这样开始》	1		1978
	《共耕路》	写革命遗址“共耕社”，缅怀革命先烈	《爱，这样开始》	1		1978
	《旗》	写红七军遗物红旗，以小见大，缅怀革命烈士的革命历程	《爱，这样开始》	1		1978
	《光的生命》	写红七军的遗物一盏马灯，以小见大，缅怀革命烈士的革命历程	《爱，这样开始》	1		1978
	《金色的课堂》	借列宁岩抒怀，缅怀革命烈士	《爱，这样开始》	1		1978
	《清风楼之歌》	借红七军遗址清风楼抒，缅怀革命烈士的丰功伟绩	《爱，这样开始》	1		1979
	《西山泉》	借西山泉抒怀，缅怀革命烈士的丰功伟绩	《爱，这样开始》	1		1979
	《西山路》	借西山路抒怀，缅怀革命烈士的丰功伟绩	《爱，这样开始》	1		1979

续表

类别	诗歌名称	主要内容	诗集名称	数量（首）	类别合计（首）	创作（发表）年份
第7类：百色风景和红军革命的历史	《西山奇观》	写革命遗址西山岩，追忆红七军艰苦的革命历程	《世纪的落叶》	1	49	1979
	《红凤凰》	1977年邓小平同志为红七军军部和革命政府旧址题字	《世纪的落叶》	1		1979
	《在金凤凰落脚的地方》	右江盆地抒怀	《爱，这样开始》	1		1980
	《右江流水情》	忆往昔，看今日右江水新貌	《爱，这样开始》	1		1980
	《春光无限》	追忆红七军革命艰苦的历程，歌颂新生活	《世纪的落叶》	1		1980
	《山湖·香》	写百色杧果的香味	《泉韵集》	1		1980
	《山湖·网》	描写百色澄碧湖风光	《泉韵集》	1		1980
	《百色吟》	赞百色，百色古今对比	《记在绿叶上的情》	1		1990
	《历史·江河》	百色起义六十周年纪情	《记在绿叶上的情》	1		1990
	《桂西行吟》	追忆革命历史，歌颂新生活	《记在绿叶上的情》	1		1990
	《新声》	百色油田纪情	《记在绿叶上的情》	1		1990
	《交织与撞击》	百色油田纪情	《记在绿叶上的情》	1		1990
	《碧湖新篇》	歌颂百色的现代生活	《记在绿叶上的情》	1		1990
	《登临》	抚今忆昔，歌颂新生活	《记在绿叶上的情》	1		1990
	《百色风采》	描绘百色市崭新的时代风貌	《晚开的情花》	6		1991
	《黄色》	描写丰收的黄色是稻谷的颜色，象征着丰收	《晚开的情花》	1		—
	《绿色》	绿色是希望的象征	《晚开的情花》	1		—
	《黑色》	黑色是石油的颜色	《晚开的情花》	1		—
	《银色》	炼油厂的颜色银色	《晚开的情花》	1		—
	《红色》	火红的日子的颜色是红色的	《晚开的情花》	1		—

续表

类别	诗歌名称	主要内容	诗集名称	数量（首）	类别合计（首）	创作（发表）年份
第7类：百色风景和红军革命的历史	《杂色》	百姓的生活是五彩的	《晚开的情花》	1	49	—
	《百色风景》	百色风景今昔对比	《世纪的落叶》	1		1999
	《回顾与面对》	追忆革命先烈，歌颂新生活	《世纪的落叶》	1		1999
	《纪念功碑浴风雨》	追忆革命先烈，歌颂新生活	《世纪的落叶》	1		1999
第8类：广西其他地区风情	《美丽的南宁》	歌颂南宁，自治区红色心脏	《世纪的落叶》	1	50	1976
	《好山好水歌不尽》	描绘靖西风情	《世纪的落叶》	1		—
	《高山·大海》	桂西的山和北海比较	《醒来的大山》	1		1997
	《拾彩贝》	桂西的山和北海比较	《醒来的大山》	1		1997
	《音乐喷泉》	描写北海喷泉	《记在绿叶上的情》	1		—
	《与绿城谈心》	赞美南宁	《记在绿叶上的情》	1		1997
	《岛塘》	赞美祖国的海岛	《爱，这样开始》	1		1977
	《幼苗·巨柱》	写海岛的新学校	《爱，这样开始》	1		1977
	《虹图》	赞龙胜梯田	《爱，这样开始》	1		1978
	《锦缎·美酒》	赞清平水库的好风光和劳动者的勤劳	《泉韵集》	1		1978
	《湖岛·金果》	赞清平水库好风光和劳动者的勤劳	《泉韵集》	1		1978
	《路》	描写凤山的山路	《泉韵集》	1		1978
	《边城港》	描写防城港的繁忙景象，祝福防城港的未来	《泉韵集》	1		1978
	《青狮潭》	描写青狮潭的好风光	《泉韵集》	1		1979
	《桂山漓水情》	赞美桂林的山水	《醒的来大山》	21		1961—1980
	《榕湖月》	咏榕湖月和友情	《爱，这样开始》	1		1980
	《古榕》	描绘北海古榕	《记在绿叶上的情》	1		1980

续表

类别	诗歌名称	主要内容	诗集名称	数量（首）	类别合计（首）	创作（发表）年份
第8类：广西其他地区风情	《药场人家》	描写山上的药场人家的生活	《爱，这样开始》	1	50	1981
	《我爱龙城》	赞美柳州风景	《爱，这样开始》	1		1982
	《柳江水悠悠》	赞美柳江秀丽的景色	《爱，这样开始》	1		1982
	《南宁雨》	写南宁的雨	《爱，这样开始》	1		1984
	《致崇左》	描绘崇左风光	《记在绿叶上的情》	1		1987
	《左江风光》	描绘左江风光	《记在绿叶上的情》	1		1987
	《北海》	赞北海风情	《晚开的情花》	1		1991
	《象城的荣幸》	南宁赞歌	《记在绿叶上的情》	1		1991
	《斯罗港七彩鸟》	描绘钦州港风情，歌颂邓小平的“南巡”讲话	《记在绿叶上的情》	1		1992
	《依依西林情》	描写西林风情	《记在绿叶上的情》	1		1994
	《龙的苏醒与腾飞》	抚今忆昔赞龙州	《记在绿叶上的情》	1		1994
	《龙城放歌》	赞颂柳州的新貌	《记在绿叶上的情》	1		1995
	《山湖》	—	《泉韵集》	3		—
	《题杨美古镇》	杨美古镇赞歌	《记在绿叶上的情》	1		1998
第9类：省外、国外风景诗	《地角吟》	描绘海南岛风情	《记在绿叶上的情》	1	140	1980
	《春城花》（诗辑）	描写昆明山水和人情	《醒来的大山》	8		1981
	《古都短章》（诗辑）	描绘西安风情	《醒来的大山》	6		1983
	《青海诗草》（诗辑）	描绘青海风情	《醒来的大山》	22		1983
	《兰州见闻》（诗辑）	描绘兰州风情	《醒来的大山》	4		1983
	《天府吟》（诗辑）	描绘成都风情	《醒来的大山》	6		1983
	《山城剪影》（诗辑）	描绘重庆风情	《醒来的大山》	13		1983
	《长江浪花》（诗辑）	描写长江风景	《醒来的大山》	21		1983
	《思悠悠》	船到汉口思故乡	《世纪的落叶》	1		1983
	《致冷水滩》	离开冷水滩的感想	《醒来的大山》	1		—
	《岛国情》（诗集）	描写岛国菲律宾的风情	《岛国情》	29		1988
	《北方诗情》	描写北方的风景和人情	《晚开的情花》	15		1991
	《佛国游踪》	游历东南亚各国见闻	《记在绿叶上的情》	1		1992
	《香港断章》	游香港见闻	《记在绿叶上的情》	1		1992

续表

类别	诗歌名称	主要内容	诗集名称	数量（首）	类别合计（首）	创作（发表）年份
第9类：省外、国外风景诗	《写给热带雨林》	描写云南西双版纳风情	《记在绿叶上的情》	1	140	1994
	《高原的太阳》	到拉萨，想起故乡	《世纪的落叶》	1		1994
	《阿里山情愫》	描绘阿里山风情	《记在绿叶上的情》	4		1996
	《共有蓝天的太阳》	期盼和讴歌香港回归祖国	《记在绿叶上的情》	1		1996
	《鱼的港湾》	鱼和港湾是香港和祖国的象征	《记在绿叶上的情》	1		1997
	《同是一个》	期盼和讴歌香港回归祖国	《记在绿叶上的情》	1		1997
	《汇流》	期盼和讴歌香港回归祖国	《记在绿叶上的情》	1		1997
	《紫荆花神彩》	期盼和讴歌香港回归祖国	《记在绿叶上的情》	1		1997
第10类：其他民族风习和族群间的情感交流	《森林情歌》	描写苗家人砍木的情景	《泉韵集》	1	34	1961
	《苗家情》	访苗家老人，老人谈起往事	《泉韵集》	1		1961
	《林海晨曲》	老山林场工人伐木场景	《泉韵集》	1		1962
	《瑶山诗情》	—	《泉韵集》	6		—
	《瑶山三唱》	描写瑶山巨变	《世纪的落叶》	3		1975
	《京族三岛》	描写京族三岛的风情	《泉韵集》	7		1977—1979
	《织》	描写京族渔女织网的情景	《爱，这样开始》	1		1977—1979
	《侗乡春》	描绘了侗乡的春天	《世纪的落叶》	1		1980
	《在密林中》	赞瑶山的灵香草	《记在绿叶上的情》	1		1981
	《过林香界》	描写车过林过林香界的感受	《泉韵集》	1		1981
	《问鹿》	借问鹿表达民族情感。鹿是连接我国南方和北方的情感纽带	《泉韵集》	1		1981
	《采香草》	描绘瑶族姑娘进山采灵香草	《泉韵集》	1		1981
	《金秀河》	赞美金秀河	《泉韵集》	1		1981
	《老山人家》	描写金秀老山人家的生活	《泉韵集》	1		1981

续表

类别	诗歌名称	主要内容	诗集名称	数量（首）	类别合计（首）	创作（发表）年份
第10类：其他民族风习和族群间的情感交流	《护林哨》	瑶山林区见闻	《泉韵集》	1	34	1981
	《瑶家歌会》	描写瑶族歌会的热烈场面	《爱，这样开始》	1		1981
	《红叶树》	描写瑶山秋天的红叶	《爱，这样开始》	1		1981
	《密密林中采香草》	瑶山见闻录	《爱，这样开始》	1		1981
	《壮山牧歌》	壮族姑娘在天山牧场放牧，歌颂民族团结，表达族群间的交流情感。	《爱，这样开始》	1		1982
	《瑶山行》	描写瑶山见闻	《记在绿叶上的情》	4		1987
	《留给我》	描写傣族风情	《记在绿叶上的情》	1		1989
	《来相会》	民运会赞歌，歌唱民族团结	《世纪的落叶》	1		1991
	《手挽手》	民运会赞歌，歌唱民族团结	《世纪的落叶》	1		1991
	《流水与彩云》	民运会赞歌，歌唱民族团结	《世纪的落叶》	1		1991
	《颂歌》	歌颂毛泽东思想的英明伟大	《记在绿叶上的情》	1		1991
第11类：族群的现代化进程	《炉前老人》	描写桂林农机械厂冶炼车间的劳动场景，刻画了一位炉前老人的形象	《世纪的落叶》	1	154	1958
	《机器轰鸣的车间》	描写桂林农机械厂冶炼车间的劳动场景	《世纪的落叶》	1		1958
	《白连长》	塑造了一位昔日战斗的连长如今为了祖国冶炼积极投身建设的形象	《世纪的落叶》	1		1958
	《红旗与工人》	描写桂林农机械厂冶炼车间工人热火朝天劳动的场景	《世纪的落叶》	1		1958
	《金凤凰》	平南县马练山寨换新貌	《世纪的落叶》	1		1961

续表

类别	诗歌名称	主要内容	诗集名称	数量（首）	类别合计（首）	创作（发表）年份
第11类：族群的现代化进程	《护堤》	描写了修护水库长堤的热火朝天的劳动场景	《世纪的落叶》	1	154	1963
	《画》	描绘新中国成立初期的农村新貌	《世纪的落叶》	1		1964
	《一枝花》	歌颂财贸战线的典型傅灿华小组	《世纪的落叶》	1		1964
	《心声组诗》	描写蒲庙水泥厂工人车间作业的情景，讴歌他们的奉献精神和劳动的热情	《世纪的落叶》	3		1964
	《唱给西津水电城组诗》	献给西津水电站建设者的歌	《世纪的落叶》	6		1964
	《检验》	刻画了蒲庙检验员爱国、勇于奉献的形象	《世纪的落叶》	1		1964
	《繁杂》	刻画蒲庙机械工爱国、勇于奉献的形象	《世纪的落叶》	1		1964
	《山高》	刻画包装工乐于奉献的形象	《世纪的落叶》	1		1964
	《春歌》	给乡镇干部和劳动者的颂歌	《世纪的落叶》	6		1965
	《火树》	刻画了下乡蹲点干部乐于奉献的形象	《世纪的落叶》	1		1965
	《红色骏马》	刻画了机耕队青年不怕困难、积极投身建设的形象	《世纪的落叶》	1		1965
	《绿染》	刻画了育秧员乐于奉献的形象	《世纪的落叶》	1		1965
	《队长回来了》	刻画了起早贪黑生产队长的形象	《世纪的落叶》	1		1965
	《红色种子》	刻画了扎根农村的女插青形象	《世纪的落叶》	1		1965
	《偏爱》	刻画了扎根农村的插青形象	《世纪的落叶》	1		1965

续表

类别	诗歌名称	主要内容	诗集名称	数量（首）	类别合计（首）	创作（发表）年份
第11类：族群的现代化进程	《游起凤山》	游览起凤山见闻，赞颂壮乡新景	《世纪的落叶》	1	154	1965
	《长堤歌》	一首修建水利邕江大堤的长歌，用诗歌鼓舞劳动者斗志	《世纪的落叶》	1		1969
	《金田新唱》	抚今忆昔，追忆太平天国起义的历史，歌颂今天的金田旧貌换新颜	《世纪的落叶》	11		1974
	《在山村的日子里》	描写了农冠品到钟山参加劳动的经历和生活情况	《世纪的落叶》	13		1976
	《进发》	描写了机关办公干部向工厂矿山进发和群众同甘共苦的情景	《世纪的落叶》	1		1976
	《山歌》	描绘女拖拉机手边劳动、边唱山歌的场景，歌唱新生活	《世纪的落叶》	1		1976
	《青春》	赞颂知青的扎根精神。赞颂下乡知青的青春献给了扎根的农村	《世纪的落叶》	1		1976
	《职责》	上一辈人对年轻的人提出了共产党人的职责	《世纪的落叶》	1		1976
	《深情》	描绘了夏粮丰收后社员喜交爱国粮的场景	《世纪的落叶》	1		1976
	《新画》	山区新貌速写	《世纪的落叶》	1		1976
	《脚印》	歌颂人民群众劳动的伟大	《世纪的落叶》	1		1976
	《批评》	描写政治夜校评论会的情景	《世纪的落叶》	1		1976
	《围歼》	生产队灭虫记	《世纪的落叶》	1		1976
	《重任》	一位老农民追忆过去，激励青年人不断奋进	《世纪的落叶》	1		1976

续表

类别	诗歌名称	主要内容	诗集名称	数量（首）	类别合计（首）	创作（发表）年份
第11类：族群的现代化进程	《寒风》	风灾，痛感粮食减产	《世纪的落叶》	1	154	1976
	《绿云》	描写了茶姑山间采茶的情景	《世纪的落叶》	1		1976
	《山河》	献给板冠水库劳动者的歌	《世纪的落叶》	1		1976
	《芳香的笑》	描写了壮族女性在林中采八角的劳动场景	《泉韵集》	1		1978
	《纺云织彩》	展现了邕江边织布车间繁忙的织布场景	《泉韵集》	1		1978
	《金波曲》	讲述开掘金波地下河的故事	《爱，这样开始》	1		1978
	《西津》	西津水电站建设者之歌	《爱，这样开始》	1		1979
	《足迹》	描写了粮食高产丰收的喜悦	《世纪的落叶》	1		1979
	《公仆》	教育党员和干部要当人民的公仆	《世纪的落叶》	1		1979
	《恋》	展现壮家女儿崭新的婚姻观，讲述一对青年男女劳动中的爱情故事	《泉韵集》	1		1980
	《同做“四化”有心人》	鼓励壮族人民同心建设家乡，同做“四化”有心人	《爱，这样开始》	1		1980
	《喜歌》	歌唱山乡新生活	《世纪的落叶》	1		1980
	《回响》	歌唱祖国迎来了建设的春天	《世纪的落叶》	1		1980
	《朝阳》	歌唱祖国迎来了新的希望	《世纪的落叶》	1		1980
	《嫁》	展现壮家女儿崭新的婚姻观，女儿要嫁给“四化”热心汉	《爱，这样开始》	1		1981
	《撑把阳伞嫁进村》	姑娘爱上种田哥	《爱，这样开始》	1		1981
	《新风赞》	赞颂祖国“四化”的新风尚	《世纪的落叶》	1		1981

续表

类别	诗歌名称	主要内容	诗集名称	数量（首）	类别合计（首）	创作（发表）年份
第11类：族群的现代化进程	《明洁的心》	赞颂“五讲四美”	《世纪的落叶》	1	154	1981
	《茶花》	讴歌民族团结和民族间的交流	《世纪的落叶》	1		1981
	《笑声赛过水落滩》	—	《世纪的落叶》	3		1981
	《大河滚滚唱欢歌》	歌颂“四化”建设和家庭联产承包责任制政策	《世纪的落叶》	1		1981
	《笑声赛过水落滩》	歌颂“四化”建设和家庭联产承包责任制政策	《世纪的落叶》	1		1981
	《日子越过越好看》	歌颂“四化”建设和家庭联产承包责任制政策	《世纪的落叶》	1		1981
	《金凤凰》	歌颂伟大的党，党就是金凤凰	《爱，这样开始》	1		1982
	《大海》	大海比喻祖国，河流比喻各民族	《爱，这样开始》	1		1982
	《小鸟》	慨叹苦难已经过去，小鸟长出有力的翅膀	《爱，这样开始》	1		1982
	《一滴水》	我是一滴水，祖国是大海，歌唱民族团结	《爱，这样开始》	1		1982
	《众望歌》	歌颂党	《世纪的落叶》	1		1982
	《小河连大河》	赞颂民族大团结	《世纪的落叶》	1		1982
	《根连根》	赞颂民族大团结	《世纪的落叶》	1		1982
	《心窗》	赞颂祖国现代化建设和民族团结	《世纪的落叶》	1		1982
	《假若》	歌颂党的英明和伟大	《世纪的落叶》	1		1982
	《尼香罗》	塑造了为家乡寻找水源的科技干部尼香罗的形象	《爱，这样开始》	1		1983
	《亮了天来亮了天》	一支青年男女现代爱情的歌	《爱，这样开始》	1		1983
	《他走了》	纪念为建设做出贡献而过早离开的县委书记	《爱，这样开始》	1		1983

续表

类别	诗歌名称	主要内容	诗集名称	数量（首）	类别合计（首）	创作（发表）年份
第11类：族群的现代化进程	《献给矿工的歌》	歌颂矿工乐于奉献的精神	《爱，这样开始》	1	154	1983
	《红豆歌·相思树上相思豆》	发出民族团结，相亲相爱莫相斗的感召	《爱，这样开始》	1		1983
	《春·秋》	对祖国经历的坎坷感慨万千，歌颂和祝福祖国走向春天	《爱，这样开始》	1		1983
	《我是一棵小草》	抒发爱国情怀。“我”是一棵小草，祖国是大地	《爱，这样开始》	1		1983
	《描下山前荔枝蜜》	赞颂山村新貌	《爱，这样开始》	1		1983
	《春天主题歌》	歌唱祖国迎来了新的春天	《世纪的落叶》	1		1983
	《竹笋歌》	借竹笋表达生命意识和爱国情怀	《世纪的落叶》	1		1983
	《春来了》	歌唱祖国迎来了新的春天	《世纪的落叶》	1		1983
	《情如江水》	讴歌改革开放如江水势不可当	《世纪的落叶》	1		1983
	《快乐的小溪》	各民族是小溪，祖国是大江河，歌唱民族团结	《爱，这样开始》	1		1984
	《小凤凰》	“我”是壮族小凤凰，祖国是太阳，表达身份认知	《爱，这样开始》	1		1984
	《青春的歌唱》	歌唱青春，感召我们要像海燕展开青春的翅膀	《爱，这样开始》	1		1984
	《应是》	歌颂春天，表达生命意识和平等意识	《世纪的落叶》	1		1984
	《风雨·求索》	赞颂联产责任制	《世纪的落叶》	1		1984
	《小草》	咏小草，反思祖国和个人的命运	《记在绿叶上的情》	1		1986
	《群雁》	反思改革的挫折和艰辛	《记在绿叶上的情》	1		1988
	《年轻群星》	青春赞歌	《记在绿叶上的情》	1		1988
	《杂咏》	反思改革出现的一些问题	《记在绿叶上的情》	1		1988
	《星座》	赞家乡水电站	《记在绿叶上的情》	1		1987

续表

类别	诗歌名称	主要内容	诗集名称	数量（首）	类别合计（首）	创作（发表）年份
第11类：族群的现代化进程	《年轻的鹰与山花》	讲述壮族青年布达的现代爱情故事	《记在绿叶上的情》	1	154	1987
	《晨露集》	反思生命的本质	《记在绿叶上的情》	5		—
	《共和国的爱情》	歌颂祖国	《记在绿叶上的情》	1		1989
	《马年放歌》	马年到来抒怀，寄语未来	《记在绿叶上的情》	1		1990
	《今夜》	感召要建设团结统一的祖国	《记在绿叶上的情》	1		1990
	《江山魂》	天生桥水电站殉职者的颂歌	《记在绿叶上的情》	1		1990
	《T · E 神》	读报反思社会不良现象	《世纪的落叶》	1		1991
	《吟羊调》	借吟咏羊，对现实发展的若干反思	《记在绿叶上的情》	1		1991
	《菊花时节》	咏菊	《记在绿叶上的情》	1		1991
	《国旗》	祖国和国旗的颂歌	《记在绿叶上的情》	1		1991
	《岩滩》	赞颂岩滩水电站	《世纪的落叶》	1		1992
	《走向明天》	歌唱未来	《记在绿叶上的情》	1		1992
	《夏的热风》	对南宁市、凭祥县、对外开放表达欣喜之情	《记在绿叶上的情》	1		1992
	《七月情愫》	抒发爱国情怀，坚定改革的理想和信念	《记在绿叶上的情》	1		1992
	《奶香新屋》	赞中外合资南宁添百力食品有限公司生产的南珠奶正式投产	《世纪的落叶》	1		1993
	《难忘》	赞颂祖国山水	《世纪的落叶》	1		1993
	《秋思》	反思市场经济带来的影响	《记在绿叶上的情》	1		1993
	《六月传单》	抗洪抢险赞歌	《记在绿叶上的情》	1		1994
	《天无眼》	抗洪抢险赞歌	《记在绿叶上的情》	1		1994
	《访铝城》	—	《世纪的落叶》	2		1995
	《共饮》	赞平果铝城的建设成果	《世纪的落叶》	1		1995
	《长河》	赞平果铝城的创业者	《世纪的落叶》	1		1995

续表

类别	诗歌名称	主要内容	诗集名称	数量（首）	类别合计（首）	创作（发表）年份
第11类：族群的现代化进程	《向往》	歌颂希望，向往新世纪	《记在绿叶上的情》	1	154	1995
	《右江铝城颂》	平果铝城颂歌，展现了铝城的建设情况	《记在绿叶上的情》	1		1995
	《铝都人的爱情》	赞颂平果铝都人的奉献精神	《记在绿叶上的情》	1		1995
	《南珠颂》	南珠和育珠人的颂歌	《记在绿叶上的情》	1		1995
	《扶贫攻坚在仁良村》	扶贫攻坚战改变了仁良村的面貌，一首扶贫攻坚的颂歌	《记在绿叶上的情》	1		1997
	《金秋喜歌》	讴歌十五大的召开。诗歌回顾过去，展望未来，歌颂改革开放	《记在绿叶上的情》	1		1997
	《我们的旗帜》	歌颂邓小平理论和社会主义制度	《记在绿叶上的情》	1		1997
	《火中的凤凰》	火灾后的反思和期望	《记在绿叶上的情》	1		1997
	《春的步伐》	歌颂春天，激励不断创新，继续前行	《记在绿叶上的情》	1		1998
	《地之魂》	歌颂八桂大地物产丰富，历史悠久	《记在绿叶上的情》	1		1998
	《明灯照四方》	赞颂胸怀人民，以身殉职的模范党员王任光	《世纪的落叶》	1		1999
	《风雨历程》	讴歌祖国和改革开放	《世纪的落叶》	1		1999
	《回顾与面对》	回顾革命的历史和展望未来	《世纪的落叶》	1		1999
	《纪念功碑浴风雨》	回顾革命的历史和展望未来	《世纪的落叶》	1		1999

续表

类别	诗歌名称	主要内容	诗集名称	数量（首）	类别合计（首）	创作（发表）年份
第12类：情歌	《玉妹》	讲述玉妹的悲惨故事	《爱，这样开始》	1	6	1979
	《幸福的海燕》	情歌	《爱，这样开始》	1		1980
	《小河情》	讲述一对归侨知识分子的故事	《爱，这样开始》	1		1980
	《誓言》	清明节缅怀革命烈士	《世纪的落叶》	1		1980
	《喜相逢》	与归叙别情	《爱，这样开始》	1		1982
	《黄牛》	沉痛哀悼黄勇刹先生	《世纪的落叶》	1		1984
	《远方的候鸟》	中国—芬兰民间文学联合考察记情	《爱，这样开始》	1		1986
	《悼白曙》	沉痛哀悼白曙	《记在绿叶上的情》	1		1987
	《八桂苍山》	赞八桂艺术	《记在绿叶上的情》	1		1987
	《母校记史》	为母校的刊物题词	《记在绿叶上的情》	1		1988
	《细微美》	赞美微雕艺术的精湛	《世纪的落叶》	1		1988
	《湖与海》	情诗	《晚开的情花》	1		1991
	《深思》	情诗	《晚开的情花》	1		1991
	《夏赠》	赠南宁文学院	《记在绿叶上的情》	1		1991
	《祝贺与希望》	南宁日报创刊贺词	《记在绿叶上的情》	1		1992
	《红豆情思》	咏红豆，表达相思之情	《记在绿叶上的情》	1		1992
	《分忧》	情诗	《世纪的落叶》	1		1994
	《爱情的美丽》	情诗	《记在绿叶上的情》	1		1994
	《悠扬芦笙》	悼念苗族艺术家梁彬	《记在绿叶上的情》	1		1994
	《圆月的心》	赠台湾考察专家	《记在绿叶上的情》	1		1995
	《希望》	情诗	《记在绿叶上的情》	1		1996
	《栽树育花至白头》	朱培均教授从艺70周年从教55周年书画展贺词	《记在绿叶上的情》	1		1996
	《新年贺卡词》	赠贾芝、农嵩等人新年贺词	《记在绿叶上的情》	1		—
	《苍松赞》	李英敏先生文学创作及革命生涯60周年纪念	《记在绿叶上的情》	1		1996
	《华章传世间》	祝贺陆地先生八十寿辰贺词	《记在绿叶上的情》	1		1997
	《唱大兴》	题赠《雁门农氏宗谱》	《记在绿叶上的情》	1		1998
	《硕鼠官鼠》	批判贪官	《记在绿叶上的情》	1		1999

续表

类别	诗歌名称	主要内容	诗集名称	数量（首）	类别合计（首）	创作（发表）年份
第13类：其他	《秋赠》	讴歌教师节	《记在绿叶上的情》	1	40	1985
	《赠给北方诗人》	赠别北方诗人	《记在绿叶上的情》	1		1989
	《不凋谢的花朵》	聋哑学校的生活写照	《记在绿叶上的情》	1		1991
	《水推落花》	哀悼画家雷德祖	《记在绿叶上的情》	1		1991
	《敬礼》	回顾、讴歌《广西日报》创刊的历史和作用	《记在绿叶上的情》	1		1994
	《相会在今天》	歌颂友谊	《记在绿叶上的情》	1		—
	《心血·红杜鹃》	沉痛悼念戏剧家郑天建先生	《记在绿叶上的情》	1		1995
	《季节交替语》	季节交替的感想	《记在绿叶上的情》	1		1995
	《大海·太阳·生命》	为一组摄影图片的配诗	《记在绿叶上的情》	1		1995
	《无名小巷》	无名小巷见闻	《记在绿叶上的情》	1		1995
	《但得》	金彦华文学创作40年有感	《世纪的落叶》	1		1996
	《蜜蜂歌》	赞颂杨矗先生	《世纪的落叶》	1		1996
	《致老友》	回顾与老朋友交往的点滴	《记在绿叶上的情》	1		1996
	《赠友诗》（六首）	赠友互勉诗	《世纪的落叶》	6		1999

由表2－2可知，农冠品的诗歌按其内容可分为13类：为了方便研究，依据诗歌的内容，笔者又将这13类进一步归纳为以下五大书写主题。

（一）历史溯源

农冠品描写的有关族群族源历史和族群文化反思类诗歌包括表2－2中的第一类“族群历史和文化反思”，共30首诗歌。这类诗歌可以分为两大类。

一是壮族族源和历史梳理的诗歌。这类诗包括《岜来，我民族的魂》《致虎歌》《致花山》《骆越雄风》《奋飞吧，我的民族》《透视A交叉与重逢》《透视B沉醉》《搬山》《雁》9首诗。在这些诗歌中，农冠品对壮族源历史和文化根源进行了跨越式爬梳，以烂漫的象征意象重新塑造了族群的先祖形象，对族群成员进行精神感召。

二是壮族文化反思的诗歌。这类诗歌对壮族文化的反思又可以分为三个内容：表达农冠品对壮族文化内涵的反思，如《七月南方》《早落的露》《柳絮》《无蹄》《夏之吟》《牧》6首；赞美和歌颂壮族文化表征物，如《神铸》《乡祭：祭红土黑土》《乡祭：祭这本歌书》《乡祭：祭母体》《红水河，光明的河》《花山奇观》《擎天树》《万寿果》《我是红木棉》《写在绿绿的蕉叶上·壮乡的银河》《金茶花》11首诗；赞美壮族民俗风情，如《以黑为美的族群》《民俗》等4首。

（二）生活场景

农冠品叙述壮族群现实生活和文化实践的诗主要包括表2－2中的第2类“以大山意象为背景”10首诗、第3类“‘三月三’节和歌圩”描写14首诗、第4类“以故乡意象为背景和故乡的诗”的16首诗、第5类“大新风景”22首诗、第6类“边境风情”31首诗、第7类“百色风景和红军革命的历史”49首诗，第8类“广西其他地区风情”50首诗，八类共192首。按其文学创作方法的不同，可将这七类诗歌分为以下两类诗歌。

一是虚写。诗歌以虚写为主。农冠品通过象征的手法，在诗中营造出唯美的诗歌象征意象，表现出浓郁的浪漫主义风格，共40首诗。

以大山意象为背景的诗以清新的笔调营造了农冠品心中如梦似幻的大山意象，描写了山里人的劳动和爱情，山里人的欢笑和泪水尽在其中，如《影印》《石头与鸟》《蜜，流进……》《雾中》《鹧鸪情》《故道》《羊回头》《轮印》《深潭边》《山的启迪》。

以“三月三”节为书写题材的诗包括《家乡歌节》（五首）、《下枧河·秋歌》《阳春三月三》《三月三》《唱歌同振民族心》《盘阳河畔三月三》《红豆歌·红豆树下致歌仙》《红豆树下》《故乡散题·歌魂》《歌圩短章》等。这类诗农冠品以烂漫的情怀，描写了“三月三”节和热闹的对歌场面。

以故乡意象为背景的诗包括《在乡间》（五首）、《淡淡的远山》《啊，故乡的山》《故乡散题》（二首）、《写在绿绿的蕉叶上》（四首）等。这类诗农冠品以思乡为主题，描绘了山林青葱、山花烂漫，蕉林翠绿，鹅声遍地，蝴蝶飞舞，泉水叮咚等故乡的意象。

二是实写。诗歌以纪实和白描的手法，描绘了大新、中越边境和其他地域的山水风光，这类诗共有152首，可分为以下四类。

描绘大新山水风光的诗包括《致黑水河》《利江情》《德天瀑布》《剑麻诗》《忘不了那美人蕉情》《那岸人》等。这些诗以描写大新秀丽的风景为主，描绘了德天瀑布、黑水河、利江等地方风景名胜，对广西大新县地方特产，如龙眼、剑麻等进行了推介。

关于中越边境地域和文化的诗，描写了中越边境凭祥友谊关和法卡山独特的边疆风情，共31首，主要包括《青山》《歌谣》《边疆月色》《边境速写》（五首）、《我爱法卡无名花》《边疆花》《青山随想》《鸡鸣》《绿》《泉韵》《边境早市》等。这类诗歌主要表达了两个主题：歌颂边关守卫战士默默奉献，乐于牺牲和爱国精神；描绘中越边境的独特风情，抒发了和平友好的主题。

描写百色地域的政治诗。这类诗以纪念百色起义、缅怀革命烈士、描绘百色的现代化进程为主题，共49首，包括《在金凤凰落脚的地方》《风雨航程》《火炬》《宝剑》《巨笔》《西山泉》《西山路》《金色的课堂》《表率》《百色风采》（六首）等。诗歌描写了与革命事件相关的遗址，如西山泉、西山路、凤凰楼等，以及烈士的遗物课桌、水杯、针线包等细小物件，赞颂了烈士勇于牺牲的精神。农冠品抚今忆昔，描绘了百色市的现代化建设情况和百色秀丽的自然风景，讴歌了和平年代的美好生活。

描写广西其他地域的山水诗。这类诗包括《音乐喷泉》《与绿城谈心》《题杨美古镇》《北海》等50首诗歌。农冠品对桂林山水情有独钟，以描写桂林山水的诗歌最多，有21首；其次描写较多的城市为南宁，共有4首，对北海、柳州、防城港、崇左、靖西等地的风情进行了描绘。

（三）发展历程

农冠品对各民族（主要是壮族）现代化进程进行了详细的描述，如表2－2中所列的第11类“族群的现代化进程”154首，抒发了对壮族社会“四化”建设进程的展望和歌颂。

展现族群“四化”建设进程的诗。这类诗包括《炉前老人》《机器轰鸣的车间》《唱给西津水电城组诗》《队长回来了》等，主要描写了广西壮族自治区壮族人民的“四化”建设情况，如壮族社会主义改造、大炼钢铁、社员劳动、筑“四化”新风、落实承包责任制、改革开放、发展市场经济等。

（四）书写“他者”

关于“其他民族风习和族群间的情感交流”的诗见表2－2中“第10类”，共34首，包括《瑶山诗情》《苗家情》《京族三岛》《侗乡春》等，主要描绘了瑶族、苗族、京族、侗族的独特风情。

“省外、国外风景诗”见表2－2中“第9类”，包括诗集《岛国情》29首、“春城花”组诗、“兰州见闻”组诗、“阿里山情愫”组诗等共140首。这些诗歌主要描写了昆明、西安、拉萨、菲律宾等地的景物。

这两类诗歌共174首，描绘了祖国的大好河山和其他族群的民族风情。

（五）其他

其他类诗歌包括表2－2中的第12类“情歌”《湖与海》等6首；第13类“其他”包括农冠品的日常生活题材40首。

综上所述，在农冠品的诗歌中，描写“生活场景”书写主题的诗最多，其次为“发展历程”书写主题的诗歌，再次为“书写‘他者’”书写主题的诗歌。

三、情感脉络

农冠品的诗歌以“我者”身份建构为核心，在与“他者”的文化书写参照中，形成了“我者”与“他者”的情感交流，表达了农冠品对壮民族文化精神内涵、族群历史和发展现状的深刻反思，展现了一个边地族群在多民族国家建设的语境下强烈的民族认同感和国族意识，抒发了农冠品对祖国和党的真挚感恩之情，同时也表达了一个边地族群在现代化进程中，受到工业文明冲击和洗礼后的欣喜、不安和焦虑的复杂情感。

（一）悲欢都报以诗情

巴尔特曾说，“风格是一种性情的蜕变”❶。作家的创作风格是作家心性的一种滥觞。农冠品在自然环境恶劣，生活十分艰苦的条件下养成了隐忍、

❶ 巴尔特. 写作的零度［M］. 李幼蒸，译. 北京：中国人民出版社，2008：7.

善良、积极向上的生命意识，豁达的人生态度，宽容向上的民族观。艰苦的童年，贫瘠的大山，没有让这位壮族诗人失去向上的生活激情，没有磨灭他心中追逐民族文学的梦想，却激发了这位“大山之子”对美好生活向往的激情，铸造了他烂漫而唯美的诗情。

在农冠品的诗歌中，农冠品对艰难困苦的生活和贫瘠的家乡只字未提，未流露出半点埋怨生活和哀叹世事之艰的情绪，他把最美的词句永恒地献给终生热爱着的民族和祖国，把最清新的诗意真诚地献给他眷恋一生的故乡。在他清新跳跃的诗句中，抒发的是感奋的民族之情、祖国之情和思乡之情。农冠品在创作中一贯的主张是：“诗要给人以美的、新的、向上的、感奋的作用。若促使人类历史的退化，它就没有存在的意义和价值。让诗的路子越走宽广，不要作茧自缚。但路基仍在祖国的土地上。”❶ 在农冠品的诗中，大山的意象总是草木葱茏、山雾缭绕的；故乡是泉水叮咚、蕉林是翠绿的；故乡的女人是美丽、善良、多情的。在青葱的山林中，流淌着绿色的雾，浸润着绿色的雨，弥漫着淡淡的乡愁。在他的诗歌中，始终以一种烂漫、唯美的诗情，以“造梦”之美，深情地赞美着他心中的故乡和大山，在他的诗中充盈着对故乡和大山淡淡的思念和永恒地歌颂。在《影印》《石头与鸟》《蜜，流进》《雾中》《鹧鸪情》《故道》《羊回头》《轮印》《深潭边》《山的启迪》《在乡间》《淡淡的远山》《啊，故乡的山》《故乡散题》《写在绿绿的蕉叶上》等26首诗（见表2－2的第2和第4类）中展现了风景秀丽，如诗如画的大山和故乡的形象。这些诗歌是农冠品对简约、平淡和积极乐观美学原则的践行。

面对一个古老、社会发展滞后、有着多彩文化的边地族群，农冠品以“泪的眼统观”❷，风情地展现多彩的民族文化，他把最美的颂歌和祝福，绚丽的诗语，送给了养育他的“根”——壮族文化。在他的诗中，壮族是一个历史悠久的民族，在他的《岜来，我民族的魂》《致虎歌》《致花山》《奋飞吧，我的民族》《骆越雄风》《神铸》《透视》等历史溯源诗中，对族群悠久的历史和文化进行了线索式梳理；在他的诗中，壮族文化是多彩的、绚烂的民族文化，《家乡歌节》《彩色的河》《乡野间的交响》等“三月三”题材的

❶ 农冠品．热土草［M］．香港：香港天马图书有限公司，1998：117．

❷ 农冠品．晚开的情花［M］．桂林：漓江出版社，1991：32．

诗歌对壮族特有的节庆“三月三”进行了春光烂漫，激情四射的描绘。

中华人民共和国给落后的壮民族和贫瘠的大山带来了光明和希望，农冠品把最真挚祝福和感恩之情献给了祖国和党。在他诗歌中，热情地歌颂党和祖国，表达了一个边地民族对祖国强烈的认同渴望。在《春·秋》《小鸟》《一滴水》《快乐的小溪》《小凤凰》等诗歌中，他把对党的感恩，对祖国的祝福注入诗歌作品的血液中，在对祖国各地山河的风情描绘中深情地表达了农冠品对祖国美好河山的热爱，对中华传统文化的尊重。

歌颂民族团结是贯穿农冠品诗歌的情感线索之一。他的诗歌题材没有狭隘地局限于描写壮族生活，他把书写民族风情的笔端置于多民族团结统一的大环境中，展现了在特定的历史年代下我国多民族和谐共处的多民族国家建设语境，表达了农冠品对国家民族平等政策的理解和支持。他的诗歌以展现壮族文化为核心，风情地描述了广西壮族自治区各民族多彩的文化，其他民族的文化展示与壮族文化的书写形成了一种参照。他的诗歌对当代广西各民族生活方式和现代化建设进程进行了详细的叙述，展现了农冠品宽容和与时俱进的民族观。在诗集《泉韵集》中，农冠品宏扬了多民族团结的局面，展现了汉族、瑶族、侗族、壮族多民族共融的多彩风情；在《醒来的大山》《岛国情》诗集的山水诗中，农冠品关注壮族地域文化的同时，把更多的笔墨集中于描绘汉族地区、苗族、瑶族等其他民族的地域文化；在诗集《记在绿叶上的情》中，农冠品除对壮族现代化进程描绘以外，还关注了广西其他少数民族和汉族的现代化建设情况，正如他在诗歌中这样写道：“千山靠大地，江河汇大海，奔腾的大海，是各族欢乐的儿女。”❶在他的散文《风雨兰》中，这样陈述民族团结：“这情，并非是小我，而是一千多万壮族人民及各族人民的情和爱。这情，在寄托着对未来的向往。”❷ 在诗歌中，农冠品塑造的壮族是一个大写的“壮族”，不是小写的“壮族”。学者农作丰认为，农冠品的诗歌不仅仅是写壮族的，他的诗歌涉及汉族、瑶族、苗族、侗族、京族等民族的生活，体现了一种南方少数民族的风情。❸

2018 年 9 月 22 日，笔者对农冠品进行访谈，就诗歌民族题材的书写问题和农冠品进行交流，相关内容如下。

---

❶ 农冠品. 爱，这样开始［M］. 南宁：广西民族出版社，1989：36.

❷ 农冠品. 风雨兰［M］. 广州：广州人民出版社，1996.

❸ 在笔者 2017 年 8 月 24 日下午对农作丰的访谈中，提及相关话题。

笔者：农老师好，您的诗歌是不是只写了广西壮族自治区境内的壮族文化？

农冠品：不是，我还写了其他民族的文化，包括汉族、瑶族、苗族和京族等民族。

笔者：您写这些民族的文化和壮族文化有什么关系呢？

农冠品：我试图将壮族文化和其他民族文化放在一起进行比较，看看（思考）他们之间的关系如何。

笔者：哦，也就是"我者"和"他者"的关系吧。

农冠品：对的。有比较，才能相互包容和相互借鉴。

巴赫金曾说："他人是从自身出发而被我发现的。"❶ "他人"是源于"我"而被注意。"自我"对"他人"和外部世界经过有选择地消化、吸收后，最终形成了认知"他人"和外部世界的独特观点。农冠品的诗歌对其他族群文化的描写不仅表达了农冠品对国家民族平等政策的支持和理解，还有意识地使其他族群文化和壮族族群文化形成了一种书写参照。

（二）情感随认知波动

农冠品早在20世纪50年代初就开始了关于民族文化题材诗歌的创作。"文化大革命"结束后，农冠品以前所未有的激情，于1984年出版了第一部诗集《泉韵集》。这部诗集出版后在广西文坛引起较大的反响，销售量超过了3000本。1989年，农冠品出版了以反思"文化大革命"、祝福祖国、歌颂现代化建设为主题的第二本诗集《爱，这样开始》。这部诗集同样获得了较大的成功，长篇叙事长诗《金凤凰落脚的地方》《将军来到红河边》得到了广泛的赞誉，并分别获得了第一、二届少数民族文学奖。1991年出版了对壮族文化深刻反思的诗集《晚开的情花》。在这7年间，农冠品出版的3部诗集生动地反映了他由对各民族文化风情展示到对壮族文化反思的情感经历，展现了农冠品对族群文化的由认同到族群历史记忆建构和理性反思的过程。农冠品在族性写作的过程中，把自我的生命意识与民族、国家的命运交织在一起。诗歌的情感随着民族认知程度的不断加深及国家建设进程的深入而变化和波动。

❶ 巴赫金．巴赫金全集：第一卷［M］．石家庄：河北教育出版社，2009：73.

在诗集《泉韵集》中，农冠品着力于对广西各民族文化的风情展示，意在抒写民族团结，赞颂祖国建设的时代主题。在《甜蜜的海》的33首组诗中，农冠品展示了广西各少数民族的风情美和劳动美，有描写苗族的劳动和希望的《森林情歌》和《苗家情》，有描写壮族的歌节的《家乡歌节》《写在绿绿的蕉叶上》，展现瑶族的风习和劳动的《瑶山诗情》，京族风情《京族三岛风情》。

在诗集《爱，这样开始》中，农冠品沿继了《泉韵集》的写作思路和情感主线，展示了各民族的习性和壮族社会的现代化建设情况。在该诗集中，诗歌的族性写作的重心已经慢慢地偏向以描写壮族文化为主，具体表现在：一是诗歌加大了对百色起义题材的书写，歌颂百色起义为题的诗由《泉韵集》的15首增至24首。对百色地域的不断重复和强化叙述，不但突显了该地域的政治特色，还隐喻了该地的人民在国家历史中的政治地位和历史作用。二是在展示民族风情和各族人民的建设劳动时，该诗集由《泉韵集》的多民族展示题材风格渐渐向展示壮族特有的风俗习惯和广西的特色地域文化发展，在该诗集中，广西地域特色文化和壮族风俗习惯的诗歌共有《西津》《嫁》《金波曲》《虹图》《盘阳河畔三月三》《岛塘》《织》《幼苗·巨柱》等共41首，对其他少数民族风俗习惯描写仅选了描写瑶族的《瑶家歌会》《密密林中采香草》《药场人家》《红树叶》。在展示壮族风情的时候，农冠品还注意挖掘壮族族群的文化表征物，对文化表征物进行热情歌颂。这些表征物包括金茶花、歌会、红棉树、红豆树、花山、金银花、右江等。

农冠品的诗歌在《晚开的情花》诗集中发生了情感的逆转，由对民族风情的展示渐渐转变为冷峻地对民族文化的反思，民族认知达到了一个崭新的高峰。在这部诗集中，农冠品对壮族的族群历史进行深刻反思，从民间文化的角度阐释了壮族群历史的真实，以壮族群民间文艺的独特魅力表达对"大传统"文化的反思。如在《神铸》一诗中就生动地反映出了农冠品对壮民族文化关注的内转向。诗歌这样写道：

> 青铜铸的信仰/铸的崇拜/铸的野猎生活/走向火的年代/群聚的年代/思索的年代 太阳神灼灼/照在身上心上/铜鼓一个个圆圈/运行的轨道/从小到大/不断地向外飞旋/星的行迹/在无际的天体/曾无比勇猛果敢/拔下虎的牙/串做烟斗的/精美的装饰物/教人品味历史/品味人生/品味一个民族/特具的性格/太阳神/猎神及其民族神/多重的结合体/传给后世/传给人

间/清晰可触/不灭的展示。❶

农冠品通过对铜鼓崇拜这一壮族原始的宗教进行歌颂，表达了在特定时代下超强政治话语消散之后，一个壮族高级知识分子对本族群文化本质的清醒审视，表达了在这个“思索”的年代，族群文化才是永恒的信仰。

与前三部诗集相比，在诗集《晚开的情花》中，农冠品以一种崇敬的心情，将红土地、黑土地、歌书、母体上升为族群的圣物加以歌颂，由前三部诗简单的地域推介逐渐上升为对族群圣物的崇拜和赞颂，表现了对族群文化更为理性的认知。对族群文化表征物的崇高化写作，主要表现在《乡祭》《红水河，光明的河》《花山奇观》等诗歌中。

农作丰认为，诗集《晚开的情花》是农冠品诗歌积累到一定程度的另一个新高度，对南方民族文化进行了更深地挖掘。2017 年 8 月 24 日，对农作丰进行访谈，相关谈话如下。

笔者：您当年为什么对农冠品的诗集《晚开的情花》有比较高的评价?

农作丰：我认为农冠品先生的诗其实不仅仅是写壮族的民俗和风情，他的诗歌涉及汉族、瑶族、苗族、侗族、京族等民族的生活。可以这么说，他的诗歌体现了南方少数民族一种特有的风情。《晚开的情花》这部诗集代表了农冠品先生诗歌创作长期积累后一种新的高度。《泉韵集》重在体现民族风情和风景的描摹，诗歌充满了欢快的情调。《晚开的情花》挖掘得更深，对南方民族文化往更深的地方挖掘，如《岜莱，民族魂》等，对落后的民族习俗进行批判，进入了理性的探索。

（三）焦虑情结的贯穿

萨特认为，“意识的心理影像是一种在身体中、在纯粹、不动、未被察觉的回忆的动力机械之中的肉身化，而这种回忆存在于无意识之中”❷。生活中的影像常以一种无意识的嵌入方式存在于自我的认知中。在农冠品的诗歌

❶ 农冠品．晚开的情花［M］．桂林：漓江出版社，1991：3．

❷ 萨特．想象［M］．杜小真，译．上海：上海译文出版社，2014：56．

中，虽没有述及贫瘠大山和疾苦的童年，也未述及“他者”视野下族群落后而贫穷的历史记忆，但壮族群的历史记忆和生活中疾苦记忆的影像仍深深地影响着作家的创作，在他的诗歌作品中，字里行间流露出一种抹不去的文化焦虑情结。

20 世纪五六十年代，民族话语和公民的个体话语被裹挟至集体无意识洪流之中，个体生命价值只有在国家和集体价值的实现过程中才能真正体现。这个时期的作家的族性叙述与国家的政治话语同步，作家多选择与国家政治话语相关的题材，抒发的情感多为祖国和民族的集体情感。“在毛泽东的整个文艺思想中，突出强调文艺与人民的关系。作家艺术家为社会的大众而创作，担负起一种神圣的社会责任感。”❶ 作家的书写任务就是要承担一种社会责任。农冠品诗歌中的感恩和颂歌式的文学叙述，就是特定历史时代下真实情感的释放。诗集《泉韵集》中的部分诗作以讴歌和感恩为情感主线，描绘了各族人民的生活场景。

“文化大革命”结束后，超强的国家政治话语渐渐消散，民族话语和公民个体的话语得以缓慢释放，族群意识和个体意识渐渐崛起。20 世纪苏联和东欧社会主义国家解体，引发了知识分子对国家发展的反思，“根性”文化的挖掘和书写成为化解民族与国家焦虑的一种手段。农冠品的诗集《晚开的情花》创作于这样的历史背景之下。如在《南方山区透视》一诗中，“两根乌黑铁轨/两只有情无情利箭/射进深山荒野小村寨/射掉闷死人僻静古朴/陶醉坚固千万年封闭/射掉蝉喧噪鸟争鸣/刀耕火种岁月云烟渐逝/射掉独户孤凉淡淡蓝烟/喧哗山村热闹圩小镇/轰隆车厢杉树皮房隐去”❷，描述了在现代文明冲击下传统文明的躁动和不安。现代文明是无情的利剑，它无情地击碎了小山村的古朴与落后的农业文明，但也给小山村带来了希望，无论族群愿不愿意，“喜欢不喜欢开反正日月喧哗”，现代工业文明已经占据了农业文明的村落。在现代文明中，古老的文明就像一只苦闷的“井底之蛙”，它“狭窄跳不起现代舞跳不达/时代新峰跳不到大海去游/去闯做古河鱼古井蛙太苦/太闷太笨苦闷烦恼装在心底/心这样深沉一块石头撞古井/一团团火南方古民族后裔/撞击节奏在嘭嘭加快加急”❸。面对已经渐渐逝去的农业文明和渐渐消

❶ 农冠品．热土草［M］．香港：香港天马图书有限公司，1998：23.

❷ 农冠品．晚开的情花［M］．桂林：漓江出版社，1991：8.

❸ 同❷10.

散的古老的民族文化，农冠品只有在淡淡的焦虑和无奈中表达祝福。在《蝶舞》一诗中，农冠品这样写道："只因为多彩的山花/只因为无尘的绿野/轻盈是诗的翅膀吧？/飘忽是诗的旋律吧？/眺望的眼睛已成熟/追赶的脚步还幼稚/编织乡间的梦境吗？/清风最挚诚与无私/飘上小屋顶是云彩/舞在花间是彩线/落在人间是一颗星/悲与欢都要报以真情！"❶ 在诗中，农冠品抒发了壮族文化与主流文化交流中的情感体验，以及与国族认同过程中产生的焦虑与矛盾情感。他把自己的民族比作一只蝴蝶，本民族文化的脚步还"幼稚"，但"我"愿以无私的心，奉献给"山野"，"悲与欢都要报以真情"❷。该诗表现了落后的边地族群与主流文化交流过程中喜忧参半的矛盾心情，表达了边地族群对国族认同的强烈渴望。在诗集《晚开的情花》中，他常以民族代言人、民族知识分子、文化传承人的身份，不断地为民族寻求出路。在很多诗歌的结尾，农冠品将文化焦虑情绪转化为对民族的责任，对族群成员发出感奋的号召。

在《醒来的大山》中，除表达落后大山迎来新生活的喜悦之情外，还表达了对大山中落后文化和生活方式的深刻反思。如在《深潭边》和《轮印》诗中，表达了农冠品对落后的生活方式和文化的反思，对年轻生命早逝的叹惋，对美好生活的向往和祝福。

在诗集《世纪的落叶》中，文化焦虑情结贯穿着整部诗集。农冠品以壮族群"四化"建设为主要书写题材，内心始终关注着壮族社会的发展。诗集以族群现代化进程为书写脉络，表达了对工业文明代替农业文明后的欣喜和不安。

在《爱，这样开始》的诗集中，农冠品表达了"文化大革命"给民族、人民和国家带来的灾难的痛惋之情，聚焦了改革开放后壮族的发展，表达了对祖国和民族命运的关注，对祖国迎来"第二春"表达深深祝福。

在诗集《记在绿叶上的情》中有《致花山》《骆越雄风》《方土吟》《奋飞吧，我的民族》《春的步伐》等诗篇，对壮族族源和历史进行了梳理，表达了农冠品对族群文化的深刻反思。

综上所述，农冠品的诗歌情感真挚而热烈，表达了乐观向上的人生观，

---

❶ 农冠品．晚开的情花［M］．桂林：漓江出版社，1991：36.

❷ 同❶36.

包容、豁达的民族观和高度“利他”的价值观。他的诗歌生动地展现了农冠品的民族认知过程，在这个漫长的族性叙述过程中，诗歌文化焦虑情结明显，随着情感的变化，农冠品相应地选择了抒发情感的不同技巧和创作方法，创作风格渐渐走向成熟。

2015 年 4 月 24 日，农冠品在访谈中谈及诗歌的情感主线及族性写作中情感转变的问题，相关的谈话如下。

笔者：近段通过广泛阅读，我注意到您的诗歌作品中抒发了对党和祖国的感恩之情，我也看了其他一些老诗人的诗，如罗宾、韦其麟、莎红等人的诗歌，他们和您一样，诗歌都写得比较激情，在诗歌中表达最多的是对党和祖国的感恩之情。你们这一代老诗人那种充满激情的情感表达是否存在着一定歌功颂德成分呢?

农冠品（笑）：这种情感的抒发是真实的，也是热烈的。我们这代人生活普遍过得艰苦，新中国成立以后，觉得新生活开始了，这一切都是祖国和党带给我们的幸福，所以这种感恩之情是油然而生的，是发自内心的。这不是写作的套路。

笔者：我知道了。你们为什么在新中国成立初期都不约而同地选择了民间文学和民族文学这一题材进行创作呢?

农冠品：我们老一代接受的外国文化不多，那个年代，我们接触最多的为民间文化和古代文化。因此，我们在写作上对民族文化的运用是自觉的。

笔者：我知道了。您对民族文化的自觉运用是从 20 世纪 80 年代才开始吗?

农冠品：不是，新中国成立以后就开始了。

笔者：哦，我知道了，那是一条书写脉络，对吧?

农冠品：对的。

笔者：那您 20 世纪八九十年代对于民族的书写是否与当时全国兴起的“寻根”文学有关?

农冠品：有一定关系，当时广西文学界提出了“百越寻根”的口号。对于民族文学的书写，我也是一直提倡的。

笔者：您对广西 1988 年广西文坛反思的提倡如何理解?

农冠品：当时一些年轻人觉得老一代的作家写作套路化，对民族文学的写作模式进行一些反思。我觉得他们提法有一定的道理，民族作为文化之根，还是要坚持的。

笔者：嗯，有道理。当时全国的文坛发展状况如何？

农冠品：当时广西的作家知名的不是很多，著名的有韦其麟、陆地等，很多作家也书写了民族文化的相关题材。20 世纪初以后，广西出现了在全国有一定影响力的年轻作家，如“三剑客”等。另外，我认为你的研究论题在族性研究的角度上还可以再深入些，我的很多诗歌与这个论题相关，有些诗歌表现了工业文明冲击后壮族群众的不安与忧虑的情绪。

笔者：嗯。

农冠品：在《晚开的情花》诗集中，我的诗歌的情感出现了一些“变调”。农作丰先生的评论中提到了这一点，不知道你注意到了没有？

笔者：嗯，我关注了。您的创作风格变得深沉和焦虑了。

第二节　族性内涵

农冠品诗歌的族性写作以民族身份的认知为起点，围绕着壮族族性的差异性展开论述，形成民族想象。他的诗歌的族性内涵不但具有鲜明的民族性，还具有十分复杂的兼容性。

一、差异性想象

芬顿曾说：“族性是指血统与文化的社会建构（social construction）、血统与文化的社会动员（social mobization）以及围绕它们建立起来的分类系统（classification system）的逻辑内涵与含义。”❶ 民族是想象的共同体，族性也具有一定想象建构的成分。在特定社会意识形态的召唤下，族群成员往往将族性的构成要素置于共同的观念中加以表述。族群文化的差异是辨识某个族

❶ 芬顿. 族性［M］. 劳焕强，译. 北京：中央民族大学出版社，2009：4.

群族性的重要标志，族性的表述过程本质上是展示族性独特性的过程。安东尼·D. 史密斯曾说：“一个族群就是一种文化集体，它强调血缘神话和历史记忆的作用，并通过一种或多种文化差异（如宗教、风格、语言、制度等）被识别出来。”❶ 在农冠品诗歌中，对壮族文化风情的展示，就是对壮族族性差异性和独特性的一种自我展示。农冠品通过对族群先祖形象的“重塑”，理想化地刻画族群的时代人物形象，张扬了壮族群鲜明的性格特征；农冠品深情地展示了壮族文化的特征和地域特点，促进了族群共同地域和文化想象的形成。农冠品在这个差异性想象过程中，抒发了强烈而真挚的民族情感，表达了在特定社会意识形态下的民族认同，张扬了族群的自我存在意识和个体生命意识。

（一）历史想象

在长期从事我国西南地区少数民族文化研究工作中，农冠品对壮族的历史源流和文化本质逐渐有了深层次的理解和思考，他以极富音乐感、明白晓畅的语言，对壮族的历史记忆进行脉络式地梳理和整合，塑造了壮族先祖形象和族群典型人物的形象，表达了对在古代历史书中被封建统治者矮化和丑化的壮族形象无声的质疑。在他诗歌中，张扬了基于稻作文化和特殊地域环境形成的隐忍、诗性、烂漫和不屈的壮族群体性格特点。在《邕来，我民族的魂》《致虎歌》《致花山》《骆越雄风》《奋飞吧，我的民族》《透视 A：交叉与重逢》《透视 B：沉醉》等诗歌中，农冠品塑造了壮族祖先野性的，烂漫、质朴、善良的形象，他们具有顽强的拼搏精神和不屈的抗争精神。农冠品在对壮族先祖形象塑造中，表达了对民族崇高理想的追求和烂漫的民族想象，形成了族群共同的历史想象。在《炉前老人》《机器轰鸣的车间》《唱给西津水电城组诗》《队长回来了》等 154 首诗歌中，农冠品对壮族群现代化历史进程的翔实记录和梳理，向族群成员展示了一条横贯古今的壮族历史发展脉络，形成了一条完整的民族共同历史想象脉络。

（二）地域想象

少数民族作家常通过对熟悉的地域环境和人物细致入微的书写，向外界

❶ 史密斯．民族认同［M］．王娟，译．南京：译林出版社，2018：29.

展示本族群独特的生活环境和生活方式，最终实现其创作的指向。农冠品长期执着地域书写，据笔者统计，他的7部创作诗集均涉及地域书写，他的地域书写诗共有221首，占族性叙述诗歌的35.64%。农冠品的地域书写主要包括四大类：一是描写了中越边境凭祥友谊关和法卡山独特的边疆风情的诗，有《青山》《歌谣》《边疆月色》《边境速写》（五首）、《我爱法卡无名花》《边疆花》《青山随想》《鸡鸣》《绿》《泉韵》《边境早市》等31首诗歌；二是描写百色地域的政治抒情诗，有《在金凤凰落脚的地方》《风雨航程》《火炬》《宝剑》《巨笔》《西山泉》《西山路》《金色的课堂》《表率》《百色风采》等49首，三是描写广西其他地域的山水诗的诗歌，有《音乐喷泉》《与绿城谈心》《题杨美古镇》《北海》等50首。这些诗歌对壮族的居住地域进行描绘，形成了民族共同地域想象。

（三）故园想象

故乡是人类心灵的重要归宿，是族性构成的重要组成部分，作家的故园书写往往是文学书写最具有情韵的部分。农冠品在诗歌中，塑造了多个如梦似幻的故乡和大山意象。这些美丽、清新的诗歌意象与农冠品贫困的故乡和贫瘠的大山形成了强烈的书写对照，具有浓郁的象征意味。农冠品描写故乡意象的诗作主要有《在乡间》《淡淡的远山》《啊，故乡的山》《故乡散题》《写在绿绿的蕉叶上》等16首，《忘不了那美人蕉》《希望云彩》《绿的潇洒》等22首诗以纪实的手法向外界展示了广西大新县独特的地理环境，讴歌和赞美了大新县秀丽的风景和淳朴的人情。农冠品以虚实相结合的文学手法，在诗歌的世界里营建起理想化、如梦似幻的故乡形象，形成了寄寓情思的故园想象。

（四）文化想象

史密斯曾说，“每个人、每个种族的责任是为了自身的个性而竞争——保持和发展自己，由此而热爱你的种族。使自己成为自己，就像上帝想让你们做的那样”[1]。少数民族作家的文化“求异”书写，也是为了证明自己和族群的存在价值。与众不同的创作个性和对族性特征的书写是一个少数民族作

[1] 史密斯. 民族主义——理论、意识形态、历史［M］. 叶江，译. 上海：上海出版社，2011：30.

家在文学创作中的追求。为了展示其民族的独特性，少数民族作家往往向外界展示其与众不同的生活场景和族群风俗文化，阐释本族群的文化特征。农冠品敏锐地捕捉了壮族最具风情的节日——"三月三"节，他以烂漫的情怀，细腻的笔触，清新的笔调，描写了春光潋滟、山花烂漫、热闹而极富温情的壮族歌手的对歌场面，展示了"三月三"节的独特魅力，张扬了壮族的山歌文化。这类诗有《家乡歌节》《彩色的河》《乡野间的交响》《金凤》《春草》《溶汇》《下枧河》《秋歌》《阳春三月三》《唱歌同振民族心》等14首。农冠品除了展示山歌文化外，还展示了壮族独特的宗教文化、铜鼓文化、壁画文化和节庆文化等桂西南壮族稻作文化的魅力。如有展示青铜文化的《神铸》，展示花山壁画文化的《岜莱，我的民族魂》《致花山》《花山奇观》，展示壮族的蚂拐节和蛙崇拜等。这些诗歌展现了壮族文化独特的魅力，反思了壮族文化的本质，再现了壮族人民生动的生活场景，形成了寄寓族群理想的民族共同文化想象。

二、复合性呈现

芬顿曾说，"在所有社会或相当于民族——国家的社会中，文化可能比民族更狭窄，民族是不能通过单独一种文化就可领会的"❶。一个民族的文化往往是多元的，杂糅了其他民族或多个民族的文化元素。单一文化元素的民族是极为少见的。壮族文化在历史发展的长河中，吸收和借鉴了其他族群的文化，尤以吸收汉文化为最，逐渐形成了多元的复合的文化集合体。农冠品的诗歌是壮族族性复合性的一种文学呈现。

（一）文学边界的交织

在农冠品诗歌中，作品展现的一些壮族风情是多民族文化长期融合的结果，具有复杂的复合性。农冠品描绘最多的壮族人民在"三月三"节歌唱、踏青、求偶的习俗，有学者称与上巳节相关。❷ 而汉族民间自古就有"二月二，龙抬头"；"三月三，生轩辕"的说法。古代的上巳节，自古就有饮酒、

---

❶ 芬顿．族性［M］．劳焕强，译．北京：中央民族大学出版社，2009：25.

❷ 陆晓芹．壮族三月三的成功路径：传承与多元创新［EB/OL］．（2016－05－02）［2019－05－08］．http：//www. gxnews. com. cn/staticpages/20160502/newgx57274f84－14812113. shtml.

踏青和歌咏的习俗。王羲之的《兰亭集序》描写了初春“三月三”文人雅聚、饮酒作乐的情景。

由于历史的原因，壮汉文学交流频繁，壮汉文学边界相互交织，具有一定模糊性，这种模糊性在农冠品的诗歌中有所反映。首先，农冠品诗歌族性写作存在着语言借用的现象。汉语目前是广西壮族自治区使用范围最广的官方书面语言，普通话在广西壮族自治区的各民族地区得到了广泛的普及和推广。大部分当代壮族作家使用国家通用的语言汉语进行文学创作。目前，只有少数的壮族作家在使用壮语进行壮族文学创作，如蒙飞等。农冠品在发表的622首诗歌中没有使用本民族的语言壮语进行写作，全部使用汉语创作。其次，在艺术技巧上，农冠品诗歌族性写作大量地借鉴古代汉诗的艺术表现手法。在诗歌中，农冠品广泛地运用了我国古代汉诗的意境理论，大量使用赋、比、兴的表现手法，其诗意境深远、意象清新，表现出农冠品对我国古代优秀文学传统的继承及对汉文学的借鉴。

安东尼·D. 史密斯曾说：“在更广阔的文化领域中，族群的存续并非依赖与世隔绝，而是有选择的文化借用和受控制的文化接触。”[1] 由于历史的原因，壮族在漫长的历史长河中与汉族的关系最为密切。在与汉文化交流的过程中，壮族作家不可避免地对汉语言和汉文学进行有选择的借用、借鉴和融合。这种借用、借鉴和交融不但是当代壮族作家在国家文学场域中适应文学大环境的一种策略，还有助于壮族作家向外界展示壮族群的独特的文化特色，使壮族作家的文学作品更易在文学的交流场域中流通，为外界所认可。壮族文学也在与其他族群文学的交流、对话中，不断发现“自我”，不断完善“自我”和提高“自我”。

（二）族裔性时隐时现

农冠品诗歌族性内涵的复杂性还表现在诗歌刻画现代壮族人的形象和族群生活场景的时候，族群人物的性格和族群生活场景的刻画被赋予了浓郁的时代气息，族裔性时隐时现。安东尼·史密斯曾说，“每一种民族主义都在不同程度上，以不同形式包含了公民的和族裔的两类要素”[2]。在现代化的民

---

[1] 史密斯. 民族认同［M］. 王娟，译. 南京：译林出版社，2018：47.

[2] 同[1]20.

族国家中，公民要素和族裔的要素是合二为一的，有时表现为公民要素占主导地位，有时候族裔要素占主导地位。当多民族国家的民族语境需要强化，或当族群面临挑战和危机的时候，族群的族裔性得到了强化。我国改革开放后，国家经济发展，社会稳定，在日常生活中壮族多以公民的身份参与国家的建设活动，族裔性表现不明显。例如，农冠品在描绘改革开放时期壮族参与国家建设的场景时，塑造的族群人物形象多具有普世性色彩，表现了壮族人民对国家建设进程飞速发展的赞颂，以及对现代化生活方式的向往。在这类诗歌中，农冠品多展现了壮族群体作为现代国家公民与时俱进、勇于牺牲、乐于奉献的精神品质，真实地反映了壮族在特定的社会场域中身份维度的多元性。在《白连长》《江山魂》《献给矿工的歌》《访铝城》《唱给西津水电城》等描绘壮族现代化进程的诗歌中，农冠品塑造了壮族男性人物乐于奉献、爱岗敬业的现代公民品质。

三、自我认知

在安德森的民族理论中，"民族是想象的，因为即使是最小的民族成员，也不可能认识他们大多数的同胞"❶。而在拉康的镜像理论中，想象的核心是"自我"，"在想象的秩序中，一个人对他人的理解是由他自己的意象塑造的。被知觉到他人实际上或至少部分上是一种投射"，自我往往与想象相连❷。拉康还认为，"自我"沿着虚构的方向发展，与想象相连，是"他者"的镜像，并渐渐由想象发展，进入象征界，"自我"则是镜像之原点。由此可见，民族作为一种想象的共同体，其核心也是"自我"。拉康认为，民族形成的原因不在于客观的差异，而在于主体间的意识。❸ 我国古代的思想家朱熹也认为"心，统性情者也"❹，可见，意识始终是统领情感之主宰。少数民族作家始于自我身份的民族认知，并在这个自我意识的"统领"之下，渐渐地展开了相关的民族想象和民族叙述，在作品中形成了象征镜像，完成了民族身份的自我建构和族性整合。

❶ 安德森. 想象的共同体［M］. 吴睿人，译. 上海：世纪出版集团，2011：6.

❷ 黄汉平. 拉康与后现代文化批评［M］. 北京：中国社会科学出版社，2006：72.

❸ 赫克特. 遏制民族主义［M］. 北京：中国人民大学出版社，2012：14.

❹ 朱熹，吕祖谦. 近思录［M］. 上海：上海世纪出版社，2010：36.

“在我的家谱中，从来没有记载来自广西遥远的山东白马。这么说，我是骆越的后代，是地道的土著民族了。”[1] 农冠品在他的随笔集《热土草》的序文中这样提到自己的“根”性，基于对“根”的自我认知和对族裔身份的自我想象认定，农冠品以对民族和国家的真情，展开了其诗歌长达五十多年的族性叙述过程。

史密斯曾说，民族认同是指“由民族共同体成员们对构成诸民族独特遗产的象征、价值、神话、记忆和传统等模式的持续复制和阐释，以及带有这些传统和文化因素的该共同体诸个体成员的可变的个人身份辨识”[2]。在产生民族认同过程中，对“自我”的认知和个人身份的辨识是民族认同的基础。农冠品在诗歌中大量描写了壮族的神话、传说和族群标志物，多次提到自己的族群身份，表达了清晰的族群身份认同。在农冠品的诗歌中，有关民族身份及我认知的诗句大量出现，如在《南方透视》中，有“古百越民族后裔在山里/生在山长在山百越后裔/一条传统河鲜红流在血液”[3]；在《奋飞吧，我的民族》诗中有：“我的民族呵/从布伯岑逊莫一大王刘三姐的歌声中来/激战过雷王扶开河大犁穿飞天长靴唱心中的根与爱”[4]；在《岜来，我民族的魂》中有“岜来/我民族的山、民族的魂!”[5]。农冠品在这些诗中自认为是百越的后裔，是布伯、岑逊、莫一大王、刘三姐的子孙。花山是民族的山，红河是母亲河。这种与生俱来的源于族群的原生性的情感，使农冠品极易将文学创作与族群的身份相连。在文学创作中，农冠品总是不自觉地扮演着民族文化代言人的角色，以民族符号指向者的身份对作品进行文学叙述。他的诗歌以清新的语言对壮族进行精神感召，对民族的未来表达忧思。

“民族作家不仅仅是一种身份的称谓，更重要的是一种身份的界定。”[6]“壮族作家”的称谓就是一种身份的划定。农冠品通过对民族身份和地域身份的认知与书写，认同了自己的族群身份。这种认同属于归属认同，它具有持久性和稳定性。一般而言，族群认同和地域认同紧密相连，相互统一。农冠品是骆越人的后裔，自小生活在南方，是从贫瘠大山走出来的孩子。在诗

---

[1] 农冠品．热土草［M］．香港：香港天马图书有限公司，1998：1.

[2] 史密斯．民族主义——理论、意识形态、历史［M］．叶江，译．上海：上海出版社，2011：20.

[3] 农冠品．晚开的情花［M］．桂林：漓江出版社，1991：9.

[4] 农冠品：《记在绿叶上的情》，1997（诗结集，未出版）.

[5] 农冠品．晚开的情花［M］．桂林：漓江出版社，1991：13.

[6] 欧阳可惺，等．民族叙述：文化认同、记忆和建构［M］．广州：暨南大学出版社，2013：18.

中，农冠品常常以“南方”“大山的儿子”自称。例如，在《柳絮》中，农冠品以“南来者”自居。柳絮是南方之物，和北方的雪相互对照，形成象征。诗歌这样写道：“纷纷扬扬/扑面而来/又匆匆别逝/是雪花/却无寒意/是柳絮/又胜于雪花/五月京城/给南来者/撩乱人眼心绪。”❶ 在《七月南方》一诗中指称居住的地域为“南方”，农冠品这样写道：“在七月南方、七月中国，在渴求、在奋进、在诞生，一轮从地平线升腾的鲜鲜亮亮的新世纪的太阳。”❷ 因为是南方人，农冠品对南方的大海有着一种与生俱来的亲切感，在《北海》一诗中这样写道：“什么声音？/这么熟悉/又那样陌生——/震撼着/这海岸上的每个人的心胸……/海/南方的海/不再单调地重复/潮涨/潮落/潮落/潮涨……”❸ 这首诗歌讴歌了改革开放给祖国美丽南方的希望。在《凤凰山三章》中，他把自己当作“大山的儿子”。这位从大山走出来的诗人重游大山，亲切和陌生相随，凤凰山给了“他”今天不一样的新奇感，诗歌这样写道：“是大山的孩儿/对山感到亲切/又并非稀奇/今来游览辽东凤凰山/偏叫我产生奇异的神思。”❹

库克曾说：“一个民族应该至少建立在统一框架之下，这是民族认同感的黏合剂。”❺ 农冠品的身份认同建立在国族认同的基础之上，并在民族大融合的国家民族建构的大语境之中形成。农冠品在诗中怀着一颗对祖国感恩的心歌唱祖国。在农冠品的诗歌中，“我”就是“水滴”，祖国就是“大海”，如在《一滴水》一诗中，农冠品这样写道：“我是一滴水/祖国是大海/大海呀大海/日夜奔腾、澎湃！/我是小小水珠/……永远离不开大海/在母亲怀抱里/我无比的愉快。”❻ 在《快乐的小溪》一诗中，农冠品把“我”比作“小溪”，祖国比作“大河”，诗歌这样写道：“小溪小溪多快乐/一路跳舞又唱歌/团结友爱手拉手/流入滚滚大江河！/春花春花红似火/木叶伴我唱春歌/花开向阳真幸福/朵朵热爱新中国！”❼ 在这些诗歌中，农冠品真挚地歌颂祖国和民族大团结。农冠品对国族认同感的表达，表现了一个边地族群对国族的

---

❶ 农冠品. 晚开的情花［M］. 桂林：漓江出版社，1991：11.

❷ 同❶5.

❸ 同❶64－65.

❹ 同❶54.

❺ 库克. 分离、同化或融合：少数民族政策比较［M］. 张红梅，译. 北京：东方出版社，2015：14.

❻ 农冠品. 爱，这样开始［M］. 南宁：广西民族出版社，1989：228.

❼ 同❻229.

归向。

农冠品民族身份认同和“根性”认识是在与“他者”交流过程中建立起来的。在《岜来，我民族的魂》一诗中，农冠品要为花山“正名”，他认为花山的汉语名字并不能代表这座山脉的文化本质，具有民族象征意味的山应该具有一个壮族的名字，这个名字就是用壮语来命名的“岜来”（壮音，壮语意义为有花纹的山）。“岜来”承载着壮民族的集体记忆，是民族文化和民族精神的象征。农冠品在自己民族的语言文字里找寻到了更多的亲切感。诗歌这样写道：“岜来/我民族的山、民族的魂！/我不喜欢‘花山’这汉译之名/我要为你正名/也要为你正音/你的壮名叫‘岜来’/岜来更亲切动听！”❶“民族语言文字最为突出，其中民族和族群的自称和他称尤为突出，它们所涉及的符号表达和语义内涵，直接影响着本族和外族之间的关系。”❷ 正如纳日碧力戈所述，民族语言的使用和认可，体现了族群间微妙的关系，农冠品以“岜来”代替“花山”，以壮名代替汉名，不但体现了对壮族文化的审视，体现了他的族群文化边界意识的觉醒，而且表达了壮族与其他族群之间的文化交流和互动关系。

总之，对族群身份的自我认同是农冠品诗歌民族叙述的起点，也是农冠品诗歌民族叙述的终点。农冠品的诗歌围绕着自我身份认知展开文学叙述，进行民族身份建构，借此抒发强烈的民族和国家情感，最终实现了自我的生命体验。正如农冠品所述的那样：“作为文艺工作者一定要有民族感情，民族自主自立精神，在创作上才有主心骨，才有心中的一盏明灯。”❸ 需要注意的是，基于自我身份认同之上的农冠品诗歌族性写作是在多民族统一的多民族国家语境之下展开的。居于农冠品诗歌族性写作中心的“自我”是处于一种被多种关系裹挟之下的“他者”的复杂镜像，而非简单的“自我”心镜建构。

---

❶ 农冠品．晚开的情花［M］．桂林：漓江出版社，1991：13.

❷ 纳日碧力戈．万象共生的族群与民族［M］．北京：中国社会科学出版社，2015：214.

❸ 农冠品．热土草［M］．香港：香港天马图书有限公司，1998：2.

第三章

族性写作过程及维度

农冠品诗歌以“我族”看“我族”，“我族”看“他族”，“我族”看“国族”的民族眼光，展开宏大而漫长的族性写作。诗歌追溯壮族历史记忆，叙述线索完整、维度多元，族群的历史记忆之网呈伞状打开。这些诗歌塑造了壮族崭新的时代形象，展示了广西壮族自治区独特的地域文化，抒发了诗人强烈而真挚的家国情怀，展现了农冠品对民族理想的崇高追求。

第一节 族性写作经过

农冠品诗歌的族性写作过程，既是整合族群历史记忆的过程，也是在特定时代背景、特定的意识形态下“重塑”壮族族群形象并形成象征的过程。在漫长的族性写作过程中，农冠品完成了民族想象的建构，实现了一个当代少数民族作家的社会价值。

一、族源历史的爬梳

壮族先民自古世居岭南，为百越的一支，古代史书中多有记载，但农冠品没有延续这类历史叙述话语，而是从民间文学中挖掘和整理壮族的历史记忆，重新梳理了壮族的族源历史，这类诗歌有《致虎歌》《奋飞吧，我的民族》《骆越雄风》《致花山》《搬山——莫一大王传说》5 首，见表 3－1。

表 3－1

诗集	诗篇	诗歌主要内容	塑造族群先祖形象的诗句
《爱，这样开始》	《致虎歌》	诗歌借虎年激励人民。诗歌以英雄人物盘古、布洛陀、布伯、岑逊、莫一大王、刘三姐等贯穿族群历史。	我有根兮是盘古，我有源根兮是布洛陀/战神之威力兮，布伯斗倒了天上雷王/染血的、悠长的红水河兮/是岑逊一手开拓/那悲欢之歌兮/在神奇的花山萦绕不落/莫一大王的赶山鞭兮/歌仙化鲤鱼的传说/血的火焰兮/曾由南天王侬智高点着/俍兵女神瓦氏夫人兮/高山雄鹰拔群哥❶
《记在绿叶上的情》	《奋飞吧，我的民族》	诗歌梳理壮族历史，以英雄人物布伯、岑逊、莫一大王、石达开、韦国清等贯穿族群历史	我的民族呵/从布伯岑逊莫一大王刘三姐的歌声中来/激战过雷王扶开河大犁穿飞天长靴唱心中的根与爱/不屈的光焰凝聚于瓦氏夫人石达开一代英雄的血脉/求索奋斗之魂闪耀于烈士韦拔群将军韦国清的胸怀！❷
《记在绿叶上的情》	《骆越雄风》	诗歌塑造了壮族先祖野性烂漫的形象，激励人民奋发向上	我的民族的祖先/数着你的脚印/深深浅浅/从那/遥远的年代走来/穿过密密的古林/穿过苍莽的原野/涉过奔腾的江河/跨过陡峭的山崖身配的弓箭/沾着/那些猛兽的血腥/尖利的长矛截穿/鳄鱼的魔眼/作羽人的梦/喜狂/跳起羽人舞/祭祀/憨厚的牛魂/羽人梦里/与高翔彩凤比美/敲起铜鼓，震撼/苍茫的天地！/这是/古老民族的心音❸

❶ 农冠品．爱，这样开始［M］．南宁：广西民族出版社，1989：245．
❷ 农冠品：《记在绿叶上的情》，1997 年（诗结集，未出版）。
❸ 同❷。

续表

诗集	诗篇	诗歌主要内容	塑造族群先祖形象的诗句
《记在绿叶上的情》	《致花山》	诗歌歌咏花山，塑造壮族祖先野性烂漫的形象	裸露的双臂向苍天高举/是健的美的是顶天之力/叉开的双腿一把把铁木/做的坚弓是立地不拔的/神志/稳健而又扎实/带上猎狗带上环首刀和铜鼓/还有女人的长辫与柔姿❶
《爱，这样开始》	《搬山——莫一大王传说》	改写壮族传说，歌颂莫一为民请命，勇于牺牲的精神	莫一家乡的山实在太多太多/多得无法数得清记得着/反正一出门三步爬山又爬坡/辛苦了代代乡人与谁诉说?! /为解救乡亲世代受折磨/莫一从小就暗练武术❷

农冠品长期从事壮族民间文化研究工作，深谙壮族历史和文化发展规律，他的诗歌常在民间文化中寻找灵感，大量引用和借用壮族民间传说、故事和神话作为诗歌的典故，塑造了壮族先祖烂漫和诗性的形象，表达了农冠品对壮族先祖和英雄人物的崇敬和热爱。例如，在《致虎歌》《奋飞吧，我的民族》《骆越雄风》《致花山》《搬山——莫一大王传说》诗歌中，农冠品对壮族族源历史和文化脉络进行了爬梳，诗歌以民间文学的"真实"唤起了族群成员对族群历史的崭新认知。杜赞奇曾说："对源流的叙述被用来划定与动员群体，其方法通常是提升某些特定的文化实践……使之成为群体的基本原则，从而提高群体相对于其他群体的自觉性。"❸ 这些诗歌对壮族族源历史的再梳理，提高了族群成员的历史认知能力，强化了族群认同，也隐喻地表达了回归族群历史本源的书写渴求。

1985 年，长江、珠江三角洲和闽南厦（门）漳（州）泉（州）三角地区被开辟为沿海经济开放区，改革开放进入深水区，经济持续向好。《致虎歌》一诗就是写于这样的背景下成的。1985 年年末，农冠品激情澎湃，他以虎年扬虎威为题，祝福祖国繁荣昌盛。在这首诗中，农冠品借助壮族的民间

❶ 农冠品：《记在绿叶上的情》，1997 年（诗结集，未出版）。

❷ 农冠品. 爱，这样开始［M］. 南宁：广西民族出版社，1989：108.

❸ 杜赞奇. 从民族国家拯救历史：民族主义话语与中国现代史研究［M］. 王宪明，等，译. 南京：江苏人民出版社，2009：65.

文学典故，对壮族的族源和历史脉络进行梳理。诗歌这样写道："我有根兮是盘古/我有源兮是布洛陀/战神之威力兮/布伯斗倒了天上雷王/染血的、悠长的红河水兮/是岑逊一手开拓/那悲欢之歌兮，在神奇的花山萦绕不落/莫一大王的赶山鞭兮/歌仙化鲤鱼的传说/血的火焰兮，曾由南天王侬智高点着/良兵女神瓦氏夫人兮，高山雄鹰拔群哥/这不断的根兮/不散的魂兮/不灭的火。"❶ 诗歌从先祖盘古、布洛陀、布伯、岑逊王、莫一大王，到族群的英雄人物刘三姐、瓦氏夫人等进行逐一细数和罗列，以民间文学的真实和典故梳理了壮族族群几千年来的发展历史，表现出农冠品在国家的复兴历史中重新寻找壮族族群历史真实的勇气和信心。在诗歌的结尾，农冠品赞颂国家改革开放的成果给壮族人民带来希望，鼓励壮族人民奋发向上，奋勇拼搏。诗歌这样写道："虎兮，虎兮/有胆有眼而来/有识有志而歌/来壮我这不断的根兮/不散的魂/不灭的火/那蒙昧的苦星兮/已渐渐沉寂、黯淡、殒没/你带文明史之星来兮/让布洛陀后裔的家乡辉光闪烁。"❷ 全诗情感热烈奔放，高亢激昂，一气呵成。

时隔十年之后，农冠品在写于 1996 年的《奋飞吧，我的民族》一诗中，再次以同样的书写脉络对壮族的族源历史进行了梳理，诗歌这样写道："我的民族呵/从姆洛甲布洛陀古老而遥远的山洞走来……/我的民族呵/从布伯岑逊莫一大王刘三姐的歌声中来/激战过雷王扶开河大犁穿飞天长靴唱心中的根与爱/不屈的光焰凝聚于瓦氏夫人石达开一代英雄的血脉/求索奋斗之魂闪耀于烈士韦拔群将军韦国清的胸襟。"❸ 在这首诗歌中，农冠品以盘古、布洛陀、布伯、岑逊王、莫一大王、刘三姐、瓦氏夫人等民间文学中壮族族群人物为族群历史发展的标志性符号，对壮族族群的历史进行了爬梳，族群历史文化的象征符号再次被强化。诗歌除了对民间神话传说中具有特殊神力和才能的人物进行梳理外，还对壮族族群历史中真实存在的英雄人物，如侬智高、瓦氏、韦拔群等历史人物加以赞颂，提升了这些历史人物的历史地位，使他们成为族群发展历史上新的精神象征。在这类诗歌中，农冠品一如既往地发出了族群精神感召。农冠品认为，虽然壮族在向现代化进程迈进，但是很多壮族地区仍非常落后，所以先祖们的拼搏精神今天尚需要发扬。他在诗歌中

❶ 农冠品．爱，这样开始［M］．南宁：广西民族出版社，1989：245．

❷ 同❶245．

❸ 农冠品：《记在绿叶上的情》，1997 年（诗结集，未出版）。

这样写道：“而当今时代是科技的时代它决定国家与民族的胜败/我民族的同胞有的在那贫困与饥寒的线上徘徊/我民族的热土地上种植甜蜜的同时也有苦涩的存在/哦哦 这就更需要奋飞更要拼搏开拓才能步入文明世界！”❶ 全诗歌对族群成员发出感召，激励族群成员奋勇拼搏，为国家建设贡献力量，全诗情感悲壮、高亢、激情澎湃。

《奋飞吧，我的民族》对族群文化发展脉络进行了梳理。诗歌这样写道：“我的民族呵从神奇花山庄严的铜鼓及多情的绣球中来/祭蛙节的隆重三月三的热闹展示文化风情千姿百态/看李宁英姿听韦唯旋律还有那农群华流星般的球拍/赞美丽的南方红色的瀑布诱人的百鸟衣令人神往珍爱/哦哦 我的民族不光会吹木叶歌已会弹奏电脑的节拍/哦哦 我的民族不光会骑矮马已经登上快车的方向台/哦哦 我的民族不光会喝土茅台已会酿制那人头马牌/哦哦 我的民族不光会摇橹已令江河划入电气化时代！”❷ 诗歌选取了壮族文化的闪光点，对壮族几千年来的文化发展脉络进行了爬梳，壮族文化的发展脉络在诗中一览无余。这条文化线索为：“神奇的花山——庄严的铜鼓——多情的绣球——隆重的蛙节——热闹的“三月三”——李宁的英姿——韦唯的歌声——农群华的球拍。”这条线索揭示了壮族文化由落后走向先进的必然。诗歌对现代文明进行热情的赞颂，表达了农冠品对传统和新发明的理解和认知。诗歌对文化脉络的梳理及对族群文化历史记忆链条的梳理，有助于族群从共同的历史经验中寻找认知的统一性，最终找到新的民族文化认同根源。

骆越族族群世居自然环境相对恶劣的祖国边地，在与大自然和命运抗争中养成了野性、烂漫和抗争的个性。农冠品的诗歌借助神话、传说和民间故事，对族群先祖形象进行了重塑，对壮族祖先表达了崇敬之情。在《骆越雄风》一诗中，农冠品塑造了先祖的群相，再现了壮族先祖与大自然抗争的场景，展现了先祖性格的魅力。在他的诗歌中，壮族先祖是不屈的：“我的民族的祖先/数着你的脚印/深深浅浅，从那/遥远的年代走来/穿过密密的古林/穿过苍莽的原野/涉过奔腾的江河/跨过陡峭的山崖”；“身佩的弓箭，沾着/那些猛兽的血腥/尖利的长矛截穿/鳄鱼的魔眼/作羽人的

---

❶ 农冠品：《记在绿叶上的情》，1997 年（诗结集，未出版）。

❷ 同❶。

梦，喜狂”❶；他们是天真和诗性的，“跳起羽人舞，祭祀/憨厚的牛魂，羽人梦里/与高翔彩凤比美/敲起铜鼓，震撼/苍茫的天地！这是/古老民族的心音”❷。这些诗歌情感真挚、悲壮、高亢和热烈，对先祖的命运的悲悯情怀淋漓尽现。

在《搬山——莫一大王传说》一诗中，农冠品讲述了先祖莫一大王为民搬山，惹怒了龙王和天帝，最后被天帝毒死的故事，展现了其一心想着百姓，具有超强的本领和抗争的精神，歌颂了莫一大王大公无私、敢于抗争、勇于牺牲和大无畏的精神。诗歌这样写道：“莫一家乡的山实在太多太多/多得无法数得清记得着/反正一出门三步爬山又爬坡/辛苦了代代乡人与谁诉说/为解救乡亲世代受折磨/莫一从小就暗练武术。”❸ 莫一大王的抗争精神激励着后人。

诗歌《致花山》写于1988年，该诗一改对族群文化的一味赞颂的笔调，对壮族历史和先祖形象赋予了更多的时代气息和反思色彩。诗歌认为，花山的千古之谜，应该留给昨天，所以“我不高兴引人去猜太多太深的谜底”❹，我们今天更应该关注当下的发展，在现代社会中，在经济飞速发展的今天，壮族群应面对现实，承接花山壁画中先祖向上的人生姿态，迎接新的挑战。“裸露的双臂向苍天高举/是健的美的是顶天之力/叉开的双腿一把把铁木/做的坚弓是立地不拔的/神志，稳健而又扎实/带上猎狗带上环首刀和铜鼓/还有女人的长辫与柔姿。”❺ 诗歌中的花山壁画先祖向上的姿势成为族群奋发向上的象征。诗歌号召族群成员应积极向上，奋勇拼搏，创造更美好的未来。全诗诗情悲壮，文化反思情结明显。

二、人物的理想化塑造

1979年11月，第四次中国文学艺术工作者代表大会上提出，文学艺术工作者要书写正面人物，表现正面人物的“革命理想”和“创新精神”，达

---

❶ 农冠品：《记在绿叶上的情》，1997年（诗结集，未出版）。

❷ 同❶。

❸ 农冠品. 爱，这样开始［M］. 南宁：广西民族出版社，1989：108.

❹ 同❶。

❺ 同❶。

到教育群众的目的，报告指出："我们的文艺要在描写和培养新人方面付出更大的努力，取得更丰硕的成果。要塑造四个现代化建设的创业者，表现他们那种有革命理想和科学态度、有高尚情操和创造力、有宽阔眼界和求实精神的崭新风貌。要通过这些新人来激发广大群众的社会积极性。"[1] 会议提倡"文艺的真实性和政治性是统一的"[2]，主张文学创作在现代化建设中寻找正面的改革题材，书写现代建设者理想和奋斗精神。这时期，国内大批反映改革的文学作品相继涌现，展现了人民群众参与"四化"建设的激情。为此，农冠品的诗歌以书写广西壮族自治区各民族人民参与"四化"建设的题材为多。很多诗歌对壮族的建设者进行典型化、崇高化和英雄化的塑造，展现了民族人物的时代风采。据笔者统计，农冠品描写新时期壮族人物的诗歌共有13首，其中塑造现代壮族男性人物的诗歌有《尼香罗》《将军回到红河边》《寻求》《遗产》《表率》《白连长》《炉前老人》《江山魂——歌颂天生桥水电建设殉职者》，塑造新时代壮族女性人物的有《芳香的笑》《阿娜》《金凤》《嫁》《撑把阳伞嫁进村》。除此之外，农冠品还描写了中华人民共和国成立前壮族女性形象的诗歌，如《轮印》《深潭边》《下枧河秋歌》。农冠品对壮族男性人物的塑造多采用现实主义的表现手法进行英雄化塑造，政治色彩浓郁；对壮族女性形象的描写多以温婉而灵动的笔法出之，多具有浓郁的浪漫主义和写意色彩，政治化色彩较少。

（一）男性英雄化塑造

自我在社会的场域中，在与他人、社会交流、沟通的过程中，最终实现和成就了一个完整的"自我"，但"自我"有时候是分裂的。美国心理学家乔治·赫伯特·米德将自我分为"主我"和"客我"[3]。自我在社会意识形态的影响下，具有更多的社会属性，"客我"在一定程度上反映了自我的社会属性。阿尔都塞的意识形态理论与米德的"主我"和"客我"理论具有一定的互通之处，他认为，"没有不借助于意识形态并在意识形态中存在的实践；没有不借助于主体并为了这些主体而存在的意识形态"。"自我"受特定的社会意识形态影响较大。"我们今天所主张和倡导的，是社会主义时代的文艺

---

[1] 邓小平．在中国文学艺术者第四次代表大会上的祝词［M］．成都：四川人民出版社，1980：4.

[2] 同[1]4.

[3] 米德．心灵、自我和社会［M］．南京：译林出版社，2012：192.

创作主旋律，也就是说，要写当代改革开放中的主流，写重大的、有积极教育作用的题材。”❶ 农冠品的诗歌塑造了紧跟时代主旋律的、有积极教育意义的一系列社会主义壮族建设者的形象。这些典型的族群形象包含了较多的“客我”的色彩。农冠品诗歌中的壮族男性大多具有高尚的人格，英雄色彩法，同时也有令人叹惋的悲剧情结。农冠品对这些族群人物形象的理想化塑造，不但契合了特定时代的写作要求，还表现了文学话语对政治话语的遵从。这类诗歌共有 8 首，详见表 3 –2 所示。

表 3 –2　农冠品男性英雄化塑造诗歌 8 首

类型	诗集	诗篇	诗歌内容	塑造族群男性形象的部分诗句
恋乡型英雄形象：尼香罗和将军	《爱，这样开始》	《尼香罗》	诗歌讲述壮族科技工作者尼香罗为家乡发明探水仪，无私奉献的故事	香罗埋头灯光下/读书钻研苦琢磨/决心制成探水仪/测尽家乡千重坡/晚间假日他抓紧/一分一秒不放过/自学高等数理化/心灵美过彩云朵。香罗昏迷躺在床，/妻子醒来找仪器/抱住宝贝细抚摸❷
	《爱，这样开始》	《将军回到红河边》	塑造将军“文化大革命”平反后回到家乡感慨万千，刻画了英勇善战、忠于祖国和家乡、孝顺的将军形象	离家别乡几十年/硝熏雪染白发添！/南征北战灭敌寇/出生入死意志坚……/为拯救民族出苦海/前仆后继呼声喧。将军无言发了呆/紧紧握住妈的手……/老妈妈看不见/儿子满头白。多年冤狱受折磨/白发、皱纹又添多！/砸碎镣铐人得救/将军挺腰舒胳膊❸

❶ 农冠品．热土草［M］．香港：香港天马图书有限公司，1998：23．

❷ 农冠品．爱，这样开始［M］．南宁：广西民族出版社，1989：88 –89．

❸ 同❷72 –85．

续表

类型	诗集	诗篇	诗歌内容	塑造族群男性形象的部分诗句
对韦拔群烈士赞颂	《爱，这样开始》	《寻求》	歌颂了韦拔群为了国家、民族出生入死不怕牺牲的精神	高山难断雄鹰路/风刀雨剑何所惧？/民族灾难待拯救/寻求真理志不移/武篆河水送行急/山间野花致厚意❶
	《爱，这样开始》	《遗产》	以小见大，从烈士留下的锅入手，歌颂烈士的革命精神	革命高潮暂低落/信念如钢是拔哥/西山岩洞埋火种/点燃来日燎原火！❷
	《爱，这样开始》	《表率》	描写韦拔群代表红军向群众借谷子留下借条，歌颂烈士不拿群众一针一线的革命精神	军需急似火/困难暂借支/条子留群众/还时有依据❸
对普通劳动者的英雄化赞颂	《世纪的落叶》	《白连长》	英雄的劳动者形象	钢水流悠悠/钢花亮神州/钢铁战线群英会/少不了老英雄——/白连长！❹
	《世纪的落叶》	《炉前老人》	塑造了参加大炼钢铁的老人形象	有位老人日夜站在高炉前/起茧的手紧握钢钎/钢花为他汗珠镀上霞彩/在额上皱纹沟里来往旋转
	《记在绿叶上的情》	《江山魂——歌天生桥水电建设殉职者》	歌颂在天生桥水电站建设中牺牲的英雄	是他们的躯体/是他们的热血/是他们的青春与生命的光热/铸造成天生桥电站的/永摧不垮的转动不休的——/中轴！❺

农冠品诗歌对男性人物的英雄化塑造大致分为以下三类。

第一类，塑造了恋乡型的当代族群英雄人物形象。《将军回到红河边》

---

❶ 农冠品. 爱，这样开始［M］. 南宁：广西民族出版社，1989：9.

❷ 同❶12.

❸ 同❶30.

❹ 农冠品：《世纪的落叶》，1999 年（诗结集，未出版）。

❺ 同❹。

写于1981年，描写了一位身经百战的壮族将军在“文化大革命”遭受迫害后，重返家乡，发现母亲已经去世，家乡旧貌换新颜，百感交集的故事。诗歌以悲壮的家乡情感、民族情感和祖国情感贯穿始终。诗人在诗歌中对“文化大革命”的罪行进行了深刻反思。诗中塑造了一位壮族将军形象，讴歌了将军英勇无畏的革命精神和浓烈的爱国情怀。将军不但是战场上保家卫国的英雄，还是和平年代敢于坚持正义的英雄。将军不但是个铁血男儿，还是一个热爱母亲、心怀家乡的孝顺儿子。诗歌描写了将军两次探母，两次“站在红河边”。第一次面对母亲河是战斗胜利归来，银发初生，回忆战斗的苦与乐，百感交集；第二次是“文化大革命”含冤入狱平反后，再次回到故乡的红河边，发现母亲已经去世六年，家乡已发生了大变化，百感交集。这两次“归来”心情大相径庭：第一次是征战归来，得到母亲的鼓励，与母亲促膝谈心；第二次平反回乡，却与母亲阴阳两隔，只能手捧鲜花祭奠母亲，悲痛之情难以言表。全诗“英雄归来”的悲剧情结明显。除此之外，这首诗歌思乡情结明显。诗歌开篇即展示了将军浓郁的思乡情结：“家乡的红河哟/红棉树挺拔参天/花开花落度丰年？/家乡的红河哟/沿岸的山林、田园/粮油产量有增或有减？”[1] 诗歌的结尾再次涉及故乡：“但愿故乡春常在/民族新天飞霞彩！/但愿红河滚滚水流欢/莫再陡流淹陡崖。”[2] 将军外出征战，或在外蒙难会思念母亲，思念故乡，最后回到故乡，表达了人物对人生原点和本我的回归。诗歌思乡的情感也是农冠品几十年来挥之不去浓郁思乡情感的一次滥觞。诗中的“红水河”是壮族文化的象征，它凝聚着族人和亲人们的集体情感。农冠品以红水河作为抒发族群情感的重要情感介质和写作线索，借助这个情感的介质既抒发了自我情感和族群情感，又完成了自我与社会的沟通和交流。

叙事长诗《尼香罗》写于1983年，诗歌以壮族农村知识分子尼香罗为家乡发明水源探测仪为题材，歌颂了壮族农村改革者勇于牺牲的开拓创新精神，表达了农冠品改变家乡现状的强烈愿望。诗歌塑造了现代化建设下壮族农村改革者知识分子尼香罗，他一心为改变家乡落后面貌不辞劳苦，四处奔波，牺牲了个人的利益，最后在乡亲们的鼓励下，在老师的指导下，成功发明了探测仪，为家乡解决了水源的问题。在尼香罗的身上闪现出壮族知识分

---

[1] 农冠品：《世纪的落叶》，1999年（诗结集，未出版）。

[2] 同[1]。

子依靠群众，勇于创新的崇高品质。在他的身上还闪现着壮族族群坚强、隐忍和不屈的个性，展现了壮族人民与大自然顽强抗争的精神和勇气。尼香罗热爱读书、热爱科学，为了发明探测仪，晚间和假日加班自学科技书。为了筹集资金，他偷偷地把自家的猪拉去卖了；为了搞试验，漫山遍野地跑，病中还挂念着探测仪，不达目的不罢休。诗歌这样写道：“香罗昏迷躺在床/妻子月娥床边坐/香罗醒来找仪器/抱住宝贝细抚摸/心中宝贝无损伤/香罗喜得泪珠落！/怎知月娥却叹息/声声责怪尼香罗——/‘迷水迷到不管家/尽往外头拐胳膊/为造仪器卖大猪/如今又拿命去搏！’”❶ 罗洛·梅曾说：“潜能的衰弱或压抑会导致焦虑。”❷ 农冠品家乡五山乡浪屯环境恶劣，常年干旱缺水，当地农民生活困窘，家乡贫困的现状引发了农冠品内心潜在的忧虑。农冠品通过对尼香罗形象的塑造，无意识地纾解了积压在内心深处要改变家乡落后面貌的焦虑，建构了新时代下壮族个体新的人生价值理论。在这首诗歌的结尾，农冠品对这种家乡情感进行了升华，将对家乡的祝福升华为对祖国未来深深的祝福。

在《将军回到红河边》和《尼香罗》这两首叙事长诗中，主人公的人物性格特点有一定的相似之处，他们不但具有正直、善良、坚强、隐忍、大公无私、敢于牺牲的高尚品质，还对家乡具有一种深深的眷恋和热爱之情。农冠品参加工作以后，很少返回家乡，但大山深处那个干旱贫瘠的家乡却是他心灵深处挥之不去的牵挂。诗歌中尼香罗身上的恋乡情结，隐喻地表达了农冠品多年以来挥之不去的浓郁的恋乡情结。

第二类，歌颂革命英雄韦拔群。韦拔群是我国早期农民运动的著名领袖之一、百色起义领导者和中国工农红军高级将领。农冠品在诗歌中多次讴歌韦拔群烈士的丰功伟绩，对英雄人物的历史作用进行强化叙述。据笔者统计，农冠品提及韦拔群诗篇共有 4 首，除了《奋飞吧，我的民族》，在描写百色起义历史的《寻求》《遗产》《表率》等诗中，也塑造了壮族革命领袖韦拔群的英雄形象。在《奋飞吧，我的民族》一诗中，农冠品将韦拔群与英雄人物如莫一大王、雷王、刘三姐等并列，肯定了他对壮族历史发展的重要作用。《寻求》《遗产》《表率》首诗歌将韦拔群的英雄形象进一步进行了具体化描

❶ 农冠品. 爱，这样开始［M］. 南宁：广西民族出版社，1989：90－91.

❷ 梅. 存在之发现［M］. 方红，郭本禹，译. 北京：中国人民大学出版社，2008：17.

写，诗歌以小见大，通过一件小事，一个小遗物，将烈士的英雄形象真实地展现了出来。在诗歌中，韦拔群胸怀祖国和民族，具有远大革命的理想，正如诗中这样写道，“民族灾难待拯救/寻求真理志不移”❶。韦拔群还是一位优秀的农民革命领袖，他艰苦朴素，大公无私，乐于奉献，为当地群众所热爱，在他身上闪现出壮族特有的隐忍、通达、宽容和向上的积极人生态度及不屈的抗争精神。诗歌中这样写道：“山鹰展翅别乡里/千里万里路遥遥/飞向光明求真理。”❷“鼎锅里头煮野菜/苦艾蕨根甜心窝”“鼎锅里头藏春雨/满怀新芽泛青波”❸“军需急似火/困难暂支借/条子留群众/还时有依据”❹。这些诗歌充满了战斗的激情和斗志，格调高昂、悲壮。在这些诗中，革命烈士激昂的革命斗志和高尚的情操被张扬，壮族人物鲜明的个性特征得以凸显。同时，诗歌通过对革命战争年代族群英雄人物的塑造，提高了外界对壮族人性格特点的认知能力，强调了壮族在国家革命历史中的重要作用。

第三类，英雄化地塑造了壮族族群普通劳动者形象。农冠品以民族英雄的高度，赞颂国家现代化建设的普通劳动者，展现他们大公无私的奉献精神和爱国情操，提高了外界对壮族形象的整体认知。《江山魂——歌天生桥水电建设殉职者》一诗写于1990年，其对48位年轻的天生桥水电建设者英年早逝深感痛惜。农冠品以民族之魂的高度，讴歌了为建设家乡默默奉献，把爱留给大山的普通劳动者们。《炉前老人》一诗展现了一位普通壮族老人参加大炼钢铁劳动的情景。老人为了响应国家的号召，全身心地投入到劳动中，他“起茧的手紧握钢钎/钢花为他汗珠镀上霞彩/在额上皱纹沟里往来旋转……/为了钢铁巨龙腾飞/他放下牧鞭来到高炉前”❺。诗歌赞颂了这位壮族老人爱国和艰苦奋斗的精神，生动地展现了壮族个体劳动者参与劳动的场景。在《白连长》一诗中，农冠品描写了一位曾参加过解放战争的老连长，现又奔赴新的“战场”参加了大炼钢铁的运动的情境。诗歌塑造了一位无私奉献、热爱祖国的退伍军人积极投身国家建设的形象。

这些诗歌真实地反映了壮族群众在国家现代化进程中积极参与的情景，

---

❶ 农冠品. 爱，这样开始［M］. 南宁：广西民族出版社，1989：9.

❷ 同❶10.

❸ 同❶12.

❹ 同❶30.

❺ 农冠品：《世纪的落叶》，1999年（诗结集，未出版）。

不但表达了农冠品对壮族劳动者的崇敬之情，还强调了族群成员在国家现代化进程中的作用。农冠品对壮族男性英雄众生像的塑造，使得这些新时代的壮族人物成为族群精神新的象征。

（二）女性美化塑造

20 世纪 80 年代，社会发展瞬息万变，给壮族女性带来更多的机遇和挑战。壮族女性成员如何承袭传统文化参与国家现代化建设，树立正确的人生观和幸福观，都是值得深思的问题。农冠品的诗歌针对这些社会现实进行了深入的思考，并在诗歌中对这些问题作出思想和道德方面的理论指引。据笔者统计，农冠品诗歌以女性为题材的主要有《芬芳的笑》《阿娜》《金凤》《嫁》《撑把阳伞嫁进村》《轮印》《深潭边》《下枧河秋歌》，详见表 3 - 3 所示。

表 3 - 3　农冠品女性题材的诗歌

诗集	诗篇	诗歌主要内容	美化塑造族群女性的部分诗句
《泉韵集》	《芳香的笑》	塑造了活泼、调皮、聪明、善良的壮族女性形象	山风轻轻地摇着密密的八角林/密林深处传来串串歌声/月花姐！/摘完果/你该请我们吃糖……俏皮鬼！/小心黄蜂蜇你的嘴唇……看不见人的脸面/望不到人的形影/密林里传来银铃般的笑声/太阳落山了/山路上行走着两对人一队领头的是月花姐/山泉映着姐妹们❶
《泉韵集》	《阿娜》	塑造了美丽、追求新知的壮族女性形象	看你一身新衣裙/多像一朵绿色的云/在清风中摇曳、飘飞/飞过峡谷/飞过山岭/飞过弯曲、流淌的河水……/送你走在长长的山背/你是一只绿色的小鸟/飞过一山/又一山/融汇在朝晖里/健美得令人陶醉/阿娜/可爱的小妹/人们都说：/一个人有了知识/就永远离开了黑暗、愚昧❷

❶ 农冠品. 泉韵集［M］. 桂林：漓江出版社，1984：13.

❷ 同❶28.

续表

诗集	诗篇	诗歌主要内容	美化塑造族群女性的部分诗句
《泉韵集》	《金凤》	塑造了善歌、美丽的壮族女性形象金凤。	像一颗流星/划过夜的蓝空/像报春红花/开在盘阳河畔/像一滴冬蜜/甜在同年人心里/像一只画眉鸟/歌声婉转动听！❶
《爱，这样开始》	《嫁》	对追求平等爱情壮族女性的歌颂	好女儿/挽金发/嫁给“四化”热心汉—/笑语欢/酒窝甜/失去的青春今追回/生命光闪闪！/谁个见/不夸赞❷
《爱，这样开始》	《撑把阳伞嫁进村》	对爱劳动、追求平等爱情的壮族女性的歌颂	甜嘴的画眉多情的心/锦绣的山水传歌音/多情的姑娘勤劳动/红榜上面记美名/哎！姑娘嘴甜不靠嘴/田园山林留脚印/山水有情人有意/姑娘看上心上人❸
《醒来的大山》	《轮印》	讲述了1949年前丈夫被拉去当兵，在家苦等悲苦的壮族女性故事	她的丈夫/被拉去当兵/在遥远的天边/风无情/雁无情/没有传递过他男人的音讯！/她悄悄地把儿子的命运/寄托给山边的榕树老人……/那双给蓝靛/浸染乌黑的手/无数次捧上供品/“夫儿平安！”❹
《醒来的大山》	《深潭边》	讲述了为爱献身，投身深潭的女性故事	潭边石崖小花/在回忆，寻求/婚姻自主的村姑朵梅/把十八周岁的生命/忍心地投入深潭里/只见一束水花溅起/一支悲愤的歌消失❺
《晚开的情花》	《下枧河秋歌》	讴歌壮族女性的幸福生活	梦中那位传世的歌仙/从百丈崖顶跳落河心/溅起一束美丽的浪花/争得了生命与婚姻的自由！/她的那条彩色的头巾/被搁在远望的崖壁❻

农冠品以女性为题材的诗歌笔法细腻和温婉，情景交融，以小见大，巧妙地运用人物的语言、神态、动作，塑造壮族族群女性形象。具体而言，这些诗歌主要分为两大类。

第一类，赞美新时代下壮族农村女性新思想、新风尚，展现了壮族女性

❶ 农冠品. 泉韵集［M］. 桂林：漓江出版社，1984：35.

❷ 农冠品. 爱，这样开始［M］. 南宁：广西民族出版社，1989：150.

❸ 同❷185.

❹ 农冠品. 醒来的大山［M］. 南宁：广西民族出版社，1996：175.

❺ 同❹179.

❻ 农冠品. 晚开的情花［M］. 桂林：漓江出版社，1991：22.

的时代风貌。在《芳香的笑》《阿娜》《金凤》《嫁》《撑把阳伞嫁进村》5首诗中，农冠品塑造了烂漫、热情、独立自主、积极向上的壮族女性形象。在诗中，农冠品赞美了壮族现代女性热爱劳动、追求新知、自尊自爱的优秀品质，为壮族现代女性确立了独立自主和平等价值观的道德指引。

壮族现代女性美是一种劳动美、自然之美。在《芳香的笑》中，农冠品以温婉、细腻和灵动的笔调，情景交融，物我合一，对壮族女性描写充满着美化和写意的色彩。农冠品极力摒弃理性化的描写，以敏锐的艺术直觉、灵动的诗情，把握住壮族农村女性的外在美和内在美，将人性的美与地域环境之美巧妙地融合在一起，形成了对壮族女性美的独特认知。首先，壮族现代女性之美在劳动中体现。农冠品的诗歌喜欢在劳动中展现人物性格的魅力，如在《芬芳的笑》一诗中，农冠品描写了壮族女性在山林中采摘八角，描写劳动给她们带来的欢乐。在山林中劳动，她们相互善意嘲讽，述说平日里不在外人面前说的心里话。太阳落山了，劳动结束了，山间清澈的泉水倒影着她们美丽的身影，带着劳动果实回家的壮族女性是最美的。诗歌这样写道："山风轻轻地摇着密密的八角林/密林深处传来串串的歌声——/黄金般的收获季节来到了/劳动的热潮如左江滚滚欢腾/……另一队领头是春燕妹/高山水库摄下她们丰满的身影/姑娘们挑着满箩筐八角回村寨/一路上洒下阵阵醉人的芳馨。"其次，壮族现代女性之美是发自内心的纯真和人性的善良。《芬芳的笑》一诗中这样描写壮族女性的内心："山风轻轻地摇着密密的八角林/密林深处传来串串歌声……/月花姐！/摘完果，你该请我们吃糖……/俏皮鬼！/小心黄蜂蜇你的嘴唇……/看不见人的脸面，望不到人的形影/密林里传来银铃般的笑声……/春燕妹！/边防前哨昨天又给你来信。"❶ 壮乡女孩在空旷的山林里谈论着她们的爱情。她们纯真的爱情与国家命运相连，展现了壮族现代女性对崇高爱情的向往。这首诗歌以笑声为主线，刻画了善良、活泼的壮族女性形象。通过壮族女孩的笑声、歌声、身影侧面地烘托出她们的善良和人性本真的回归。最后，壮族现代农村女性之美和所处的自然环境是相互映衬的，是一种天人合一之美。壮族世居于我国西南边陲的山林和坡地，聚居地山水相依，风景秀丽，独特的自然环境造就出壮族人民独特的美。《芬芳的笑》一诗中描写了壮乡的自然之美和人伦之美的融合："山风轻轻地

---

❶ 农冠品. 泉韵集［M］. 桂林：漓江出版社，1984：13.

摇着密密的八角林/密林深处传来了悦耳的笑声。”❶“太阳落山了/山路上行走着两对人/一队领头的是月花姐/山泉映着姐妹们脸蛋的红润。”❷诗歌中，聪颖、美丽、热情和烂漫的壮族女性和边地的青翠的山林，淙淙的流水，芬芳的八角林相互映衬，展现出一种诗外沁人心脾的芬芳的自然之美和人性之美。

壮族现代女性的美是追求新知之美。在20世纪80年代，考上大学是贫困壮族山村的一件大事。《阿娜》一诗写于高考恢复的第三个年头1980年。农冠品以白描的手法，塑造了壮族年轻女性阿娜热情奔放、积极向上的形象，表达了族群成员对接受新知识，改变家乡落后面貌的强烈渴望。诗中阿娜的美不仅仅源于她美丽的外表，还源于其身上勇于追求新知、积极向上之美。诗歌这样写道：“你是一只绿色的小鸟/飞过一山，又一山/融汇在朝晖里/美得令人陶醉/阿娜，可爱的小妹/人们都说/一个人有了知识/就永远离开黑暗、愚昧。”❸诗歌以小见大，以“绿”为主线，将各种诗歌的意象串起。绿色不仅指阿娜绿色的新衣服，还指家乡绿色的森林、田野、果园。诗歌这样写道：“世间没有绿色/就变得一片沉寂/绿的森林/绿的果园/绿的原野/绿的高山/家乡在绿色的梦中沉睡/等待着阿娜小妹……”❹诗中对阿娜寄予了希望，希望她能学成归来，改变家乡落后的面貌。农冠品希望其他女性向阿娜学习，用新知识改变自我和家乡，做一个有文化、有思想的现代壮族女性。

族群现代女性的美是婚姻美满之美。在《嫁》和《撑把阳伞嫁进村》两首诗歌中，农冠品借鉴了壮族民歌的体式，语言简洁明快，通过诗歌书写了新时代壮族女性对婚姻的追求。在《嫁》一诗中，农冠品这样写道，“青春不白流/情爱献山乡……/情爱献金发/嫁给‘四化’热心汉”❺，鼓励族群现代女性打破世俗的观念，自尊自爱，争取平等和幸福美满的婚姻，提倡壮族女性应选择志趣相投、品格高尚和热爱劳动的男性作为人生伴侣。在《撑把阳伞嫁进村》一诗中，诗歌倡导女性突破传统观念，男女双方平等相处，共同劳动，追求情投意合的爱情。诗歌这样写道：“姑娘嘴甜不靠嘴/田园山林

---

❶ 农冠品．泉韵集［M］．桂林：漓江出版社，1984：13.

❷ 同❶13.

❸ 同❶29.

❹ 同❶30.

❺ 农冠品．爱，这样开始［M］．南宁：广西民族出版社，1989：150.

留脚印/山水有情人有意/……姑娘爱上种田哥/心中酿蜜甜津津/姑娘不用花轿抬/撑把阳伞嫁进村。”❶

壮族现代女性之美是善歌之美。在农冠品的诗歌中，对壮族“三月三”节日的描写往往与壮族山歌手的美化书写相连。农冠品常通过将壮族女性多彩的对歌和春天秀丽的景色融合在一起塑造人物，突显了壮族女性善歌之美。《金凤》一诗对壮族歌手金凤进行了诗意的白描，运用了一系列的比喻，塑造了聪明、美丽、善良、多情的金凤。在诗中这样描绘金凤：“她像报春红花/开在盘阳河畔/像一只画眉鸟/歌声婉转动听……/金凤飞来歌场/金嗓银嗓多嘹亮/……谁想得到她深心的爱/快把智慧和真诚歌唱。”❷ 壮族是个善歌的民族，唱山歌是传统文化的一种延续，农冠品在这些诗歌中鼓励壮族女性要做一个热爱自己民族文化，不忘传承民族文化的现代女性。

第二类，对 1949 年前悲苦女性和 1949 年后新时代女性进行对比，张扬了独立自主的女性主义思想，完成了对现代女性人生价值观的指引。农冠品的诗歌多以正面描写为主，对社会苦难的挖掘较少，对女性悲剧命运的描写现存 3 首诗：《轮印》《深潭边》《下枧河秋歌》。《轮印》《深潭边》两首诗歌挖掘了壮族旧时代女性悲剧产生的社会根源，笔调哀婉、沉郁，表达了对旧社会制度的控诉。在诗歌的后半部分，农冠品不甘于这种哀怨笔调的延续，添加了一些歌颂新时代生活的“小尾巴”，借以表达对新社会的歌颂，以及对美好生活的向往。《轮印》一诗讲述了一位壮族妇女等夫的故事，歌颂了新时代的幸福生活。这位壮族妇女在榕树下苦苦等着被强拉去当国民党兵的丈夫数年，若干年后终于在古榕下盼来了丈夫，但儿子已经长大成人，不认识父亲，女人感慨交集。诗歌以喜剧结尾，悲苦的女人在新社会过上了幸福的生活，有了孙子和曾孙。曾孙在新社会成长，最终“孙子孙媳/一家在电灯光下/看孩儿摊开印有密密麻麻字母的/《壮文课本》”❸，一家人其乐融融。在《深潭边》诗中，诗歌讲述了女孩朵梅为了争取自由的爱情，跳入深潭的故事。朵梅命运的悲剧不是偶然的，是大山的悲剧，是落后思想和文化的悲剧，诗歌启发新时代壮族女性对自身命运进行反思。农冠品在这首诗中，同样也留下了一个幸福的“尾巴”，诗歌的结尾部分这样写道：“赶三月三歌圩

❶ 农冠品．爱，这样开始［M］．南宁：广西民族出版社，1989：185.

❷ 农冠品．泉韵集［M］．桂林：漓江出版社，1984：34.

❸ 农冠品．醒来的大山［M］．南宁：广西民族出版社，1996：175.

的俊男俏女路过这里/女的在潭边浣发/男的泼清水嬉戏……”农冠品以民族代言人的身份对壮族女性表达了寄语，希望她们珍惜生命，珍惜幸福。《下枧河秋歌》一诗也遵循这样的写作套路，先是讲述三姐“从百丈崖顶跳落河心/溅起一束美丽的浪花/争得生命和婚姻的自由”❶的爱情故事，再描写现代的“刘三姐”在榕树下幸福地对歌，“掌声，笑声，赞叹声……溢出这座古老的宜山山城”❷的场景，将不同时代的“刘三姐”的命运加以对比，在诗歌的结尾段表达了对新社会幸福生活的赞美和祝福。

值得一提的是，在《轮印》和《深潭边》两首诗歌中，农冠品用复调写诗，通过多种叙述话语的交错和对话完成。诗歌先用一个话语对女性的悲剧命运进行客观描述，再用另一个叙述话语对该事件加以评价，从而实现对族群女性人生观的道德指引。在《深潭边》一诗中，农冠品描写了一个女孩投井自尽的故事，另一个叙述话语则在为故事做一番感慨和评论：“大山里的深潭发生的悲剧！/……这口潭才变得更深沉、神秘!？/……小花有心眼/在把大山里的过去、现在和将来深深地思虑?!”❸多种话语的交错使用，表达了农冠品对投井女孩悲剧命运的叹惋。在《轮印》一诗中，叙述话语多种杂糅，复调写作明显。该诗的话语主要分为四种类型：第一种是讲述故事的话语。这种话语完整地讲述了老妇人苦苦等待丈夫的故事，以“女人的丈夫被拉去当兵——女人孤身育儿——丈夫逃回家——全家团聚——女人当了祖母”的线索展开。第二种话语是对故事情节进行补充说明，以确保故事的完整性。例如，在诗歌中对夫妻重逢场景进行了细致的描绘，再现了重逢的细节：“突然/他逃回了家/儿子的父亲牵出一片愁云/笼罩女人的心！（他扔掉长虱子的衣裤，桐油灯下重逢、诉情，两双眼泪光相映……）”❹第三种话语是故事讲述人对故事情节进行引申和思考。在诗歌中，写女人整日在榕树下祈祷丈夫的平安，插入了故事讲述人的思考和声音。例如，“‘夫儿平安！/夫儿平安！’（年青母亲的/一支心底的/希望的歌/古榕树可听懂她的心音）”❺。第四种话语是对事件和人物的命运加以评判。女人因为丈夫常年杳

❶ 农冠品．晚开的情花［M］．桂林：漓江出版社，1991：22.

❷ 同❶22.

❸ 农冠品．醒来的大山［M］．南宁：广西民族出版社，1996：179.

❹ 同❸175.

❺ 同❸175.

无音信，在绝望之中只好整日在榕树下为丈夫和儿子祈祷。农冠品对壮族女性无助的悲剧人生唯有在自然崇拜中寻求心理安慰的做法表达了痛惜之情和批判之意。诗歌这样写道：“风无情，雁无情/没有传递过他男人的音讯！/她悄悄地把儿子的命运/寄托给山边的榕树老人/……（自然神崇拜，支撑脆弱的人生！）”❶ 在诗歌中，“我”的话语时而隐藏于诗歌中，时而参与故事人物的对话，时而成为道德的评判者。多种话语的交错使用，人物之间的情感交流和对话，大大地增强了主人公和故事讲述者的自主性，促成了人物双方人格的完整展现，使诗歌更富有层次感和立体性。

总之，在农冠品族性写作的诗歌体系中，结合了古代族群形象诗歌的族性写作脉络，完整地向外界展示了壮族古代和现代人物的形象。在这两类诗歌中，农冠品将文学想象和民族想象相结合，展现了一个边地族群新时代的形象与族群的社会存在价值。

三、“重构”故园

诚如哈维所述，故乡“对于记忆来说最重要的空间就是家——‘把人类的思想、记忆和梦想结合起来最伟大的力量之一’。在这个空间里，存在已经成为一种价值”❷，故园熔铸了令人怀念的记忆空间，是有着共同居住地域的人群集体记忆的重要载体。人类对故乡的情感并不随时间的变化而变化，并不随着地点的迁移而改变，故具有持久性。众多的少数民族作家把目光投向了故园书写，将故园书写作为他们抒发情感的介质，在故园书写中深刻阐述了生命个体与出处地域之间的社会经验和关系。故乡和祖籍是族性构成的基本要素之一。王希恩曾说：“‘族性’应该是指能够构成各种族类群体的基本要素，包括血统、语言、传统文化、祖籍地、宗教、种族等。”❸ 因此，故园书写本质上属于族性写作，是少数民族作家民族情感的一种表达方式。农冠品用清新、流利的诗歌语言，唯美的意象，营造了心中的“理想家园”，向外界展示了故乡独特的地理风貌和人文风情。

---

❶ 农冠品．醒来的大山［M］．南宁：广西民族出版社，1996：175.

❷ 哈维．后现代的状况——对文化变迁之缘起探究［M］．闫嘉，译．北京：商务印书馆，2015：273.

❸ 王希恩．全球化中的民族过程［M］．北京：社会科学文献出版社，2009：127.

思乡和恋乡是一根贯穿农冠品诗歌体系的重要情感线索。李建平教授曾说："农冠品出生在大山里，从小就受到民间文化的熏陶，作品无不打着民族的烙印和透着大山的气息。他创造最多的是吟唱南方崇山峻岭和故乡的诗。在他的作品中，既展现了乡村的烂漫色彩，也表现了山乡的古老和贫困，写出了新时代新观念对山乡的影响。在山民的泪与笑、苦与甜中挖掘民族的灵魂和斗志。"❶ 农冠品的诗歌始终渗透着贫瘠大山之子热爱故乡的心灵印记。在诗歌中，农冠品以饱满的诗情，烂漫的想象，描绘了如梦似幻的故园和大山，抒发思乡和恋乡情结。据笔者统计，农冠品涉及故园书写的诗歌共有 40 首，具体详见表 3－4 所示。

表 3－4　农冠品有关故园书写的诗歌

方法	诗篇	诗集	描绘故乡的意象和故乡的风景的部分诗句	主要描写的事物和内容
故乡的虚拟景观描写	《故乡散题》	《泉韵集》	耳边传来鸡鸣声声/穿过那茂密的蕉林/清风送来鹅歌阵阵/来自那嫩草油油的河滨/欢乐的渠水绕村过/在弹唱春光的降临/山边的果树挂金吊银/像繁星映耀明亮的眼睛❷	清新的故乡田园风光
	《在乡间》	《晚开的情花》	绿色的雨/浸润着绿色的言语/晶莹透亮得——/没有沾染/绿色的雾/笼罩着绿色的双翼/纯真美丽似——/梦境中的仙女/唯有淡淡的乡愁无法遮掩/在乡间的树林里/读不完的诗句❸	绿色的淡淡的乡愁
	《写在绿绿的蕉叶上》	《泉韵集》	绿油油/青幽幽/蕉林伸绿手/风中哗啦啦掌声稠/杧果树，龙眼树/桄榔树，凤凰树……/行行排排茂又密/浓荫遮满地/青青的山/弯弯的河/我的家乡在南国/在南国❹	硕果累累的故乡

❶ 李建平，等. 广西文学 50 年［M］. 桂林：漓江出版社，2005：244－247.

❷ 农冠品. 泉韵集［M］. 桂林：漓江出版社，1984：26.

❸ 农冠品. 晚开的情花［M］. 桂林：漓江出版社，1991：32.

❹ 同❷41－43.

续表

方法	诗篇	诗集	描绘故乡的意象和故乡的风景的部分诗句	主要描写的事物和内容
故乡的虚拟景观描写	《淡淡的远山》	《爱，这样开始》	淡淡的远山/那不是梦幻/那是一幅水墨画/在蓝天下面舒展/那里有我的亲人/老妈妈升起袅袅的炊烟❶	故乡的远山
	《归程》	《世纪的落叶》	旅程千里回/归心如箭飞/人生路漫漫/奋进莫徘徊	思乡
	《啊！故乡的山》	《爱，这样开始》	故乡的山/你听谁在呼喊：/醒来吧！/醒来吧！/你曾经荒漠/但不必悲叹！/暖风在劲吹/春雨在飘洒/花种在萌生/树秧在抽芽❷	故乡的山
	《甜蜜的海》	《泉韵集》	家乡的蔗林/是甜蜜甜蜜的海/甜蜜的海/翻腾着人们深沉的爱/太阳照耀下/蔗海绿浪澎湃！❸	甘蔗飘香的故乡
大山意象的描写	《雾中》	《醒来的大山》	山雾，蒙蒙胧胧的/比烟纯净，清润/透不过的遮掩/看不清万物/呼唤着锐利的双目/山雾，柔柔软软的/鞭子抽不碎❹	山雾缭绕的大山
	《影印》	《醒来的大山》	太阳，还没有/露出它的脸面/在大山深谷里/洁白的雾迷茫/淹没了崖石、杂草/淹没了山间木屋……/雾深处/传来几声鸟叫/同时传来铿锵的锄头与顽石的撞击声❺	山雾缭绕的大山

❶ 农冠品. 爱，这样开始［M］. 南宁：广西民族出版社，1989：188.

❷ 同❶193.

❸ 农冠品. 泉韵集［M］. 桂林：漓江出版社，1984：11.

❹ 农冠品. 醒来的大山［M］. 南宁：广西民族出版社，1996：167.

❺ 同❹161.

续表

方法	诗篇	诗集	描绘故乡的意象和故乡的风景的部分诗句	主要描写的事物和内容
大山意象的描写	《蜜，流进……》	《醒来的大山》	是星星落满他家的果园？/不！是金橘成熟啦/树树亮晶晶/天未亮/果园的主人/就打开他两扇柴门❶	硕果累累的大山
	《鹧鸪情》	《醒来的大山》	山野苍苍茫茫的/老牧翁，在驱除/积聚过多的忧伤/一缕云烟/消散在山的远方/雾中，小溪/在潺潺地、潺潺地流淌……❷	山雾缭绕的大山
	《羊回头》	《醒来的大山》	雾中，羊上山/寻觅绿色的/迎待阳光的/咩咩咩地欢唱❸	山雾缭绕的大山
故乡的实体景观描写	《忘不了那美人蕉》	《醒来大山》	这校园、这校园很静很小/院里面种植一丛丛美人蕉❹	太平镇中学
	《希望云彩》	《醒来大山》	你并非是一条硕大的龙/你是一个很平常的/又不平常的小小边镇/位于祖国南疆的边境❺	中越边境小镇硕龙镇
	《绿的潇洒》	《醒来大山》	多潇洒呵故乡的蔗林/满眼是绿色的长发❻	家乡的甘蔗林
	《墨绿龙眼林》	《醒来大山》	垒起这么多墨绿/在这亚热带的土地/垒起这么多渴望/在这绿色的边地！❼	龙眼林
	《致黑水河》	《醒来大山》	面对你呵/一条黑色的河！/像面对那/无底的神秘！❽	黑水河风景

❶ 农冠品．醒来的大山［M］．南宁：广西民族出版社，1996：165.

❷ 同❶169.

❸ 同❶173.

❹ 同❶189.

❺ 同❶191.

❻ 同❶193.

❼ 同❶195.

❽ 同❶197.

续表

方法	诗篇	诗集	描绘故乡的意象和故乡的风景的部分诗句	主要描写的事物和内容
故乡的实体景观描写	《大海的孙女》	《醒来大山》	从远方嫁到这里？/呵，乔苗水库/大海的女儿！❶	大新乔苗水库
	《平安的乐曲》	《醒来大山》	毛鸡扑扑飞起/在绿色的丛林里/自由自在飞东飞西❷	家乡的毛鸡
	《利江情》	《醒来大山》	利江/利民之江/登高望你/弯弯曲曲❸	利江
	《桃城》	《醒来大山》	人说你/盛产桃子/春天来到/满城桃花❹	大新县城桃城风景
	《野菊花》	《醒来大山》	十七颗心十七把锁/锁住绿汪汪的山湖/高耸的土坝披满青草/上面盛开十七朵野花❺	乔苗水库殉职的职工
	《绿窗》	《醒来大山》	早晨，一阵绿色的雨/每寸土地得到滋润❻	故乡绿色的窗和雨
	《剑麻诗情》	《醒来大山》	何时铸造/这么多绿剑？/把我故乡的红土地/一把把指向长天！❼	桃城华侨农场的剑麻
	《水彩画》	《醒来大山》	明明是在故乡的红土地/却似迷人神仙境界/眼前展现好一派/桂林的山水阳朔的风采！❽	大新明仕风光
	《奇洞初游》	《醒来大山》	我来到了这里/我遇见了/桂林七星岩芦笛岩/和武鸣伊岭岩的姐妹兄弟！❾	大新龙宫洞

❶ 农冠品．醒来的大山［M］．南宁：广西民族出版社，1996：199.
❷ 同❶201.
❸ 同❶202.
❹ 同❶202.
❺ 同❶206.
❻ 同❶208.
❼ 同❶210.
❽ 同❶213.
❾ 同❶214.

续表

方法	诗篇	诗集	描绘故乡的意象和故乡的风景的部分诗句	主要描写的事物和内容
故乡的实体景观描写	《崛起的甜蜜》	《醒来大山》	因为苦涩的岁月太久太久/是因为痛苦的日子太沉太深/于是，才有甜蜜的事业的崛起❶	大新糖厂
	《那岸人》	《醒来大山》	那岸电建电站/换来故乡春！/电站风光美呵/更美是那岸人❷	大新那岸电站
	《啊德天瀑布》	《醒来大山》	谁说谁说我南国没有千里银河飞泻？/有呵，有呵，有呵/在德天，在德天❸	德天瀑布
	《龙眼故乡》	《醒来大山》	龙眼树望穿断乌云/终于盼来岁月的新春❹	大新的龙眼
	《夜访一》	《醒来大山》	珍奇的小动物繁衍于亚热带山区的悬崖峭壁❺	养蛤蚧专业户
	《夜访二》	《醒来大山》	院子里面有小院/养殖蛤蚧数不清❻	养蛤蚧专业户
	《德天好风光》	《世纪的落叶》	德天瀑布好风光/边陲美景入画廊❼	德天瀑布
	《黑水河》	《世纪的落叶》	可爱的黑水河/从青山间流过❽	黑水河风光

农冠品故园书写的诗歌大致可以分为两大类。

第一，以写意的手法对故乡和大山进行唯美、幻化地“重构”。农冠品在诗歌的世界里构筑了唯美的想象世界——“心域”中建构起唯美的故乡和

❶ 农冠品．醒来的大山［M］．南宁：广西民族出版社，1996：216.

❷ 同❶221.

❸ 同❶222.

❹ 同❶226.

❺ 同❶225.

❻ 同❶229.

❼ 农冠品：《世纪的落叶》，1999年（诗集结，未出版）。

❽ 同❼。

大山形象。在《在乡间》(五首)、《故乡散题》(二首)、《淡淡的远山》《乡间的交响曲》《写在绿绿的蕉叶上》(四首)、《甜蜜的海》《家乡有金花银花》《啊，故乡的山》《归程》《方土吟》18首诗歌中农冠品对故乡进行了写意、幻化和美化重构，将故乡幻化书写为唯美的乡间意象。在他笔下，故乡的景色是清新的，人民的生活是甜美的、幸福的。在《甜蜜的海》一诗中，农冠品这样描写家乡连片的碧绿的充满希望的甘蔗林："绿油油/青幽幽/蕉林伸绿手/风中哗啦啦掌声稠"，"杧果树，龙眼树/桄榔树，凤凰树/……行行排排茂又密/浓荫遮满地/……青青的山/弯弯的河/我的家乡在南国/在南国。"❶ 在农冠品笔下，故乡是一个世外桃源，那里鸡鸣不绝于耳，有茂密的蕉林，青葱的田野，鹅歌阵阵，溪流潺潺，渠水绕村，果树满枝。在《故乡散题》(二首)诗中，故乡一派山水田园气息："耳边传来鸡鸣声声/穿过那茂密的蕉林/清风送来鹅歌阵阵/来自那嫩草油油的河滨/欢乐的渠水绕村过/在弹唱春光的降临/山边的果树挂金吊银/像繁星映耀明亮的眼睛。"❷ 在《淡淡的远山》中，故乡是一个梦幻的世界，那里有淡淡的炊烟，淡淡的哀愁和母亲的牵挂。诗歌这样写道："淡淡的远山/那不是梦幻/那是一幅水墨画/在蓝天下面舒展/那里有我的亲人/老妈妈升起袅袅的炊烟。"❸ 在农冠品的诗中，乡愁是淡淡的，在《在乡间》中，农冠品这样写道："绿色的雨/浸润着绿色的言语/晶莹透亮得——/没有沾染/绿色的雾/笼罩着绿色的双翼/纯真美丽似——/梦境中的仙女/唯有淡淡的乡愁无法遮掩/在乡间的树林里/读不完的诗句。"❹

农冠品的诗歌中，大山的形象同样充满了唯美和写意色彩，与家乡石漠化严重的大山形成了鲜明的对照，如梦似幻的大山意象是农冠品"心域"中理想化的镜像。农冠品在《影印》《石头与鸟》《蜜，流进……》《雾中》《鹧鸪情》《羊回头》《山的启迪》《轮印》《故道》《深潭边》10首诗中塑造了心域中青葱的大山形象：森林茂密，山雾缭绕，巨石耸立，山寨古老，瓜果飘香，山民勤劳善良；雾中，溪流在大山中琤瑽，山花在薄雾中被洗涤，鹧鸪在山中唤醒春天，羊群在山道上徘徊。在《雾中》一诗中，农冠品这样

---

❶ 农冠品．泉韵集［M］．桂林：漓江出版社，1984：41－43.

❷ 同❶26.

❸ 农冠品．爱，这样开始［M］．南宁：广西民族出版社，1989：188.

❹ 农冠品．晚开的情花［M］．桂林：漓江出版社，1991：32.

描写大山："山雾/蒙蒙胧胧的/比烟纯净/清润/透不过的遮掩/看不清万物/呼唤着锐利的双目/山雾/柔柔软软的/鞭子抽不碎。"❶ 在《影印》一诗中的大山被微茫的山雾笼罩，鸟儿在山间歌唱："太阳/还没有/露出它的脸面/在大山深谷里/洁白的雾迷茫/淹没了崖石、杂草/淹没了山间木屋……/雾深处/传来几声鸟叫/同时传来铿锵的锄头与顽石的撞击声。"❷ 在《蜜，流进……》一诗中，农冠品心中的大山硕果累累，蜜流进山里果农的心里："是星星落满他家的果园？/不！是金橘成熟啦/树树亮晶晶/天未亮/果园的主人/就打开他两扇柴门。"❸ 在《鹧鸪情》中这样描写大山："山野苍苍茫茫的/老牧翁/在驱除/积聚过多的忧伤/一缕云烟/消散在山的远方/雾中/小溪/在潺潺地、潺潺地流淌……"❹

农冠品诗歌中建构的故园和大山形象是一个泛化、幻化了的想象镜像。拉康曾说，缺乏是存在的基础，"存在正是依据这种缺乏而开始存在的"❺。文学是想象的真实，心灵的真实，是生活的延异叙述。农冠品通过对故乡和大山意象的唯美重构，抒发了思乡和恋乡情感，表达了改变故乡落后面貌的强烈渴望和深深祝福。

第二，农冠品以白描的手法生动地展现家乡的风土人情和"家乡人"的形象。农冠品的家乡地处我国西南边境，毗邻越南，风景秀丽，物产资源丰富。农冠品的诗歌抓住了当地独特的地理环境特征，以白描的手法，向外界翔实地展示了家乡的独特风貌，展示了"家乡人"的形象。这类诗歌主要包括《忘不了那美人蕉》《希望云彩》《绿的潇洒》《墨绿龙眼林》《致黑水河》《大海的孙女》《平安的乐曲》《利江情》《桃城》《野菊花》《绿窗》《剑麻诗情》《水彩画》《奇洞初游》《崛起的甜蜜》《那岸人》《啊德天瀑布》《龙眼故乡》《夜访》（二首）、《德天好风光》《黑水河》21 首，主要收集在《醒来的大山》诗集的第十辑"黑水河流过的地方"中。这些诗主要分为以下三类。

一是描绘家乡太新县境内自然景观的诗歌。这些山水诗意在凸显大新县

---

❶ 农冠品. 醒来的大山［M］. 南宁：广西民族出版社，1996：167.

❷ 同❶161.

❸ 同❶165.

❹ 同❶169.

❺ 黄作. 不思之说——拉康主体理论研究［M］. 北京：人民出版社，2005：219.

秀丽的风景和浓郁的稻作文化，主要有描绘了贯穿县城的河流利江（《利江情》），神秘的河流黑水河（《致黑水河》《黑水河》），中越边境重镇硕龙镇（《希望云彩》），名仕田园的山水风光（《水彩画》），喀斯特地貌特色的龙宫洞（《奇洞初游》），古老太平中学（《忘不了那美人蕉》），风景秀丽的乔苗水库（《大海的孙女》），中越跨国大瀑布德天瀑布（《德天好风光》《啊，德天瀑布》），以及大新县城桃城镇（《桃城》）。这些山水诗除了描绘故乡秀丽的风景外，还挖掘了埋藏在故乡山水背后的族群历史记忆，使故乡的山水更具有历史的深度。

在《希望云彩》一诗中，农冠品通过描绘大新县硕龙镇的秀丽景色，追溯中越边境重镇战乱纷争的历史，表达了和平建设家乡的渴求。诗歌这样写道：“你曾有过宁静又消失/消失又回归/重温旧梦/真叫人心跳/……希望耕耘田园/美化它/让汗水凝成金色果实。”❶

黑水河是贯穿中越边境的河流，两岸山色倒映至河中，河水呈青黛色，故名。中华人民共和国成立后，该县在雷平镇那岸村黑水河段建起了那岸水电站。在《致黑水河》一诗中，农冠品追忆了家乡黑水河这段光荣的革命历史：“记不清是/哪年哪月哪日/一队人马/出现在河岸上/扬举那面小红旗/在深蓝色的波浪中/闪烁闪烁。”❷ 诗歌对先烈表达敬意，展现了家乡在国家历史进程中的价值。在诗歌中，黑水河成为一种抒发族群情感和故乡情感的符号和象征。诗歌这样写道：“黑水河/我故乡的河！/我故乡青春的象征/我故乡活力的/闪光标志！”

大新县城所在地桃城镇是养利土州官衙、养利县府所在地，始建于明朝弘治年间，距今已有五百多年的历史，城墙形似桃子。中华人民共和国成立以后，大新县人民改变了被土司奴役的命运。农冠品回想起故乡的过去，感慨万千，在《桃城》一诗中真挚地表达了对新生活和新社会的赞颂。诗歌这样写道：“人说你/城廓似一只桃子/没有真的桃花桃果……/而今/我看到的/只留古老空寂的城门/……当代故乡人的心中——/热盼满城盛开/现代生活之花……”❸ 诗歌在结尾对美好的生活发出了由衷的赞叹和祝福：“甜美的劳动之果/用它奉献给这片古老的土地/以告别昨天/真诚向明天与后天/从此不再

❶ 农冠品．醒来的大山［M］．南宁：广西民族出版社，1996：191.

❷ 同❶197.

❸ 同❶202.

流苦泪。"❶

二是描写大新县物产的诗。大新县气候温润，属亚热带季风区，盛产甘蔗、龙眼、剑麻、毛鸡等。农冠品的诗歌向外界展示了家乡大新县主要的地理标志物产，借物抒情，抒发故园情怀。这类诗歌有《绿的潇洒》《墨绿龙眼林》《龙眼故乡》《剑麻诗情》《平安的乐曲》5首。农冠品在《绿的潇洒》一诗中，热情洋溢地赞颂了家乡特有的甘蔗林："多潇洒呵故乡的蔗林/满眼是绿色的长发……/风来雨来的时候多蓬勃/绿色的长发更潇洒！/……潇潇洒洒故乡的蔗海/潇潇洒洒故乡儿女迷人的秀发！"❷ 大新县是全国有名的龙眼产区之一，农冠品借歌咏龙眼抒发思乡情感，这类诗歌有《墨绿龙眼林》《龙眼故乡》两首。诗歌这样写道："龙眼眼有情呵/酿造出酿造出多少甜蜜？/垒起更多的墨绿/垒起贫困灾荒冲不垮的坚固长堤！/垒起更多的甜蜜/让昔日的痛苦和磨难/在创造中消逝❸" 除此之外，农冠品还写了歌咏家乡特产剑麻和毛鸡的诗《剑麻诗情》《平安的乐曲》。

三是讴歌家乡建设者的艰辛创业精神和奉献精神的诗。这些诗歌向外界真实地展示了家乡人勇于改革，乐于奉献的时代形象。在《夜访》中，讲述了20世纪90年代改革开放中致富带头人大新县"蛤蚧王"覃俊鹏艰辛创业的经历。诗歌这样写道："蛤蚧王"覃俊鹏"发现这珍奇动物可入药创利/于是冒着生命攀上那高高/峭壁把小动物尽捕入铁笼里。"❹ 在覃俊鹏身上，熔铸了农冠品和家乡人的期盼。诗歌这样写道："下次来看你/不单看你一家人/要看更多致富户/如看春花满山岭。"❺ 在《那岸人》一诗中，农冠品歌颂了大新县那岸水电站建设者默默奉献的精神："那岸人呵/情意真/生在城市离城市/恋上峡谷住小村/爱上电业忘了己呵/爱上电业忘了己呵。"❻《崛起的甜蜜》讴歌了大新县蔗糖产业的奋进史，展示了家乡人民的奋斗精神。诗歌这样写道："在那繁忙的榨糖季节里/故乡人忙于调配生活的色调/让绿色的化为洁白晶莹的/让甜蜜去浸透人们的心底/让新婚的夫妇捧起喜糖/共同去谱写

---

❶ 农冠品．醒来的大山［M］．南宁：广西民族出版社，1996：202.
❷ 同❶193.
❸ 同❶195.
❹ 同❶225.
❺ 同❶230.
❻ 同❶221.

人生甜蜜的乐曲。”❶ 在这些诗歌中，家乡人民在现代化建设中的面貌被翔实地展现出来。

农冠品的故园书写无论是虚幻性重构，还是纪实性赞美，均有意识地回避了家乡人民贫困、经济落后的一面，表达了农冠品关于“诗要给人美的、新的、向上的、感奋的作用”❷ 的诗歌创作理想和文学审美追求。完美的诗歌意象塑造，不但来源于农冠品对文学理想化的浪漫追求，还来源于高度的社会责任感。农冠品在诗歌中极力地张扬壮族文化和家乡的精神面貌，展示族群和故乡的正面形象，激励族人和家乡人奋勇向前，表现了一位壮族作家强烈的社会责任感。

关于这个话题，笔者曾于 2017 年 8 月 24 日对学者农作丰做过访谈。农作丰认为，农冠品诗歌没有回避家乡人民的苦难生活和家乡落后的面貌，反映了农冠品积极向上的人生观，相关的谈话节录如下。

> 笔者：我一直有个疑问，就是大新五山是一个比较穷的地方，感觉在农冠品诗歌里面很少涉及五山乡贫穷落后的方面。
>
> 农作丰：五山确实是大新比较穷的地方，石漠化比较严重。当然，这两年稍微好一点。当地农民生存的条件比较艰苦，缺水。农老师为什么不直接写生存的艰难，转而书写当地人民比较淳朴的性格？我觉得这和人的审美的心态有关。乐观主义者和悲观主义者看问题的角度是不同的。比如一杯水，不同的人看的角度不同。乐观的人会看到水的部分，悲观的人看到的是空着的部分。农冠品诗歌是乐观向上的。
>
> 笔者：您认为这会不会是一种回避书写？
>
> 农作丰：我认为不是。文学诗歌写苦难的很多，写苦难比写欢乐要容易。农冠品老师那是以乐观的心态观察事物。

农冠品针对一些评论家对他的诗歌没有涉及家乡苦难的说法，曾多次对笔者提及，他认为诗歌创作是作家心灵的自由，不是所有的作家都要书写生活的苦难的。对社会苦难现象的回避，是农冠品一贯倡导的“文学以艺术形象作媒体，寓思想于艺术之中，人们对它进行欣赏，从中得到教育和鼓舞”❸

---

❶ 农冠品．醒来的大山［M］．南宁：广西民族出版社，1996：219．

❷ 农冠品．热土草［M］．香港：香港天马图书有限公司，1998：117．

❸ 同❷37．

文艺观指引下的文学实践。

四、地理边界的认知

王希恩曾说："族性能够作为族类群体构成要素的根本点在于它的'原生性'，即族体成员天然、与生俱来的自然和文化属性。地缘或祖籍地是人的'根'的意识得以寄托的地理空间，它赋予了人之最初的文化特征甚至体貌特征。"❶ 族群居住的自然环境是构成族性的要素之一，特殊的自然环境不但是族群赖以生存的载体，而且造就了族群与众不同的性格和文化。独具特色的地域文化滋养了少数民族作家的审美直觉，为少数民族作家进行族性写作提供了大量的素材。农冠品长期关注地域书写，在他的随笔《热土草》中提到地域书写的重要性："自然（广西）具有地域文化的烙印，这也是我们民族文学的优势。"❷ 他在该篇文章中认为，地域书写是民族叙述的一部分，应该重视地域书写。农冠品的诗歌聚焦壮族族群独有的地域特色，以白描手法书写了族群的地域文化，展示地域风情。这些诗歌以故园想象为原点，侧重于描绘广西壮族自治区西南部的壮族地区的自然景观和民族风情，粗线条地勾勒出一个壮族的地理想象空间。政治化、特色化书写，以及对"他者"进行参照书写。农冠品诗歌的地域书写并不仅仅局限于对壮族地域范围的书写，而是以壮族族群居住地域为书写核心，将整个书写重心扩大至整个广西，显现出一个"我族"泛化的地域边界的概念。这个边界成型于对广西地域特征的"四沿"书写。对这些区域的描写表达了农冠品对族群边界的自我认知。农冠品诗歌中的民族地域想象与历史记忆中的"南越"族群地域荒芜、多瘴气、经济落后的地域形象形成了一种书写参照，隐喻地表达了农冠品重塑族群地域形象的强烈渴望和写作诉求。农冠品诗歌的地域书写呈现出三个主要的倾向。

一是地域的政治化书写。农冠品描写百色地域的诗歌共有《百色风采》（六首）、《在金凤凰落脚的地方》《风雨航程》等49首。这些诗以回忆百色起义艰苦的岁月，歌颂红军战士和韦拔群为主，少部分的诗歌描写了百色地

---

❶ 王希恩. 全球化中的民族过程［M］. 北京：社会科学文献出版社，2009：128.

❷ 农冠品. 热土草［M］. 香港：香港天马图书有限公司，1998：75.

区的现代化建设情况。诗歌为了避免对政治事件和政治人物的抽象化和概念化的叙述，常用以小见大的手法，通过一个小地点，如小屋、西山泉边、西山路、清风楼、魁星楼、列宁岩等抚今忆昔，借景抒情，对革命英烈表达崇敬之情。在《火炬·宝剑·巨笔》一诗这样写道："群峰苍苍四野望/魁星红楼顶天立/桂西景物树它美/赞歌声声入云霓！/……今日仰望魁星楼/前辈功绩永牢记/长征接力跨骏马/蹄花争妍开万里。"❶ 红军留下的一口锅、一张借条、一幅标语、学员分布图、长缨、红旗、马灯等物品，记载着一段历史、一个故事。农冠品借这些符号表达了对特殊历史的怀念，对红军战士的敬佩和缅怀。诗歌《遗产》这样写道："鼎锅里头煮野菜/苦艾蕨根甜心窝/鼎锅里煮着红河浪/翻滚不停唱欢歌！"❷ 这类诗歌政治色彩浓郁，对地域的政治化描写隐喻地强调了本民族在该政治、历史事件中的重要地位和作用。政治化的地域写作与"对弘扬社会主义时代文艺创作主旋律，书写有教育意义的题材"❸ 的文艺指导思想契合。

二是地域的特色化书写。在农冠品的诗歌以广西桂西南地区的壮族集聚地为核心，向外界展示了独具特色的泛化的族群地域文化。具体作品详见表3－5所示。

表3－5　农冠品诗歌

类型	地域	诗名	诗集	数量（首）	数量合计（首）
沿边	凭祥	《青山歌谣》	《泉韵集》	1	28
		《杜鹃》	《泉韵集》	1	
		《你虽然》	《泉韵集》	1	
		《边疆月色》	《泉韵集》	1	
		《边境速写》	《泉韵集》	5	
		《边城与星星》	《泉韵集》	1	
		《一山雨一山晴》	《泉韵集》	1	
		《边境早市》	《泉韵集》	1	
		《边疆的云》	《泉韵集》	1	
		《泉韵》	《泉韵集》	1	

❶ 农冠品. 爱，这样开始［M］. 南宁：广西民族出版社，1989：7－8.

❷ 同❶12－13.

❸ 农冠品. 热土草［M］. 香港：香港天马图书有限公司，1998：23.

续表

类型	地域	诗名	诗集	数量（首）	数量合计（首）
沿边	凭祥	《我爱法卡无名花》	《泉韵集》	1	28
		《青山随想》	《爱，这样开始》	1	
		《鸡鸣》	《爱，这样开始》	1	
		《绿》	《爱，这样开始》	1	
		《边疆花》	《爱，这样开始》	1	
		《青山魂》	《晚开的情花》	8	
		《青山魂》	《晚开的情花》	1	
		《哨卡》	《晚开的情花》	1	
		《炊烟》	《晚开的情花》	1	
		《鸟啼边林》	《晚开的情花》	1	
		《邀酒》	《晚开的情花》	1	
		《夜雷雨》	《晚开的情花》	1	
		《边境的风》	《晚开的情花》	1	
		《寻访回答》	《晚开的情花》	1	
		《思恋的边境》	《爱这，样开始》	1	
		《阳春红棉》	《世纪的落叶》	1	
		《诉说》	《世纪的落叶》	1	
		《记史》	《世纪的落叶》	1	
		《南疆明珠》	《记在绿叶上的情》	1	
		《边境绿叶情》	《记在绿叶上的情》	1	
沿海	海边	《高山大海》	《醒来大山》	1	9
		《拾彩贝》	《醒来大山》	1	
		《音乐喷泉》	《记在绿叶上的情》	1	
		《北海》	《晚开的情花》	1	
		《斯罗港七彩鸟》	《记在绿叶上的情》	1	
		《边城港》	《泉韵集》	1	
		《古榕》	《记在绿叶上的情》	1	
		《幼苗巨柱》	《爱这样开始》	1	
		《岛塘》	《爱这样开始》	1	

续表

类型	地域	诗名	诗集	数量（首）	数量合计（首）
沿江	左江、邕江、柳江	《致崇左》	《记在绿叶上的情》	1	12
		《左江风光》	《记在绿叶上的情》	1	
		《左江风采》	《记在绿叶上的情》	1	
		《与绿城谈心》	《记在绿叶上的情》	1	
		《南宁雨》	《爱，这样开始》	1	
		《夏赠》	《记在绿叶上的情》	1	
		《美丽的南宁》	《世纪的落叶》	1	
		《象城的荣幸》	《记在绿叶上的情》	1	
		《题杨美古镇》	《记在绿叶上的情》	1	
		《盘阳河畔三月三》	《爱，这样开始》	1	
		《我爱龙城》	《爱，这样开始》	1	
		《柳江水悠悠》	《爱，这样开始》	1	
		《八桂苍山》	《记在绿叶上的情》	1	32
		《桂山漓水情》（组诗）	《醒来大山》	21	
		《好山好水歌不尽》	《世纪的落叶》	1	
		《虹图》	《爱，这样开始》	1	
		《药场人家》	《爱，这样开始》	1	
		《榕湖月》	《爱，这样开始》	1	
		《依依西林情》	《记在绿叶上的情》	1	
		《龙的苏醒与腾飞》	《记在绿叶上的情》	1	
		《青狮潭》	《泉韵集》	1	
		《锦缎美酒》	《泉韵集》	1	
		《湖岛金果》	《泉韵集》	1	
		《路》	《泉韵集》	1	

沿边。广西与越南接壤的边境线总长 1020 千米，接壤的县（市）有崇左的凭祥市、大新县、龙州县；防城港市的东兴市；百色市的靖西县等。农冠品描写沿边风情的作品共 28 首，主要收集在《泉韵集》《晚开的情花》《爱，这样开始》等诗集中。这些诗歌表现了独特的中越边境风貌和对边境人民善良品质的赞美。诗歌主要描写了边境的凭祥市和大新县的风情，如农冠品在《边境速写》诗中这样描绘凭祥的早市：“壮家勒娋挑着担子/裤筒还

沾浸露水/乌黑的发辫/盘在头顶上/一双双健壮的手/浸染上乌黑发亮的蓝靛/在橄榄树下/在小河岸上/边境的早市/人群熙熙攘攘。”❶ 此外，农冠品常借助描写中越边境的月色、边境的青山、边境的木棉、边境的炊烟、边境的早晨表达对守卫边关战士的赞颂。例如，诗歌这样描写边疆的战士：“夜的边城/传来了声声虫鸣/加浓了/这边境的宁静……/抬头瞭望/祖国的天空/在闪烁着/耀眼的繁星/细看边防哨所/在闪烁/百倍警惕的眼睛！/那锐光/赛过夜空的亮星。”❷ 农冠品的这类诗歌热情地讴歌了边疆风情和边疆战士的爱国情怀，向外界展示了壮族生活地域的特色，也使农冠品的地域抒情诗具有了更多的政治意义和历史的内涵。

沿海。广西的海岸线，西起东兴市的北仑河口，东至合浦县山口镇，长度为 1595 千米。农冠品的《古榕》《斯罗港七彩鸟》《边城港》《岛塘》《高山·大海》《拾彩贝》《音乐喷泉》《幼苗巨柱》《北海》9 首诗歌主要描绘了广西沿海的防城港市、北海市、钦州市环北部湾地区的风情，勾勒出了广西沿海独特的地域特征。这些诗歌主要收集在《醒来的大山》《记在绿叶上的情》等诗集中。农冠品是一位从大山走出来的贫苦孩子，面对着大海，农冠品常常与“大山的儿子”的身份认知相连。在《高山·大海》中这样写道：“我从桂西的大山来/大山呵，深沉的/无边无际的海/白浪，是数不尽的山花/绿波，是无数的茂密的树。”❸ 在《拾彩贝》中，也表达了同样的情感，大海成了思念故乡的情感借助。诗歌这样写道：“长长的海滩/朝阳辉映/金光灿烂/海水呵似家乡的蓝靛水/一样深蓝/深蓝/是它浸染了一片蓝天吗?”❹ 即便是描写海边的古榕树，农冠品还是想起了故乡的桂西的古榕，思乡情感油然而生。在《古榕》一诗中这样写道：“桂西有古榕/北海有古榕/古榕和古榕把生命赞颂。”❺ 诗歌将大山和大海的意象进行对照，表达了对故乡的思念。

沿江。农冠品的诗歌的地域书写聚焦广西沿江地域，展现了广西左江流域、邕江流域和柳江流域独特的地域风情。诗歌重点描写了沿河的几个城市，

---

❶ 农冠品．泉韵集［M］．桂林：漓江出版社，1984：83.

❷ 同❶79－80.

❸ 农冠品．醒来的大山［M］．南宁：广西人民出版社，1996：181.

❹ 同❸183.

❺ 农冠品：《记在绿叶上的情》，1997 年（诗结集，未出版）。

如崇左市、南宁市、柳州市地域风情和现代化建设情况。这类诗有《致崇左》《左江风光》《与绿城谈心》《南宁雨》《夏赠》《美丽的南宁》《象城的荣幸》《题杨美古镇》《盘阳河畔三月三》《我爱龙城》等12首，主要收集在《记在绿叶上的情》《爱，这样开始》等诗集中。描写左江流域的诗有：《左江风采》《左江风光》《致崇左》等，长诗《左江风采》借歌咏左江的景观，赞颂改革开放的春风，给左江沿岸的壮族百姓带来了新的生机；邕江流域主要展现了邕江之滨的绿城南宁市的风采。这些诗有《美丽南宁》《象城的荣幸》《与绿城谈心》《南宁雨》等。农冠品长期在南宁居住，对南宁寄予了更多的个人情感，在《与绿城谈心》一诗中追溯了南宁三十年来的发展史，对南宁的未来寄予了希望和祝福。诗歌这样写道：“愿绿色天鹅载着人民的希望/展翅飞往崭新的二十一世纪！”❶ 诗歌《美丽的南宁》则对南宁抚今忆昔，对广西壮族自治区成立二十周年表达了深深的祝福。《南宁雨》描写了南宁的小雨，充满了柔情。诗歌这样写道：“剪不断/理不清/柔绵，迷蒙/街道，湿漉漉的/四周，潮润润的。”❷ 农冠品写柳江之滨的工业城市柳州市的诗歌也较多，诗歌主要有《我爱龙城》《柳江水悠悠》《龙城放歌》等。

沿山。广西境内山岭连绵、岭谷相间，少数民族多靠山而居，农冠品诗歌对大山的书写情有独钟，沿山的地域书写共32首，主要是对风景秀丽的桂林山水的赞颂和广西其他山区群众生活的再现。农冠品在广西师范大学读书四年，对桂林山水产生了深厚的情感，在对这类山水诗中，融入了农冠品对桂林一山一水的喜爱。其他诗歌则展现了广西境内靠山而居的少数民族人民新时代的生活，如《虹图》一诗描绘了龙胜山区人民的生活，赞颂了新中国给山区人民带来的幸福：“今日高山建电站/银河繁星落山中/千家万户灯花开/万弄千山展翅膀！”❸《药场人家》描写了在金秀大瑶山上采药的人家的恬静生活场景。诗歌这样写道：“男人进药场去了/去护理药草/女人在家料理/到小河边洗花衣/两朵无名无名山花/插在女儿的发梢。”❹

三是地域的参照式书写。基于对自我地域身份和民族身份的认同，壮族的边界在农冠品的意识中是恒定的。农冠品到省外和国外进行采访时，这种

---

❶ 农冠品：《记在绿叶上的情》，1997年（诗结集，未出版）。

❷ 农冠品．爱，这样开始［M］．南宁：广西民族出版社，1989：174.

❸ 同❷157.

❹ 同❷160.

族群边界认知并不随地域的改变而改变。在游历于族群地域边界之外时，农冠品产生了与“他者”的文化交流心态，故诗歌的地域书写不仅仅局限于对壮族居住地区的书写，还包括对汉族和对其他少数民族地区地域的描写。据笔者统计，农冠品描写壮族居住地和广西其他地区的诗有153首，其中以描写桂西南地区的山水和风情最多，描写汉族和其他民族居住地域的诗有140首，占地域抒情诗的47.8%。可见，对其他民族的地域书写在农冠品的地域诗中占有了较大的比重。

在对其他民族的地域书写中，他的诗歌表现出一种文化的交流心态。在他描写异国和外省风光的140首诗歌作品中，文化交流心态和“乡土”情结最为明显，如在《孔雀》一诗中，农冠品这样写道：“在菲律宾的博物馆/我看见在瓷瓶中的孔雀翎/她来自中国的西双版纳？/她来自中国西南的翠绿的山林?”❶《月夜，在马拉维》诗中：“抬头/我望见了你啊/中国故乡的月亮/今夜的月亮/你似有心底的歌要唱/但隔着海天茫茫。”❷《百灵鸟》诗中这样写道：“我的家乡在南方/画眉鸟的歌常回荡在耳旁/这使我想起了家乡的刘三姐/这使我敬慕高原花儿会的歌王。”❸《西宁·南宁》诗中：“你在湟水畔/我在邕江滨/高原与壮乡/雁传兄弟情。”❹ 农冠品在描写省外的风景时，常以“南方人”和“大山之子”自居，对省外的景物表达出一种新奇之感。当远离家乡日久时，农冠品更加怀念故乡，故常将南宁的景色和省外的景色类比，表达异地文化的差别和情感交流。拉康曾经说过：“自我的依附性表现为对他人的依附性，自我只能是想象关系中的一方，只能是自我与他人关系中的自我，除此之外，根本不存在所谓纯粹独立的自我，甚至可以说，没有他人就没有自我。”❺“我者”是在“他者”的相对参照中依存。可见，农冠品在对其他民族和地域进行风情化描述的时候，其书写核心仍是指向了“我族”和“我者”，即自我身份的认知，对其他地域文化的书写只是壮族地域的一种书写参照。

---

❶ 农冠品．岛国情［M］．南宁：广西人民出版社，1990：51．

❷ 同❶41．

❸ 农冠品．醒来的大山［M］．南宁：广西人民出版社，1996：61．

❹ 同❸62．

❺ 黄作．不思之说——拉康主体理论研究［M］．北京：人民出版社，2005：176．

五、壮族文化的风情展示

在农冠品的诗歌中，描写壮族风情的诗包括描写“三月三”的诗歌 14 首，赞颂族群文化标志物的诗 6 首。这些诗歌洋溢着浓郁烂漫的壮族风情，展示了壮族山歌、铜鼓、壁画、舞蹈等民间文化，审视了族群文化内涵，张扬了壮族文化的独特魅力。这些诗歌按书写内容主要分为两类，具体详见表 3－6 所示。

表 3－6　农冠品诗歌作品按书写内容分类

方法	诗篇	诗集	风情描绘壮族文化的部分诗句	诗歌主要内容
对歌场景的美化书写	《家乡歌节·彩色的河》（五首）	《泉韵集》	天边吐出彩锦般的朝霞/山边盛开红、蓝、紫、黄的野花/山崖飞瀑像轻纱从天降落/村道上流动着彩色的河/红头帕、花头巾像春花向阳/崭新的布伞像山花含露开放!❶	描绘了山花烂漫的歌节
	《家乡歌节·乡野间的交响》（五首）	《泉韵集》	红棉花早已开过/稔子花又开了/花巾、花衣/比山花更艳、更娇/家乡的歌节来到了/金凤展翅/彩蝶飘过山坳/歌的闸门/再封不住了！/五色糯饭/吃得饱了/香糯蜜酒/喝得足了/歌的闸门/已打开!❷	描绘了山花烂漫的歌节
	《家乡歌节·金凤》（五首）	《泉韵集》	像一滴冬蜜甜在同年人心里/像一只画眉鸟/歌声婉转动听！/不是月宫嫦娥/却这样美丽迷人。金凤飞来歌场/金嗓银嗓多嘹亮/她心中歌的河流/像家乡的清泉潺潺流淌❸	塑造了多情美丽的女歌手金凤

❶ 农冠品. 泉韵集［M］. 桂林：漓江出版社，1984：31.

❷ 同❶32－34.

❸ 同❶35.

续表

方法	诗篇	诗集	风情描绘壮族文化的部分诗句	诗歌主要内容
对歌场景的美化书写	《下枧河秋歌之二》	《晚开的情花》	河两岸的婀娜的竹林—眼看满河的碧静与深蓝/轻荡着一首又一首山歌！/姑娘用自己的辛勤/酿造的醇香的秋酒哟/醉了山野/醉了流水/醉了每一张绿得闪光的叶子/也醉了自己那颗挚诚纯朴的心……❶	描绘了热闹的对歌场面
	《阳春三月三》	《爱，这样开始》	阳春三月三/壮家歌满山/心花象红棉/人似浪潮欢/歌声锁不住/长河过千滩/爱情花常艳/万年开不完！/阳春三月三/彩飘白云间/大山齐苏醒/天蓝地也宽❷	描绘了春光灿烂的对歌场面
	《三月三》	《记在绿叶上的情》	春来风暖百花开/金鸡凤凰八方来/凤凰金鸡齐相会/龙城搭起赛歌台/歌台不分高和矮/平等比赛同对待/谁是歌王看结果/芙蓉出水放光彩❸	描绘了春光灿烂的对歌场面
文化表征和地域标志物的赞美	《乡祭》	《晚开的情花》	祭这红土地祭这黑土地/它是那样古老又不古老！/即使天是昏昏的/哪怕地是暗暗的/这本歌书不断地写着/紧皱了一双双又一双双眉/以泪的眼统观您这母体/于是才清醒地唱这变调歌/不用假情祭招回失落不落❹	歌颂红土、歌书、母体

❶ 农冠品. 晚开的情花［M］. 桂林：漓江出版社，1991：23.

❷ 农冠品. 爱，这样开始［M］. 南宁：广西民族出版社，1989：194.

❸ 农冠品：《记在绿叶上的情》，1997 年（诗结集，未出版）。

❹ 同❶19 – 20.

续表

方法	诗篇	诗集	风情描绘壮族文化的部分诗句	诗歌主要内容
文化表征和地域标志物的赞美	《致花山》	《记在绿叶上的情》	花山我民族的魂/你的谜底就在这片古老而神秘土地/我记住了你那一页历史和往昔/花山不是猜不透的万古之谜/是民族文化堂堂正正的大山	歌颂花山
	《红水河，光明的河》	《爱，这样开始》	你是浪，你是波/你是力，你是火/由深山流出，从万山流过/你养育了古老的民族/你陶冶战斗的性格❶	歌颂红水河
	《万寿果》	《爱，这样开始》	它的叶子，像伸着的大巴掌/那绿色的手指细又长/它结的果子/奇怪又特别/一个个/像那奶牛的大乳房!❷	赞美木瓜
	《擎天树》	《爱，这样开始》	说它是树中之美/它比木棉树雄伟——/耸立南疆摩蓝天/像一杆画笔把彩虹精心描绘!❸	赞美枧木
	《我是红棉树》	《爱，这样开始》	我是红棉树/我爱山乡的泥土/这里住着勤劳勇敢的民族/他们是我的父母/在那寻求光明的岁月/他们用鲜血浇育我的根须❹	赞美木棉

这类诗歌可分为以下两大类。

第一类，对族群文化的风情化书写。迈克尔·赫克特曾说，“民族是在空间上集中的群体，是被——无论外部人还是内部人——视为独特的群体”❺，民族作为一个的独特的群体，其重要表征就是文化的独特性。少数民

❶ 农冠品. 爱，这样开始［M］. 南宁：广西民族出版社，1989：189.

❷ 同❶237.

❸ 同❶233.

❹ 同❶186.

❺ 赫克特. 遏制民族主义［M］. 韩召颖，等，译. 北京：中国人民大学出版社，2012：28.

族作家展示族群文化独特性的本质在于展示族群独特的文化信仰和生活实践，明确族群的边界范围。农冠品的诗歌抓住壮族文化的标志性艺术——山歌文化，全面展示了壮族多彩的民俗文化，展示了壮族文化的独特魅力，划定了族群的文化边界。这些诗歌共有 14 首诗，主要是诗集《泉韵集》中的《家乡歌节（五首）》；诗集《晚开的情花》中的《下枧河秋歌》；诗集《爱，这样开始》中的《阳春三月》《唱歌同振民族心》《红豆树下致歌仙》；诗集《记在绿叶上的情》中的《三月三》《歌圩短章》；诗集《世纪的落叶》中的《红豆树下》等。农冠品在这些诗歌中以浓丽的色彩，跳动的节奏，烂漫的诗情，建构了一个山歌的“天堂”。农冠品这样写道：在“三月三”节，“天边吐出彩锦般的朝霞/山边盛开红、蓝、紫、黄的野花/山崖飞瀑像轻纱从天降落/村道上流动着彩色的河/红头帕、花头巾像春花向阳/崭新的布伞像山花含露开放！/多少勒貌/多少勒娋欢声笑语/像快活的小溪流向翠绿的山地”❶。在诗歌里，壮乡的歌节山花烂漫，美丽、善良、热烈、多情的壮家女歌声像山间的清泉般清脆，阿哥腼腆而热烈，他们在山歌和糯米酒间欢笑。唱山歌的女孩个个像金凤一样美丽、活泼和烂漫，“像一滴冬蜜甜在同年人心里/像一只画眉鸟/歌声婉转动听！/不是月宫嫦娥/却这样美丽迷人/金凤飞来歌场/金嗓银嗓多嘹亮/她心中歌的河流/像家乡的清泉潺潺流淌”❷。在这类诗歌中，农冠品常以刘三姐的传说入诗，如在《下枧河秋歌・之一》中这样描写：“梦中那位传世的歌仙/从百丈崖顶跳落河心/溅起生命的浪花/争得了生命与婚姻的自由！”❸ 表达了对刘三姐为爱献身英勇精神的敬意和对美丽而年轻生命早逝的叹惋。第二、第三阙描写了现代壮家女、仫佬女在下枧河热闹对歌的场景：“从下枧河的桥上迎过来/不是迎接新娘出嫁/是迎接罗城县来的男女歌手/在白龙公园里举行‘刘三姐杯’山歌比赛大会/……看一张张脸庞/绽开了石榴花/哪一张是刘三姐的脸庞啊。”❹ 在诗歌中，农冠品以古今对照的笔法，表达了对以刘三姐为代表的旧时代女性悲苦命运的悲悯，对现代幸福生活的歌颂。这类诗歌还表达了农冠品希望山歌文化永远流传的强烈愿望，对传承民族文化传统发出了强大的族群感召。正如农冠品在他

---

❶ 农冠品．泉韵集［M］．桂林：漓江出版社，1984：31．

❷ 同❶35．

❸ 农冠品．晚开的情花［M］．桂林：漓江出版社，1991：22．

❹ 同❸22－23．

的随笔《热土草》中所述：“刘三姐是歌圩的女儿，过去到处去传歌，她的子孙，仍在继承她的歌唱艺术，在一代一代地把歌传下去。壮族啊，你是歌唱的民族，是创造与开放的民族，愿歌圩文化与壮族艺术走向更辉煌灿烂！”❶

农冠品的诗歌展示了壮族壁画、铜鼓、舞蹈等文化艺术。壮族的壁画艺术举世闻名，花山壁画是农冠品关注的一个重要焦点，涉及描写花山壁画的诗歌有：《邕莱，我民族的魂》《花山颂歌》《致花山》等。在《致花山》一诗中，农冠品赞美花山，把花山视为是民族之魂。诗歌这样写道：“花山我民族的魂/你的谜底就在这片古老而神秘土地/我记住了你那一页历史和往昔/花山不是猜不透的万古之谜/是民族文化堂堂正正的大山。”❷ 在《神铸》等诗歌中赞美了壮族铜鼓艺术。在农冠品心中，铜鼓艺术是“神铸”的艺术，它凝聚着族群的信仰、人生和信仰。他在诗歌中这样写道：“太阳神灼灼/照在身上心上/铜鼓一个个圆圈/运行的轨道/从小到大/不断地向外飞旋/星的行迹/在无际的天体/曾无比勇猛/果敢拔下虎的牙/串做烟斗的/精美装饰物/教人品味历史/品味人生/品味一个民族/独具的性格。”❸

第二类，对族群文化表征物的赞美和强化书写。红土、歌书、红水河、木棉、甘蔗等族群符号是民族集体意识和历史记忆的载体，一山一河，一草一木都承载着族群神话般地历史集体记忆。在《乡祭》《致花山》《红水河，光明的河》《万寿果》《擎天树》《我是红棉树》等诗歌中，农冠品借助了如铜鼓、黑土、红土、歌书、红水河等族群风物和地域文化的“关键符号”，抒发对壮民族的热爱和对生活的激情。在《乡祭》组诗中，表达了农冠品对土地、歌书和母体崇拜之情。土地是民族的根，歌书是民族的魂，母体是养育我们身体的本源。诗歌这样写道：“是因为流了太多的血/颜色才这么的鲜红鲜红？/是为了一把粟米的金黄色/祖祖辈辈才背负着沉重的苍天/呼唤与挣扎走过了一代又一代人。”❹ “即使天是昏昏的/哪怕地是暗暗的/这本歌书不断地写着/写着传世不绝地唱着。”❺ 在连绵的山脉，流淌的红水河中，同样

---

❶ 农冠品．热土草［M］．香港：香港天马图书有限公司，1998：350.

❷ 农冠品：《记在绿叶上的情》，1997 年（诗结集，未出版）。

❸ 农冠品．晚开的情花［M］．桂林：漓江出版社，1991：4.

❹ 同❸19－20.

❺ 同❸19－20.

寄寓了农冠品对族群的真挚情感。在《红水河，光明的河》中热情地歌颂红河，把红河视为族群的母亲河。诗歌这样写道：“你是浪，你是波/你是力，你是火/由深山流出，从万山流过/你养育了古老的民族，你陶冶战斗的性格。”❶ 农冠品还对壮族居住地区的地理标志物大加赞美，如《万寿果》诗中对木瓜，《甜蜜的海》诗中对甘蔗，《我是红棉树》诗中对木棉，《擎天树》等诗中对枧木等植物的赞美，使这些植物成为族群文化一种表征。

六、与国家关系的述说

追求史诗般的宏大叙事风格是少数民族作家追求的重要书写目标之一。农冠品曾在随笔《热土草》一书中曾这样叙述：“我想在壮族的史诗创作上，献出一分光和热，但那是严肃而又古老、悠久的题材，如何寻找到她的光明出路，这是令人费神的。”❷ 在农冠品的诗歌中，他以写史的雄心，拾掇起壮族历史发展的每一片“落叶”。据笔者统计，农冠品描写壮族现代化进程的诗歌有共 180 首诗，大致可以分为两类：一是“文化大革命”题材的 26 首诗；二是歌颂现代化建设的 154 首诗。这类诗歌紧扣国家的历史发展主线，对壮族的重要历史事件或现代化进程中的重大事实进行了详尽的叙述，记录了壮族从落后迈向先进的历史进程。诗歌呈现了壮族现代化进程详尽的发展脉络，展现了壮族的时代精神，阐述了壮族发展和国家的关系，表达了对国族的认同。这类诗以诗写史，以史入诗，是对我国古代“春秋笔法”的一种文脉延继。

农冠品对壮族现代化进程的描述的诗共计 154 首，占诗歌总数的 24.7%。此类诗歌详尽地叙述了壮族地区现代化进程，史料丰富，叙事宏大，展现了一条壮族从古代至现代，从落后走向先进的完整的历史脉络。这类诗歌主要结集在诗集《世纪的落叶》中，具体梳理的脉络如表 3－7 所示。

---

❶ 农冠品．爱，这样开始［M］．南宁：广西民族出版社，1989：189.

❷ 农冠品．热土草［M］．香港：香港天马图书有限公司，1998：470.

表 3－7　农冠品诗歌

创作时间段	诗　篇	重大史事
20 世纪 50 年代	《炉前老人》《机器轰鸣的车间》《白连长》《红旗与工人》	广西境内壮族地区大炼钢铁、森林伐木、兴建纺织厂
20 世纪 60 年代	《金凤凰》《护堤》《画》《一枝花》《唱给西津水电城》《心声》《春歌》《游起风山》	兴修广西境内各种水利工程，大型电站的建设
20 世纪 70 年代	《长堤之歌》《金田新歌唱》《利剑》《在山村的日子》《瑶山三唱》《九月九》《怀念》《胜利篇章》《新村》《饮马泉》《龙岩行》《祝捷》《美丽的南宁》《红雨》《西山奇观》《足迹》《绿色的愤怒与欢乐》《记史》《阳春红棉》《诉说》《红凤凰》《纯洁的白花》《公仆》	广西境内壮族地区的夏粮丰收，生产队灭虫、社员劳动、山区新貌等
20 世纪 80 年代	《誓言》《喜歌》《侗乡春》《回响》《朝阳》《梦魂录》《新风赞》《明洁的心》《茶花》《笑声赛过水落滩》《众望歌》《小河连大江》《根连根》《心窗》《假若》《春天主题歌》《竹笋歌》《应是》《春天来了》《情如江水》《思悠悠》《归程》《红豆树下》《风雨・求索》《心贴心》《细微美》《黄牛》	广西境内壮族地区的改革开放
20 世纪 90 年代	《百色风景》《T・E 神》《来相会》《手挽手》《流云与彩云》《题岩滩》《奶香新》《访铝城》	百色的现代化建设、南宁的市场经济发展、销售产品、铝城建设等

农冠品这类诗歌的族性写作线索紧跟国家现代化进程的脉络进行梳理，对族群和广西壮族地区的重要历史事件进行了翔实的记录。这些诗歌按照创作时间大致可分为以下几个阶段。

（1）创作于 20 世纪 50 年代的诗歌：《炉前老人》《机器轰鸣的车间》《白连长》《红旗与工人》等。这些诗展现了广西壮族地区人民群众大炼钢铁、森林伐木、兴建纺织厂等热火朝天地参加国家建设的场景。

（2）创作于 20 世纪 60 年代的诗歌：《金凤凰》《护堤》《画》《一枝花》

《唱给西津水电城》《心声》《春歌》《游起凤山》等。这些诗主要描写了广西兴修水利的建设情况，重点描写了修建西津水电站、修建邕江大堤等建设情况。

（3）创作于20世纪70年代的诗歌：《长堤之歌》《金田新歌唱》《利剑》《在山村的日子》《瑶山三唱》《九月九》《怀念》《胜利篇章》《新村》《饮马泉》《龙岩行》《祝捷》《美丽的南宁》《红雨》《西山奇观》《足迹》《绿色的愤怒与欢乐》《记史》《阳春红棉》《诉说》《红凤凰》《纯洁的白花》《公仆》等。这些诗描写了20世纪70年代广西兴修水利的劳动场景，重点描写了修建邕江大堤、桂平金田水库的情况。部分诗歌描写了20世纪70年代末农冠品到广西钟山县进行知青生活体验的劳动经历等。

（4）创作于20世纪80年代的诗歌：《誓言》《喜歌》《侗乡春》《回响》《朝阳》《梦魂录》《新风赞》《明洁的心》《茶花》《笑声赛过水落滩》《众望歌》《小河连大江》《根连根》《心窗》《假若》《春天主题歌》《竹笋歌》《应是》《春天来了》《情如江水》《思悠悠》《归程》《红豆树下》《风雨·求索》《心贴心》《细微美》《黄牛》等。这些诗讴歌了改革开放给壮乡带来的巨变，展现了广西改革开放的进展情况，着重描写了壮族地区农村夏粮丰收、政治夜校评论会、分田到户等农村改革情况。

（5）创作于20世纪90年代的诗歌：《奶香新星》《共饮》《明灯照四方》《扶贫攻坚战：在仁良村》等。这些诗描写了20世纪70年代广西改革开放的深入开展，展现了壮族地区、扶贫攻坚战、联产承包责任制、南宁企业改革，以及南宁市和凭祥市被列为开放城市等题材。

农冠品这些诗歌以现实主义的手法描写了广西壮族地区“四化”建设情况，写作重心放在了壮族农村，主要描写了广西农村地区的现代化建设情况，包括壮族地区农村联产承包责任制的落实、村级机构的建设、农业生产情况。诗歌特别注重对广西境内大型的基础设施建设，如修水利、修电站场面的刻画，通过大型基建项目的描写，塑造了诸多普通劳动者的光辉形象，展现了壮族人民参与国家建设的场面。这类诗歌以国家历史的发展为时间表，对壮族现代化进程进行详细记录，展现了壮族现代化进程与国家现代化进程同步发展的历史，表现了诗歌族性写作对多民族国家体系建构时间法则的遵从，强调了边地族群在国家建设中的作用，进一步论证了壮族在国家历史发展中存在的社会价值和历史意义。

第二节　族性写作的维度

在《时间简史》一书中，芬霍金认为：“绝对的时间和空间并不存在，在每个人自己的时空坐标中，发生在自己身上的每一件事情都可以用四维空间中的一点来表示。”“时间是不会流动的，那是由物理学领域中的大部分法则决定的，从时间上来说，是无法区分过去和未来。”[❶] 农冠品的诗歌族性叙述同样处在多维度的表述空间中。在时间的序列中，它既属于当代，也属于历史，处于一种不断流动的状态之中；在空间序列中，它属于社会，属于国家和民族的发展。农冠品诗歌的族性叙述在进行族群历史记忆的建构的过程中，有意识或无意识地介入国家历史叙述的维度和坐标里，受多民族国家建设语境的制约。

一、类型

农冠品诗歌的族性写作因追寻族群历史的角度和线索不同，呈现出不同的族性叙述维度。当农冠品根据国家复线历史的线索去寻找壮族的历史记忆时，大量描绘壮族的文化和生活，展现了特定历史时期壮族族群的生活状况，诗歌的族性叙述维度是共时性的；当诗歌的族性写作线索紧跟国家的单线历史线索展开时，诗歌的族性叙述的过程表现了对国家现代化进程时间表的追随；当诗歌的族性写作线索展现壮族长达半个多世纪的社会发展的进程时，农冠品诗歌的族性叙述维度是历时性的。共时性和历时性的叙述维度共同构成了对壮族历史叙述的横向和纵向坐标。

（一）共时性维度

农冠品的诗歌基于对族群原生性的情感自觉和文化自觉，以民俗和地域

❶　王宇琨．图解时间简史［M］．北京：北京联合出版公司，2013：90，248．

文化等视野，对族群的历史进行爬梳，以特定的地域文化作为族性叙述的实践模板，展现了丰富多彩和真实可感的民族生活，凸显了壮族族群文化的异质性，整合了族群的历史记忆，呈现出共时性的族性叙述维度。这个族性叙述维度试图从国家历史“消散”的记忆——民间文化中，找回族群历史叙述的“真实”整合族群历史记忆。该叙述维度以特殊的地域文化，独特的民族文化，作为展示族群成员独特生活的实践模板，真实地再现了族群成员普通人的生活方式。在这个族性叙述维度中，主要采用了两个族性写作视野：民俗视野和地域视野。这两个写作视野回归了国家“复线”历史的真实，重构了族群的历史记忆，创新了“我族”的文化传统。

千百年来，壮族群在与其他族群的交往中存在和发展，族群文化和生活方式在不断地发展变化，尤其受汉文化影响甚多，但壮族群的边界仍是相对恒定的。这种稳定的族群边界源于壮族成员对族群身份、自我存在的想象和感知，源于族群成员对族群历史的共同想象，源于恒久不变的族群历史感召。农冠品诗歌中的民俗视野表达了其对壮族文化边界的自我认知，地域视野则表达了其对族群地理边界的自我认知。

1. 民俗视野

钟敬文认为：“民俗，即民间风俗，指一个国家或民族中广大民众所创造、享用和传承的生活文化。民俗起源于人类社会群体生活的需要，在特定的民族、时代和地域中不断形成、扩布和演变，为民众的日常生活服务。”❶可见，民俗是指民间的文化和生活，其核心为“民间”。在农冠品的诗歌作品中，对民俗的书写表现了极大激情，正如他在随笔中所述：“谁若失去了母体，谁就失去了自己的优势和文化底蕴。广西文化的母体包含些什么。我看不外是歌唱文化、稻作文化、耕山文化、傩巫文化、师公文化、江河海文化、边境文化与商业文化在民族地区种种状态的综合体。”❷ 农冠品试图在文学作品中记录下族群完整的生活，以民俗的视野诠释壮族历史的真实性。

诗歌以民俗的视野，对壮族源历史记忆进行重新整合。在《岜来，我民族的魂》《致虎歌》《致花山》《骆越雄风》《奋飞吧，我的民族》《透视 A：交叉与重逢》《透视 B：沉醉》诗中，农冠品以民间文学中神话故事为起点，

❶ 钟敬文．民俗学概论［M］．上海：上海文艺出版社，2009：1－2．

❷ 农冠品．热土草［M］．香港：香港天马图书有限公司，1998：18．

展开了梳理族群历史的叙述脉络，以民间传说中的英雄人物和真实存在历史人物结合为主线，阐释了族群文化的精神内涵。

诗歌以民俗的视野，对壮族群的文化发展脉络进行梳理。农冠品以民间文学的真实，对族群文化历史记忆链条的梳理，在于从共同的族群历史经验中寻找族群认知的统一性，最终找到新的民族文化认同根源。认同根源不但来自传统的民族民间文化，还源于现代生活对民族文化新的传统发明。诗歌还以现代生活中民间文化为线索，建构了新的族群文化传统，形成了新的族群认同。

诗歌以民俗视野，展现了壮族现实生活的文化场景。在农冠品的诗歌中，农冠品对壮族民风民俗进行了多方位展示，特别偏重于对“三月三”节题材的书写，生动地再现了壮族鲜活的生活场景。诗歌还描写了壮族的原始宗教、独特的壁画、舞蹈和铜鼓等艺术，生动地展现了壮族独特的生活方式，揭示了壮族民间艺术的魅力。

2. 地域视野

诚如芬顿所述：“人民、民族和族群都是在说：‘我们是这样的人民，我们来自同一原种，我们生活（曾经生活）在同一地方，我们的风俗和信仰就是这些。’”❶ 族群必需依托一定的地域而存在。特殊的地域环境是族群民俗文化、生活方式和宗教信仰衍生的温床。据笔者统计，在农冠品的7部诗集中，有两部《岛国情》和《醒来的大山》为地域抒情诗，其他诗集也有所涉及。他的地域抒情诗主要包括：写家乡大新县风景的诗有22首；写边境风情的诗有31首；写百色市的诗有49首；写广西其他地域的诗有50首；写外省、外国景物的诗有140首，共292首，占诗歌总数的47.25%。可见，地域书写在农冠品诗歌族性写作中占有重要的位置。农冠品曾说：“广西作家要关照民族文化。广西作家要脚踏于广西这片黑土红土。在这片土地上耕耘，种杧果、香蕉、荔枝、龙眼……这是广西特产。君以为何？”❷ 地域表述是广西当代少数民族作家承担的重要历史使命。在漫长的族性写作历程中，农冠品诗歌以地域视野贯穿始终，出色地完成了这个历史使命。

❶ 芬顿．族性［M］．劳焕强，译．北京：中央民族大学出版社，2009：25.

❷ 农冠品．热土草［M］．香港：香港天马图书有限公司，1998：13－14.

（二）历时性维度

农冠品以史诗般宏大的叙述风格展现了壮族族群参与国家现代建设的历史进程，其叙述的时间脉络和国家的历史脉络一致。叙述的时间线索是中华人民共和国成立初期的社会主义改造；20 世纪 80 年代的改革开放；20 世纪 90 年代的市场经济等，以史的笔法描述现代化建设的情况，对壮族地域的社会经济状况进行详尽的解说。这类诗歌政治功利性较强，语言直白，清晰地呈现出文学话语和国家政治话语同步的书写倾向。

这类诗歌独特诗风的形成主要有主、客观两方面的原因。

1. 主观追求

农冠品的马克思主义文艺观在主观上决定了其与国家历史紧密相连的明白晓畅诗风的追求。在农冠品的随笔《热土草》[1] 中，详细地阐述了他的马克思文艺观，主要包括以下几个观点。

一是作家用马克思主义的文艺观指导文学，文学创作提倡文艺与时代相联，反对追求“自我”的语言朦胧、晦涩的新文艺；主张文学要反映生活，反映广西的区位优势，要面向广大农民。

二是作家要紧跟社会主义时代的“主旋律”进行文学创作，深入生活。

三是文学创作要紧跟政治话语和时代主旋律，为社会主义建设服务。

四是文学创作提倡真善美，反对书写社会的阴暗面；要注重挖掘民族文化题材，民族文化是创作的源泉。

受马克思主义文艺理论的影响，农冠品诗歌的叙述方式和创作风格为：首先，在诗歌题材的选取上，以民族题材为主，与时代相连；在文学创作中，农冠品张扬真、善、美，极少反映社会的阴暗面；诗歌主要采用了现实主义的表现手法，书写了大量反映现代化建设者的历史事实。其次，受马克思主义文学教育的功能论影响，农冠品认为文学创作应以反映少数民族地区的文化为己任，以教育和引导当地的群众为主。因此，他的这类诗歌多以民族代言人的身份号召族群成员积极投身现代化建设。很多诗篇进行了忆苦思甜式的新旧时代比较，歌颂现代文明，表达对新生活的赞美。有些诗的结尾则直接为精神的感奋口号，文学的政治功能较为明显。最后，

---

[1] 农冠品. 热土草［M］. 香港：香港天马图书有限公司，1998：1－239.

农冠品因主张文艺大众化风格，反对文学创作面向自我及使用晦涩的语言。这类诗歌不注重诗歌意象的刻画，语言通俗易懂，明白晓畅，诗歌的含蓄性略显不足。

2. 客观要求

历时性的族性写作是文化统一的客观要求。"现代国家的标志之一，就是国民主宰着自己的领土。这种主宰的前提条件是集权化的控制，因为如果没有集权化的控制，国家就无法在自己的领土内实现其意志。"❶ 正如农冠品所述："我们当代的理论指导，无疑是建设有中国特色的社会主义的理论，提倡爱国主义、社会主义、民族精神是指导文艺工作者进行创作的主要思想指南。"❷ 农冠品在文学作品中运用的马克思主义文艺观是在教育体系中习得，并在文学创作中加以发挥和大量运用。

二、二重化及原因

在马克思的《1844 年经济学哲学手稿》中曾提道："劳动的对象是人类生活的对象化：人不仅像在意识中那样在精神上使自己二重化，而且能动地、现实地使自己二重化，从而在他所创造的世界中直观自身。因此，异化劳动从人那里夺去了他的生产的对象，也就从人那里夺去了他的类生活，即他的现实的类对象性，把人对动物所具有的优点变成缺点，因为从人那里夺走了他的无机的身体即自然界。"❸ 一个族群的发展离不开社会发展的制约。族群不可能孤立地存在于社会，它必需依托于一定国家和特定的社会意识形态而存在。族群的发展势必会受到多民族国家发展进程的制约。族群文化的发展也遵循这样的规律。一方面，族群既要保持其文化的独特性；另一方面，又要受文化体系建构进程的推动和制约。因此，族群文化在历史发展的过程中发生二重化分裂是必然的。

第一，农冠品诗歌族性写作维度的撕裂是壮族族群文化发展二重化的显现。狄尔泰曾说："历史上任何一个个体，都是某种力量，都与其他力量不

---

❶ 赫克特．遏制民族主义［M］．韩召颖，等，译．北京：中国人民大学出版社，2012：68.

❷ 农冠品．热土草［M］．香港：香港天马图书有限公司，1998：1－2.

❸ 庄友刚．马克思主义原著选读［M］．第 2 版．苏州：苏州大学出版社，2014：9.

断相互影响。”[1] 族群在发展过程中，不断地受其他族群文化的影响，也对其他族群的文化不断产生影响。每个族群都有存在的方式和智慧，族群是在不断与其他族群交往的过程中实现自我存在价值的。壮族是一个历史悠久的民族，在与其他族群文化交流和融合中，逐渐形成了独特的生存方式和生存智慧。在漫长的历史发展的进程中，壮族与汉族交往频繁，并受汉文化影响深远，但壮族独特的民族性从未因此而丧失，并仍在不断追求这种独特性的永久保持。在这个既要保持文化独特性，又要不断与其他族群文化发生碰撞，融入多民族国家体系建构的过程中，壮族文化发展的二重性是必然的。农冠品诗歌族性写作维度的二重性恰体现了壮族群既追求文化上的独特性，又与多民族国家文化统一进程保持一致复杂而微妙的对立统一关系。农冠品诗歌的族性叙述二重性主要表现为：一方面，在多民族国家体系的建构的大语境中，壮族的现代化进程必需紧跟国家的现代化进程。此时，在农冠品的诗歌在族性叙述过程中相应地采用了遵从国家单线历史的族性叙述维度。另一方面，族群的独立性以文化的独立性而存在，因此保持其文化审美的独特性是至关重要的。此时，农冠品诗歌的族性叙述则趋向于从国家的复线历史中寻找“消散”的族群记忆，以期构建独特的族群审美取向，塑造族群独立的形象，找寻族群存在的社会价值。

第二，农冠品诗歌族性写作不断地在历史叙述的单复线两条线索中寻找族群存在的历史意义，整合族群记忆，表达了农冠品对壮族群历史意义和文化内涵的深刻反思。在历史发展进程中，族群除了具有自我存在的历史意义，还具有在国家建构体系中存在的历史意义。它的历史意义是由特定的时间和空间的维度，与其他族群交流互动的关系决定的。族群通过不断展现其发展的历程而实现存在，并展示其特定的历史意义。具体而言，在纷繁复杂的历史发展过程中，一个族群既要展现其族性的独特性，以证明其存在的价值，实现其在族群发展中的历史意义，又要不断与其他族群发生联系，融入多民族国家的体系建构以实现其在国家发展中的历史意义。对壮族族群历史意义不同角度的反思和寻找直接催生了诗歌两个不同的族性叙述维度，导致了两个写作维度的交织。在这两个维度中，农冠品以一个历史旁观者的身份审视了壮族历史和国家历史。在这个审视的过程中，农冠品的历史存在感来源于

---

[1] 狄尔泰．历史中的意义［M］．艾彦，译．北京：北京联合出版公司，2013：86.

对族群文化自我的认知；来源于对壮族族群和国家之间关系的清晰认知。在这个追寻族群历史意义的过程中，农冠品将自我生命意识融入对族群身份、历史和关系的思考之中，论证了“我族”和“自我”的历史存在。

第三，“自我”的多元化特性，决定了族性写作维度的多元化。米德在《心灵、自我和社会》一书中曾说，“自我”不仅仅是由其他个体针对他本人以及彼此针对对方所持的特定态度构成的，也是由一般化的他人所属的社会群体的各种社会态度的组织机构构成的。[1]“自我”并不是独立存在的，它是多维度存在的“他者”。首先，农冠品是一位壮族作家，他以自觉的民族意识，独到的“我族”眼光，在国家的复线历史中，在壮族群的民间文化和地域文化中，寻找族群散落在民间的历史记忆，风情地书写了壮族文化，他诗歌的族性写作不仅仅为故乡代言，而且为壮族群的文化代言；其次，农冠品真挚的民族诗情也属于国家，属于他深爱着的祖国。这位在中华人民共和国成立后，由党和国家培养起来的壮族学者和少数民族作家，在特定的社会意识形态的“召唤”下，在诗歌中大量运用马克思主义文艺理论，紧扣国家单线的历史线索展开族性写作，赞颂国家的飞速发展。可见，农冠品诗歌中展现的具有崇高民族理想的“自我”是在不同维度的交织叙述中得以完整实现的，并在不同的书写维度中找到了“自我”存在的价值。

三、维度的交织

文学叙述是一个纷繁复杂的过程，少数民族作家为了使其作品更富有张力，在一部作品中，往往使用多种角度进行族性写作，农冠品的诗歌也如此。农冠品是一位壮族文化的持有者、研究者和书写者，也是其他族群文化的“旁观者”，国家文化建设的参与者，故其文化身份是多元的。在他的诗歌中，不仅张扬了壮族族群文化和地域文化的独特性，还传达出“我者”与“他者”文化的交流的复杂情感体验，表现出一种多元文化融合的书写渴求。为了使两个维度和谐与统一，农冠品总在不断寻求一个文学审美的均衡点。农冠品对诗歌族性叙述审美均衡点的寻找，主要表现为诗歌既遵从国家单线历史叙述脉络，又不放弃对族群文化审美取向的追求；既努力传承族群文化

---

[1] 狄尔泰. 历史中的意义［M］. 艾彦，译. 北京：北京联合出版公司，2013：86.

的美学传统，又不放弃对国家单线历史线索的遵从，不逾越于多民族国家的民族建设体系建构的框架之外。农冠品诗歌的族性叙述体系是在对立和统一的矛盾中寻求发展与和谐的。因此，农冠品在诗歌族性写作过程中，往往呈现出多种话语交织的情况，主要表现在以下几个方面。

一是在对某些地域文化的描述过程中，为了契合特定时代的要求，农冠品在诗歌创作中，诗歌政治话语浓郁。这一类诗歌主要表现在对百色地区的地域书写诗中。这类诗虽然着眼于广西的特殊的地域特征，但是在书写过程中，农冠品张扬了该地域特殊的政治因素，表现了对国家单线历史的追随。除此之外，在展现中华人民共和国成立后现代化进程的159首诗歌中，政治色彩也较为浓郁。这些诗歌以展现中华人民共和国成立后壮族族群的现代化经历为主题，表达了对国家现代化的祝福和歌颂，诗歌表达了对国家和广西改革开放政策的歌颂，对国家单线历史之线的追随印记明显。

二是在对族群的现代化进程的展演过程中，为了避免诗歌过于概念化，农冠品往往会杂糅一些族群的民俗和地域文化描写，使诗歌创作更具有可感性。共时性和历时性族性叙述维度呈交叉的状态。例如，农冠品在凸显百色市的政治地位时，往往杂糅了地域视野，力求在地域文化的独特性中寻找诗意；在《百色赋》一诗中，诗歌不但道出了百色市山城的地域特点，还写出了百色市浓郁的政治文化底蕴❶。农冠品在对描写壮族地区的现代化进程中，更不乏对少数民族民间文化和独特地域文化的赞颂等。例如，农冠品在描绘广西钟山县人民参加祖国建设情况的《山歌》一诗中，不但描绘了壮族女歌手唱山歌的场景，还描绘了壮族女歌手积极参与国家建设的情况。诗歌这样写道："要问谁是唱歌人？/奴隶的后代/回山的知青/她驾驰拖拉机/机声多欢乐。"❷

三是在对族群人物的刻画中，杂糅了多种叙述话语，弘扬时代主旋律的写作印记明显。例如，在《将军回到红河边》一诗中塑造的典型物"将军"和《尼香罗》一诗中的主人公尼香罗，他们不但是壮族群的杰出代表和英雄，为了族群的利益，不惜牺牲自己的个体利益，同时还是胸怀祖国，乐于奉献的建设者和时代楷模。在他们的一些言行中，处处洋溢着报效祖国，建

❶ 农冠品. 爱，这样开始［M］. 南宁：广西民族出版社，1989：64－65.

❷ 农冠品：《世纪的落叶》，1999年（诗结集，未出版）。

设祖国的激情。例如，在《尼香罗》一诗的结尾，在写尼香罗千辛万苦地发明了探水仪以后，农冠品没有就此结束诗篇，而是进行情感的升华，主人公乐于奉献和敢于创新的精神属于时代，属于祖国，诗歌这样写道：“山乡千树挂金果/山乡园林流香蜜/山乡遍地结米粮/献给时代做厚礼！/献给祖国一支歌/声声来自心坎底：尼呀哩！尼呀哩！尼呀哩！尼呀哩！”❶

总之，在农冠品诗歌中呈现出来的两种不同的族性叙述维度使他的诗歌作品形成了一个叙述族群历史、生活状态和现代化进程的错综复杂的族性写作体系。他的诗歌真实地再现了一个边地族群在自我发展中，与国家历史线索的交汇的过程。多维度杂糅的族性叙述为农冠品诗歌拉开一张建构壮族族群历史记忆的“诗史”之网。

---

❶ 农冠品．爱，这样开始［M］．南宁：广西民族出版社，1989：100－101．

第四章

族性写作的方法和语境

写作语言和创作方法是通向作家心灵自由之路的一把钥匙。文学创作方法是作家的主观选择，与文学语境息息相关相关，受特定历史时期文艺思潮和文艺政策的影响和制约。

第一节　写作方法和文学语境

农冠品诗歌以觉醒的文学意识和“我者”的眼光，审视“他者”的族性写作方法，在与“他者”的交流对话中，实现了“自我”与外部世界的相互统一。农冠品诗歌中运用的文学方法深刻地反映了其独特的审美取向。

一、合辙与融入

在特定的社会社意识形态会和历史背景下，农冠品的诗歌在书写过程中，融入了文学的发展脉络，文学方法的选择与特定时代的文学思潮、文艺理论和文艺政策密切相关。

（一）民族生活题材的选择

农冠品诗歌的族性写作深受我国文学民族叙述话语和相关文艺政策的影响，他的诗歌是少数民族书写主题在壮族文学中的一个书写表征。在农冠品的随笔《热土草》中，多次提及族性叙述的重要性："只要我们时刻牢记毛泽东文艺思想的哲学核心，深入群众，深入正在发生变革的时代洪流之中，并在艺术实践中努力提高创作技能，一定会创作出无愧于时代的好作品。"❶"作家关切的首先是人民的生活、人民的命运、人民的喜怒哀乐。鲁迅之所以称之为'民族魂'，这不只是一个动听的名词，而是真正代表了中华民族的灵魂世界的呼声。……在毛泽东文艺思想关系到文艺如何对待人民，如何更好地为人民服务，这是社会主义文艺的根本。根本是不能动摇的。""作为文艺工作者，在灵魂的大海中，一定要有民族感情，民族自主自立精神，在创作上，才有主心骨，才有一盏明灯。"❷ 农冠品在《困惑与浮躁的呐喊》一文中，提及了族性叙述的重要性："任何成功的文学都不是赶浪潮获得的。任何不继承民族优秀传统文化和不积极吸收新的文化的创作是不会获得高度和具有民族性的鲜明坐标的。"❸ 正是基于这些类似的观点，农冠品的文学之笔始终没有远离族性写作。农冠品从20世纪50年代初至20世纪末，发表诗歌共622首，与族性写作相关的诗歌多达576首，占诗歌总数的92.6%。在20世纪50年代，农冠品以翔实的笔法记录了中华人民共和国成立初期，壮族族群崭新的历史发展进程，但对壮族群文化内涵的反思程度尚浅。"文化大革命"结束后，农冠品以前所未有的激情，全方位地展示了以壮族为核心的灿烂的少数民族文化风情，同时反思壮族文化内涵。改革开放初期至20世纪末，农冠品的诗歌继续以族性叙述为文学书写的主线，详尽地记录壮族人民迈向现代化的艰难历程，记录下壮族族群发展过程中的点点滴滴。

（二）现实主义方法的钟情

在中华人民共和国成长起来的壮族诗人农冠品接受了马克思主义的文艺观，受马克思主义文艺理论影响深远，他把社会主义现实主义创作方法作为

---

❶ 农冠品．热土草［M］．香港：香港天马图书有限公司，1998：7.

❷ 同❶2－3.

❸ 同❶13.

族性写作最主要的文学方法。农冠品认为，现实主义是民族文学最佳的选择，他在《民族文学发展与思考》一文中曾这样述及："新的现实主义最终成为民族文学的灿烂境地。"❶ 农冠品在《文艺创作主旋律》一文中，再次述及他对现实主义创作方法的皈依："主旋律作品具有深刻的真实性，创作方法应是严格的现实主义。这已经由文学史作了肯定。……我们不反对采用多种艺术创作手法，但我们应强调革命的现实主义创作方法。优秀的文艺作品大多属于革命现实主义。"❷ 据笔者统计，农冠品诗歌中，有247首是描写壮族地域风情，有154首诗歌是描述壮族族群现代化进程，均以现实主义的表现手法为主。他在随笔《热土草》中，多次提及创作要深入社会，深入农村，深入人民群众当中，只有这样才能写出优秀的文学作品。他曾这样提及："只要我们时刻牢记毛泽东文艺思想的哲学核心，深入生活，深入群众，深入正在发生变革的时代洪流之中，并在艺术实践中努力提高创作技能，一定会创作出无愧于时代的好作品。"❸

（三）畅达语言风格的形成

农冠品的诗歌深受"大众化"创作思想的影响。他在《诗歌要通向人民大众》一文中，曾这样述及："诗歌创作之路一定要通向人民大众，通向他们的心灵，已获得广泛的、非少数人的共鸣。……诗歌要通向人民大众，也还存在一个形式与语言、风格等问题。"❹ 农冠品认为，诗歌创作应面向大众，而不是少数人，反对使用晦涩的语言，还主张诗歌的语言要有可诵读性。农冠品在诗歌创作中，努力践行了这样的创作思想，他的诗歌语言明白、晓畅，通俗易懂，易于为广大群众所接受，语言较少使用生僻字，用语规范，用韵讲究，朗朗上口，但晚期的一些诗歌情感表达过于直接，含蓄性不足。

农冠品诗歌明白晓畅的语言风格受到民族语言思维模式和文化范式的制约。著名的语言学家爱德华·萨丕尔说过："语言，作为一种结构来看，它的内面是思维模式。"❺ 语言文字是族群重要的文化载体和文化符号，语言中

---

❶ 农冠品．热土草［M］．香港：香港天马图书有限公司，1998：23．

❷ 同❶23－24．

❸ 同❶7．

❹ 同❶183．

❺ 萨丕尔．语言论［M］．陆卓元，译．北京：商务出版社，1985：19．

的每个语素和词都是特定观念的标记，每个句子都与特定心理关联。壮语属于汉藏语系壮侗语族壮傣语支，壮语和汉语语法特点有所不同，如壮语是中心词前置，定语后置；汉语是中心词后置，定语前置。壮汉语序的排列和词的用法也有较多的差异。可见，壮、汉民族的语言思维模式存在着一定的差异。农冠品的母语是壮语，壮语言的思维方式对农冠品的影响深远。农冠品在进行汉诗的创作过程中，其语言思维模式需要从壮语的语言思维模式向汉语的语言思维模式转换，故农冠品在诗歌创作过程中，遇到了壮、汉语言思维如何相互转化的难题。爱德华·萨丕尔曾经说，“用一种语言的形式和质料形成的文学，总带有它的模子的色彩和线条”❶，文学是把语言当作媒介，而文学语言是分两层的，“一层是语言的潜在内容，另一层是语言的特殊构造”❷。依据此理论可知，农冠品通过借助汉语实现诗歌“潜在的内容”的文学表达方式进行族性写作，但他的诗歌的“潜在的内容”和“语言的特殊构造”并没有实现真正意义上的完整统一。农冠品在用汉语写诗的过程中，从壮语思维到汉语思维模式转换时，多是无意识的，故在两种语言思维模式的转换中，一些富有壮民族气息的语言要素和文化要素较易形成剥落。加之，壮汉语言的语法与汉语的语法特点不同，一些具有壮民族文化趣味的语言较难实现与汉语的对转。因此，农冠品诗歌的族性写作在语言运用上，存在的一定的缺陷是显而易见的。除此以外，农冠品诗歌语言的运用还受到文化范式的制约。农冠品自小在壮族文化的熏陶下成长，壮族文化对他的影响是深入骨髓的。农冠品借用了汉语进行文学创作，虽能完成张扬族群文化的族性写作任务，但其诗歌因缺乏浓厚汉文化氛围的熏陶，与汉族作家创作的汉诗歌相比，其诗歌的语言表现力稍为逊色。

笔者于 2019 年 5 月 11 日对农冠品的访谈，谈话曾涉及他诗歌的语言问题，相关谈话如下。

> 笔者：我有一个问题要向您请教。我总感觉壮族诗歌在语言使用上和汉语诗歌相比，有些欠缺和遗憾，有些诗歌语言的感染力不足，是不是因为壮族作家的第一语言是壮语？
>
> 农冠品：有一定影响的。我们稻作民族生活比较稳定、安逸，所以

❶ 萨丕尔．语言论［M］．陆卓元，译．北京：商务出版社，1985：100.

❷ 同❶100.

古代很少有悲剧。我们现在作家创作在语言的使用上也没有达到统一。我们壮族作家搞汉文创作主要是靠个人的汉语修养。

笔者：我们壮族作家的思维还是受壮语思维影响的。

农冠品：是的。我们在语法表达上受到了较大的影响。

笔者：我们的文化氛围主要是壮族文化，却使用汉语写作，这确实是一个遗憾。是不是这个因素在一定程度上影响了您诗歌的创作呢？您的诗歌是不是语言转化过程中受到了制约？

农冠品：是的。我在创作的时候，有些意思的表达还需要借助汉语。这是影响壮族作家的一个门槛。如我在创作时候，有时候诗歌用韵不协调，有时候会押到粤方言或桂柳话的韵，经常需要不断进行调整。

（四）象征手法的使用

1. 象征的方式

“象征是人类文化的一种信息传递方式，它依据类比联想的思维方式和约定俗成的习惯，以某些客观存在或想象中的外在事物及其他感知到的东西，来反映特定社会中，人们的观念意识、心理状态、抽象概念及各种社会文化现象。”❶ 个人在与社会的交流互动中，离不开象征。象征符号往往揭示人或社会群体的思想观念、价值取向和社会关系。诗歌是象征的艺术，少数民族作家往往借助象征，表达思想情感和写作诉求。在文学创作中，象征符号可以是一个字符、一个人物和一个诗歌意象。

在诗歌中，农冠品大量捕捉壮族历史和文化标志性符号，进行强化书写，无意识地建构起寄寓族群崇高理想的象征镜像。农冠品诗歌在象征手法的运用方面，主要表现在：一是在农冠品的诗歌中，捕捉了大量的壮族群的民间文化记忆象征符号，如莫一大王传说、刘三姐的故事、布洛陀的神话、布伯斗雷王的传说等，以民间故事、传说中的人物形象和故事情节入诗，塑造了布洛陀、布伯、岑逊、刘三姐等族群形象，这些具有超凡能力、隐忍、善良、敢于抗争的族群人物被视为可以统领族群的精神领袖和精神象征。二是农冠品对山歌、铜鼓、壁画、“三月三”节、蚂拐节等代表族群文化的标志性文化符号，展示了桂西南地区壮族稻作文化的独特魅力，树立起壮族族群文化

❶ 瞿明安．象征人类学理论［M］．北京：人民出版社，2014：5.

的重要表征。三是诗歌对地理象征符号，如对红土地、红水河、木棉、甘蔗、木瓜、龙眼、剑麻等进行强化书写，借物抒情，表达民族情感。四是农冠品以象征化的笔法烂漫的想象，塑造了故园和大山的意象，赞颂了家乡秀丽的大新县的山水，在这些象征意象中，寄寓了农冠品对家乡的热爱和思念。五是农冠品通过理想化塑造了众多壮族族群现代人物的形象，张扬了族群的时代精神，这些族群人物成为象征新时代族群的精神的符号。总之，农冠品诗歌中，象征符号和象征意象自成体系，形成了一个整合族群记忆和展示族群文化完整而复杂的庞大的表意系统，其意指向了族群身份认同和身份的皈依。农冠品诗歌对象征的使用在20世纪80年代末90年代的诗歌使用比较多，尤其在诗集《晚开的情花》中大量使用象征，风格较为隐晦和含蓄。

农冠品诗歌族性写作主要采用了现实主义的创作方法，其诗偏重于纪实性描写，象征化叙述较少，但依据拉康的镜像理论，"实在"指现实生活，自然地域等"象征活动无法达到的地方"。"实在"是"象征"互为参照，"实在"书写本质上为象征书写的另一隐喻叙述。❶"实在"叙述本质上是象征叙述的隐喻叙述。农冠品的诗歌对壮族族群居住地域和地域文化进行"实在"书写，表达了农冠品对族群边界的认知和情感体验；以史诗的形式，翔实地记录了壮族族群发展的历史进程，表达了对壮族现代化进程关系的感性认知。这些诗歌纪实手法的运用是现实主义文学创作手法的具体实践，虽然在文学表现手法上没有运用象征，但是在本质上已形成了新的象征。

2. 象征的实质

"凡音之起由人心生也。人心之动，物使之然也。感于物而动，故形于声。"❷ 我国自古就有文章有感而发的论述，但在农冠品的诗歌中，"感于物"和"形于声"之间并不是简单的对立关系。阿尔都塞的意识形态理论认为，人们在意识形态中"对自己的表述"并不是他们的实在生存条件、实在世界，而首先表达出来的是"关系"。根据该理论，诗歌的意象往往是一种农冠品异化后的"自我"镜像。❸ 布迪厄也认为，想象源于"对社会和历史先验起源的无望塑造"的主体实践，"于是自弃于没有限制的抱负，并且认为

---

❶ 黄作. 不思之说——拉康主体理论研究［M］. 北京：人民出版社，2005：118.

❷ 郭绍虞. 中国文学批评史［M］. 天津：百花文艺出版社，1999：37.

❸ 杜宁. 文学批评的方法论研究［M］. 北京：中国社会科学出版社，2014：82－84.

有可能单凭自身的力量随意构成，确切地说是重构世界”❶。因此，农冠品诗歌的象征意象本质上是创造主体的对现实生活的异化书写。

农冠品诗歌中的象征是特定历史和意识形态下形成的族群文化表征。阿尔都塞的意识形态理论认为，“意识形态将个人传唤为主体，主体对意识形态进行臣服，最后是个人主体和意识形态相互承认”❷。该理论认为，诗歌的意象是创作主体在意识形态被“传唤”下的异化镜像。对于这个问题，巴尔特与阿尔都塞的观点也有共通之处，他认为，“历史迫使作家按照他无法掌握的诸可能性因素来意指文学”❸。可见，作家的创作与特定的历史条件及社会意识形态息息相关。中华人民共和国成立后，国家从制度上确保了民族的平等，壮族作为一个独立的民族被国家所认可，壮族的族性被重新整合。族群的身份得到认可之后，壮族成员对此表现出欣喜之情；国家的独立和经济的发展，也为壮族带来了新的希望。故少数民族作家对党和国家的感恩之情是真实而热烈的。但是，随着族群族性整合的不断深入，民族认知程度不断提高，少数民族中的知识分子逐渐对本族群的文化进行深入反思，通过各种历史线索寻找遗失的族群记忆，对本族群的历史进行修正，重塑“我族”的文化形象。农冠品诗歌中的象征化书写正是在这样的历史背景之下产生的。农冠品诗歌中的象征意象不但表达了对本民族理想的追求，还体现了对族群文化的张扬和反思，以及对族群记忆的重塑。农冠品的诗歌，一方面，通过象征的方式，将族群情况浸入社会秩序的对话之中，表达了“我族”和“他者”的文化交流感受，传达了文化的自觉和交流意识；另一方面，少数民族作家对象征手法的使用与特定的时代背景和特殊的书写环境相关，他们往往会通过大量的象征意象，表达族群情感和对理想的追求，表述族群文化的存在价值，以及不同族群之间的文化交流。故农冠品诗歌的象征化书写是在特定的历史背景下催生的产物。农冠品以期通过对壮族族群历史、神话传说、节庆仪式等族性“关键符号”的大量使用，呈现出一个极富幻想和象征意味的族性“乌托邦”，形成了理想象征镜像群，借以传达觉醒的民族意识和对理想的执着追求。

诗歌中的象征是壮族族群记忆出现时空断裂后的一种文学救助。中华人

❶ 布迪厄．实践感［M］．蒋梓骅，译．南京：凤凰出版传媒股份有限公司，2012：61.

❷ 杜宁．文学批评的方法论研究［M］．北京：中国社会科学出版社，2014：83.

❸ 巴尔特．写作理论［M］．李幼蒸，译．北京：中国人民大学出版社，2008：4.

民共和国成立后，壮族的族性重新整合，民族意识日益崛起，族群认知日渐明晰，农冠品以“我者”看“我族”崭新的文化审视视野，对族群文化内涵进行反思，自主地选择了对族群历史记忆的重组，借以延续当下对传统文化继承的历史链条。当作家发现在当下生活和民族理想存在着难以逾越的鸿沟时，即现实的“缺乏”感无法得到满足时，就引发了种种文学幻想，此时农冠品选择了作为“在场”和“不在场”秩序重要补充的文学表现手法——象征，作为整合族群历史记忆塑造民族理想的文学方法。农冠品通过对象征意象的大量铸造，如对故乡、大山的意象塑造，对民俗场景的美化书写，对民族人物形象的理想化塑造等，表达了对美好生活和民族理想的追求。这些象征意象群形成了“南越”族群历史形象的浪漫重构，补齐了族群的历史记忆链条，完成了族群的文化传统之链接，最终形成强大的民族认同。

诗歌中的象征是培育族群个性，交流情感的借助。“任何自由的民族要成为自由的民族就需要表达它自己”❶，每个民族要成为一个“自由”的民族，必需找到自我的存在价值，必需拥有自己的个性，这是族群在社会上立足的根本。认清自我，是走向“自由”之路的起点，而“象征物是社会获得自我意识所必需的，也是确保这种意识长期存在所不可缺少的”❷。农冠品的诗歌借助象征，对壮族族源进行梳理，回答了“我们从哪里来”的问题；借助象征，对壮族文化风情的展示，回答了“我们是怎样的民族”的问题，最终展现和培育了壮族独特的文化个性。此外，农冠品借助象征，不但展示了壮族文化，还展现了其他族群的文化和生活方式，表达了“我族”与“他族”之间的情感交流，歌颂了民族平等和民族团结政策；向外界述说了壮族族群和其他民族之间的深层关系，表达了对祖国的深情。

总之，象征书写在农冠品的诗歌中起到了建构族群理想，树立族群形象，表达民族情感，形成感召的重要作用。

二、认可与保障

“使自己成为你们自己，就像上帝想要你们做的那样，否则上帝也就不

❶ 史密斯．民族主义——理论、意识形态、历史［M］．叶江，译．上海：上海出版社，2011：37.

❷ 瞿明安．象征人类学理论［M］．北京：人民出版社，2014：115.

会使你们成为你们自己。”❶ 诚如布莱登所述，一个族群如果失去了族群的独特个性与特质，就失去了存在价值。农冠品的族性写作是基于对民族身份的自我认知，是在特定的文学语境下，不断寻找壮族族群文化的自我存在感时，自觉地选择了以书写壮族文化作为一个切入点和情感宣泄的介质表达民族情感，这样做不仅获得了区域内的交流资本，同时对其诗歌中的族性写作也起到了十分重要的促进作用。区域内的各种文学机制对作家的创作有十分重要的影响。

1950 年，广西壮族自治区设立了文教厅。同年 6 月召开了广西壮族自治区文学艺术工作者代表会。1954 年 5 月 25 日，广西壮族自治区第一次文学艺术工作者代表会在南宁召开。1959 年 3 月，广西壮族自治区文联改名为广西壮族自治区文学艺术界联合会。1959 年 4 月 13 日，广西壮族自治区第二次文学艺术工作者代表会召开，正式成立了中国作家协会广西分会。1986 年，中国作家协会广西分会正式改名为广西壮族自治区作家协会。20 世纪五六十年代，广西陆续涌现了一批优秀的作品，如陆地《美丽的南方》、韦其麟的《百鸟衣》、刘玉峰的《山村复仇记》、包玉堂的《虹》等。20 世纪七八十年代，广西作家协会继续开拓进取，做了大量的工作，“文学艺术事业得到蓬勃发展，形成了一支包括各部门的，专业或业余的，老中青结合的多民族的文化队伍。”❷ 20 世纪八九十年代，老作家继续活跃，年轻作家不断涌现。这时期，韦其麟、农冠品、莎红发表了大量的诗作。农冠品在 1984 年出版了诗集《泉韵集》，1989 年出版了诗集《爱，这样开始》，1990 年出版了诗集《岛国情》，1991 年出版了诗集《晚开的情花》，1997 年出版了诗集《醒来的大山》，诗歌创作进入高峰期。这时期，莎红出版了《山欢水笑》等诗集，陆地发表了长篇小说《瀑布》，武剑青写出了《云飞嶂》《失去权力的将军》《流星》近 100 万字的小说，青年作家黄佩华、常弼宇、凡一平、杨克、黄堃等新作辈出。文艺机构的设立和完善，有利于对全区的文化和文学工作形成促进作用，激发文学工作者们的创作热情。

广西的文学批评制度建立较晚，广西文艺理论家协会于 1995 年成立，但成果较多，如林焕平的《茅盾在香港和桂林的文学成就》、江建文的《美的

---

❶ 史密斯．民族主义：理论、意识形态、历史［M］．上海：上海人民出版社，2011：30.

❷ 李建平，等．广西文学 50 年［M］．桂林：漓江出版社，2005：30.

解读》、杨长勋的《余秋雨的背影》、袁鼎生的《西方美学主潮》、唐正柱的《谈诗》等。文学评论刊物有中文核心期刊《南方文坛》。高校的学报也成为文学评论家的学术阵地，如《广西民族大学学报》和《广西师范大学学报》等，成为区域内重要的文学研究的学术阵地。20 世纪 80 年代以来，关注农冠品诗歌并对之进行文学评论和文学史研究的学者有：黄绍清、农学冠、黄伟林、杨长勋、黄桂秋、农作丰等，他们在《民族文学研究》《南国诗报》《广西民族学院学报》等刊物发表了对农冠品诗歌的文学。这些文学评论对农冠品的诗歌起到了促进作用，如黄绍清等文学评论家曾指出农冠品的诗歌语言过于直白，诗意不足等缺点。在中晚期的诗歌创作中，农冠品进行了一些纠正和可贵的艺术探索，如在 1991 年发表的诗集《晚开的情花》中，他大量地使用了象征的手法，创作转向了含蓄的表达方式。

20 世纪 80 年代以后，各个区域内的出版制度和销售运行机制相继完善，确保了文学作品生产、销售和流通渠道的畅通。1980 年 11 月，漓江出版社正式挂牌成立，重点出版文艺类书籍。1981 年，广西民族出版社成立，出版了大批的少数民族文化类书籍。20 世纪 80 年代至 20 世纪末，农冠品陆续在《广西文学》《广西日报》《三月三》《南国诗报》等省级的文学刊物中发表诗歌，这些诗歌陆续结集出版。1984 年，农冠品的诗集《泉韵集》由漓江出版社出版，由出版社付给稿费；1989 年，诗集《爱，这样开始》由广西民族出版社出版，由出版社给作家付给稿费。1990 年，诗集《岛国情》由广西人民出版社出版，1991 年，诗集《晚开的情花》由漓江出版社出版，这两部诗集均是丛书，作家以书代稿费。1997 年，诗集《醒来的大山》由漓江出版社出版，由社会资金资助出版。诗歌的结集出版为农冠品获得了广泛而良好的社会声誉和相应的经济收入。

20 世纪 80 年代以后，广西的文艺评奖制度逐步完善。1988 年，设立广西文艺创作“铜鼓奖”，该奖是广西壮族自治区人民政府颁发的最高文艺奖，每 4 年评奖一次。农冠品的诗集《泉韵集》1988 年获得第一届铜鼓奖。1992 年，诗集获得广西壮族文学奖。区域内的文学奖励机制的完善促进了作家的生产，激发了作家们的创作热情。

笔者于 2019 年 3 月 2 日和 2019 年 3 月 9 日对农冠品进行了访谈，谈话内容涉及区域内的各种文学机制对农冠品诗歌创作的影响问题，谈话的主要内容如下。

笔者：农老师，您好，现向您了解一下诗集的出版情况，可以谈谈吗？

农冠品：可以。

笔者：您出版诗集的经费是如何筹措的呢？

农冠品：以前出书和现在出书不同。那时候区内各大出版社比较注意区内作家的写作动向，他们也比较关注我的创作动向。我投稿给出版社，他们看了以后，觉得比较满意，就决定给我出版了。

笔者：哦。

农冠品：我出的诗集开始是没有设条码的，1997 年出版诗集《醒来的大山》的时候，才有了条码。那时候出版的诗歌、散文类书籍较少。

农冠品：作家想出书要自己投稿到出版社的，当出版社认为该书有价值才会出版。那时候诗歌类书籍销售量不大，所以出版诗歌类书籍比较困难。我的诗集《醒来的大山》在出版的时候就遇到了一些波折。1997 年，漓江出版社有些担心这本诗集的发行量问题，没有给我出版，后来我又把稿子发到了广西民族出版社，由一些朋友资助了 4000 块钱才可以出版。

笔者：诗集出版后您应该有些稿酬收入吧？

农冠品：有的，几千块钱。《泉韵集》能拿到三四千块钱的稿费，但那时候已经开始纳税了。这本诗集共印了两千多本吧，定价 1 元多每本。《爱，这样开始》诗集出版的时候，我没有出任何的费用，我投稿到广西民族出版社，他们看了以后就决定出版了。《岛国情》是包玉堂先生他们搞的诗歌丛书中的一本。《晚开的情花》也是丛书，不用个人出资，作家以书代稿费。20 世纪末 21 世纪初广西的出版业发展越来越好，书都是印大开本。现在多是作者自己出资出书。

笔者：您还可以谈下广西区文联成立的一些情况吗？

农冠品：最初广西壮族自治区文联称：文艺工作者联合会，后来相关的部门逐渐增多，设民间文艺家、作家协会、美术家协会、戏剧协会等。我到广西文联工作的时候已经叫广西壮族自治区文艺工作者联合会了。原来我工作的部门的名称为广西壮族自治区广西民间文学研究会，后来改成中国民间文艺家协会广西分会，再后来又把“广西分会”几个字省略，后改称广西民间文艺家协会。

笔者：广西区文联对作家出书和创作持什么态度呢？

农冠品：是支持和鼓励的态度，单位也给作家比较大的写作空间。只是当时单位经费有限，作家出的书不多。国家经济好转以后，出版的经费多了，广西作家出版的书也越来越多。

笔者：广西区文联实行了作家签约制度，您有没有参与呢？

农冠品：我退休了，没有参与。这个制度好。这个制度鼓励作家深入生活进行创作，作家创作的积极性大大提高了，后来涌现了很多新生代的作家像凡一平、东西等。

笔者：嗯，我还想问一下您在写诗的时候，哪些文艺理论家比较关注您呢？

农冠品：有黄绍清、黄伟林、黄桂秋、农作丰等，壮族文学史研究方面有周作秋、农学冠、李建平等学者。

笔者：这些文学评论对您有所触动和改进吗？

农冠品：他们的意见还是有一定的参考意义，我也做了一些修正。我后来做了很多关于诗歌技巧上的探索，但有些评论家批评我的诗歌，认为我以塑造正面人物为主，很少写生活的阴暗面。对于这个问题，我是持保留意见的。写乐观向上的感情，是作家创作的自由，作家不一定都要描写苦难的生活。

第二节　文学的传统

兰格曾说：“一些传统是被发明出来的，被发明出来的传统必然暗含与过去的连续性。”❶ 农冠品长期从事少数民族民间文化研究工作，他的诗歌受广西各民族文学的启发，特别是在艺术技巧方面，壮族民歌借鉴颇多。他还注意从我国古代文学传统和外国文学中吸收营养，其诗歌的文学传统具有一定的延续性。农冠品创作的诗歌是对多种文学传统的继承和借鉴，不但生动地展现了对其“根性”文化的皈依过程，也展现了诗歌向我国文学传统和其

❶ 兰格. 传统的发明［M］. 顾杭，庞冠群，译 . 北京：译林出版社，2004：2.

他族群文学传统学习的积极向上的创作心态。

一、民间文学传统

（一）民间文学成果

农冠品自小受到家乡民间文化的熏陶，在读书期间就开始尝试收集家乡的民间故事。在大学时代，农冠品受到黄现璠老师的影响，喜欢上了民间文学，与民间文学结下了不解之缘。半个多世纪以来，农冠品共收集、整理和创作了15部民间文学集。他曾是广西民间文艺家协会第三届、第四届主席；《中国民间文学集成广西卷》副主编；“广西民间文学作品精选”丛书编委会副主任、主编之一。农冠品民间文学成果如表3－8所示。

表3－8　农冠品的民间文学成果

类别	出版时间	集子名称	内容	出版社	备注
收集整理集	1986年	《剪不断情思》	广西少数民间歌谣改编而成的民间歌谣集	广西人民出版社	1989年全国民间文学三等奖
收集整理集	1993年	《鹦哥王》	民间故事集	广西人民出版社	—
合作出版集	1991年	《布洛陀经诗译注》	壮族大型古籍	广西人民出版社	1992年获第二届铜鼓奖
合作出版集	1992年	《嘹歌》	壮族大型歌谣集	广西人民出版社	—
编撰集	1984年	《壮族民间故事选》（第一集）	民间故事	广西人民出版社	1988年获广西首届民间文艺优秀成果奖
编撰集	1984年	《大胆有马骑》	左右江革命故事集	广西人民出版社	—
编撰集（主编之一）	1992年	《女神·歌仙·英雄》	壮族民间故事选	广西人民出版社出版	1992年获广西第二届民间文艺优秀编辑奖

续表

类别	出版时间	集子名称	内容	出版社	备注
编撰集（主编）	1992 年	《中国歌谣集成·广西卷》	—	中国社科出版社	1997 年获第三届铜鼓奖，文化部颁发集成志书成果奖
编撰集（副主席）	1992 年	《中国故事集成·广西卷》	—	中国社科出版社	—
编撰集（参与编辑）	1991—1998 年	“广西民间文学作品精选”丛书	—	广西民族出版社	1992 年获广西第二届民间文艺优秀编辑奖
编撰集（副主编之一）	1997 年	《欢榫》	—	由广西民族出版社	副主编
编撰集（副主编之一）	1999 年	《密洛陀》	瑶族创世史诗古籍版		—
编撰集（主编）	2008 年	《壮族神话集成》		广西民族出版社	—
编撰集（主编）	2016 年	《左右江星火》	左右江革命根据地的民间故事	广西人民出版社	—
民间文艺理论集（主编之一）	1992 年	《岭南文化与百越民风》	—	广西教育出版社	1992 年获广西第二届民间文艺优秀编辑奖
民间文艺理论集	1993 年	《民族文化论集》	—	广西教育出版社	—
民间文艺理论集	2014 年 10 月	《桂海新说》	—	中国文联出版社出版	—

（二）对创作的影响

农冠品是广西当代集民间文学学术和文学创作成就于一身的为数不多的作家之一。农冠品的诗歌创作与民间文学活动息息相关，相当一部分诗歌是农冠品在民间文学的资料收集工作之余完成的。笔者于 2016 年 5 月 23 日上午对其进行了访谈，农冠品提及了他的诗歌创作与民间文学的关系，主要的谈话内容如下：

笔者：农老师，我想知道您的几部诗集是怎样创作完成的？

农冠品：我的诗歌创作只是我的业余爱好。我喜爱写诗歌，也喜爱写散文。在工作之余，我把见闻和感想的点点滴滴写下来，记在本子上，积累多了，就陆陆续续地出版了几部诗集。

笔者：您可以谈一谈您的创作经历吗？

农冠品：我的第一部诗集《泉韵集》是在乡下采风的过程中写成的。1961—1963 年，我到广西金秀大瑶山、大苗山、富川、都安等少数民族地区进行采风，少数民族地区的农民的热情和善良让我深受感动，也感受到了他们多彩的民族风情的魅力，于是写了不少表现少数民族风情的诗歌。在诗集《泉韵集》中，我不仅仅描写了壮族的风情，一些诗如《森林情歌》《苗家情》《林海晨曲》《瑶山诗情》是描写了大瑶山、大苗山里的瑶族和苗族群众的民族风情。诗集《醒来的大山》是 1983 年我到青海参加民间史诗研讨会期间写的，那时我转了很多地方，也写了很多山水诗。

农冠品：民间文学对我的诗歌创作影响较大，我的诗歌题材多涉及少数民族的风情。这和我小时候的经历相关，我小时候非常喜欢听我母亲和祖母讲民间故事，在我的诗歌中提到过我的这些儿童时期的趣事。

笔者：你的很多诗歌都和民间文学相关是吧？

农冠品：是的，我的作品就是一些民间故事改编后的创新之作。

笔者：您在诗歌中大量引用了壮族民间文学里的神话和故事，如您的诗歌曾改编过莫一大王搬山的故事，写了很多刘三姐的故事，多次提到了壮族的神话人物如布洛陀、姆洛甲、雷王等，对吧？

农冠品：是的。

（三）延续与发明

农冠品的诗歌在思想和艺术表现形式上主要借鉴了广西壮族民间文学的传统，对桂北和桂东北的汉族民歌也有所借鉴。

第一，农冠品的诗歌受壮族民间文学的影响较大。农冠品在诗歌中引用壮族民间故事和神话传说的典故，梳理了壮族族源历史，重新整合族群记忆。在一些诗歌中，农冠品大量引用壮族神话传说典故，如引用布洛陀、莫一大王、岑逊王、姆洛甲、刘三姐等人物的事迹，并以这些民间文学的人物为线索，对壮族族群的历史记忆进行爬梳，反思族群文化内涵。这些诗歌有《七月南方》《邕莱，我民族的魂》《致虎歌》《骆越雄风》《奋飞吧，我的民族》等。在这些诗歌中，农冠品还进一步创新了壮族民间文化，将一些现代社会的名人，如壮族"体操王子"李宁、著名壮族歌手韦唯列入其中，表达了农冠品对族群文化传统充满现代气息的理解和阐释。

农冠品的诗歌作品对壮族民间传说和民间故事进行再创造。农冠品的一些诗歌本身就是一个民间传说或者民间故事，如在《雁》诗歌中，以一对壮族青年男女双双殉情的悲剧民间故事为诗。农冠品这样写道："青年爱上勤劳的姑娘/姑娘忠于贫苦的青年/土司达不到可耻的目的/下令将他俩推出去处斩/马刀下情人变成双雁/摇着翅膀飞上蓝天/哪怕土司的箭再利/射不落南来北往的雁……"❶ 在《下枧河秋歌》一诗中，整首诗以刘三姐为争取婚姻自由而跳崖自尽的故事为主线，赞颂了新时代下"新刘三姐"的幸福生活。诗歌这样写道："农冠品民间文学成果梦中那位传世的歌仙/从百丈崖顶跳落河心/溅起一束美丽的浪花/争得了生命与婚姻的自由！"❷ 在《搬山——莫一大王传说》一诗中，诗歌以莫一大王的后继传说为诗。诗歌这样写道："莫一家乡的山实在太多太多/多得无法数得清记得着/反正一出门三步爬山又爬坡/辛苦了代代乡人与谁诉说?！/为解救乡亲世代受折磨/莫一从小就暗练武术。"❸ 农冠品通过对壮族族群所共知的神话传说进行艺术的再加工，使得诗歌中塑造人物形象比民间文学中的人物更富有艺术色彩，更易于读者接受，一些族群共同的记忆最终被强化。

第二，农冠品的诗歌受广西民歌影响较大。首先，在选材上，农冠品多选取壮族"三月三"节的题材入诗。广西素以"歌海"著称，农冠品敏锐地意识到山歌艺术在壮族文化中的重要地位，他将山歌艺术作为壮族文化重要的审美标识，并进行风情化描写。在农冠品的诗歌中，广西民歌成为贯穿他进行族性写作的一条重要审美主线。据笔者统计，农冠品的诗集《泉韵集》

---

❶ 阳建国，等. 当代作家丛书·农冠品卷［M］. 桂林：漓江出版社，2002：3.

❷ 农冠品. 晚开的情花［M］. 桂林：漓江出版社，1991：22.

❸ 农冠品. 爱，这样开始［M］. 南宁：广西民族出版社，1989：108.

《晚开的情花》《爱，这样开始》《记在落叶上的情》《世纪的落叶》涉及广西山歌文化和“三月三”节相关的题材，歌咏壮族山歌文化的诗歌主要有《家乡歌节》《下枧河秋歌》《阳春三月三》等共12首。其次，农冠品的诗歌的艺术形式和特点受广西各族的民歌影响较大。农冠品的诗歌讲究用韵，诗句中喜用开口呼的韵母的字词，诗歌的歌唱化倾向明显。在诗歌中“啊、芳、香、花、上、祥、光、怀、望、长”等使用频率较高，如在《金凤凰落脚的地方——右江盆地抒情》一诗中这样写道：“传说啊/传说这里是金凤凰落脚的地方/那里吉祥的凤凰/周身披着金灿灿的阳光/人们从来没有见过她那美丽多彩的模样/可吉祥的象征啊/却常在人们的梦境里飞翔。”❶（加点的字均为开口呼的韵母的字）整首诗歌读来朗朗上口，悦耳动听。据笔者统计，在《泉韵集》中，仅“花”字的使用次数就接近六十次。农冠品的诗歌用韵一般为段末尾字押韵，喜欢押开口呼的韵，如《纺云织彩——献给家乡绢纺厂》一诗中：

在右江翠绿翠绿的山谷，
在邕江秀丽迷人的沿岸，
千百台机器日夜欢歌：
纺云织彩！纺云织彩！

呵，千重云，万缕绢——
杜鹃放，红棉开……
竹林翠，蕉园青……
这里在纺织着春的千姿百态！

走进明亮欢腾的车间，
壮姑、瑶女、侗妹……
眼敏锐，手灵快，
并肩劳动笑颜开！❷

诗歌中段末句尾的“彩”“态”“开”四字均为开口呼的韵母，这四阕

❶ 农冠品．爱，这样开始［M］．南宁：广西民族出版社，1989：1.
❷ 农冠品．泉韵集［M］．桂林：漓江出版社，1984：9.

诗歌均押 ai 韵。

在壮族山歌中，广西壮族山歌歌手中用叹词“呀”“啊”“呵”“哟”作为协调歌唱节奏的重要手段。农冠品诗歌中的情感表达较为直接，用词多为常见的简易汉字，用难、险字极少，口语化明显。在农冠品的诗歌中，经常使用叹词“呀”“啊”“呵”“哟”等，如在《林海晨曲》一诗中，诗歌这样写道：“走进千年古林哟/晨雾漫漫……/我一步一声喊：/林中之鹰哟/你在哪一山?”❶ 在《甜甜的乡情》中，诗歌直抒胸臆，中间杂以叹词，借以表达直接而热烈的情感，诗歌这样写道：“青青的山/弯弯的河/我的家乡在南国/在南国/我爱我勤劳的民族/我爱家乡的蜜菠萝……/啊！我爱我的家乡/我爱我的民族/我爱甜蜜的生活!”❷

农冠品诗歌在形式上借鉴了广西少数民族民歌的一些表现形式。广西壮族山歌多四句为一节，男女相互问答。吟唱时候，四句一段，自成一歌。农冠品的诗歌借鉴了这样的歌唱体式，如在《甜蜜的海》一诗中这样写道：

> 家乡的蔗林，是甜蜜的海，
> 甜蜜的海，翻腾着人们深沉的爱；
> 太阳照耀下，蔗海荡荡波映蓝天，
> 山风吹过，汪汪蔗海绿浪澎湃！
>
> 从山这边，到山那边，
> 道路穿过茫茫蔗林似刀裁；
> 榨糖季节，运蔗机车穿梭往来——
> 女机手红衣艳艳，蔗海飘着霞彩……❸

《金凤凰落脚的地方——右江盆地抒情》全诗 52 行，全部采用了 4 句为 1 组，共 13 阕，每一阕的第二行的末字押韵，情感奔放。除了这首诗歌以外，在《爱，这样开始》诗集中还有《风雨航程》，全诗 36 行，9 阕，4 句为 1 节；《火炬 · 宝剑 · 巨笔》《寻求》《遗产》《表率》《共耕篇》《火种》

❶ 农冠品．泉韵集［M］．桂林：漓江出版社，1984：7.

❷ 同❶ 42.

❸ 同❶ 11.

《红霞》《长缨》等诗歌，这些诗歌中均以 4 句为 1 节。

壮歌排歌是壮族山歌的一种形式，壮语称“欢排”，属自由体诗，流行于广西的百色地区，特点是句不定字，段不定行，首不定段（章），押韵宽松，中间也可变韵，一排接一排连唱，颇有气势。农冠品的诗歌借鉴了排歌的形式，诗歌排排相连。有些诗歌长短排，错落有致，节奏跳荡。在《金色的课堂》中，诗歌分为八阕，每阕表达一个的内容，长短错落有致，如在前面三排中，农冠品这样写道：

列宁岩——右江农讲所，
金色的课堂，
在桂西大山的心脏，
在韦拔群烈士的家乡。

岩口朝东，
高大宽敞：
可容千军万马，
可纳百勇千将！
岩口：
翠竹挺拔，
松柏苍苍。
岩前：
河水清澈，
映着马缨丹花开，
映着天上霞光……

这里每道石墙，
每件遗物……
都有一支歌——
激起瞻仰者，
心中的波浪！❶

❶ 农冠品．爱，这样开始［M］．南宁：广西民族出版社，1989：26.

这首诗歌第一阕为 5 句，第二阕为 11 句，第三阕为 5 句，第四阕为 3 句，第五阕为 6 句，第六阕为 6 句，第七阕为 26 句，第八阕为 11 句。长排和短排错落有致，情感跳荡，热烈奔放。在《西山泉》《西山路》《家乡的土地，祖国的山》《柳江水悠悠》等诗歌中，农冠品同样采用了长排和短排错落的诗歌形式，诗歌节奏整齐，音乐节奏起伏跌宕，极富广西民歌的韵味。这类诗歌形式多见于在《醒来的大山》《爱，这样开始》《晚开的情花》《记在绿叶上的情》等诗集中。

广西壮族山歌以抒情见长，常常借物抒情，情景交融，借景抒情，物我合一，生活气息浓郁，意境淡远。农冠品诗歌抒情韵味浓郁，他的诗歌借鉴了广西山歌的抒情特点，情感表达浓烈，情景交融。农冠品的诗歌叙事诗较少，不足 10 首，其他的均为抒情诗。其诗歌的抒情方式主要有以下几种。

一是借物抒情。农冠品的诗歌中，常借生活中的一个小物品寄寓和抒发情感，如在诗歌《遗产》一诗中，农冠品借韦拔群烈士和战士们用来烧水和煮野菜的一口破损的小铁锅抒发对革命烈士的崇敬之情。诗歌分六阕，第二、第三、第四阕这样写道：

艰难环境腰不折，
人生到底为什么？
为什么哟，为什么？
请问眼前这口锅。

革命高潮暂低落，
信念如钢是拔哥，
西山岩洞埋火种，
点燃来日燎原火！

鼎锅里头煮野菜，
苦艾蕨根甜心窝；
鼎锅里煮着红河浪
翻滚不停唱欢歌！❶

❶ 农冠品. 爱，这样开始［M］. 南宁：广西民族出版社，1989：12.

诗歌借鉴了广西民歌四句一段的歌唱形式，每四句为一阕，每一阕均表达同一个意思。诗歌借物抒情，反复吟唱，物我合一，热情地讴歌了在艰苦的战争年代里，战士们艰苦奋斗，不怕牺牲的革命精神。在《红棉报春》《回答》《表率》《清风楼之歌》《寻求》《火炬·宝剑·巨笔》等诗歌中，农冠品以战士们和群众的一张小小的借条、一幅标语、一处革命遗址等物品和地点抒发奔放的情感，表达对革命烈士崇敬之情。

二是借景抒情。农冠品的诗歌常借景物抒发内心情感，情景交融，意境清新，如在《甜蜜的海》中，农冠品这样写道：

家乡的蔗林，是甜蜜甜蜜的海，
甜蜜的海，翻腾着人们深沉的爱；
太阳照耀下，蔗海荡荡碧波映蓝天，
山风吹过，汪汪蔗海绿浪澎湃！

从山这边，到山那边，
道路穿过茫茫蔗林似刀裁；
榨糖季节，运蔗机车穿梭往来——
女机手红衣艳艳，蔗海飘着霞彩……❶

这首诗歌借鉴了广西民歌的四句为一段的歌唱形式，全诗分七阕。诗歌通过描写了家乡连绵起伏碧绿的甘蔗林，表达了对家乡美好未来的深深祝福，情感浓烈。借景抒情的诗歌多见于农冠品早期的诗集《泉韵集》中，诗歌有《森林情歌》《林海晨曲》《山湖》（六首）、《边城港》《故乡散题》（二首）、《家乡歌节》（五首）、《写在绿绿的蕉叶上》（四首）等，这些诗歌情景交融，意境清新，向外界展示了广西壮族自治区秀美的山川，淳朴、绚丽的民族风情。

景物的描写带有象征色彩，情感表达含蓄。农冠品中后期的诗歌中，渐渐突破了简单的借景抒情的艺术表现手法，诗歌中描写的景物多具有象征意味，如在诗集《晚开的情花》中的《夏之吟》一诗，对夏天的意象的描写；《牧》中对南方风景的意象的描写；《青山魂》中对青山也多带有象征意味。

---

❶ 农冠品．泉韵集［M］．桂林：漓江出版社，1984：11．

这时期农冠品的诗风清新、含蓄、朦胧而含混，艺术成就达到了顶峰。他晚期的诗歌不太注重意境的塑造，诗歌趋于直露。

壮族山歌歌手在歌唱时，对日常生活的一事一物信手拈来，常以日常的生活用语入歌，歌词口语化明显。他们多在唱词中杂以叹词"啊""诶""哟"，将叹词的音拉长或缩短，反复咏唱，借以表达婉转的情思。农冠品的诗歌中使用口语较多，且常杂用叹词"啊""吧""哟""哦"等，读来亲切感人，如在《青山歌谣》一诗中，以母亲的口吻安慰摇篮中的孩子，诗歌这样写道："睡吧！/睡吧！/亲爱的小宝宝/甜甜睡一觉/青山是摇篮/蓝天是襁褓/……崎岖的山路受阻挠/你妈妈多心焦/多心焦！/睡吧！/睡吧！/小宝宝/你妈去给叔叔们当先导……"❶ 诗歌塑造了一个为大家舍小家的母亲形象，诗歌反复吟唱母亲的话语，读来感人至深。农冠品在使用口语的同时，还喜欢用感叹号、破折号和省略号等标点符号表达奔放的情感。在《生命之花》一诗中，农冠品追忆了韦拔群烈士一家的丰功伟绩，连续使用多个感叹号、省略号和破折号，抒发情感，诗歌情感奔放、热烈。诗歌这样写道："他们虽死了/但还活在人民的心里！/他们虽死了/闪光的名字叫人长记……/哦！烈士一家的英名是永不凋谢的——/生命之花！"❷

二、古代和外国文学传统

农冠品诗歌除了吸收广西各民族的文学艺术营养外，还借鉴了我国古代和外国文学的一些艺术技巧。

（一）对古代文学传统的延续

农冠品借诗歌表达思想感情，继承了我国古代文学的"诗言志"的传统。在《诗歌要通向人民大众》一文中，农冠品曾这样提及："诗以言志，文以载道。这是我国的文学思想的传统。用诗歌来抒发人的思想，倾吐自己的志向，或抒写对社会、对人生的见解，如此种种都是诗歌的职责和存在的价值。"❸ 农冠品的诗歌，以明白晓畅、清新的语言张扬了社会的真、善、

---

❶ 农冠品．泉韵集［M］．桂林：漓江出版社，1984：71.

❷ 同❶109.

❸ 农冠品．热土草［M］．香港：香港天马图书有限公司，1998：182.

美，抒发了农冠品对祖国，对民族的真挚情感，表达了他对社会和人生的见解，抒发了他追求崇高民族理想的远大的志向，表达对族群成员的强烈感召。

农冠品的诗歌沿袭了我国古代赋、比、兴的文学传统。在《泉韵集》《爱，这样开始》等诗集中，农冠品大量使用赋、比、兴的表现手法，如在《金凤》一诗中，农冠品这样写道："听不到布谷鸟叫/此时/鹧鸪声脆/啼在翠绿的山腰/红棉花早已开过/稔子花又开了/花巾、花衣/比山花更艳、更娇！"❶ 农冠品把清脆动听的鸟啼声比作"三月三"节动听的歌声，将漫山遍野的山花的娇艳与唱歌的壮族歌手金凤相比。在《老山人家》一诗中，农冠品运用了赋、比、兴的手法，诗歌这样写道："在茫茫的林海/木屋是浪里的船/屋顶淡蓝的炊烟/是船升起的帆。"❷ 在《彩色的河》中，农冠品描写了在春天里从四面八方赶来赶歌圩的青年男女，涌动的青年男女就像一条彩色的河流，诗歌这样写道："天边吐出彩锦般的朝霞/山边盛开红、蓝、紫、黄的野花/山崖飞瀑像轻纱从天降落/村道上流动着彩色的河——/红头帕、花头巾像春花向阳/崭新的布伞像山花含露开放！"❸ 他诗歌对赋、比、兴表现手法的大量使用，增加了诗歌的形象性。

农冠品的诗歌的意境塑造受我国古诗意境理论影响较大。农冠品喜欢用短句和词组，将几个不同的意象组合和叠加，营造"无我"之境。例如，在《林海晨曲》中，"百鸟。山溪。晨风"❹ 是运用百鸟、山溪和晨风三个意象组合，塑造出清新的山林晨景。农冠品还善于用颜色的对比、景物的对比，塑造不同的意象，诗歌的意境清新如画，充满了诗情画意，如在《纺云织彩》一诗中，这样写道："杜鹃放/红棉开/……竹林翠/蕉园青。"❺ 在《一山雨，一山晴》一诗中："一山雨/白朦朦/遮住了青山秀丽的面容……/一山晴/光灿灿/花香、鸟语、流泉/全在晴光中……"❻ 在这些诗歌中，巧妙地运用了对比，如红与绿相对，叶子和红花相对，雨和晴相对，白和青相对，山和泉相对，诗歌意境美丽如画。农冠品在诗歌中，喜欢用亮色，如白色、红色、青色、绿色，极少使用黑色、灰色和褐色等暗色，诗歌的节奏明快，情感积

❶ 农冠品．泉韵集［M］．桂林：漓江出版社，1984：32.
❷ 同❶50.
❸ 同❶31.
❹ 同❶8.
❺ 同❶9.
❻ 同❶81.

极向上。

农冠品的诗歌借鉴了我国古体诗的形式进行创作。在诗集《世纪的落叶》中，《情如江水》《思悠悠》《奶香 · 新星》（二首）、《归程》《红豆树下》等使用了古体诗的律诗、绝句和小令的形式进行创作。在《归程》一诗中，农冠品采用了古体诗绝句的体例进行创作，诗歌这样写道：“旅程千里回/归心如箭飞/人生路漫漫/奋进莫徘徊。”❶《红豆树下》一诗中，农冠品采用了律诗的体例进行创作，诗歌这样写道：“红豆树下搭歌台/新歌如潮滚滚来/有心唱歌莫迟疑/一代诗风抒情怀/新歌不唱悲与愁/句句好比春花开/齐赞春蚕来吐丝/共织锦图添霞彩。”❷《访杜甫草堂》《天府风貌》《峨眉纪游》等诗也借鉴和采用了古体诗的形式。

（二）对外国文学方法的借鉴

农冠品的诗歌除了借鉴我国古代诗歌传统以外，还借鉴了苏联作家马雅可夫斯基的“楼梯式”诗体写诗。“楼梯式”因诗行的排列呈楼梯形状而得名，诗歌因其节奏感强烈，情感铿锵，诗体美观等而著称。我国的“十七年”文学受到苏联文学影响较大，郭小川、贺敬之、闻捷等的诗歌都不同程度地接受了马雅可夫斯基诗风的影响。农冠品写于 20 世纪 70 年代的长诗《长堤歌》，受当时文学语境的影响，采用了“楼梯式”诗体进行创作。该诗感情激昂、奔放，在南宁广播电台连续播放后，起到了鼓舞修建邕江大堤群众劳动斗志的作用。诗歌这样写道：

呵，
　　　　“备战、
　　　　　　备荒、
　　　　　　　　为人民。”
钢铁一般的
　　　　字眼，
天海一样
　　　深远的

❶ 农冠品：《世纪的落叶》，1999 年（诗结集，未出版）。

❷ 同❶。

内容，
它闪发着
光辉的思想，
英明的战略……❶

20 世纪 80 年代，农冠品的诗歌创作受到西方文学思潮的影响。在《晚开的情花》诗集中，诗歌的语言转向了含混，部分诗歌使用了象征手法，诗歌意象象征意味浓郁。一些诗歌借鉴了蒙太奇的表现手法，通过场景的迅速转换，塑造不同诗歌意象，诗歌意象象征化明显，如在《南方山区透视》一诗中，农冠品这样写道："两根乌黑铁轨/两只有情无情利箭/射进深山荒野小村寨/射掉闷死人僻静古朴/陶醉坚固千万年封闭/射掉蝉喧噪鸟争鸣/刀耕火种岁月云烟渐逝/射掉独户孤凉淡淡蓝烟/喧哗山村热闹圩小镇/轰隆车厢杉树皮房隐去。"❷ 诗歌描写了从农村到城市，落后到文明的不同的意象组合，场景变换跨度大、转换迅速。

农冠品的诗歌将多种艺术风格巧妙地糅合在一起，发明和创造了一种契合现代社会的新的族群文学传统。这种新的文学传统既契合多民族国家文学的大语境，又符合族群成员的审美需求。这种新文学传统的生成和发明，反映了壮族作家在特定的文学场域中，与其他族群的文学进行交流、碰撞后的不断创新。

2016 年 5 月 23 日，笔者曾对农冠品进行访谈，谈及诗作对文学传统的继承问题，相关的谈话如下。

笔者：众多的文学批评家认为您的诗歌作品受广西各少数民族民间文学的影响较大。关于这个问题您怎么看？

农冠品：这个问题众多文艺评论家已经注意到了。我的诗歌在题材上借鉴了广西少数民族民间文化的很多东西，诗歌形式较多地借鉴了民歌的形式，使用五言、七言诗比较多。后来我意识到了这方面的一些缺陷，我的诗句变长了，使用长句较多。《爱，这样开始》这部诗集中，我的诗歌基本上是采用了民歌体。我还对诗歌形式进行了改革，我的一些诗歌直接借用了民间故事，像刘三姐、莫一大王等。我的诗歌还大量

❶ 农冠品：《世纪的落叶》，1999 年（诗结集，未出版）。
❷ 农冠品. 晚开的情花［M］. 桂林：漓江出版社，1991：8.

运用了赋、比、兴的表现手法。我诗歌的语句比较跳跃，很多文学评论家注意到了这个特点。我的诗歌《长堤歌》采用了外国的“楼梯式”的形式。这首诗歌有很长一段时间，在南宁广播电台每天早上都有播出，用来鼓舞斗志，激励大家修建邕江大堤。

农冠品：我的诗歌受民间歌谣和古代文学的影响比较大。诗歌还是要讲究意境的。我不懂外文，所以阅读外国的诗歌比较少，翻译过来的诗感觉没有原来的味道，所以不太喜欢读，但也读过一些，如雪莱等。

农冠品：家乡的文化对我的诗歌创作启发还是很大的，比如我家乡和广西其他地区的山歌，一些壮族地区的风俗，对我的诗歌创作有着很深刻的影响。

农冠品：我的家乡广西大新县在“文化大革命”前有很多独特的民族风俗，现在都渐渐消失了。比如唱山歌、抢花炮之类的。这些风俗在“文化大革命”以前是比较盛行的，记得赶歌圩的时候，我们村里的男女老少都穿上新衣服前去观看。

笔者：嗯，我到村里做田野调查时候，村民也多次提到了。

三、对美学传统的追寻

壮族是个世居于我国西南边陲的农耕民族。西南边地山高林密，风景秀丽，经过长期的社会生活实践，壮族逐渐形成了独特的美学思想。农冠品的诗歌意境清新、淡远，语言通透、简约，受传统的审美观影响深远，展现了一位壮族诗人独特的美学追求。

崇高美。壮族自古就有维护祖国统一，倡导民族团结的传统，如隋樵国夫人冼氏夫人为了维护民族和国家统一，毅然与高凉太守冯宝结为秦晋之好。明朝的瓦氏夫人不顾 58 岁的高龄，亲率广西 6000 俍兵抗击倭寇，被明嘉靖皇帝封为二品夫人。在古代的史书中，对壮汉群众联合抗击倭寇入侵的史料中多有记载。农冠品的诗歌张扬了这种绵延千年的崇高的爱国主义思想，他在诗歌中歌唱祖国统一，歌唱民族团结。他在《一滴水》《欢乐的小溪》等诗歌中，常把祖国比作大海，壮族比作浪花，把最美的诗情献给了祖国和民族；他的诗歌体察民心，关注民俗，不仅仅描写了壮族风情和壮族人民的生活，其他少数民族和汉族的民族风情和现代化建设情况也是他诗歌关注的对象，他的诗歌张扬了民族平等和民族团结的思想；他对待生活乐观向上，极力表现生活的真、善、美，即便是贫困的家乡，也被唯美并幻化地塑造。他认为，真、善、美是诗的生命，也是诗的尊严和圣洁[1]；他时刻关注国家的命运，关注民族和家乡的前途，对民族文化常以审视的眼光进行剖析，表现出一个民族知识分子的忧患意识。总之，农冠品的诗歌洋溢着对崇高精神品质的追求和赞美，展现了一位当代壮族作家高度的社会责任感，对高尚人格执着的自我追求。

和谐美。壮族先民自古有崇拜自然的习俗，在长期的生产实践中，逐步养成了尊敬自然，保护自然，追求人与大自然和谐相处的生态伦理观念。[2] 农冠品的诗歌受壮族文化影响较大，其诗展现了壮族族群注重与自然环境和谐相处的生态观。广西秀美的山川滋养着壮族诗人农冠品独特而细腻的美感。在农冠品的诗歌中，赞美广西秀美景色的诗作较多。这些诗歌写人、记事常用自然之景进行烘托，情景交融，物我合一，表现出人与自然和谐的生态美。在农冠品的诗歌中，山和水是常相依的，写山处，多写水，写山水处，多伴人声。诗歌山水如画，人物如画，诗画结合，诗歌充满了诗情画意。例如，在《芳香的笑》一诗中，农冠品以茂密芬芳的八角林和淙淙的溪流作背景，描绘了一群壮族女青年的劳动场景，展现壮乡山水和人伦之美。在诗歌中，自然之美和人伦之美是互相渗透的，诗歌这样写道："太阳升高了/歌手笑语飘过了山顶/太阳落山了/山路上行走着两队人——/一队领头的是月花姐/山泉映着姐妹们脸蛋上的红润。"[3] 诗歌《林海晨曲》描绘了诗歌描绘山水相依，人声相随林山间晨景，赞颂了老山林场伐木的勤劳。诗歌这样写道："走进千年古林哟/晨雾漫漫……/我一步一声喊：/你在哪一山？/……不见回答声/只闻清泉流潺潺。"[4]农冠品除了从色、形来写景外，还通过嗅觉、听觉描摹景物，尤喜写香气。他的山水世界不仅如诗如画，还散发着沁人心脾的芬芳，如《山湖・青狮潭》一诗中，诗歌在山水相依的美景中展现壮族群众热爱劳动的品德之美。这种美如桂花一

---

❶ 农冠品．热土草［M］．香港：香港天马图书有限公司，1998：92.

❷ 唐凯兴，等．壮族伦理思想研究［M］．北京：人民出版社，2006：215.

❸ 农冠品．泉韵集［M］．桂林：漓江出版社，1984：13.

❹ 同❸7.

般芬芳。诗歌这样写道："青狮子潭/好风光/山湖奇景/镶入桂林画廊/灌溉、发电、鱼虾肥/遍地金谷/遍地灯火/满湖渔歌/伴着桂花香……"❶在《香》一诗中，则以杧果的香气为主线，赞美了种芒人的勤劳。诗歌这样写道："一串串吊于绿丛中/散发出醉人的馨香！/……泥土里渗入他的热汗/果实是辛勤劳作的结晶！"❷

通俗美。农冠品主张写诗的眼光"向下"，主张面向大众写诗，从通俗易懂的民间文学艺术中借鉴艺术表现手法，其诗歌内容多语言通俗易懂，简洁明快，情感热烈，如他在《绿城赋》一诗中，用简洁通俗的语言表达奔放的情感，诗歌这样写道："长长海岸/宽宽海滩/密密木麻黄/筑起绿城墙/绿城墙：/抗暴风/截恶浪/镇灾荒。"❸ 在《银海洲》一诗中，农冠品用简洁的语言，抒发热烈的情感。诗歌这样写道："草绿茵茵/银海州/拍近蓝天/挨云头；山塘清清/流泉净/野花不败/似星斗……/春在此/年年秀！"❹在《圩日》一诗中，农冠品用通俗、简洁的诗句，短板轻快的节奏，再现了壮族人民赶歌圩的热闹的场景，诗歌这样写道："树下人/密集集：/穿彩裙/着新衣/脱掉银镯戴手表/男欢/女装/结队来赶歌圩……"❺ 这些诗在字里行间渗透出一种取之于民间文学，又高于民间文学的简约美，自然美和恬淡美。农冠品诗歌的通俗美是一种诗性和理想化的美，简约之美，是我国西南地区的农耕文化美学意识的一种升华。

率真美。壮族山歌或借景抒情，借物表意，或直抒胸臆，信手拈来，情感真挚感人。农冠品的诗歌延续了壮族山歌的率真性，或借景、借物抒情，或直抒胸臆方法，或将二者相结合，情感真挚而热烈。农冠品早期创作的诗集《泉韵集》情感表达多借景抒情，情景交融，诗歌情感真实自然，如在《阿娜》一诗中，既借助景物勾勒出考上大学壮乡女孩的形象，直抒胸臆地表达了对用知识改变命运的观点和对女孩的深深祝福，诗歌这样写道："送你走在长长的山背/你是一只绿色的小鸟/飞过一山/又一山/融汇在朝晖里/健美得令人陶醉/阿娜/可爱的小妹/人们都说：/一个人有了知识/就永远离开黑

---

❶ 农冠品．泉韵集［M］．桂林：漓江出版社，1984：16.
❷ 同❶19－20.
❸ 同❶67.
❹ 同❶94.
❺ 同❶40.

暗、愚昧。”❶ 中期的诗集《晚开的情花》的情感抒情方式稍有转变，诗风含蓄，景物描写多具有象征性。中晚期的《醒来的大山》《爱，这样开始》《记在绿叶上的情》等诗集中，诗歌情感表达重新回归了语言表达的率真传统，情感表达较为直接，情感热烈奔放。例如，《绿的潇洒》一诗借鉴了壮族山歌两个分句为一个诗段的形式，两个分句为一阕，诗歌借景抒情，情感表达较为直接，情感真挚而热烈，诗歌这样写道：“多潇洒呵故乡的蔗林/满眼是绿色的长发！/在家乡土地上潇潇洒洒/在家乡田野里潇潇洒洒！”❷

情韵美。广西秀美的山川滋养了农冠品天真、灵动的诗情，他的诗歌富有耐人寻味的生活情趣，特别是描写故乡、大山和民族风情的诗歌清新可爱，别具特色。在农冠品的笔下，故乡的山是碧绿的，和阿妈的爱相连，生活气息跃然纸上，如在《鸡鸣·繁星》一诗中，这样写道：“欢乐的渠水绕村过/在弹唱春光的降临/山边的果树挂金吊银/像繁星映耀明亮的眼睛/阿妈脸上笑开了花瓣/喷香的蜜灌满她的心：/‘病魔不再缠住村寨啦/政策像妙药一样灵’。”在他的诗歌中，家乡的歌节也是颇具温馨和浪漫。“三月三”节时的山花烂漫，唱歌的男女吃着糯米饭，唱着情歌，他们将歌唱到小鸟归巢。夜深了，仍在用手电筒在相互调情，不忍离去。在《乡野间的交响》一诗这样写道：“日头/落下山背了/小鸟/飞回林间老巢/勒娋和勒貌/要对歌到通宵！/是天星/在山野间闪耀？/是手电？/是情人亮眼在相照？/夜光里/映出多少甜美的笑……”❸ 诗歌将在春天里家乡歌坡节的人伦美和情趣美展现得淋漓尽致。农冠品写其他少数民族的风情的诗也极富生活的情韵，如在《苗家情》一诗中，农冠品除了描绘了苗山秀美的风景外，还向读者展现了温馨的生活场景，生活气息浓郁。诗歌这样写道：“来访苗山人家/老人捧出喷香的油茶/虽是初次到来/却亲热似一家。”❹ 可见，农冠品诗歌的灵动之美杂糅了自然之美和人伦之美，极富生活的情致。

---

❶ 农冠品．泉韵集［M］．桂林：漓江出版社，1984：29.

❷ 农冠品．醒来的大山［M］．南宁：广西人民出版社，1996：193.

❸ 同❶33.

❹ 同❶5.

第三节　族性写作的民族建设语境

农冠品诗歌的族性写作除受到特定的文学语境的制约外，还受到民族建设语境的制约。农冠品诗歌的族性写作既是张扬族性“自塑”的过程，也是在多民族国家建构体系下的国族“认同”过程，与区域社会的民族建设进程息息相关。

一、“自塑”与“认同”

在农冠品的笔下，壮族是一个历史悠久，文化绚烂的民族，壮族的主要集聚地——广西壮族自治区是一个风景秀丽，物产丰富，人情纯美的好地方。他的诗歌对壮族族群历史记忆进行了重新整合，对壮族族群人物和地域形象进行了理想化重塑。这种重塑和族群记忆整合是一个边地族群在多民族国家建设语境中对自我形象的“自塑”。“自塑”过程虽无意与古代官修史书中的族群形象形成“二元对立”式的反驳，却深刻地反映出中华人民共和国成立以后，一个边地族群对本民族历史和文化的叙述话语由“他者”叙述转为“我者”叙述的书写渴望。中华人民共和国成立以后，我国各族族群的自我意识崛起，当他们意识到古代历史书描述的一些关于族群文化的描绘与族群的历史文化真实有所偏差的时候，就会无意识地进行各种纠正。农冠品诗歌的族性写作是一个边地族群追求理想化的自我表述方式的书写表征。

哈贝马斯曾说，个体的现代化进程将成为集体现代化进程的推进器：“集体认同只能以一种反思的方式获得。也就是说，这种方式将以个体的平等与普遍参与为前提，在这个交往的过程中，身份认同的形式将变成一个不断相互学习的过程。”[1] 农冠品诗歌中对民族理想的建构无意使壮族族群的现代化建设和族群文化体系“游离”于多民族国家体系的建构之外，而在作品

---

[1] 马珂．后民族主义的认同建构及其启示：争论中的哈贝马斯国际政治理念［M］．上海：上海人民出版社，1998：49.

中更多地表达了一个边地民族对国族的“皈依”，对祖国的热爱。农冠品族性写作以“多民族统一”的国族建构体系的认同视野贯穿着整个诗歌创作。例如，在《泉韵集》诗集中，农冠品张扬民族平等和民族团结思想，致力于展现多民族统一的多彩的民族风情，诗歌展示苗族、瑶族、京族、壮族和汉族的民族风情。农冠品除了反映壮族的风情外，还大量描写了广西其他地区的少数民族风情，如苗族、瑶族的风情，表达对国家民族平等的支持和赞颂。在描写现代化进程的诗歌中，农冠品表达了对祖国深深的祝福，表达了一个落后族群参与祖国现代化建设的喜悦之情，以及对国家认同的强烈渴求。

二、民族话语“释放”与视野选择

在特定的历史时期，由于建设国家现代化理想的需要，国家利用了民间文化资源，激活了国民生活的活力，以期达到化育民心，张扬国家民族特质的目的。赫克特曾说，“要改变人们的心智和头脑，就需要先改变其文化习俗”❶，民俗文化是国家话语的另一声音。民族文化的提倡往往与全球化的民族语境息息相关，与国内民族意识的崛起紧密相连。

在20世纪初，民俗学由西方传入我国，并逐步建立起民俗学学科。❷民俗学的兴起属于“新文化运动”的一部分，“新文化运动”的领导者，如周作人、顾颉刚、胡适等发现“没有任何媒介能比民间文学更易于改造国民精神”❸。他们大力提倡民间歌谣的采集。20世纪初，全国上下引发了“到民间去”的思潮和民间采风运动。❹

中华人民共和国成立初期，我国面临国内外势力冲击的新语境，引发了民族文化研究和反思的热潮。1949—1966年，全国各地开展了大规模的民间文学调查和采集活动。20世纪50年代末期，广西壮族自治区响应国家号召，组建了少数民族社会调查组，对广西各少数民族社会情况进行全面调查，形

❶ 赫克特．遏制民族主义［M］．韩召颖，等，译．北京：中国人民大学出版社，2012：76.

❷ 施爱东．倡立一门新学科：中国现代民俗学的鼓吹、经营与中落［M］．北京：中国社会科学出版社，2011：333.

❸ 同❷333－334.

❹ 同❷333－335.

成了 2620 万字的调查报告。❶

20 世纪 80 年代，我国面临经济全球化的浪潮，这时国家再次释放了民族话语，大力发展经济，坚持改革开放，在文化上掀起"寻根"的热潮。在广西，20 世纪 80 年代初也引发了民族文化整理的热潮。广西壮族自治区文化厅等单位组织专家奔赴各少数民族地区进行调查研究工作。❷ 文学上出现了"百越寻根"等文学思潮。

中华人民共和国成立初期，农冠品就开始参与了对广西各少数民族文化的收集工作，20 世纪 80 年代，他加大了对民间文化的研究力度，并参与了相关的调查工作，其大部分诗歌作品是在采风过程中完成的。他的诗歌与他从事的工作息息相关，深受壮族民俗文化影响，以民俗和地域视野贯穿诗歌的族性写作体系。

三、区域民族建设语境与族性写作

壮族地区社会发展进程对农冠品的诗歌创作有着深远的影响，农冠品诗歌中的族性写作是区域社会和族群发展的细小折射。

1950 年 2 月 8 日，广西省人民政府在南宁市宣告成立。同日，省人民政府宣布遵循《中国人民政治协商会议共同纲领》，纲领第五十条规定："中华人民共和国境内各民族一律平等，实行团结互助。"❸ 1951—1963 年，广西先后进行了四次集中的民族调查，了解少数民族社会历史情况，为民族识别做准备。1958 年 3 月 5 日，广西壮族自治区第一届人民代表大会第一次会议宣布广西有 11 个世居民族。广西壮族自治区成立后，壮族群众的民族认同感增强，民族自信心大大地提高。1960 年，农冠品从广西师范大学毕业后，被分配到广西文联工作，作为一名年轻的成员，和蓝鸿恩、陈白曙、侬易天等人参与了广西民间文学机构的筹备工作。1961—1963 年，农冠品深入广西金秀大瑶山、富川、都安、钟山、恭城和融水大苗山等少数民族地区收集民间文学资料。农冠品在采风之余，创作了反映少数民族生活的作品。这些诗歌歌

---

❶ 广西党史办. 中国共产党民族工作的伟大实践・广西卷［M］. 南宁：广西人民出版社，2014：231－234.

❷ 同❶231－240.

❸ 同❶8.

颂民族团结，讴歌共产党，感恩新中国给广西各族人民带来了新生。在他的诗集《泉韵集》中，收入了这一时期的部分作品，如在写于1961年《苗家情》一诗中，农冠品这样写道："谈起旧的岁月/老人眼里涌泪花/说到新的日子/老人脸上飞红霞……/七岁他就无父母了/逼去替山主开山种茶/茶林里度过半生/仇和恨在心坎刻下！/……苗家的茶山哟年年旺/甘美的日子在苗山降临/感谢党撒下金色的种子/欢乐树在山里叶茂根深。"❶ 诗歌用追忆的笔法记叙了中华人民共和国成立前，苗族群众苦难的历史。中华人民共和国成立初期，创作的诗歌还有《森林情歌》《林海晨曲》等，主要表达了对幸福生活的向往，党和祖国的感恩之情。

1958年，农冠品在大学期间参加了社会实践，到桂林农械厂目睹了冶炼车间炼钢的情景，并用诗歌记下这段难忘的历史。例如，《炉前老人》《机器轰鸣的车间》《白连长》《红旗与工人》4首诗歌，再现了中华人民共和国成立初期工人的劳动激情和当时的劳动场景，在《机器轰鸣的车间》一诗中，农冠品这样写道："机器轰鸣的车间/高炉日夜歌唱不眠/不倦的歌声/在神州大地展翅飞旋。"❷

1961年，党中央提出了"调整、巩固、充实、提高"发展国民经济的八字方针。1961—1965年广西少数民族地区经济得以全面恢复。广西1958—1965年基本建设投资累计完成26.79亿元，相当于1950—1957年基本投资总和的3.7倍。❸ 这时期农冠品的诗歌创作以反映地区经济建设为主，诗集《世纪的落叶》中的《金凤凰》《护堤》《画》《一枝花》《唱给西津水电城》《心声》《春歌》《红色种子》《偏爱》等诗对1961年到1965年广西各族人民兴修水利，发展农业生产的情况进行了详细的描述。农冠品的诗集《世纪的落叶》中的《金凤凰》《护堤》《画》《一枝花》《唱给西津水电城》《心声》《春歌》《红色种子》《偏爱》等是对1961年到1965年广西各族人民兴修水利，发展农业生产的情况有所描述。

1976年6～12月，农冠品参加了农村工作组，前往广西钟山县红花公社钟屋生产队，同农民同吃、同住、同劳动。这一时期，农冠品写下了《山河——献给板冠水库劳动大军》《寒风》《绿云》《重任——记一位农民》

---

❶ 农冠品．泉韵集［M］．桂林：漓江出版社，1984：5－6.

❷ 农冠品：《世纪的落叶》，1999年（诗结集，未出版）。

❸ 黄健英．当代中国少数民族地区经济史［M］．北京：中央民族大学出版社，2016：127.

《围歼——生产队灭虫记》《批评——记政治夜校评论会》《在山村的日子里》（十三首）等诗歌，这些诗歌展现了当地人民劳动的艰辛和参与国家“四化”建设的热情。

20世纪80年代初期，迎来了党的十一届三中全会的春风，全区工作的重点逐渐转移到发展经济建设中来。1978年9月中旬，广西自治区党委召开山区工作座谈会，革命老区、少数民族聚居区和边远山区的20多个县的县委主要负责人参加会议，会议纠正了“以粮为纲”的方针，要求因地制宜，发挥山区优势，发展农、牧、林各业，尽快改变山区的落后面貌。❶ 1980年6月8～14日，全区民族工作会议在南宁召开，会议强调民族团结，民族地区经济建设是今后民族工作第一位的任务。❷ 广西农村改革从1979年开始，各地纷纷实行家庭联产承包责任制，农民的生产积极性大大提高。1982年，全区粮食生产净增203.7万吨，是广西新中国成立以来粮食增产最多的年份，人均粮食达到371公斤。❸ 这时期，广西壮族自治区的民族文化得到逐渐恢复，走向繁荣。1980年3月26～29日，自治区党委宣传部和自治区民委、文化局、文联在南宁召开座谈会，研究壮族歌圩的问题，决定恢复“文化大革命”中被禁止的壮族歌圩。❹ 自治区文化厅、自治区民委、广西社科院等部门组织专家相继出版了一大批民族文化著作，有《壮族简史》《瑶族简史》《京族简史》《壮族土司制度》等。1978—1982年，广西壮族自治区的民族文化得到逐渐恢复，开始走向繁荣。这一时期，农冠品不但在民间文学成果丰硕，还参与了《民间文学三套集成（广西卷）》的编撰工作，出版了大批民间文学专辑，如《壮族民间故事选》《猴子的故事》《剪不断的情思》等，农冠品的诗歌创作也进入了一个高峰期。这时期，他主要创作的诗歌如下：第一，农冠品到百色市采风，有感于韦拔群等革命烈士的革命事迹，写下了《在金凤凰落脚的地方》《风雨航程》《火炬·宝剑·巨笔》《寻求》《遗产》《清风楼之歌》《西山泉》《西山路》《金色的课堂》《表率》《共耕篇》《回答》《红棉报春》《火种》等，这些诗歌主要收在诗集《爱，这样开始》“第

---

❶ 广西党史办．中国共产党民族工作的伟大实践·广西卷［M］．南宁：广西人民出版社，2014：448.

❷ 同❶450.

❸ 《当代中国的广西》编辑委员会．当代中国的广西·上［M］．北京：当代中国出版社，1992：165.

❹ 同❶450.

1 辑”中。第二，对祖国和民族迎来“第二春”表达深深地祝福。这时期他创作的诗歌有《将军回到红河边》《尼香罗》《公鸡奇案歌》《忆古榕》《春雨》《青春花赋》《坚信》《墙》《树》《春天与大地》等，这些诗歌主要收在诗集《爱，这样开始》中，共 17 首。例如，在《春雨》中，农冠品这样写道：“春雨飘落在，飘落在中国的山川，她是真情的，闪亮的春天讯使；要知道春天降生的历程是何等艰难，于是对每一滴雨珠我们要百倍珍惜！”[1] 表达了珍惜来之不易的幸福，祝福祖国明天的真挚情感。第三，民族文化的繁荣和复兴让农冠品倍感欣慰，他在《桂海新说》的序言中曾说：“20 世纪八九十年代是广西民间文学获得繁荣和发展时期，失去又复得的，教人倍加珍惜！”[2] 这时期，他写下大量的诗篇，歌颂广西各民族文化，赞美广西秀丽的风景，歌唱民族团结和平等。这些诗主要收集在以下诗集中：《泉韵集》共 64 首；《醒来的大山》中的“第 9 辑：醒来的大山”，有《影印》《石头和鸟》《蜜，流进》《雾中》《鹧鸪情》《故道》《羊回头》《轮印》《深潭边》《高山 · 大海》《拾彩贝》11 首；诗集《记在绿叶上的情》有部分诗歌也是这个时期这类主题的作品，有《瑶山行》《星座》《年青的鹰与山花》3 首；诗集《爱，这样开始》中的中，共有《春 · 秋》《小鸟》《一滴水》《快乐的小溪》《小凤凰》《青春歌唱》《擎天树》《我是一棵小草》《万寿果》9 首。第四，国家经济建设的恢复，让农冠品对国家、故乡和民族的未来充满了希望，他写下大量的诗篇，展示了各族人民参与祖国建设的情景，尤其关注了广西农村的经济发展情况，歌颂祖国和故乡的美好。这些诗歌主要收集在诗集《世纪的落叶》之四“80 年代”中，有《誓言》《喜歌》《侗乡春》《回响》等 27 首，诗集《爱，这样开始》中的和也收入了这个时期，这一主题的诗歌，有《西津》《嫁》《金波曲》等共 46 首。第五，这一时期，农冠品写了一些山水诗，主要收集在诗集《醒来的大山》的第 1 至第 8 辑中，主要描写了他游历桂林、昆明、西安、西宁、兰州、成都等地的所见所闻，有《春在西朗山》《漓江月》《昆明印象》《兰州晨光》《访杜甫草堂》《过瞿塘峡》等诗，共 103 首。游历山水诗还包括 20 世纪 80 年代中后期，创作并发表的诗《巧遇》《椰林深处》《大鸟》等 30 首，这些诗歌收集在诗集《岛国

[1] 农冠品. 爱，这样开始［M］. 南宁：广西民族出版社，1989：137.

[2] 农冠品. 桂海新说［M］. 北京：中国文联出版社，2014：3.

情》中。

20 世纪 80 年代末至 90 年代，广西改革开放走向深入。1988 年 3 月，国务院把广西列为实行沿海发展战略的省区之一，批准梧州市、玉林市、钦州市和苍梧、合浦、防城港为沿海经济开发区。[❶] 20 世纪 80 年代末至 90 年代初期，农冠品的诗歌反映经济建设的题材较少，诗歌文化反思情结明显，创作风格在这时发生了新的转向，风格转向沉郁和含蓄，文化反思情结明显，诗歌主要有：《神铸》《七月南方》《南方山区透视》《早落的露》《岜莱，我民族的魂》《夏之吟》《乡祭》《下枧河秋歌》《湖与海》《深思》等，收集在诗集《晚开的情花》中；在诗集《记在绿叶上的情》诗集中也有部分此类题材的诗歌，如《致花山》《骆越雄风》《七月情愫》《方土吟》《走向明天》《山的启迪》《马年放歌》等。

1992 年邓小平的“南方谈话”后至 21 世纪初，广西继续扩大改革开放。1992 年，国家决定开放黑河、绥芬河、满洲里、凭祥、东兴等 13 个陆地边境城镇，扩大这些城镇边境贸易和对外贸易的权限。广西的凭祥和东兴被列入开放的边境城镇行列。这时期，广西加快市场经济体制改革，对国有企业制度进行改革，1995 年年底，广西累计建立企业集团 98 家，246 家优势企业兼并 253 家劣势企业。[❷] 1992—1996 年，广西的国民生产总值为 162.6 亿元，高于全国平均的发展水平。[❸] 1992 年至 21 世纪初，农冠品的诗歌以反映国家的经济建设为主，他的诗歌描写了广西壮族自治区的企业改革、大型企业的生产和建设情况、大型水利设施的建设、农村经济的发展等建设情况。这些诗歌主要收集在：诗集《记在绿叶上的情》中，有写百色油田建设的《新声》《交织与撞击》，歌颂天生桥水电站建设者的《江山魂》，歌颂钦州开放的《嘶啰港的七彩鸟》，歌颂广西南宁市、凭祥市、东兴市被列为开放城市和城镇的《夏的热风》，展现百色市建设风貌的《碧湖新篇》《登临》，歌颂香港回归祖国的《香港断章》《同是一个》《共有蓝天的太阳》《汇流》《紫荆花神彩》，赞颂工业城市柳州的飞速发展的《龙城放歌》，关注国家的扶贫政策的《扶贫攻坚在仁良村》，歌颂南宁改革开放飞速发展的《与绿城谈

---

❶ 广西党史办．中国共产党民族工作的伟大实践·广西卷．南宁：广西人民出版社，2014：450.

❷ 《广西壮族自治区概况》修订本编写组．广西壮族自治区概况［M］．北京：民族出版社，2008：104.

❸ 同❷277.

心》，歌颂边境开放城市凭祥的《边境绿叶情》等；诗集《世纪的落叶》中的之五：“90 年代”中，也有描写相关题材的诗歌，如歌颂南宁大型奶制品企业改革的《奶香·新星》，描述大型国企平果铝业公司建设情况的《访铝城》《右江铝城颂》《铝都人的爱情》等。

可见，农冠品诗歌的族性写作是区域内社会发展的产物，是特定的多民族国家建设语境下对家国情怀的真挚表达和才情滥觞。

结　语

当代壮族诗人农冠品长达半个多世纪的族性写作，是中华人民共和国成立以来当代壮族诗歌族性写作发展的重要参照，他的诗歌的书写脉络生动地展现了中华人民共和国成立后，我国当代壮族诗歌族性写作的发展脉络和现代化转变。他的诗歌整合了壮族族群的历史记忆，展现了以壮族为主，包括苗、瑶、侗、京等民族的民族风情，张扬了广西壮族自治区的地域特色，对于丰富广西诗歌的民族书写和地域书写具有十分重要的意义。

广西壮族自治区是个多民族的地区，居住着汉、壮、苗、瑶、侗等 12 个民族，其中壮族人口占的比重最大。农冠品诗歌的族性写作以独立的民族意识、包容的民族观、高度的社会责任心，张扬了广西各民族生活的真、善、美，濡化着读者的心灵。农冠品的诗歌不仅提升了民众对族群身份的感知能力，还以独立的文学姿势参与了广西其他民族族性写作的交流对话，促进了广西诗歌民族书写的多元化发展。

农冠品坚持诗歌的族性写作始于中华人民共和国成立初期，一直延续到 21 世纪初期。直到 2018 年，80 多岁的老诗人农冠品仍有相关内容的诗歌发表。农冠品的诗歌对族性写作的长期坚守，促进了当代壮族诗歌族性写作文脉的延续，推动了壮族诗歌族性写作的现代化转型。中华人民共和国成立以后，成长起来的第一代壮族诗人，韦其麟、莎红、农冠品等人，受民族民间文化浸染颇深，他们怀着对祖国和民族的挚爱，在诗歌中大量汲取了民族文化的营养，借鉴了民间艺术的营养，作为他们诗歌迈向现代化的有力借助，促进了当代广西诗歌的民族化发展。

农冠品是一个资深的民族文化研究者，研究成果丰硕，在长期的研究和创作过程中，一直坚持对民间艺术进行关照和借鉴，在艺术表现手法上，大量借鉴了民间艺术的技巧和手法，助推了民族民间艺术和当代诗歌艺术的有机融合。

壮族族性特征呈现出多元化的特点，壮族族群文化建构具有长期性和艰巨性特征，使当代作家的族性写作处于一种复杂化和多元化的书写语境。农冠品诗歌的族性写作是在特定时代下的文学叙述，有其可取和借鉴之处，但还应看到，正如黄绍清、雷锐等学者在相关的文章中所述[1]，其诗歌语言过于直白，诗歌意象过于简单，人物刻画过于扁平，诗性不足。21 世纪以来，当代壮族诗歌的族性写作渐渐趋于多元化，现代化趋势明显，如何在我国多元共生的民族文学语境下，凸显当代壮族诗歌的形象是值得深究的问题。结合农冠品诗歌的族性写作个案，笔者认为，族性写作是凸显当代壮族诗歌形象较为有效的文学途径，故当下的壮族诗歌族性写作应提倡以下三点。

一是提倡回归民间的族性写作。族性写作的共时性写作维度以民俗和地域为创作视野，展示了族群的特有文化，体现了对普通人生活的尊重，有利于形成民族的集体记忆，形成族群文化认同，加快了国族文化的统一整合。故当代壮族诗歌宜提倡，以回归民间的叙述维度进行族性写作，“真实”地展现人民群众的生活场景，挖掘民族文化和地域文化意蕴，形成一套反映族群生活和民俗文化，接合我国古代文学传统，保持与其他族群交流对话的文学叙述话语。

二是提倡象征化写作，心性、族性和文学性合一。诗歌是心灵的自由，是象征的艺术，而族性写作是确立其民族特色之根本，故当代壮族诗歌的象征化写作宜提倡心性、族性和文学性的统一。

自古以来，我国古代文化就提倡心物合一，心性的自然流露。在《易经》中这样叙述：“乾元者。始而亨者也。利贞者。性情也。乾始能以美利天下。不言所利。大矣哉。大哉乾乎。刚健中正。纯粹精也。”[2]在《近思录》中这样叙述：“性出于天，才出于气，心，生道也。有是心，斯具是形以

[1] 黄绍清．壮族当代文学引论［M］．桂林：广西师范大学出版社，1993：277 - 305；雷锐．壮族文学现代化的历程［M］．北京：民族出版社，2008：305 - 308.

[2] 南怀瑾，徐芹庭．周易今注今译［M］．重庆：重庆出版社，2011：25.

生。”❶ 在《中庸》中这样叙述：“天命之谓性，率性之谓道，修道之谓教。”❷ 古人还主张将这种人性以“修心”的方式加以规约，在《近思录》中这样叙述：“苟无心，则必一切绝灭，思虑槁木死灰而后可，岂理哉！故圣贤未尝无心，特是心之所存所用者，无非本天理之公而绝乎人欲之私耳。”❸ 农冠品诗歌的族性写作，虽流露了真情实感，真实地表达了在特定时代下对祖国的感恩，对民族的热爱，但诗中的“自我”却是一个被国家语境、国家文学语境，甚至是全球民族一体化语境等多重语境裹挟下的“他者”的镜像，即“诗意的创造是由历史性存在本身所主宰，而绝不是出自人的主体自由”❹。诗歌创作的自由受历史语境的制约，加之农冠品对诗歌功利性的审美有着自觉的追求，故其诗歌作品在表露心灵的“真实”的时候，却忽视了个体生命意识和人性本质的挖掘，忽视了对心性的遵从，即忽视了“向读者展示人的状况的完整形象”❺，其诗的族性写作有时候流于空泛；农冠品还对族群记忆的历史创伤和生活的真实进行了自我消解，使其诗歌侧重于对生活的正面的描述和人物的唯美塑造，故部分诗歌缺乏对生活真实的深度审视，人物形象趋于扁平化。

文学的族性写作本质上就是“根性”书写。族性是每个族群和民族具有的普遍的特性，它具有永久的不可消散性。在我国，每个民族和族群都有自己的族性。我国的汉族文学占据着国家文学的主流优势，文学中的族性写作特点目前尚较少谈及。长期处于文化边缘的少数民族文学，族性的文学书写诉求较为强烈。无论是少数民族作家书写中的原文化，还是中原作家书写少数民族的文化，都将统一在“从多元到一体”的认同和族性整合的语境之中，当代广西壮族诗歌的创作也逃离不了这样的语境。

“个体不是同施加于他的禁律作斗争、不是全力以赴地关注外在的权利技术，而是关注自身，将自身美学化的方式来抵制权利技术的统治，即用审美化的自我技术来抗衡同质化的权力技术。”❻ 诚如福柯所言，文学的审美是用来抵御权力浸入，形成独特性的武器。因此，提倡诗歌的审美性和文学性

---

❶ 朱熹，吕祖谦. 近思录［M］. 上海：上海世纪出版集团，2010：30－31.

❷ 朱熹. 四书集注［M］. 金良年，译. 上海：上海古籍出版社，2015：23.

❸ 同❶83.

❹ 汝信. 西方美学史：第四卷［M］. 北京：中国社会科学出版社，2008：360.

❺ 同❹378.

❻ 同❹761.

的修炼是必要的。

诗歌创作的心性、族性和文学的统一，体现了物我合一，和谐共融我国传统的哲学发展观。心性的“率性”流露是诗歌创作的起点，族性写作是诗歌民族特色的保证，审美修炼是诗歌创作的必需。但这种提倡是方向性的，也是相对的，仅指方向上的统一，并不要求每部作品同时具有这三个特性。

三是扎根地域书写。少数民族作家往往不满足于对族群历史和文化的幻化书写，常在文学的世界中翔实地展示富有特色的地域文化，借以展示族群真实的现实生活场景，这就是地域书写。地域的书写是对地方知识的具体呈现。纳日碧力戈曾说：“地方知识之所以重要，首先是因为任何文化制度，任何语言系统，都不能穷尽‘真理’，都不能直面上帝。只有从各个地方知识去学习和理解，才能找到某种文化之间的差异。”❶ 通过对地域文化的书写，使读者更有利于把握族群文化之间的差异，找到“我者”和“他者”的差异性。少数民族作家通过地域书写，不断强化族群的空间和地理认知，最终形成族群认同，故地域书写是族性写作的重要组成部分。农冠品的诗歌地域书写贯穿其族性写作的始终，生动地展现了壮族族群居住地域的地理特征，对当代壮族诗歌的族性写作具有较大的借鉴意义。随着历史的发展，壮族族群的居住地域和边界出现了较大的变迁，目前分属广西、云南和广东三个不同的省份管辖，壮族族性整合历程十分漫长，当代壮族文学的族性写作呈现出复杂的态势。故立足于地域书写无疑是壮族作家当下最真实的族性写作，地域书写不但有利于壮族作家形成独具特色的民族风格，还有利于形成富有地域特色的少数民族作家群体和文学流派。

---

❶ 格尔茨．地方知识——阐释人类学论文集［M］．杨德睿，译．北京：商务印书馆，2014：16.

参考文献

［1］希尔斯. 论传统［M］. 傅铿，等，译. 上海：上海人民出版社，2014.

［2］霍布斯鲍姆. 民族与民族主义［M］. 李金梅，译. 上海：上海世纪出版集团，2013.

［3］霍布斯鲍姆. 传统的发明［M］. 庞冠磊，等，译. 北京：译林出版社，1999.

［4］安德森. 想象的共同体：民族主义的起源与散布［M］. 吴睿人，译. 上海：上海人民出版社，世纪出版集团，2015.

［5］陈平. 中国共产党民族工作的伟大实践 · 广西卷［M］. 南宁：广西人民出版社，2014.

［6］杜赞奇. 从民族国家拯救历史：民族主义话语与中国现代史研究［M］. 王宪明，等，译. 南京：江苏人民出版社，2009.

［7］杜赞奇. 历史意识与国族认同：杜赞奇读本［M］. 张颂仁，等，译. 上海：上海人民出版社，2013.

［8］杜宁. 文学批评的方法论研究［M］. 北京：中国社会科学出版社，2014.

［9］范宏贵. 同根生民族：壮傣各族渊源与文化［M］. 北京：民族出版社，2007.

［10］冯艺，等. 当代作家丛书农冠品卷［M］. 桂林：漓江出版社，2002.

［11］巴斯. 族群与边界：文化差异下的社会组织［M］. 李丽琴，译. 北京：商务印书馆，2014.

［12］广西壮族自治区通志馆. 二十四史广西资料辑录［M］. 南宁：广西人民出版社，1989.

［13］高建平，丁国旗. 西方文论经典（第六卷）后现代与文化研究［M］. 合肥：安徽文艺出版社，2014.

［14］高丙中. 中国人的生活世界［M］. 北京：北京大学出版社，2010.

［15］高玉. 跨文学研究论集：三编［M］. 杭州：浙江工商大学出版社，2013.

[16] 维勒．民族主义：历史、形式、后果［M］．赵宏，译．北京：中国法制出版社，2013.
[17] 黄伟林，张俊显．大学里的作家梦 独秀作家群访谈［M］．桂林：广西师范大学出版社，2011.
[18] 黄作．不思之说：拉康主体理论研究［M］．北京：人民出版社，2005.
[19] 怀特．后现代历史叙事学［M］．陈永国，等，译．北京：中国社会科学出版社，2003.
[20] 黄桂秋．桂海越裔文化钩沉［M］．北京：中国书籍出版社，2013.
[21] 黄庆印．壮族哲学思想史［M］．南宁：广西民族出版社，1996.
[22] 黄现璠，等．壮族通史［M］．南宁：广西人民出版社，1988.
[23] 黄绍清．当代文学引论［M］．桂林：广西师范大学出版社，1993.
[24] 胡仲实．壮族文学概论［M］．南宁：广西民族出版社，1982.
[25] 姜萌．族群意识与历史书写：中现代历史叙述模式的形成及其在清末的实践［M］．北京：商务印书馆，2015.
[26] 普林斯．叙事学：叙事的形式与功能［M］．徐强，译．北京：中国人民大学出版社，2013.
[27] 康长福．沈从文文学理想研究［M］．北京：人民出版社，2007.
[28] 格尔茨．文化的解释［M］．韩莉，译．南京：凤凰传媒股份有限公司，2014.
[29] 格尔茨．地方知识：阐释人类学论文集［M］．杨德睿，译．北京：商务印书馆，2014.
[30] 梁庭望，农学冠．壮族文学概要［M］．南宁：广西民族出版社，1991.
[31] 李冰．当代中国政治社会化中的公民认同研究［M］．北京：中国社会科学院出版社，2013.
[32] 李长中．生态批评与民族文学研究［M］．北京：中国社会科学出版社，2012.
[33] 李建平，等．广西文学 50 年［M］．桂林：漓江出版社，2005.
[34] 李建平，黄传林，等．文学桂军论［M］．北京：中国社会科学出版社，2007.
[35] 李晓峰．中华多民族文学史观及相关问题研究［M］．北京：中国社会科学出版社，2012.
[36] 李晓峰．被表述的文学：20 世纪中国文学史书写中的民族文学［M］．北京：中国社会科学出版社，2013.
[37] 李富强，潘汁．壮学初论［M］．北京：民族出版社，2009.
[38] 李帆，邱涛．近代中国的民族国家建设［M］．北京：商务印书出版社，2015.
[39] 李济．中国民族的形成［M］．南京：凤凰传媒出版传媒集团有限公司，2005.
[40] 刘大先．现代中国与少数民族文学［M］．北京：中国社会科学出版社，2013.

[41] 雷锐. 壮族文学现代化的历程 [M]. 北京：民族出版社出版，2008.

[42] 梁一儒. 民族审美心理学概论 [M]. 西宁：青海人民出版社，1994.

[43] 梁庭望，张公瑾. 中国少数民族文学概论 [M]. 北京：中央民族大学出版社，1998.

[44] 罗树杰，徐杰舜. 民族理论和民族政策教程 [M]. 北京：民族出版社，2005.

[45] 罗树杰. 传统节日的生命力：广西虎村彝族跳弓节的个案研究 [M]. 北京：知识产权出版社，2015.

[46] 赫克特. 遏制民族主义 [M]. 韩召颖，等，译. 北京：中国人民大学出版社，2012.

[47] 芮德菲尔德. 农民社会与文化：人类学对文明的一种阐释 [M]. 王莹，译. 北京：中国社会科学出版社，2013.

[48] 莫斯. 社会学与人类学 [M]. 佘碧平，译. 上海：上海译文出版社，2014.

[49] 韦伯. 经济与社会 [M]. 阎克文，译. 上海：上海人民出版社，2015.

[50] 马珂. 后民族主义的认同建构及其启示：争论中的哈贝马斯国际政治理念 [M]. 上海：上海人民出版社，2010.

[51] 纳日碧力戈. 万象共生的族群与民族 [M]. 北京：中国社会科学出版社，2015.

[52] 巴洛. 壮族：他们的历史文化与民族性 [M]. 南宁：广西民族出版社，2011.

[53] 南怀瑾. 周易今注今译 [M]. 重庆：重庆出版集团，2011.

[54] 农冠品. 民族文化论集 [M]. 南宁：广西教育出版社，1993.

[55] 农冠品. 桂海新说 [M]. 北京：中国文联出版社，2014.

[56] 农冠品. 爱，这样开始 [M]. 南宁：广西民族出版社，1989.

[57] 农冠品. 泉韵集 [M]. 桂林：漓江出版社，1984.

[58] 农冠品. 热土草 [M]. 香港：香港天马图书有限公司，1998.

[59] 农冠品. 岛国情 [M]. 南宁：广西人民出版社，1990.

[60] 农冠品. 晚开的情花 [M]. 桂林：漓江人民出版社，1991.

[61] 农冠品. 醒来的大山 [M]. 南宁：广西人民出版社，1996.

[62] 欧阳可惺. 民族叙述：文化认同、记忆与建构 [M]. 广州：暨南大学出版社，2013.

[63] 欧阳若修，周作秋，黄绍清，等. 壮族文学史 [M]. 南宁：广西人民出版社，1986.

[64] 彭书麟，于乃昌，冯育柱. 中国少数民族文艺理论集成 [M]. 北京：北京大学出版社，2005.

[65] 布迪厄. 艺术的法则：文学场的生成和结构 [M]. 刘晖，译. 北京：中央编译出版社，2001.

［66］皮尔斯．论符号［M］．赵星植，译．成都：四川大学出版社，2014.
［67］覃兆福，陈慕贞．壮族历代史料荟萃［M］．南宁：广西民族出版社，1985.
［68］覃德清．壮族文化的传统特征与现代建构［M］．南宁：广西民族出版社，2006.
［69］波德里亚．象征交换与死亡［M］．车槿山，译．南京：凤凰传媒集团，2012.
［70］芬顿．族性［M］．劳焕强，等，译．北京：中央民族大学出版社，2009.
［71］霍尔．表征：文化表征与意指实践［M］．徐亮，等，译．北京：商务印书馆，2013.
［72］萨特．想象［M］．杜小真，译．上海：上海世纪出版股份有限公司，2015.
［73］汝信．西方美学史：第四卷［M］．北京：中国社会科学出版社，2008.
［74］霍金．图解时间简史［M］．王宇琨，等，译．北京：北京联合出版公司，2013.
［75］佘碧平．梅罗·庞蒂历史现象学研究［M］．上海：复旦大学出版社，2007.
［76］施爱东．倡立一门学科：中国现代民俗学的鼓吹、经营与中落［M］．北京：中国社会科学出版社，2011.
［77］鲍尔德温，等．文化研究导论［M］．陶东风，等，译．北京：高等教育出版社，2004.
［78］童健飞．大新县志［M］．上海：上海古籍出版社，1989.
［79］库克．分离、同化或融合：少数民族政策比较［M］．张红梅，译．北京：东方出版社，2015.
［80］徐杰舜．从多元走向一体：中华民族论［M］．桂林：广西师范大学出版社，2008.
［81］徐乃翔．文学的“民族形式”讨论资料［M］．南宁：广西人民出版社，1986.
［82］徐鸿．文化嬗变中的中国当代少数民族文学［M］．北京：中国社会科学出版社，2014.
［83］王希恩．全球化中的民族过程［M］．北京：社会科学文献出版社，2009.
［84］王学振．民族主义与中国文学的现代转型及话语嬗变（晚晴至民国）［M］．北京：中国社会科学出版社，2011.
［85］王明珂．华夏边缘：历史记忆与族群认同［M］．杭州：浙江人民出版社，2013.
［86］王绍辉．当代广西文学的审美文化研究［M］．北京：大众文艺出版社，2008.
［87］王光．民族文学文化论集［M］．北京：知识出版社，2010.
［88］特纳．象征之林：恩登布人仪式散论［M］．赵玉燕，等，译．北京：商务印书馆，2012.
［89］吴重阳．中国少数民族现当代文学研究［M］．北京：中央民族大学出版社，2013.
［90］袁行霈．中国文学史［M］．北京：高等教育出版社，2003.
［91］杨义．中国当代文学研究（1949—2009）［M］．北京：中国社会科学出版社，2011.

[92] 俞祖华. 民族主义与中华民族精神的现代转型［M］. 北京：社会科学文献出版社，2012.
[93] 张淑娟. 民族主义与近代中民族理论［M］. 北京：光明日报出版社. 2011.
[94] 张永刚. 后现代与民族文学［M］. 北京：人民出版社，2014.
[95] 钟敬文. 民俗学概论［M］. 上海：上海文艺出版社，2009.
[96] 周作秋，黄绍清，欧阳若修，等. 壮族文学发展史［M］. 南宁：广西人民出版社，2007.
[97] 周去非. 岭外代答校注［M］. 杨武泉，校注. 北京：中华书局出版社，2012.
[98] 周平. 多民族国家的族际政治整合［M］. 北京：中央编译局出版社，2012.
[99] 朱熹，吕祖. 近思录［M］. 上海：上海古籍出版社，2010.
[100] 朱刚. 本原与延异：德里达对本原形而上学的解构［M］. 上海：上海人民出版社，2006.
[101] 中国作协广西分会. 新花漫赏 广西评论特辑［M］. 南宁：广西民族出版社，1985.
[102] 艾光辉. 困局与突围：中国少数民族文学批评史可能性思考［J］. 民族文学研究，2013（6）.
[103] 董永佳. 甜甜的乡情 多彩的歌：谈壮族诗人农冠品的诗歌［J］. 广西文艺评论，1984（1）.
[104] 佟额尔敦仓. 玛拉沁夫小说创作民族文化解读［D］. 呼和浩特：内蒙古大学，2011.
[105] 何圣伦. 民族审美文化与中国少数民族文学的民族性还原［J］. 文艺争鸣，2013（3）.
[106] 贺云. 浅谈全球化语境下的少数民族文学［J］. 理论与当代，2013（8）.
[107] 黄桂秋. 大山的泪与笑：读农冠品的大山诗［J］. 南方文坛，1988（2）.
[108] 黄绍清. 抒发真情 开拓诗境：读诗人农冠品的诗［J］. 广西民族学院学报，1984（2）.
[109] 黄绍清. 海域韵味 岛国情思［J］. 广西作家，1992（1）.
[110] 李长中. 当代少数民族文学批评：病象、症结与原创性焦虑［J］. 西南民族大学学报（人文社科版），2014（8）.
[111] 李翠芳. 民族志诗学与新时期少数民族文学书写［J］. 广西民族研究，2012（4）.
[112] 刘大先. 叙事作为行动：少数民族文学的文化记忆问题［J］. 南方文坛，2013（1）.
[113] 刘大先. 文学共和：作为少数民族文学的少数民族文学［J］. 民族文学研究，2014（1）.

[114] 刘笑玲. 我国少数民族的文学性与现代性解读［J］. 文学教育，2014（1）.
[115] 罗四鸰. 当代少数民族作家的身份建构与小说创作［D］. 上海：复旦大学，2011.
[116] 农作丰. 金凤凰的歌 壮族诗人农冠品的诗［J］. 民族文学研究，1991（4）.
[117] 施旭，陈珏. 文化话语研究与少数民族文学的新视野［J］. 民族文学研究，2013（1）.
[118] 向成能. 南方山区透视：思想艺术管窥［J］. 南国诗报，1988（5）.
[119] 向成能. 爱的追求：诗集《爱是这样展开》读后随想［J］. 广西民族报，1989.
[120] 向成能. 大山创造了他创造诗意的基因［J］. 当代艺术评论，1992（1）.
[121] 王佑夫. 中国少数民族文学理论批评发展引论［J］. 中央民族大学学报（哲学社会科学版）2014（2）.
[122] 王溶岩. 从山泉里流出来的诗［N］. 广西日报（副刊山花），1984-06-27.
[123] 王光荣. 诗人农冠品和他的《风雨兰》［J］. 广西师院学报，1998（1）.
[124] 王雪萍. 生态批评视野下的阿来的文化观［D］. 济南：山东师范大学，2012.
[125] 严小丁. 论农冠品的散文创作［J］. 民族文学研究，1997（4）.
[126] 严小丁. 清丽的歌声：评农冠品的歌词创作［J］. 银滩词报，1996（1）.
[127] 杨霞.《尘埃落》空间化书写研究［D］. 北京：中国社会科学院，2009.
[128] 赵方. 二月河小说与民间文学［D］. 上海：上海大学，2005.

附　录

一、农冠品家乡田野调查日记两则

（一）悲与欢都要报以真情

2015 年 2 月 2 日　阴

“山/这样青！草/这样嫩！泉/这样净！花/这样香！这山啊/没有牛羊的蹄印！这草啊/绿了绿了又枯黄/山泉映着：/蓝天、飞鸟、白云/山花/在寂寞中/悄悄歌唱/它在等待谁？此时，中天正高悬圆圆的月亮。”这是农冠品老师一首题名为《山》的诗歌，描写壮族地区大山的甜美景色，笔调清新淡雅，引发了人们对大山的美好向往。现在重读这首小诗，却令我潸然泪下。

昨日，因为研究需要，我去了农冠品老师的老家大新县五山乡三合村浪屯搞田野调查。

大新县五山乡位于大新县城北面，乡政府所在地距离县城 31 千米，石山叠嶂，在当地群众中就流传了这样的一句俗语：“小雨能淹死蚂蚱，天旱能渴死蛤蚧。”五山是一个旱涝双极的地方。由于自然环境和气候条件的原因，耕地面积少，五山乡是出了名的穷乡，乡内就有五个国家级贫困村。

调查那几天遭遇急扫南方的寒流，天气急剧下降，当地气温只有六七摄氏度左右，天下飘着零星的小雨，天气阴冷潮湿异常。我们一行三人开着一辆老旧的桑塔纳轿车小心翼翼地滑行在从全茗乡到五山乡崎岖的公路上。这条乡级公路在连绵高耸的石山中穿梭，像一条细小的绳子，把大山密密匝匝地绕着，捆绑着，仿佛光秃的石山就是一个个五花大绑的犯人。一路行驶在乡级公路上，除了山还是山；除了石头，还是石头。一座座高耸的山由黑色的山石胡乱堆砌而成，很少能见到大树，山脚下是一些低矮的灌木，偶尔能看到零零星星的迎着寒风绽放的白色的李花。路上最大的风景莫过于村民们怀着强烈的求生渴望，在黑色细碎的石头缝里抠出来的，东一块西一块的山地，我相信那就是一个个大一点的鸡窝。这些山地冬天已是闲置了，鸡窝里空荡荡的，褐色。每每看到大一点的开阔地块和水田，坐在车上的我们都会欢呼起来，觉得那是上天赐给当地农民的最大恩赐。

冬天的雨阴冷异常，小雨像针眼一般，一针针地扎着车窗，不住地模糊着我们前行的视线。

黑色的山石，贫瘠的土地，前方模糊不清的山路，让人心情压抑异常。我们一行三人战战兢兢地沿着勉强只能容两辆小车拥挤避让而过的山路前行，路上唯一的担心就是害怕司机在转弯会车时，把握方向盘不稳，车子葬身万丈深渊。

经过了近一个小时的缓慢像蜗牛一样的爬行，我们来到了浪屯。

车子来到屯里的大榕树下，我们见到了农老师的大弟，老人早早在那里等候了。老人很矮，约有一米五，有六十多岁了，带着一顶黑色的圆帽，穿着陈旧的褐色衣服，裤脚有些破了，解放鞋。老人在榕树下买了一些肉和一些骨头。

我们来到了老人的家里。老人的家是两层楼，楼刚建好，没有装修，还是毛坯的。楼房还算宽敞、整齐，但给人感觉是空荡荡的，除了锅碗瓢盆，没有多少件像样的东西。老人笑着说，孩子都出去打工了，靠他们往家里寄钱起楼房，楼房刚起好不久，也没置办什么家电，不好意思了。望着着这空荡荡的屋子，我心里仿佛也有了空荡荡的感觉。这家里唯一让人感到冬天里还有一丝暖意和希望的是门前种着的整齐的蔬菜。这些整齐的蔬菜碧绿碧绿的，叶子含着雨珠儿，一派生机。园子的檐下外晒着一些红薯和木薯，还有几只瘦瘦的老鸭嘎嘎地在门前游荡。

知道我要来，村子里来了一些人。我和村里人唠嗑不知不觉中掌握一些资料。

农老师小时候读书很苦吧。那肯定的了，比现在苦多了，以前没有米吃，最多是玉米和木薯，能吃上这些就很不错了，没有吃的时候，只好上山挖野菜，有……大伙用壮话说了很多野菜的名字，我都在认真地默默地听着，其实我根本不知道它们的汉语名字，也无法用汉字来表达，对这些植物我头脑一片空白，因为我是县城里长大的孩子。

农老师的大弟说，玉米粥水能当镜子用呢，吃下去撒泡尿就没了……太饿了，也只有忍着。我们和农老师以前都一样啊，打赤脚，上了山，又要翻坡，过岭，走三四个钟才到全茗乡去读小学。我想起要翻我们一路坐车来要走的山，觉得心直发颤，假如是我，真不愿意去读书了。我沉默了。就在那一刻，我突然理解了我以前那位被我们这些县城的孩子嘲笑的每天只吃一两米饭，从不吃肉，一件衣服从夏天穿到冬天，脚下从不穿鞋的高中五山籍的同学，也理解了他从不睡午觉，整天熬夜看书的理由。这些稚嫩的山里孩子无非是怀揣着走出大山的渴望而努力读书，为远离大山的贫穷生活而拼搏。我为自己当年的嘲笑感到深深愧疚。

农老师的大弟侃侃而谈，他说因为家里的孩子多，家里供不了那么多人读书，我的成绩又不是很好，父亲就叫我退学，在家干活，供哥哥和弟弟读书了。因为没有文化，我做了一辈子的农民。做农民很苦呢。呵，谁说不是啊，村里的地太少，平均每人一亩山地，0.5 亩的水田，哪里够吃啊。再加上这山里一下雨就涝，一不下雨，就旱，一年下来，庄稼收获的也没多少，几乎没有多少年是够吃的。玉米不够吃，只能吃木薯和红薯了。我猛然想起了那些晒在走廊的木薯和红薯，原来那就是他们粮食。

那您除了种地，还有别的收入吗，搞不搞点小生意。呵，什么也没有，山里土地少，也种不了其他作物，种得那些地就不错了。这里去县城的路太远，生意也不好做，只能靠孩子们在外打工寄来些钱，就这么简单了。

那浪屯没有水利和村务公开吗？和我同行的乡干部，笑了。水利哪有往山上修的呢？没有。那玉米种下去了又咋办呢。老人苦笑，长叹了一口气，靠天啊！也只能这样了。我倒吸了一口冷气。因为乡下人少，村干也很忙，有时候不搞村务公开。我呵呵了两声，心里有说不出的滋味。

在我的访谈中，家里人忙着为我们准备午饭，我于心不忍，劝告他们，不用准备了。但是他们坚持要弄。后来我想想，这个家或许很少有外人来，就让他们表现表现吧。那弄简单点吧，有饭吃就行。但说完我后悔了，米饭对于他们来说其实是种奢侈品。

呵呵，我发现村子里很多人家都起了楼房呢，不错啊。谈到楼房，我的心稍微轻松了一些。是啊，辛苦一辈子就为了这楼了，这些年生活好过一些了，国家也给一些钱给我们起楼，孩子们在外面打工也挣了一些钱，每月都寄一些过来。但是现在孩子也要养孩子呢，在深圳打工花钱多，房租贵，我们老了，也做不了多少农活了，帮不上孩子的忙啊。孩子辛苦啊，又要盖房，又要养娃，难面对他啊。我沉默。

访谈结束后，村里人带我去看了村子里的水源。那是从山里流出来的泉水，冬暖夏凉，水质清澈，俯身可见小鱼欢快地游走。我细细打量着这口穿山而过清澈泉水，泉眼不大，大约只有一个大木箱子大，但是我知道，那是村里人使用自来水以前曾经跳动的脉搏，它是村子里生命的守护神。

细心的我发现泉水流得很顺畅，流水经过的路线都全部用水泥整砌一新。村民说要走完这用水泥铺成的水路至少要在这黑洞里走八个钟头。这是用财政的钱修的吗？村里人连忙打住了我的话，干嘛自己的村水源还要国家出钱，我们自己凑，自己修的。村民的回答斩钉截铁的，我不吭声，因为和我同行的人当中就有曾是市财政局的领导。

看了村里的泉水，我想去看看他们的田地。

要到地里，要经过一个狭长的山洞，这个山洞也是村民自己开挖的，要走约十分钟的黑路。挖这个能容一头牛通过，约有一百米深的山洞的艰辛是不难想象的。

从洞里走出来，洞外的世界豁然开朗，俨然陶潜笔下的桃花源。洞外是一些较低矮的山和很多山地，山地上偶尔零星种了一些作物，还能看到零星的迎风绽放的白色李花。那就是村民们的主要劳动场所了。我默默地细细地看着这些地，看着这些从石头缝里扣出来的山泥，俯身去摸这些褐色的山泥，就像端详一件件经过加工的精致的手工艺品，不敢去设想当初刨这些山泥的艰辛。

主任，你帮他们向市县一级财政报点项目，修修这些田埂，搞点水利什么的。我对同行的乡干部小韦说。呵呵，有啊，但是很少啦，拨款又迟，等财政拨款下来，他们早自己弄好了，他们现在正修着呢，很多都是农民自己垫钱。咱不靠国家，打工挣了些钱，自己出点钱修修就好了。村里年轻一点的农民笑了起来，我第一次发现，在他们当中也有这样爽朗而充满希望的笑声。我很后悔向乡干部提出了这样的问题，心想我们这些参与田野调查的公务员和学者应该从这些农民身上反思更多的东西了。

从地里回来，该是吃饭的时间了。我们一行三人，加上村里的人，一共九个人，我们的午餐菜谱，只有两个，一个就是几块沙骨炖的青菜汤，一个就是一小碗大蒜炒猪肉。我知道这是山里最丰盛的午餐了。我细细地品尝猪肉的味道，第一次觉得猪肉是如此的香甜。后来，我和村里人喝起了小酒，开心地大笑起来，仿佛我也是这大石山里的一分子。

夜色即将降临，我要走了。村里的一位五十多岁头发花白的农民大哥突然一把拉住了我。我怔住了。大哥告诉我，他是我爸的学生。我看了他一眼。呵，那时我读书的时候你还小，才两三岁，你不认识我。妹子，你等我一会儿。我站在他空荡荡的家门口等了约有十来分钟的时间。大哥递给我一瓶用矿泉水装着的黏黏糊糊黄色的东西说，这是山里野生的蜂蜜，你拿去吧，帮我拿给我老师，几十年没见到他了。我发现他的眼圈是红的。我说，我不能要。我知道这东西在这缺少树木，只有石头的村子，野生蜂蜜也很难找。大哥既是进家里去找了那么久，想想这瓶蜂蜜定是珍藏了很久。大哥坚持要给我，我看着他花白的头发和充满期待的眼神。我收下了。我知道，那一刻，压抑了许久的泪水悄悄地流了下来。

我赶紧上了车。我不想让这些坚忍而善良的人们看着我流泪离开。

在回来的路上，我想起了冠品老师的诗，老师的诗都是欢快而向上的，清新而淡雅的，对生活没有任何报怨和伤感，对家乡只有浓浓的思念，对生活和祖国只有一腔的热爱。我感叹不已。一位身处如此贫瘠的山村的诗人和学者居然能写出这样清新甜美的诗，在诗中没有流露出半点抱怨和伤感，这是怎样的一种人生境界啊，我不敢去设想了，或许只有哲人才能做到。

“落在人间是一颗星，悲与欢都要报以真情。”我想冠品老师的这句诗是以老师为代表的这大石山里坚忍而善良的人们对于人生，对于社会，对于家乡，对于祖国最真实的生命阐释了。

我觉得在我以后的人生路上，不会再有抱怨和哀叹了，因为我们就住在天堂里。

（二）大山里的那一抔红土

2017 年 8 月 21 日夜

两年前，因为大新县五山乡三合村遭受严重的大气污染，我的田野调查没有得以深入，颇感遗憾，一直想弥补这个缺憾。前两日联系了农冠品老师，想这几日前去继续调查，农老师非常愉快地答应了我的请求，并且告诉我，自治区文联的作家何述强老师刚好在那里做扶贫驻村的第一书记，或许何老师能帮上我的忙，要我联系何述强老师一同前往。我欣喜地答应了。

我和作家一起出行，大家难免少不了谈论文学的话题。一路阳光明媚，天空是瓦蓝瓦蓝的，碧绿的稻田长势喜人，我和何老师谈了很多文学的话题，包括文学的族性问题。准备到五山乡的时候，何老师告诉我，我们可以不走老路到五山的，可以从昌明乡奉备村路段进入到达三合村。听到这个消息，我高兴极了，因为想起两年前的五山之行的路况至今仍让我感到惊悚异常。

从昌明乡奉备村路段是二级路，路面平坦，双向会车没有任何困难。一路上山清水秀，稻田葱绿，风景宜人，让我对我的眼前的景象产生了深深的质疑，这是干旱贫瘠的五山乡吗？

小车从县城到五山乡三合村约需要半个钟头左右。我从车子走下来，第一眼就看到了树旁的一棵梨树，梨树上结满了褐色的果子，眼看这些果子到了收获的季节，褐色杂着黄色，诱人极了。我看着脚下平坦的水泥马路，两旁郁郁葱葱的稻田，我简直不敢相信自己的眼睛。我再次问了问同行的何老师，这是五山乡三合村的境内吗？何老师笑了，他说没错啊，前边就是村委。我的心咯噔了一下，暗暗地说了完了，难道上那次田野调查出现问题了？

带着疑问，我和何老师一起到了三合村村委了解了一些相关的数据后，就到农冠品老师的老家进行调查。农冠品老师的大弟早已等候多时了，他们为我们这行人准备了一桌丰盛的午餐。我一看有村民在弄当地人招待贵客的白切鸡，我的心里有些不安了，我想起了两年前那顿丰盛的午饭。我连忙说，不用了吧，我们坐坐就走。他们笑了，没事，饭菜都准备好了，那是自家养的鸡，不花钱。我知道，即便是自家养的鸡，他们也只有过年或有贵客来的时候才杀。我默默地看着他们忙碌着准备菜肴的身影，心情有种难以言状的感受。

趁饭菜还没准备好，我和何老师一起沿着后山的小路走。青草没过了石头，山上的小树长起来了，郁郁葱葱的。我从山上回望浪屯，村庄被碧绿的树木包围着。我有些纳闷，问同去的村民，我前两年来那会怎么不见那么多树木和草丛呢，是因为那会是冬天吗？村民笑了，或许吧，冬天怎么会有那么多草呢。但这两年生态好了很多了，草长高了许多。我们来到了通往后山的山洞旁，正值夏季的多水季节，从山上流下来的泉水在路旁潺潺不已。我蹲下身来，用手捧起泉水，凉爽的感觉，惬意极了。

我们没有进洞，又返回了农老师家。因为午饭没有准备好，我和屯长、农团品再次出了门。我们顺路到了山下看了看通往山里的水路和屯里唯一的50亩水田。水田里的秧苗长势喜人，郁郁葱葱的。田边的小路也被修葺一新，铺上了平整的水泥路。屯里的泉水泉眼也被整修了一番，不远处还挖了一个大型的蓄水池，用于存储泉水和雨水，以备灌溉之用。孩子们在泉水边打起来水仗，有些村民还在水池附近养起来鸭子。我笑了，这不是你们村的唯一水源吗？怎么变成了游泳池？屯长笑了，过去是唯一的，但现在我们都用上自来水了。

路旁是村里的祠堂，我仔细看了看，有不少村民为祠堂捐款，不少村民每人捐了10元，共捐款1410元。我问屯长，村里每年还搞祭祀吗？屯长告诉我，每年的六月初六全村的农姓村民统一祭祀祖宗。

从祠堂出来，我们路过一些普通人家，我走了进去，正是收获的季节，家里堆满了从后山搬运出来的南瓜、玉米，还有从水田里收获的稻谷。我的心有些宽慰了。

我们穿过狭长的山洞，来到了后山。上次因为下着小雨，山路险而滑，我没有到该村最大的耕地考察，留下不少遗憾。今天天气不错，总算了我的一桩心愿。屯长指着铺着小石子的山路，告诉我，这是他刚带领村民铺好的。这山里天一下雨路就非常难走，走起路来经常摔倒，更不用平时挑担了。小路铺上了石子后稍微好一些了，但在山里干活还是非常辛苦的，农机都用不上，全都是人工作业。

我发现屯里的耕地位置夹在两座高山之间，东高西低，地势虽然相对平坦，但是雨季一来，山下的农田只有被淹没的份。我看着这片村里唯一的大面积连片的耕地，心中不免有些凄然。我问屯长，一下大雨，这地里的庄稼还有救吗？屯长坦然一笑，有些年份下大雨的时候颗粒无收。我无语了。那一刻，我明白了浪屯人民生活困窘的缘由。我想了想，说道：“所以这里面只能种一些木薯、黄豆、玉米农作物吧。”屯长笑着回答：“是的。你也知道我们五山的豆是有名的。”从山里出来，发现有人家在山里养了黑山羊。我那颗沉郁的心稍微有了些许宽慰，附近的村落总算有了养殖业了。

回到农冠品老师大弟的家，和他们在饭后闲聊，谈起了他们很多往事，让我感慨万端。村民的善良、隐忍和坚强深深地打动了我，我仿佛在谈话间成了他们的亲人。

农甲品和他的妻子和我谈起了他们结婚的故事他们告诉我，他们最初并不相识，也没有见过面，是父母到道公那里去算命，然后托媒人给找的，所幸妻子是个勤劳善良的人，一生相互扶持，平安一生。我忍禁不住，和他们大笑一阵。

农团品向我倾诉了他两代人外出务工的艰辛。因为文化程度低，他只能在大新县城打工，一个月挣几毛钱，几块钱的活都干过。在打工期间他因为个子小，家乡是五山乡的常被工友们嘲笑，但他干活很拼命，常为一元钱的工而努力。他的女儿适逢改革开放，先到大新县城打工，后来结伴到了广东打工。经过省吃俭用，他们的新房终于建起来了。

农佳品告诉我，他自小帮地主放牛，每天能吃到一些粥，年底地主会给一些旧的衣物，如一顶帽子等。后来经过他的努力，他当上了村里的生产队队长。

农普安向我讲述了一个村镇小学老师的艰辛。他家里人就靠他一份微薄的工资维持了这个家，他要养活家里的几个孩子、妻子和两位老人。每个星期他步行来回奔波于学校和家之间。回到学校，还要管学生。他没有自己的房间，常和舍友一起轮流煨饭。吃过饭后，就去上课。

听着他们的故事，我表面上和他们谈笑风生，但我的心却在流泪，中国的农民太苦了，五山的农民太苦了。艰苦的生活，贫瘠的大山锻造了他们勤劳、善良、质朴的品质，他们的心，像大山里的泉水，像山洼里的红土。

今天。五山乡三合村的山变绿了，水长流，粮食也够吃了，这是国家的农村政策给贫瘠的大山带来了新的希望。我衷心祝福那里的人们过得更好。

二、2014年至2016年农冠品访谈笔录（节录）

（一）2014年4月—2016年1月访谈记录

笔者对农冠品进行了多次访谈，访谈地点：农冠品家（南宁市建政路广西壮族自治区文联大院内），时间：2014年4月—2016年1月。这两年多间与农冠品老师的访谈记录整理如下：

笔者："您好，我研究的论文课题与您相关，现向您了解一些情况。您可以谈谈吗？"

农冠品："可以，我二弟在南宁工作，是原广西民族师范学校的老师，现在退休了。我爱人是老师，她是广西民族学院（广西民族大学的前称）毕业的，也喜欢写作，是柳州人。我有一个儿子和一个女儿。女儿年纪比你大一些。"

笔者："您的文学创作和民间文学成果主要有哪些呢？"

农冠品："我一共出版了7部诗集，包括：《泉韵集》《爱，这样开始》《岛国情》《晚开的情花》《醒来的大山》《记在绿叶上的情》《世纪的落叶》，其中获各级奖的诗集有三部。《剪不断的情思》是根据广西各族民歌改编的一部歌谣集。"

笔者："您在民间文学方面主要有哪些成果呢？"

农冠品："我的成果除了文学创作外，还包括民间文艺和文艺理论集等。我出版的民间文学的书比较多，主要有：1991年我合作出版了壮族大型古籍《布洛陀经诗译注》，1992年获第二届铜鼓奖；1992年与其他作者合作出版了壮族大型歌谣集《嘹歌》，1984年与其他作者合作出版了《壮族民间故事选》（第一集）；1984年出版了《猴子的故事》；1988年出版了《大胆有马骑》；1992年出版壮族民间故事选《女神·歌仙·英雄》，同年获广西第二届民间文艺优秀编辑奖。1992年在中国社会科学出版社出版的《中国歌谣集成·广西卷》和《中国民间故事集成·广西卷》，其中《中国歌谣集成·广西卷》1997年获第三届铜鼓奖，文化部颁发集成志书成果奖；1991—1998年由广西民族出版社出版的“广西民间文学作品精选系列丛书”（编委副主任、主编之一），1992 年获广西第二届民间文艺优秀编辑奖；1997 年由广西民族出版社出版的《欢木岸（壮字）》（副主编）；1999 年由广西民族出版社出版的《密洛陀》（瑶族创世史诗古籍版，副主编）。”

笔者：“我最近读了您的诗歌，有很多作品表达了歌颂祖国和对党的感恩之情，这种情感是否具有歌功颂德成分呢？”

农冠品：“呵呵，这种情感的抒发是真实的。”

农冠品：“新中国建立前我们的生活过得很艰苦，新中国成立以后，觉得新生活开始了，因此这种感恩之情是油然而生的。”

笔者：“你们那一代老作家为什么不约而同地选择了民间文学和民族文学这一类题材进行文学创作呢？”

农冠品：“那时候我们老一代作家接受的外国文化不多，接触较多的是民间文化，还有一些古代文化，所以在写作上对民族文化的运用是自觉的。”

笔者：“我知道了。您对民族文化的自觉运用是从 20 世纪 80 年代开始吗？”

农冠品：“不是，是新中国建立以后就开始了。”

笔者：“哦，我知道了，这是一条脉络。是吧？”

农冠品：“对。”

笔者：“您 20 世纪八九十年代的族性书写，是否与当时全国兴起的的‘寻根’文学相关？”

农冠品：“有些关系的。当时广西文坛也提出了‘百越寻根’的口号，但对于民族文学是我一直提倡的。”

笔者：“您对后来的‘广西文坛反思’如何理解？”

农冠品：“一些年轻人觉得老一代的作家写作呈现套路化，对民族文学的写作模式进行的一些反思。我觉得他们提法有些道理，但民族作为文化之根，还是要坚持的。”

笔者：“嗯。当时全国的文坛是怎么样的一种状况呢？”

农冠品：“当时广西的作家知名的不多，主要反映民族文化的多一些，比如韦其麟等。20 世纪初 80 年代以后，慢慢有了一些以写小说出名的作家，如东西等。”

笔者：“您对现当代的年轻作家创作怎么看？”

农冠品：“现在的年轻作家书写人本及自我的比较多，不像我们老一代的作家以反映国家和民族政治大事的题材为主。”

笔者：“嗯，必要的民族写作还是必要的。”

农冠品：“对。以前我们的写作都是写‘大我’，现在的作家写自我体验和感受的比较多一些。”

笔者：“是。”

农冠品：“在20世纪初，鲁迅那个时代有一些作家写个人情感体验也多一些。这方面你可以关注一下。”

笔者：“好。”

农冠品：“你的研究论题族性研究的角度还可以再深入一些。我的很多诗歌与这个相关，有很多诗歌表现了工业文明冲击后族群的不安与忧虑。”

笔者：“嗯。”

农冠品：“我在《晚开的情花》的诗集风格出现了变调。农作丰的评论中提到了这一点，不知道你注意到了没有？”

笔者：“嗯，我注意到了。您的诗歌创作风格变得深沉和焦虑了。”

笔者：“您对诗歌的审美性怎么看？”

农冠品：“我还是很注意诗歌的审美的，比如诗集《泉韵集》写得比较清丽，很少以政治的口号和概念入诗。”

笔者：“有些人认为，壮族被汉化了，没有自己的族性。您对壮族的族性怎么看？”

农冠品：“壮族族性是多元化的，千百年来还是保留了自己的文化，比如山歌、语言、宗教等，在我的诗歌作品中有相关的描写。壮族文化是有本身的缺陷性，因此我在诗歌中对我们壮族的文化进行了一些反思。有些人说壮族被汉化了，其实不是这样的，壮族保留了自己独特的文化。我们要继续发扬我们的民族文化，在文学中反映自己的民族特色，但也要善于吸收和包容。”

笔者：“有些学者对我的这个研究个案用族性理论分析您的诗歌存在着一定的争议，您怎么看这个问题？”

农冠品：“写文章能自圆其说就行了。我的诗歌里面还是有很多民族的元素，也就是你所谈到的族性。你的文章目前做理论上是有所突破的，还是比较深刻的。坚持自己的路，才能形成自己风格。有些人对壮族了解得不够深入，你的研究不应该受他们言论的影响。”

（二）2016 年 5 月 23 日上午农冠品的访谈

访谈地点：农冠品家（南宁市建政路广西壮族自治区文联大院），时间：2016 年 5 月 23 日上午

笔者：“农老师，您好！因为要补充一些内容，我再次对您进行访谈。我想向您了解一下，新中国建立初期五山人民的生活情况。”

农冠品：“新中国建立前我们村的生活比现在要苦得多。农民在青黄不接的时候，没有粮食吃，只能将没有成熟的玉米收下来，将玉米用刀割下，碾成浆充饥。有些农民因为地里没有粮食，只能到山上找山薯煮了充饥。”

农冠品：“以前出行没有车，我们出门都靠步行。我和我的妈妈去龙门乡和全茗镇赶集都是走路去。那时候山路上多是杂草，我们要爬过好几座山，才到集市上。我们一走就是三四个钟。路上汽车很少，一般群众是坐不起的。汽车行驶的速度很慢，汽车是靠烧炭发动的。”

笔者：“我可以想象那个年代生活的艰辛了。”

笔者：“新中国建立前村子里大概有多少户人呢？”

农冠品：“没有现在那么多，大概有十几户人家吧。我查过家里的族谱，我们农姓是古时候从云南江南府迁移过来的。为了躲避战乱，逃到了这里。那时人比较少，山多，比较安全，不易被官兵找到。当时也有一些田地和水源，农民的生活还是比较自给自足的。我感觉当时的情况应该像陶渊明描写中的‘桃花源’。那时山里还有古城墙，城门一关，外边的人是进不来的。这山里本来有赵、农、罗三个姓的居民，姓农的把赵姓和罗姓都赶走了，独占了这里，所以其他姓是比较少的，上村和下村都是姓农。”

笔者：“原来是这样啊，难怪这里是姓农的多。那时还有古城墙啊，现在为啥没有了呢？”

农冠品：“新中国建立后都被拆掉了。这个地方在古代的时候还是不错的，山清水秀的，粮食也够吃，但到了国民党统治时期，人渐渐多起来，耕地越来越少，饮用水也不足，再加上山里的气候和生态环境越来越恶劣，当地的农民就越来越穷了。新中国成立后，山里的人就更多了。改革开放后，当地农民的生活有所改善。”

笔者：“哦，原来是这样。”

笔者：“农老师，我想向您了解一下您以前读书的情况。您可以谈谈吗？”

农冠品：“我早年的求学经历是比较辗转和艰辛的。在1948年，我到全茗小学读高小。那时都是步行好几个钟头去，每次要翻过几座大山。我母亲每个月到学校看我一次，有时候逢圩日她会挑一些米，大概有十几斤左右，交给学校饭堂，我才有饭吃。上学的路很难走，杂草很高，都是山路，她来看我一次很不容易，要走三十华里多路呢。小学未毕业，后因武工队队员进行革命活动，学校只能关门了。1950年考上了龙门中学，学校没过多久也是关门了。后来，我考上了龙州高中，龙州高中是当时比较有名的中学。我去那里读书也是走路去的。五山乡离龙州有一百多里路呢，我得在大新雷平住一晚上，才能赶到学校上学。学校里有个图书馆，我在学校里慢慢地喜欢上了文学，开始阅读一些像《长江文艺》之类的期刊。高中的时候，我写过一些诗歌，也投稿了，但几乎没有能够录用。后来上了大学，我参与了学校的文学创作小组，开始在校刊中发表诗歌。我的第一篇诗歌是《青年进行曲》，该诗在校园中作节目集体朗读。工作后，我回广西师范大学图书馆找这首诗，可惜没有找到，已经流失了。”

笔者：“您对读书和文学很执着啊。”

农冠品：“我确实是比较喜欢读书的。”

笔者：“农老师，我想向您了解一下几十年来从事民间文学工作的情况，可以谈谈吗？”

农冠品：“我1960年大学毕业后，就被分配到广西文联工作，和蓝鸿恩、陈白曙、侬易天几个人一起工作，主要负责民间文学工作。当时成立了广西民间文学研究会。我们还年轻，跑的地方比较多，到广西壮族自治区的金秀大瑶山、大苗山、富川县、都安县等地采风。1961—1963年困难时期，我们在乡下和农民一起度过。我的诗集《泉韵集》里边有好几首是在那时候写的。”

笔者：“农老师，你们到乡下采风的生活一定很辛苦的吧？您能谈谈当时的情况吗？”

农冠品：“以前没有车，去哪里都是走路，要翻过很多座山。我们一般和农民一起吃住，给一些粮票给他们。我们和农民一起劳动，听农民讲故事。农民讲故事的时候，我们负责记录。那时候我们没有录音机、照相机，记录都是靠笔。那时候，我们的钢笔是用钢笔粉沾水写成字的。我们有时也住旅社。从乡下采风回到旅社，大瑶山的山蚂蝗比较多，它吸饱了人血，就走了。我们回到旅社休息的时候，才发现我们腿上的鲜血直流。当时我们还年轻，不怕吃苦，记东西速度也比较快，回到房间顾不上劳累，继续整理白天收集到的资料。”

笔者：“这么辛苦，感动。您可以再谈谈对壮族大型古籍收集情况吗？一定也很辛苦吧？”

农冠品：“是的，我们对这些古籍资料的收集和整理工作是非常辛苦的，工作量非常大。那时电脑没有普及，我们很多时候都靠手工书写、整理和校对。有时候还自己刻钢板印刷，自己拿去印刷。”

笔者：“我发现您对瑶族和苗族的山歌和古籍也进行过相关的收集和整理工作，您会苗语和瑶语吗？”

农冠品：“不会，都靠当地的一些小学老师和当地的群众协助。他们一句一句翻译，我们一句一句记录和校对整理出来。”

笔者：“你们工作确实很辛苦啊。壮族的大型古籍《布洛陀经诗译注》、《嘹歌》、瑶族的史诗《密洛陀》、民间文学的三大集成（广西卷），您是主编和副主编。我想知道您的诗歌是怎样在业余创作完成的呢？这与您的工作相关吗？”

农冠品：“我的诗歌创作只是工作的业余爱好。当然，我做过八年的《广西文学》诗歌栏目的编辑。我喜爱诗歌，也喜爱写散文。平时工作之余，把见闻和感想写下来，记在本子上。”

笔者：“农老师，您可以谈谈您的几部诗集是如何创作而成的吗？”

农冠品：“先从我的第一部诗集《泉韵集》开始说起吧。我的诗集《泉韵集》中的一些诗篇是在我去采风的过程中写成的。在1961—1963年，我到广西的金秀大瑶山、大苗山、富川瑶族自治县、都安瑶族自治县等少数民族地区进行采风，写了一些相关题材的诗歌。在这些少数民族地区，我们为当地少数民族的群众的热情所感动，也体会到了他们多彩的民族风情，于是写了一些诗歌。在诗集《泉韵集》中，如《森林情歌》《苗家情》《林海晨曲》《瑶山诗情》等诗篇描写了大瑶山、大苗山的民族风情。《爱，这样开始》这部诗集是我和著名的作家陆地到左右江革命根据地考察时候写的。文革刚刚结束，我的心情比较激动，再加上了解到壮族领袖韦拔群一家人为革命献身后，我深受感动，于是写了这方面题材的诗歌。”

笔者：“我读过您的好些诗，像《寻求》《遗产》《表率》等诗歌都是歌颂韦拔群烈士的。”

农冠品：“是的。当时我深受感动，革命来之不易啊。关于描写百色地区的诗歌，我大概写了五十多首吧。”

笔者：“嗯。那诗集《晚开的情花》在什么样的背景下创作而成的?”

农冠品：“这部诗集是改革开放以后，我受现代派诗潮的影响，对壮族文化进行了深入的反思，一改以前一味地歌颂的风格。壮族文化是建立在农业文明基础上的文化，有很多的灿烂的文明，但也有局限性，比如保守、愚昧等。我的诗对壮族文化进行了反思，在表现手法上，借用了现代派的写作技巧，但不是很多，有几首。”

农冠品：“诗集《岛国情》是我出访菲律宾所作。我第一次出国，心情比较激动，写了很多菲律宾风俗民情的诗歌，当然也写了思念祖国和家乡的诗歌。”

笔者：“嗯。那《世纪的落叶》这部诗集是怎样写成的呢?”

农冠品：“这部诗集是我新中国建立建立后到南宁市五塘镇和下乡知青一起劳动写成的。那时候，我们劳动非常辛苦。在休息的时候，我就想着要记录下这段日子的劳动和生活场景，记录的事情多了，慢慢地集成了诗歌集子。”

笔者：“哦。那诗集《记在绿叶上的情》是如何创作而成的呢?”

农冠品：“这部诗集没有出版，只是结集，是一部综合集子，各类题材都有。我在这部诗集中，特别想在诗歌的风格方面有所突破。”

笔者：“您那时候打算从哪个方面进行创作上的突破呢?”

农冠品：“人老了，总想有所收获。我想采用一种新的诗歌体，这种诗歌体有别于新诗，又不同于古体诗，主要是解决格律的问题。我觉得诗还是要讲究押韵和节奏的，但可惜这种尝试不多。”

笔者：“嗯。我也注意到了，在该诗集中有几首这样的诗歌。我还想问您一个重要的问题，就是您对民间文学造诣深厚，民间文化对您的诗歌创作有什么影响呢?”

农冠品：“这方面众多评论家已经注意到了。我的诗歌在题材上借用了民间文化的很多东西，还有就是我的诗歌形式大量地借用了民歌的形式，尤其以借用五言、七言比较多。当然后来我意识到了这方面的局限性，我的诗句变长了，使用长句较多。《爱，这样开始》这部诗集基本上是民歌体。《长堤歌》这首诗采用了楼梯式的形式。当时这首诗歌比较出名，有很长一段时间，在建筑邕江大堤的广播站经常广播，鼓舞志气。我的一些诗歌直接借用了民间故事，像刘三姐、莫一大王等。我诗歌的语句比较跳跃，这个方面评论家们注意到了。我的诗歌大量运用了赋、比、兴的表现手法。”

农冠品：“我的诗歌主要受民间歌谣和古代文学诗、词、曲的影响。我认为，诗歌还是要注意意境的。因为我不懂外文，外国的诗我阅读比较少，不太喜欢读翻译过来的诗，也读过一些，如雪莱等。”

农冠品：“《醒来的大山》这部诗集是 1983 年我到青海参加民间史诗研讨会期间写的，那时我走了很多地方，也写了很多山水诗。这部诗集里面也有描写大新风景的。”

笔者：“嗯。您的山水诗占的数量还是比较多的。”

笔者：“您对当前的新诗怎么看?”

农冠品：“当前的新诗散文化比较严重，不太注意用韵。我觉得新诗还是要注意用韵和音乐节奏的。我的诗歌是比较注意用韵和音乐节奏的，晚年试图开创新路，但没有继续下去。我注意到你送给我的那些小诗还是写得比较蕴藉。诗歌创作是要注意含蓄和意境的。”

笔者：“呵呵，写得不好。我同意您的观点，诗歌如果写得太直白了，也就没人看了。您鼓励过很多年轻诗人创作吧。”

农冠品：“我鼓励过一些年轻人创作，比如杨克、邓卉等。”

农冠品：“家乡大新的民间文化对我的启发还是很大的，比如家乡的山歌、一些壮族风俗，对我的诗歌创作还是产生一定影响的。”

笔者：“嗯，我注意到了。”

农冠品：“我的家乡以前有很多独特的民俗，可惜现在很多种类消失了，比如唱山歌、抢花炮之类的。“文革”前，这些风俗是比较盛行的，每到节日，村里的男女老少都穿上新衣服参加民俗活动。”

三、2015 年至 2017 年浪屯田野调查访谈笔录（节录）

（一）2015 年 2 月 1 日上午与农冠品大弟农甲品谈话（节录）

笔者：“您好，现向您了解一些关于你大哥农冠品的创作情况，您谈谈可以吗？”

农甲品：“可以，我家有四兄弟，冠品是老大，二弟是原广西民族师范学校的老师，退休了现在南宁居住，三弟病逝了。”

笔者：“您在家做农活的日子很苦吧。”

农甲品：“嗯。没办法，家里穷，那时我爸觉得我读书没有哥哥和弟弟好，于是劝我不要再读书了。”

笔者：“新中国建立前后你们的生活如何？能谈谈吗？”

农甲品：“村子田地少，没有水。天有时天旱，有时涝。旱涝在村子里是经常发生的，有时候一年种下去的玉米都收不上来多少斤。”

笔者：“现在生活可能好一点了吧？年青人都到外边打工吗？”

农甲品：“现在的年轻人一般都到广东打工去了。以前没有打工收入，主要靠在大新县城和附近的村屯帮人做一些短工度日。”

笔者：“嗯，我听说五山乡的石头工匠很能干。”

笔者：“农老师小时候和您一样，生活也很苦吧？他小时候读书很勤奋吧？”

农甲品：“是啊，那时候我们都没有鞋子穿，他得光着脚走路去上学。到大新县全茗镇读小学，他要走好几个钟呢。他读书毕业后，就一直在外边工作了。他年轻的时候读书非常认真，成绩也好。”

笔者：“确实很辛苦。现在村里都基本上装了自来水了吧？”

农甲品：“是啊，这几年才装上的。以前我们都要到山边那口泉去挑水。”

笔者：“村里的泉水经常有流水吗？”

农甲品：“一年四季都有，但不多，只够村里的人喝水，种地是不够的。

村里的水田很少，就泉水附近的那点地，不到一人半亩。连旱地，我们村人平均的田地不到一亩地。”

笔者：“嗯，这里山地比较多。”

笔者：“村里的人有信巫习俗的吗？”

农甲品：“穷人哪有什么信不信的，村里一共有四个巫师。”

笔者：“嗯。”

农甲品：“村里的庙堂每年六月六搞祭祀活动，挺热闹的，到时你可以过来看看的。都是我们姓农的群众搞的活动，没有别的姓。”

笔者：“村里有别的姓吗？”

农甲品：“除了嫁过来的不姓农，本村的多姓农，附近两个村屯有通婚的习惯。”

（二）2017 年 8 月 21 日笔者在三合村做田野调查时与三合村村民的谈话记录（节录）

农普安：“我和农冠品是叔侄关系，即我的父亲和他的父亲是堂兄弟。我和冠品叔一起长大。”

笔者：“你们那时候去全茗读书很辛苦吧？”

农普安：“嗯。当时没有鞋子穿，上学都要走路去，要翻过好几座大山，先从村里的对面的那座山走过去，再走小路。山很陡，草很高，山路上有很多荆棘。”

笔者：“你们一起读过书吗？”

农普安：“没有，我比他大四岁，我读书比他早，不在一起读书。”

农佳品：“我和他一起玩，但不在一起读书。我一直没有能够读书，因为家里穷。”

笔者：“你们去全茗镇读书要走哪条路呢？”

农普安：“你从大新县城来一定路过大新铅锌矿吧，就从那条路过去，从那山间的小路穿过去，走到山弄里，从小路绕过去，到配偶村，再经过几个村，才从山里钻出来，走到大路，从山坡，到山坡，再到峡谷，才到我们小学。总之，新中国成立前的路很难走。”

笔者：“那你们上一次学不是要大半天吗？”

农普安：“谁说不是啊，早上从村里出发，走到学校就可以吃午饭了。”

笔者：“你们在学校里边住宿吗？”

农普安：“我们一个星期回一次家，在学校寄宿。”

笔者：“那时候用不用交米给学校呢？”

农普安：“用的。去的时候要带米去交给学校，学生才有饭吃。”

笔者：“以前你们是打赤脚吧？”

农普安：“是啊，哪有鞋子穿呢，有一双草鞋穿都是件非常奢侈的事情了。”

笔者：“你们的主食是什么？”

农普安：“我们主要吃玉米粥。”

笔者：“有米饭吃吗？”

农普安：“有啊，但很少。”

笔者：“你们带大米去学校，还是带玉米去学校呢？”

农普安：“带大米去。”

笔者：“你们那会读小学只读三年，是吧？”

农普安：“是的，我们读小学、中学都很辛苦的，走路又爬山。我们村里因为太穷了，我们村的女孩拼命地往外嫁，而外村的女孩因为整天都吃玉米粥，干活又辛苦，多不愿意嫁进来。”

农普安：“农冠品去龙州高中读书的时候，我记得还给他寄去了 5 元钱。因为太穷了，就接济他一些。”

笔者：“你们可以谈谈新中国建立后的一些情况吗？”

屯长：“新中国建立后，情况改善了很多，但和其他乡镇相比，我们的生产劳动强度还是比较大的。1995 年村里村里的山洞开挖之前，村里的人出门，都要爬上大山才能出去的。”

笔者：“我看见了，山是挺高的，非要爬过去吗？”

屯长：“是的。自从那个洞挖好了以后，我们去种地才不用爬山。可惜的是，那时候规划得差了一些，规划洞的规格为宽两米，高两米五，实际上有些洞宽并不到两米五，只有两米二或两米三。”

笔者：“哦，村里什么时候有自来水？”

屯长：“2011 年。在这以前，村民们都是从地下抽水饮用，或从村边的泉水打水喝。”

笔者：“你们建房子政府有没有财政拨款呢？”

屯长：“贫困户国家有补助的资金。”

扶贫书记何述强：“你们屯的舞台村委的领导很关心，经费会及时到位。”

笔者：“你们屯地里现在有没有水利设施？”

屯长：“比较少。”

屯长：“该村的地形比较特殊，土地地力存在较大的差异，‘双高’整合比较难推进。”

笔者：“哦，知道了。我们还是再来谈谈农冠品在故乡的一些事情。”

农甲品：“我哥工作比较忙，他把心都全身心地投入到写文章、做学问当中去，工作以后很少回到家乡。退休后，最近这几年老想回来，但身体又不太好。父母过世的时候，他回过家乡一次。”

笔者：“或许是他工作太忙吧。他退休了，还是有很多事情找他做的。你们不是有很多人去过他家吗？”

农甲品：“我去过很多次的，村里的人也去过他家很多次。”

农普安：“我去过两次。”

屯长：“他总说工作太忙，有时候要开会、出差等。退休后，他身体不太好，所以很少回来了。”

农甲品：“以前老人很辛苦，辛辛苦苦养了一只鸡，大了，舍不得吃，把鸡卖了，送他（指农冠品）读书。”

笔者（对农佳品）：“您是冠品老师的朋友，是吧？”

农佳品：“是，我们小时候一起玩，和他同龄，但我没有读过书。”

笔者：“没读过小学吗？”

农佳品：“是。”

农普安：“我今年 86 岁。”

笔者：“你们精神挺好的。你们小时候都玩什么游戏呢？”

农佳品：“我们抓鸟、打陀螺啊。”

笔者：“你们喜欢游泳吗？”

农佳品：“村里没有水。”

笔者：“不好意思，我忘了。我们村新中国建立初期，人口多不多？”

农普安：“人口不多，屯里就十几户人家，人很少。”

笔者：“那会你们种水田，还是种旱地？”

农甲品妻子：“旱地多一些，水田很少。”

农甲品：“以前没有水，田里很干旱，泉眼的水很少。以前那口泉水有时候流出来很多，淹没农田，有时候却好几天没水，现在生活好了，那泉水到日夜流个不断，所以村里给那口泉水取名做‘神经泉’。以前的泉水一个月都不流一次，等田都干裂了，它才突然流出来，让人生气不已。”

农甲品妻子：“这几年生活好了，那泉水倒是天天流。”

农甲品：“村里原先还有一棵大榕树，就在村后面的山上，‘大炼钢铁’的时候被砍掉了。我哥为此还写过一首诗歌。那诗歌我们看过，就写咱村里的那棵大树，诗歌里的那个老人是我们的祖母。”

农团品：“他好像也写过村里的那口泉水吧。”

笔者：“是的。”

农甲品：“他写过泉水流出来的时候情况怎么样，没流出来情况又怎么样。1958 年老祖母过世。这棵树老了，人也老了。”

笔者：“你们都看过他的这首诗吗？”

农甲品：“他给我们看过的。”

农团品：“他给他弟弟看，我们也就拿来看了。上次去他家，他拿那本书给我，但我忘记拿了。”

笔者（对佳品）：“你们小时候是不是不喜欢读书呢？”

农佳品：“我一直没有读过书。”

农甲品：“他没有读过书，解放前一直帮地主放牛。把牛喂饱了，地主才给他粥吃，干满一年的活后，有时他会得到一套衣服回家。”

笔者：“我们村新中国建立前有地主吗？”

农佳品：“没有，他们要到龙门乡或别的村的地主家去放牛。”

农团品：“一个十几岁的人，要放牛才有粥吃。年底回家的时候，地主会给一顶帽子或一件旧衣服，或一些谷子。”

笔者：“长大后，年轻的时候您到哪里打工呢？”

农佳品：“没有出去做工，都在家种地。”

团品：“他后来还当上了生产队长了呢。”

笔者：“当上生产队长后，您主要负责什么工作呢？”

佳品：“也没啥，平时叫大家开会之类的，我可以领到工分。当了十几年的生产队长都是挣工分。”

农甲品：“我当时是生产队的会计，也能得到工分。”

农普安：“我当村里的指导员，没有钱。”

笔者（笑对甲品）：“您当上了生产队的会计，该有钱了吧？”

农甲品：“哪有钱呢？我从 1987 年到 1990 年三年会计，一分钱也没挣到。”

笔者：“你们挣工分来干嘛呢？”

农甲品：“按工分来分东西啊。我们干活后收获了东西，然后统一归到集体，最后按工分来分到劳动成果，就那些稻谷之类的东西。”

农甲品妻子：“就是把所有的东西归到仓库后，再由队长按工分的多少分粮食。”

笔者：“分田到户后村里的情况怎么样？”

农团品：“分田到户就是把田分到各家各户，各家自己种自己的地。”

农甲品：“分田到户后，生活好过一点了，粮食也多了。”

笔者：“分田到户后，你主要负责干什么活呢？”

农佳品：“我就不做队长了，种自己家的地了。”

农团品：“后来我们屯就有了屯长了。”

笔者（向屯长）：“屯长应该有补助的吧？”

屯长：“一天补助 3.3 元。”

农团品：“平时种自己的地，做一些事情就可以了。我以前做村里的生产队指导员，那会每天只得 1 元钱。后来我去做水利，就一天几毛钱。”

农甲品妻子：“我去矿场做工一天 1.80 元就算高收入了，我非常开心。”

农甲品：“我打工一天收入 1.2 元。”

农团品：“不，我一天收入八角。一天去打工除去吃的剩下一个月四十元钱都觉得很开心了。”

笔者：“你们到广东打过工吗？”

农甲品妻子：“我们这一代都老了，赶不上。”

农甲品：“90 年代（20 世纪）我们村很少出去，2000 年以后村民出去多一些。”

农团品：“1976 年我高中毕业，1977 年去做水利，挣的还是工分，没有钱。1978 年去我硕龙打洞，也到十九岗（大新县城附近的地名）干活，一天能挣几毛钱，很高兴。以前我长着小个子，老挨欺负，被别人笑，他们这样笑话我：‘五山老挨水淹，被水卷走。’我个子小，扛炸药包一包有四十几斤重，但我都不怕。1980 年分田到户后，我就回家种地了。我有个女儿和你一般大小，后来去广东打工了。”

农甲品妻子：“我孩子到过大新的罐头厂打工，自己带玉米糊去吃。她们在罐头厂打工认识了一些朋友，相约一起去广东打工。”

笔者：“你们这一代农民都没有到过南宁打工吗？”

农团品：“没有，我们只种自己家的地，有时做一些零工。现在的年轻人出去打工老怕辛苦，哪像我们？在家里做零工，只要能赚到一块钱，就干了。”

笔者（向农普安）：“您是做老师的，做老师应该没他们那么辛苦吧？”

农普安：“谁说啊，那时候我当老师也很辛苦的。”

笔者：“怎么会呢？您不是有工资领吗？”

屯长：“我爸很辛苦的。每次他去龙门中心小学校上课，都要翻过好几座山才能到学校。”

笔者：“他不是天天那样吧？”

屯长：“嗯，隔几天回来一次，带钱回来。”

笔者：“为啥？”

屯长：“我们还小，我妈带着我们 6 个孩子在家干活，很辛苦。他要回来帮家里干活。”

农普安：“我一个月工资三十几块钱，但我没有工分。家里的日常用品都要花钱买，那叫缺粮。”

农甲品妻子：“他当老师也很辛苦的，每次回来，还要带上一撮头巾到山里去打柴。”

笔者：“您在村里还有田地吗？”

农普安：“没有，田被没收了，仓库里的东西没有我的份。和你爸妈一样，吃粮所的，那叫非农业人口。”

笔者：“那您的工资够吃维持生活吗？”

农普安：“勉强够，但养 6 个孩子就困难了。”

笔者：“您做老师时候，学校里的教学情况怎么样？”

农普安：“我在龙门中心小学教书的时候上好几个班的课，孩子很听话，不难教。我当时教语文。我的房间就是在教室旁边挨着，那是一间小房子。

两个人一起住，等另外一个老师煮好饭，炉子的柴火还没熄灭，我就用那余火来煮饭。下了课回来，我就自己生火炒菜。我们的床很小，仅够一个人睡。”

笔者（对佳品）：“您有多少个孩子呢？”

农佳品：“8 个。”

笔者（团品）：“那您有多少个孩子呢？”

农团品：“我有 3 个。”

农团品：“现在放开二胎了，我在外地打工的女儿却不想生了，说养不起。”

笔者：“你们的孩子都在外打工吗？”

农团品：“是。”

农普安：“我的孩子有一个有正式工作，一个是屯长，其他的当农民。”

农甲品：“是。”

笔者：“他们在广东从事什么工作呢？”

农甲品妻子：“具体的说不上来，他们都进厂子干活了。”

屯长：“他们都把自己的孩子带出去了，都在广东做临时工。什么活能挣钱就做啥。”

农甲品：“他们出去主要搞建筑、做菜刀、做洗发水、做皮具等活。”

农甲品：“以前五六十年代读书的都是被选送去的。以前初中到高中都是选送的，但村里就因为这个很少被选送出去。”

农愿足（屯长）：“如果以前不实行选送制的话，我们屯的人才会更多一些了。”

农愿足（屯长）：“我哥 1977 年恢复了高考后，考上了中专，后来被分配在南宁工作。”

笔者：“那您的其他兄弟姐妹呢？”

农愿足（屯长）：“家里的兄弟六个，第二个农民，第三个农民，第四个农民，第五个农民。”

笔者（笑）：“呵呵，您现在生活不是好过了吗？还当上了屯长，不错了。”

笔者：“我们屯以前有人会唱山歌吗？”

农团品：“以前我妈会，但是现在很少人会了。”

农甲品：“我妈以前会啊，但现在过世了。现在基本没人会了，会那些都是是八九十岁的老人了。”

笔者：“三合村其他屯有人会吗?”

农甲品：“很少了。”

笔者：“你们年轻的时候有什么娱乐?”

农团品：“做工都来不及呢，还谈什么玩。”

农甲品妻子：“我们去广东带孙呢。”

笔者：“您也是这个屯的吗?”

农甲品妻子：“我是凛屯的。”

笔者：“你们两个是如何认识的呢?”

农甲品妻子：“我去问命认识的，看生辰。我父母去问算命先生看我们的命合不合才认识的，不像现在自由恋爱。男方的父母知道隔壁村的某个女孩人长得可以，就去算命先生那里去看生辰合不合适，才结婚的，不看人，看日子。”

笔者：“结婚以前你们两人互不认识吗?”

农甲品妻子：“是的。婚姻是老爸老妈做决定的。”

农团品：“我们都是一样的，不像你们年轻人自由谈恋爱。”

农普安：“我也一样的。”

农甲品妻子：“爸妈在算命先生那里看好生辰以后，再去对象家里，带点肉和米去到家里问，对方答应后，才能结婚。”

笔者：“那你的老爸老妈怎么认识她呢?”

农甲品：“按村去找啊，或问道公啊。找到好的就好了，差的只有认命了。爸妈问道公说她的命和我的命五行合不合，能不能为我们家生孩子等，合适的才能结婚。”

农团品：“不像现在年轻人性格合得来才结婚。”

笔者：“你们的地那么少，又都没有出去打工，为什么呢?”

农甲品：“没时间啊。我们的地是少，但以前做农活没有那么容易的，要上山、爬坡去干活，一天挑三担泥土肩膀都痛死了，周身累痛。”

农甲品妻子：“种了玉米，又要种黄豆，还要为地里除草，一天干不完的活。现在有除草剂了，不像以前，都用手拔草。没拔完草，其他又开始长了，辛苦啊。”

农团品："现在米基本够吃了，因为有早稻晚稻。新中国建立前后粮食产量低，集体分粮那时，粮食不够吃。以前就放一些牛粪、鸡粪做肥料，粮食亩产不过两三百斤，虫害又多。不像现在粮食亩产一千斤，当然够吃了。"

笔者："是分田到户以后才够吃是吧？"

农甲品妻子："嗯。新中国建立前后我们粮食不够吃，还到山上挖一种山薯来吃。那是一种山上的树根，用刀一割进去，是红色的。煮好后把它的水倒掉。淮山薯很能挖到，我们就吃这个了。去放牛的时候，就顺便挖。山薯比较容易找，基本上每天都能找到一些，全家靠它吃饭了。山薯放到石臼里冲，冲好后，放到玉米糊里一起煮。"

笔者："我们村没有养鱼是吧？"

农团品："很少。"

笔者："养有鸡鸭吗？"

农团品："有，但是少，自家自己养，自己吃。没有专业户。"

笔者："五山不是有人做石匠吗？"

农团品："以前有，现在都是用钩机。"

笔者："以前您去打过石头吗？"

农团品："去过的，也去过水利开凿石头。以前还去挑泥土。"

农甲品妻子："现在我们村很多人打工每个月都得钱了，现在找钱容易多了。现在也交了养老。"

四、对著名作家韦其麟电话访谈笔录（节录）

时间：2017 年 8 月 22 日下午四点半至五点

笔者："您怎么看您的诗和农冠品诗歌各自不同的创作风格？"

韦其麟："诗人有不同的风格，二者各有千秋。将我的诗歌和冠品的诗歌风格进行风格比较，或分出成就的高低，我认为是不科学的。"

笔者："您后来写散文诗比较多一些，为什么呢？"

韦其麟："作家在一个阶段有一个阶段的创作心态，写散文诗只是一个阶段心态的反映。我早期在 20 世纪五六十年代就写过散文诗，只是没有拿出来发表而已，所以我的诗歌不存在诗体的转型问题。诗歌抒发情感可以借助多种多样的手段，如可以借助民间故事进行抒情，也可以直接抒发情感，比如我的散文诗。我的诗歌创作不存在创作文体的转向问题。"

笔者："您对当代壮族的年青诗人很少写及我们壮族文化的题材问题怎么看？"

韦其麟："写作要写感兴趣的东西，写熟悉的东西，没有必要都要求他们写壮族题材的诗歌。对壮族文化不了解，也就没有必要写壮族文化题材的诗歌。如果勉强来写，写出来的诗歌就不真实了。民间故事的收集整理和民间文学的再创作不同，民间文学的再创作往往加入作家的美学情趣进行再创作，而民间文学的整理往往是要忠实于原来的民间故事本身，诗人可以借鉴民间故事进行发挥和再创作。民间文学的再创作形式往往是多种多样的，不仅仅是诗歌，还包括戏剧等。"

韦其麟："有些学者提出一些诗人由民间文学转向作家文学创作，我想和你谈谈这个问题。"

韦其麟："我认为作家创作的过程中，不存在由民间文学转向作家文学的创作问题，比如我在创作《凤凰歌》和《百鸟衣》之前，我就开始写诗歌，只是后来借鉴了民间文学的一些营养进行创作；比如莎红，他在搞民间文学收集和研究之前，他就写了很多剧本，还有黄青，也是如此；又比如苗延秀一开始就写长诗，还有鲁迅也从民间文学那里汲取了很多营养，难道说他是从民间文学再创作向作家文学转型吗？民间文学和作家文学是两个并列的，相互平行，并相互借鉴和影响的系统，作家可以从民间文学汲取营养，进行文学创作。我认为作家的创作不存在先是从事民间文学工作，后因受到民间文学的影响而引发文学创作转向的问题。一些文学批评家认为二者可以互相转向是极不科学的。"

笔者："我赞同您的看法，我觉得民间文学和作家文学有两个不同的审美体系，他们是平行的。"

韦其麟："文学上流行这么一个观点，就是当作家文学走到相对比较低迷的阶段的时候，往往借助于民间文学，作家从民间文学那里得到营养，对作家文学进行适当的营养补充。我认为作家创作民间文学向作家文学转型是十分不科学的。"

五、对学者农作丰访谈的笔录（节录）

时间：2017年8月24日下午3点到5点　农作丰办公室

笔者：“您好！我看了您对农冠品诗歌的评论，对您的评论记忆非常深刻，对您的看法非常认同，您可以谈谈您对农冠品诗歌的看法吗？”

农作丰：“我写评论是很多年以前的事情了。在当时的老诗人中，农冠品诗歌的风格是比较鲜明的，影响也比较大。韦其麟先生喜欢把壮族的传说故事写成诗歌，韦其麟先生是叙事诗，农冠品更多是抒情诗。韦其麟以民族文化的积淀来影响人，而农冠品则是对民族文化风情的感悟来影响人。他们代表了广西诗坛的高峰。”

笔者：“农冠品诗歌的影响可以说得具体一些吗？”

农作丰：“农冠品是研究民族文学的专家，他的本职工作是做民族文化研究的，同时他又是《广西文学》的诗歌编辑，他对诗歌的审美和感悟在一定程度上影响了当地的一些诗歌创作。同时，他又是广西文联的副主席，中国民间文艺家协会的副主席，广西民间文艺家协会的主席，如此特殊的文化地位产生的文化向导和作用是明显的。”

笔者：“看了您的文章，感觉您对两位诗人挺有研究的，觉得您改行比较可惜，你曾经是那么有才华的评论家。”

农作丰：“呵呵，谢谢。当时写评论是受1988年广西文坛反思的促动，对在如何处理民族文化和时代的意识关系上有了一些想法，也促使我去关注广西文坛。我读书的时候曾选修过黄绍清老师的当代壮族作家研究课，受到了他的一些影响。”

笔者：“在20世纪80年代的广西文坛，当时的诗坛情况如何？文学评论家主要有哪些？”

农作丰：“那时比较有名的汉族诗人有杨克等，壮族有黄神彪、黄堃等。文学评论家有黄伟林等。新中国成立初期，在广西文坛，韦其麟那一代诗人当中少数民族诗人多一些，汉族诗人少一些。”

笔者："我一直有个疑问，大新县五山乡是一个相对其他乡镇来说是比较穷的乡镇，感觉在农冠品诗歌里面很少涉及该乡贫穷落后的一面。"

农作丰："五山确实是大新比较穷的乡镇，石漠化比较严重，当然现在有了较大的改善。农老师为什么不直接写生存的艰难，转而书写当地人民比较淳朴的性格？我觉得这和人的审美的心态有关，比如一杯水，不同的人看的角度不同，乐观的人会看到水的部分，悲观的人看到的是空着的部分。农冠品对诗歌题材的选取上更多地选取了乐观向上的部分。"

笔者："您认为这会不会是一种回避书写？"

农作丰："这个我认为倒不是。农冠品老师观察事物时的心态是乐观的。"

笔者："嗯。我还想知道您为什么对诗集《晚开的情花》有那么高的评价？"

农作丰："农冠品先生的诗其实不仅仅是写壮族的，他的诗歌涉及了汉族、瑶族、苗族、侗族、京族等民族的民族生活，可以这么说，他的诗歌描绘了一种南方少数民族的风情。《晚开的情花》这部诗集我认为代表了农冠品先生诗歌创作长期积累后一种崭新的高度。《泉韵集》重在体现民族风情和风景的描摹，充满了欢快的情调，诗集《晚开的情花》对民族文化的内涵挖掘得更深，如该诗集中《邕莱，民族魂》等诗篇对民族落后的习俗进行批判的意识，如他的诗歌指出壮族人不要整天沉迷于酒，对壮族文化进行更深层次的探索，进入了理性的探索。"

笔者："嗯，我非常赞同。我认为他的这部诗歌的艺术探索是非常成功的，可惜农冠品的诗歌后期没用按照这个路子走。"

农作丰："这个和他的工作相关，他担任了一些行政职务，事务比较烦琐，后来写了游历题材的诗歌更多一些。他的诗歌又回到了前期的诗歌的写作方法和思路，对民族文化缺乏一种更深层次的挖掘。"

笔者："您写文学评论是不是较大地受到了西方文艺理论的思想影响呢？"

农作丰："我写的文学评论受外国文艺理论思潮影响不是很大，但借用西方文艺理论中一些文学概念来论证是有的。西方的文艺理论有一套话语体系，我们国家的文艺理论目前还没有达到这样的高度，但我相信有一天有中国特色的文学评论的话语体系也会建立起来的。"

笔者：“我在农冠品诗歌中发现他使用了一些西方的艺术表现手法，如蒙太奇等，80 年代末到 90 年代初西方文化思潮是否已经广泛影响了我国的文艺界呢？”

农作丰：“蒙太奇的表现手法不是那时候传入中国的。改革开放打开了一扇窗户，什么风都有可能吹进来。在文学创作上，我国的文学受到西方的影响是不可避免的，但文学创作主要是经过作家的吸收以后，才形成自己的独特风格。文学思潮离不开传统教育的限制。”

笔者：“农冠品是老一辈的诗人，现在研究他的诗歌您认为其现实的价值和意义在哪里？”

农作丰：“研究的价值要从不同的角度去审视。目前提倡研究农冠品诗歌，研究民族文化契合了当今国家发展的语境。牢度树立‘四个自信’的思想，其中树立民族文化的自信是树立文化自信重要的组成部分。农冠品先生的诗歌体现的是南方民族文化的关照，他的诗歌代表了新中国建立以来到 20 世纪 90 年代对南方民族文化的思考，研究他的诗歌可以增强我们的文化自信感。”

笔者：“农老师和韦其麟先生这一代老诗人写民族题材的诗歌比较多，现在年轻人写民族题材比较少？对于这个问题，您怎么看？”

农作丰：“世界变化太快了，接受信息的途径比较多，年轻人生活方式和我们那一代的明显不同，现在的文化娱乐性的文化比较多，我主张民族教育是一个与时俱进的东西，顺势而为，加以引导，才是民族文化发展和民族教育的科学态度。”

六、对农学冠教授访谈的笔录（节录）

时间：2017 年 8 月 27 日下午 3 点至 5 点　地点：广西民族大学农学冠家中

笔者：“农教授好，听说您和农冠品老师是同乡，又是好友，故特向您了解一下农冠品老师的情况。您可以谈谈吗？”

农学冠：“农冠品做了大量的民间文学整理工作，你可以把这些成果整理起来，把民间文学集子、文学创作的书目收集在一起，做成一个完整的研究篇目。我的身体不是很好，对他的整体研究不是很多。”

笔者：“是，我是做了一些，也把它们都弄在了一起，但研究做得还不够。”

笔者：“我看了您和梁庭望先生编写的《壮族文学史》提到他的诗歌诗性略显不足是吧？”

农学冠：“我主要分析他诗歌的题材，他写壮族历史、壮族生活，我从这方面进行分析，其他方面我就不一定提了。他的诗歌有一定的想象力，诗歌离开想象力是不行的。他的诗歌描绘了一些意象，如凤凰，描绘得还是不错的，但我觉得他的诗歌和韦其麟的诗歌比较来说，不是那么细腻，抒情性还不够。他除了写壮族以外，他还写其他民族的生活，甚至写了国外的，如他去访问菲律宾，他还写了这些题材，写了岛国的生活。”

农学冠：“农冠品诗歌具有新中国建立新诗中比较自由的，比较浪漫的风格和情怀，也吸收了壮族民间歌谣的艺术特色，比如他的诗歌的语言具有通俗和口语化等特点。”

笔者：“我发现很多诗人和作家都受到了壮族民歌的影响，如古笛也受到了民歌的影响比较大。”

农学冠：“对的。古笛从当兵时候开始练习写诗，他的诗被谱成歌曲拿来传唱，影响比较大。”

笔者：“嗯，我在读诗的时候也发现了这一点。您怎么看莎红的诗？”

农学冠：“莎红的诗很多是经过民间故事来改编，而且带有歌颂性的，主要歌颂壮族美丽生活，人家评论他的诗是‘微笑来歌颂生活’。他的诗歌从正面地歌颂生活多一些，歌颂未来的生活更加美好，这是他诗歌的特点。”

笔者：“农老师，我比较好奇，为什么老一代的诗人都喜欢创作这些题材的诗歌呢？为什么韦其麟、农冠品、莎红等人都喜欢歌颂壮族？那时候是受到什么思想影响呢？”

农学冠：“我们中国的新诗从郭沫若开始，他歌颂凤凰涅槃，把旧的中国烧毁了，要诞生一个新的凤凰出来，这是当时五四运动时期中国诗歌以后的一个诗歌的特点。胡适也写新诗，但郭沫若对新中国建立的文学影响大更一些。郭沫若带着一种革命的激情，来歌颂五四运动，歌颂旧中国的灭亡，歌颂新中国建立的灭亡，所以他的影响较大。”

笔者：“你们这些老一辈的是不是受到郭沫若的影响特别大呢？”

农学冠：“是受影响比较大的，整个新中国建立的新诗基本上还是以郭沫若为主帅，郭沫若的新诗是一面旗帜。比如说鲁迅的小说、散文也是一面旗帜，郭沫若还编了很多戏剧，歌颂一些爱国的诗人，他的文学作品很有代表性。”

笔者：“你们在大学时代是学习什么文学课程？”

农学冠：“古代文学是分时期学的，按先秦来做一大块，两汉文学一大块，宋元明清也是一大块。古代文学后面的课程就是近代文学，近代没有单独做一个单独的课程来学习。现当代文学是另外一门课程，现当代文学是从‘五四’新文化运动开始，当代文学是解放后的文学，但现当代文学作为一门课来上。读书的时候我听过李耿的课，我和黄绍清是大学同学。”

农学冠：“我到广西民族大学工作的时候，大学的各部门还没有正式成立，那时学校有干训部、预科部，干训部是为了提高农村的基层干部的文化水平而设立的，一般学一年两年。预科部招收了初中毕业后来我们学校就读高中的学生，毕业后可以读大学，专门培养少数民族的学生。”

笔者：“当时冠品老师的诗歌在广西影响力如何？”

农学冠：“他的诗歌是有一定影响的。农冠品的民族诗风能够长期地坚持下来，但他将很多精力放在民间文学方面，他这样做的话，可能会使得他的精力相对分散。如果他把精力主要集中在诗歌创作上，恐怕诗歌作品会更多一些，质量更高一些。他负责民间文学的整理工作，工作比较繁忙，他的民间文学成果还是很多的，他还担任了区文联的副主席，对于广西文艺界的影响应该得到充分肯定的。”

笔者：“嗯。您对当时的文艺界非常关注，对神话研究也十分有造诣，是吧？”

农学冠：“我的著作《岭南神话解读》影响比较大的。”

笔者：“您研究了盘瓠神话，是吧？”

农学冠：“是，我后来研究瑶族和壮族的神话，负责编写了瑶族的文学史。当时叫民族研究所，搞文学要研究神话。我的社会学研究侧重于宗教方面。研究瑶族是我申报的一个国家课题。我跑的地方比较多，但一开始也不是一下子接触到事物的本质，有些东西是慢慢摸索出来的，对骆越古国的考证也需要这样的精神。古笛曾对龙州的上金乡和骆越古都进行过考证，但可惜他去世后，没有人进行过深入地研究。盘古的传说的研究等也有待研究，壮族很多东西都值得研究的。我认为盘古和瑶族的关系更大一些。”

笔者：“我觉得我们壮族的诗歌很少提到神，您怎么看待这个问题？”

农学冠：“在右江这一带流传有布洛陀的神话传说的。”

笔者：“我一直到广西民族大学读书后，才听说布洛陀的神话传说，以前在老家大新县的时候很少听老人提到这个传说。这是为什么呢？”

农学冠：“大新县、靖西市和那坡县一带的神话传说和越南流传的神话传说更吻合一些。越南有些传说和左江一带流传的神是一样的。天等县也有布洛陀的传说，但天等县以前的行政区划划归德保的。大新县和龙州县、黑水河这带联系比较密切一些。自侬智高起义，到靖西市、龙州县和宁明县一带的农姓，基本上是认同同一种文化。任何历史都是加上了作者的主观立场的，很多东西都是由后人来加以完整的。对农冠品的诗歌有很多值得研究的东西，很多东西需要重新去写。”

农学冠：“我们壮族虽然有神，但没有统一的神，语言也比较难统一。”

农学冠：“是的。你在学校教什么科目？”

笔者：“我教过文化概论、现代汉语、现代文学、写作。”

农学冠：“我也教过写作和现当代文学，后来转入民间文学研究。我觉得有些学科是相互促进的，比如民间文学对写作会有所帮助的。我们在写作的时候，会使用到民族文化和民间文学的一些题材。”

笔者：“嗯，我也喜欢写点诗歌和散文，有时也会用到一些民间题材。”

农学冠：“嗯，很好，继续努力。我们广西民族大学就出了个杨克，他写了很多红水河的生活，但后来去了广州。"

笔者："我读过他的一些诗。"

笔者："我看了很多年轻人的诗，很少沾上民族文化的边。您怎么看这个问题?"

农学冠："百年新诗，现在看来好诗并不是很多的，口号化就不能成为好诗了。"

笔者："现在新时代的年轻人为什么不写民族诗呢?"

农学冠："诗人不一定都要写民族的题材呀，像舒婷，她的诗歌就表现了女性心理，就很具有思想性和艺术性。诗歌要大量运用比喻、暗喻和象征的手法的。诗歌创作中所谓的民族特点不一定搞得那么狭隘，不一定都要求写壮族、苗族啊，或写某个具体的民族的。彝族可以写彝族，白族也可以写白族，为什么壮族人不能写壮族和其他民族的生活呢? 有些人为什么写不出壮族题材，就是因为你没有充分挖掘壮族文化的特点，没有充分挖掘壮族的民族性。"

笔者："我发现自你们老一辈，到杨克去了广州，黄堃去世了以后，现在的壮族诗人很少写壮族题材了，多抒发个人的小情感，如写爱情的，感觉写作视野比较狭隘。"

农学冠："这个问题比较复杂。有些诗人不喜欢显露他的民族身份。有些诗人虽然在写民族性的东西，但不公开自己的少数民族身份。这些都要尊重作家个人的意愿的。读者读了你写的诗，无论是表现哪一方面的内容，表现了哪一个具体的民族也罢，几个民族也罢，起码要让读者看得出来你写的内容是北方的民族，还是南方的民族的生活特点。南方的诗歌抒情的成分比较多，比较委婉，北方民族的诗歌诗风更刚强一些。研究农冠品的诗歌你能够强调其民族性的，就强调，不能强调的也不要勉强的。"

七、农冠品对其诗歌及相关研究成果的述评（节录）

访谈时间：2019 年 5 月 11 日上午　地点：农冠品家

笔者：“农老师，您好。您的诗歌在 20 世纪八九十年代的广西文坛影响较大，研究您诗歌的文学评论家也比较多。我做您诗歌研究至今已经有五个年头了。对于我们这些研究者，您作为一位作者，您能谈谈您的看法吗？

农冠品：“我非常感谢大家这么多年来对我诗歌的关注，感谢大家对我提出的宝贵意见。”

笔者：“最初研究您的学者是黄绍清教授吧？”

农冠品：“黄绍清、董永佳、韦其麟他们研究我的诗歌比较早。韦其麟在我的诗集《泉韵集》中写了序言，写得很好。”

笔者：“黄绍清教授研究您的诗歌时间最长，我特别想听听您对黄绍清教授研究成果的看法。您对他做出的文学批评，后来有什么改进呢？”

农冠品：“黄绍清教授关注我的诗歌作品比较多，研究时间也比较长，研究全面，提出的观点也比较符合我的创作实际。他肯定了我诗歌的很多优点，如反映了广西少数民族的生活，歌颂了少数民族的新生活等。他也提出了我的诗歌含蓄性有所欠缺的问题。”

笔者：“后来您做了什么修正呢？”

农冠品：“我做了一定的修正，在诗集《晚开的情花》中，我进行了修正，语言转向了含蓄。”

笔者：“农学冠等几位老师也对您的诗歌做出了文学史方面的评价，您怎么看呢？”

农冠品：“他们评价比较全面，也很具体，他们主要从壮族文学史的角度对我的诗歌进行评价。”

农冠品：“农作丰对我的诗歌有一针见血的评价，他把我的诗歌研究提高到文化学的角度来研究了。他还提到了我诗歌风格的转变问题，他指出了我诗歌的风格转向问题。黄桂秋第一个抓住了我写大山的特点，指出了我诗歌中的‘俄狄浦斯情结’的问题。”

笔者：“向成能发现了您诗歌敏锐的政治性吧？认为您的诗歌反映了20世纪80年代末期的一些心态。”

农冠品：“是的。1989年我在北京出差，对国家的命运比较关注，于是就写了一些诗歌，这些诗歌主要收录在诗集《晚开的情花》中。”

笔者：“我一直想不明白的是那么多批评家对您语言的直白提出了意见，您也进行了一定的修正，但后来为什么没有沿着诗集《晚开的情花》的语言路子走下去呢？”

农冠品：“我当时觉得诗歌的语言不应该太知识分子化，过于隐晦不好，诗歌要让人读的懂。当时文学界对朦胧诗提出了一些文学批评，后来我觉得还是回到了民族化的民歌路子上更好，因为民歌是我们民族的东西，语言比较直白，简单，朗朗上口。”

笔者：“我做您的诗歌研究也有五年多了，也请您谈一下我对您的诗歌研究的看法。可以吗？有些老师对我用族性理论分析了您的诗歌存在一些争议，这个问题您怎么看？”

农冠品：“写文章自圆其说就行了。你的研究对我的诗歌进行了全面的评价，把我的诗歌进行了分类研究，这一点是值得肯定的。以前的研究成果只是针对我某一首诗歌的某一方面的艺术特点进行研究，如针对反映民族生活，诗歌的语言运用等问题。你深入我的家乡做了田野调查，这个是以前文学批评没有的。你发现了我家乡的贫困，但是我诗歌创作的格调比较乐观。我认为，诗歌就要给人以向上的一面，不要太消极。诗歌抒发太消极的情感容易对社会造成负面的影响。我的家乡虽然贫穷，但是大新其他乡镇的经济还是不错的，主流还是好的。我的诗歌基本上是歌颂家乡大新县现代化建设事业的发展。”

笔者：“谢谢您几年来对我的支持和鼓励。我的理论水平研究有限，有些理论钻研得不深。”

农冠品：“建议你在作家思想灵魂的评论方面再深挖一些。现在不是主张文学评论的内转吗？对文学的外部研究评论太多，会容易忽视作者的美学追求。”

农冠品：“你的研究把民族文化背景、社会民族语境联系起来，方法比较综合，再加上你的研究涉及了大量的列表，一些学者提出了质疑，但我是比较认同的，我不主张文学研究发空洞的议论的。黄绍清的诗歌评论很实在的，我非常喜欢。他发现了我的故乡情怀，无论出国还是出省，我的情感都和故乡勾连起来的。我不喜欢套用太多的外国理论，我国古代的诗歌评论虽然不长，但是都是一针见血，多是点睛之作。有时候诗评并不是需要长篇大论的空发议论。你的研究对我诗歌的美学追求挖掘少了一些。”

农冠品：“我的诗集《爱，这样开始》受民间文化影响较深，如使用了民间诗歌体，还有民间的题材。《晚开的情花》基本上是各种传统的综合了，表现了我的诗歌对艺术方法综合的美学追求。当然，你发现了我诗歌的用韵规律。我喜欢用开口呼，情感比较激昂，读起来朗朗上口。我很少使用仄声韵的。”

笔者：“嗯。您的诗歌很少使用撮口呼，情感比较奔放、开朗，还有您喜欢在诗歌中使用亮颜色，如绿色、红色、白色、蓝色等，不喜欢用灰色和黑色等冷色调。这些细节反映了您对生活心态还是比较乐观和积极向上的。”

农冠品：“有时候我也想试一下撮口呼，但是不多。我是主张看问题看主流，看正面。我很少通过诗歌发泄个人的自我情绪，抒发的多是家国情感。”

笔者：“这点是值得肯定的，现在很多年轻的诗人无法做到这一点。”

农冠品：“我们作为一名在党培养起来的文艺工作者应该懂得感恩，要书写社会的主流方面。”

笔者：“是的，如果没有党的领导，壮族的命运现在不知如何发展。像我们这样贫困家庭的孩子根本没有机会读书，特别是像很多贫困家庭的女性根本没有读书的机会。”

农冠品：“嗯。我有首诗歌提到了这一点，写一位壮民族女性上大学的事情。我们要多写我们国家光明一面。我的诗歌主要写光明的一面。我作为一名农民子弟能有今天，都是党培养的结果。”

笔者：“你的诗歌整合了壮族的历史，真实地反映了壮族新中国成立后的壮族社会的历史，而且时间比较长，这是很多作家无法做到的，这是值得肯定的。我今天对您的访谈是想让您对我们这些研究者进行一个回应，这样关于您诗歌的研究体系就更加完整了，也基本形成了一个作家和研究者的互动和对话体系。”

笔者：“嗯。诗歌的文学评论和诗歌的创作者是一个相互促进的关系，应该互相尊重。”

农冠品：“我非常感谢你们的鼓励和支持。我的诗歌在 20 世纪八九十年影响较大，后来我转入了民间文学研究。我在晚期诗歌创作的精力有限，因为民间文学研究还有待继续深入。”

笔者：“民间文学和诗歌创作的关系如何？”

农冠品：“民间文学有自己的美学规律，不能和作家文学相提并论。这点我们作家有时候都会感到自愧不如，有些东西无法企及，如山歌手张嘴就来，而且唱一个晚上都不觉得累，而我们作家还要思考很长的时间，才能写成一首诗。”

笔者：“嗯。我还有一个问题要向您请教，我总感觉壮族作家在语言使用上有些欠缺，有些诗歌语言的感染力不足，是不是因为壮族作家的第一语言是壮语？”

农冠品：“我们壮族是一个稻作民族，生活比较稳定，生活比较安逸，所以历史上没有悲剧产生。我们在语言使用上没有能够达到统一。我们壮族作家搞汉文创作主要是靠的是个人的汉语修养。我们小时候读书学习的都是汉文。”

笔者：“我们的思维实际上还是使用壮语思维，如在写作的时候，常受到壮语思维的影响。”

农冠品：“是受到一定影响的，特别是我们在语言的表达上受到了较大的影响。”

笔者：“广西很多地方受壮文化的氛围影响深远，很多壮族作家却使用汉语进行创作，是不是由于语言的因素中一定程度上制约了您诗歌的创作呢？您的诗歌是不是语言转化过程中受到了一些限制呢？”

农冠品：“是的。我在创作的时候，意思的表达仍需要借助汉语，这是影响壮族作家创作的一个槛。如我在创作时候，有时候用韵不协调，有时候会押到粤方言或桂柳话的韵，所以需要经常不断进行调整和转换。”

八、农冠品诗歌存目（1950—2000 年）

（一）《泉韵集》：漓江出版社，1984 年

卷头赘语，“甜蜜的海”：森林情歌｜苗家情｜林海晨曲｜纺云织彩｜甜蜜的海｜芳香的笑｜山湖（六首）青狮潭｜锦缎·美酒｜湖岛·金果｜恋香｜网｜路｜边城港｜故乡散题（二首）鸡鸣·繁星｜歌魂｜阿娜家乡歌节（五首）彩色的河｜乡间的交响｜金凤｜春草｜溶汇｜写在绿绿的蕉叶上（四首）香蕉沟｜圩日｜壮乡的银河｜甜甜的乡情｜瑶山诗情（六首）过林香界｜问鹿｜采香草｜金秀河｜老山人家｜护林哨｜“京族三岛风情”：堤｜渠｜轮花｜岛泉｜新仓｜歌手｜绿城赋｜“边疆的云”：青山歌谣｜杜鹃｜你虽然｜边疆月色｜边境速写（五首）边城与星星｜一山雨，一山晴｜边境早市｜边疆的云｜泉韵｜我爱法卡无名花｜“桂西的山”：银海洲｜小谭情深｜特牙庙·纪念塔｜香飘四季｜生命之花｜一颗亮星｜它有一颗心｜写在西山云崖（七首）西山竹｜西山草｜西山树｜西山土｜西山石｜西山花｜西山月

（二）《爱，这样开始》：广西民族出版社，1989 年

在金凤凰落脚的地方｜风雨航程｜火炬·宝剑·巨笔｜寻求｜遗产｜清风楼之歌｜西山泉｜西山路｜金色的课堂｜表率｜共耕篇（二首）喜风雨｜共耕路｜回答｜红棉报春｜火种｜红霞｜长缨旗｜光的生命｜听歌｜诉说｜虹｜桄榔树下｜百色赋｜将军回到红河边｜尼香罗｜公鸡奇案歌｜搬山｜忆古榕｜青春花赋｜心中有歌怎不唱｜坚信｜墙｜他走了｜春雨｜叶｜树｜泥土歌｜星｜山｜春天与大地｜西津｜嫁｜金波曲｜虹图｜盘阳河畔三月三｜药场人家｜瑶家歌会｜红叶树｜岛塘｜织｜幼苗·巨柱｜青山随想｜鸡鸣｜绿｜边疆花｜南宁雨｜金茶花｜金凤凰｜大海｜壮山牧歌｜撑把阳伞嫁进村｜我是红棉树｜淡淡的远山｜红水河，光明的河｜思恋的边境｜家乡有金花银花｜呵！故乡的山｜阳春三月三｜我爱龙城｜家乡的土地，祖国的山｜柳江水悠悠｜锦鸡｜画眉歌｜右江流水情｜花山奇观｜献给旷工的歌｜唱歌同振

民族心｜喜相逢｜榕湖月｜小河情｜幸福的海燕｜同做四化有心人｜密密林中采香草｜亮了天来亮了天｜描下山前荔枝蜜｜红豆歌（二首）红豆树下致歌仙｜相思树上相思豆｜春·秋｜小鸟｜一滴水｜快乐的小溪｜小凤凰｜青春的歌唱｜擎天树｜我是一棵小草｜万寿果｜玉妹｜远方的候鸟｜致虎歌

（三）《岛国情》：广西人民出版社，1990 年

巧遇｜夜宿诺刹｜椰林深处｜吕宋芒｜大鸟｜两块石雕｜火树｜港湾餐馆｜工艺古镇｜马拉维湖｜岛国鸡鸣｜友谊的桥｜赠刀礼｜在达沃｜椰林曲｜琴手｜太平洋夜雨｜睡美人｜月夜，在马拉维｜大洋珠贝｜泰山园｜岛国雄鹰｜海洋的心｜宿务印象｜孔雀｜心弦｜心窗｜觉醒的山峰｜啊，今夜太平洋

（四）《晚开的情花》：漓江出版社，1991 年

自序｜神铸｜七月南方｜南方山区透视透视 A：交叉与重叠｜透视 B：沉醉与撞击｜早落的露（二首）柳絮｜无蹄｜岜来，我民族魂｜夏之吟｜牧｜乡祭（三首）祭红土黑土｜祭这本歌书｜祭母体｜下枧河秋歌｜青山魂（八首）青山魂｜哨卡｜炊烟｜鸟啼边林｜邀酒｜夜，雷雨｜边境的风｜寻访·回答｜在乡间（五首）鸟语｜花色｜夜风｜山果｜蝶舞｜北方诗情（十五首）早安｜银杏树｜杜鹃花｜游江｜鸭绿江公园｜鸭绿江桥｜锦江山｜边城礼｜诗人·书记｜卖花翁｜凤凰山三章｜历史的沉思｜游北陵｜过秦皇岛｜过山海关｜北海｜湖与海｜深思｜百色风采（六首）黄色｜绿色｜黑色｜银色｜红色｜杂色

（五）《醒来的大山》：广西民族出版社，1997 年

"第一辑：桂山漓水情"：春在西郎山｜漓江月｜望江楼｜独秀峰赋｜叠彩山抒怀｜致象山｜问净瓶山｜父子岩｜兴坪古榕｜桃花江凝思｜给斗鸡山｜致九马画山｜七星岩·芦笛岩｜西郎山与小姑山｜题奇峰镇｜穿山畅想｜冠岩抒情｜致老人山｜过锣鼓滩｜呵！舰山｜记卫家渡｜咏碧莲峰｜流来一条江｜"第二辑：春城花"：云｜昆明印象｜春城花｜翠湖｜龙门｜聂耳墓｜滇池人家｜滇池帆影｜"第三辑：古都短章"：钻天杨｜小院｜西安雨｜夜蝉｜游西安碑林｜灞桥柳｜"第四辑：青海诗草"：高原·母亲｜原上花｜麦场

上｜百灵鸟｜西宁·南宁｜鹰｜海女｜蜜蜂｜倒淌河｜湟水｜高原柳｜高原风格｜英雄｜游塔尔寺｜骆驼草｜飞花｜青海石｜交响曲｜初相见｜过日月山｜高原蜜歌｜高原月｜“第五辑：兰州见闻”：兰州晨光｜延绵之城｜渴望｜别情｜“第六辑：天府吟”：访杜甫草堂｜天府风貌｜峨眉山纪游｜大佛｜花串｜沫水与若水｜“第七辑：山城剪影”：雾城｜嘉陵索道｜登枇杷山公园｜血与火｜洗｜红岩石匠｜山城鸽（一）｜山城鸽（二）｜光和剑｜红与黑｜重庆夜色｜嘉陵江｜一尊雕塑｜“第八辑：长江浪花”：枕涛｜灯花｜秋雨｜晨望｜离重庆港｜过丰都｜忠州赋｜致石宝寨｜夜泊万县港｜川江渔家｜过瞿塘峡｜江峡人家｜过巫峡｜过屈原家乡｜香溪｜出西陵峡｜船出三峡｜湖江区牧歌｜长江浪花｜下江城｜旅遇｜，“第九辑：醒来的大山”：影印石头与鸟｜蜜，流进｜雾中｜鹧鸪情｜故道｜羊回头｜轮印｜深潭边｜高山·大海｜拾彩贝｜致冷水滩｜，“第十辑：黑水河流过的地方”：忘不了那美人蕉｜希望云彩｜绿的潇洒｜墨绿龙眼林｜致黑水河｜大海的孙女｜平安的乐曲｜利江情｜桃城｜野菊花｜绿窗｜剑麻诗情｜水彩画｜奇洞初游｜崛起的甜蜜｜那岸人｜呵！德天瀑布｜龙眼故乡｜夜访（之一）｜夜访（之二）｜后记（之一）｜后记（之二）｜寻找知音后记（之三）

（六）《记在绿叶上的情》：诗作大部分已发表，已结集，未出版，1997 年

绿色南方（代序）｜在密林中｜地角吟｜古榕｜复苏的灵魂｜致花山｜歌圩短章｜年轻群星｜瑶山行（四首）诗魂注词｜剪｜归｜追｜星座｜年青的鹰与山花｜晨雾集（五首）山溪｜晨露｜烛光｜落叶｜昙花｜赠北方诗人｜留给我｜共和国的爱情｜历史·江河｜马年放歌｜今夜｜骆越雄风｜桂西行吟｜新声｜交织与撞击｜碧湖新篇｜登临｜江山魂｜吟羊调｜不凋谢的花朵｜颂歌｜水退落花｜七月情愫｜方土吟｜蛙崇拜｜菊花时节｜象城的荣幸｜国旗｜走向明天｜红豆情思｜山的启迪｜夏的热风｜祝贺与希望｜佛国游踪（十五首）红棉｜哥呀鸟｜断臂佛像｜露水旅社之夜｜歌舞｜两支竹笛｜花的国｜燕子的天堂｜赠花｜红豆｜醉泉村思絮｜菩提树｜观鱼｜曼谷印象｜暹罗湾｜香港断章｜南疆明珠｜依依西林情｜龙的苏醒与腾飞｜敬礼｜悠扬芦笙声｜向往｜相会在今天｜心血·杜鹃｜季节交替语｜爱情的美丽｜大海·太阳·生命｜圆月的心｜写给热带雨林（六首）允景洪｜澜沧江｜绿

色王国｜孔雀故乡｜罗梭江畔｜象脚鼓诉说｜边境绿叶情｜无名小巷｜奋飞吧，我的民族｜我爱这方热土｜右江铝城颂｜铝都人的爱情｜龙城放歌｜同是一个｜共有蓝天的太阳｜汇流｜紫荆花神彩｜致老友｜希望｜音乐喷泉｜左江风彩｜扶贫攻坚在仁良村｜阿里山情怀（四首）阿里山之鹰｜山树｜彩蝶｜姐妹泉｜鱼的港湾｜与绿城谈心｜金秋喜歌｜我们的旗帜｜火中凤凰｜春的步伐｜地之魂｜民俗｜秋赠｜小草｜悼白曙｜八桂苍山｜致崇左左江风光｜杂咏｜母校记史｜群雁｜百色吟｜夏赠｜三月三｜秋思｜六月传单｜天无眼｜南珠颂｜苍松赞｜华章传世间｜栽树育花至白头｜新年贺卡词｜唱大兴｜硕鼠官鼠｜题杨美古镇

（七）《世纪的落叶》诗作大部分已发表，已结集，未出版，1999 年

送别一个世纪（自序）｜《世纪的落叶》之一：“50 年代”：炉前老人｜机器轰鸣的车间｜白连长｜红旗与工人｜《世纪的落叶》之二：“60 年代”：金凤凰｜护堤｜画｜一枝花｜唱给西津水电站（组诗）守卫｜铁臂｜锤｜不怕｜锁匙｜到处是家｜心声（组诗）检验｜繁杂｜山高｜春歌（六首）火树｜红色骏马｜绿染｜队长回来了｜红色种子｜偏爱｜游起凤山，《世纪的落叶》之三：“70 年代”：长堤歌｜金田新歌（组诗）古营盘｜犀牛潭｜浴朝晖｜望金田｜古战场｜新歌｜颂天国｜山湖情｜飞瀑｜添新颜｜回天力｜利剑｜在山村的日子里（十三首）迸发｜山歌｜青春｜职责｜深情｜新画｜脚印｜批判｜围歼｜重任｜寒风｜绿云｜山河｜瑶山三唱（三首）巨变｜治弄谱｜回答｜九月九｜怀念（朗诵诗）｜胜利篇章｜新村｜饮马泉｜龙岩行｜祝捷｜美丽的南宁｜红雨｜西山奇观｜足迹｜绿色的愤怒与欢乐（长诗）｜记史｜阳春红棉｜诉说｜红凤凰｜纯洁白花｜公仆｜《世纪的落叶》之四：“80 年代”：誓言｜喜歌｜侗乡春｜回响｜朝阳｜梦魂录｜新风赞｜明洁的心｜茶花｜笑声赛过水落滩（组歌三首）大河滚滚唱欢歌｜笑声赛过水落滩｜日子越过越好睇｜众望歌｜小河连大江｜根连根｜心窗｜假若｜春天主题歌｜竹笋歌｜应是春来了｜情如江水｜思悠悠｜归程｜红豆树下｜风雨·求索｜心贴心｜细微美｜黄牛｜《世纪的落叶》之五：“90 年代”：百色风暴｜T·E·神｜来相会｜手挽手｜流水与彩云｜题岩滩｜德天好风光｜黑水河｜好山好水歌不尽｜分忧｜奶香·新星（二首）奶香｜新星｜难忘｜高原的太阳｜访

铝城（二首）铝城吟｜创业者｜但得｜蜜蜂歌｜共饮｜长河｜赠友诗（六首）回赠｜八月浪花｜潮声｜赤子｜生命｜志不移｜明灯照四方｜风雨历程｜回顾与面对｜纪念功碑浴风雨｜《世纪的落叶》之六："副篇"：关于诗的通信（摘抄）｜民间歌谣翻译整理（二首）哥妹变鸳鸯｜十二月望郎歌

九、农冠品诗歌述评资料索引

（一）文章

董永佳：《甜甜的乡情多彩的歌——浅谈壮族诗人农冠品的诗作》，《广西文艺评论》1984 年第 1 期。

杨长勋：《他的诗属于大山——关于壮族诗人农冠品》，《广西作家与民间文学》1984 年 2 月。

韦其麟：《卷头赘语——〈泉韵集序〉》，广西民族出版社 1984 版。

王溶岩：《从山泉里流出来的诗——读农冠品〈泉韵集〉》，《广西日报》副刊《山花》1984 年 6 月 27 日。

杨炳忠：《农冠品的诗歌创作》，《广西文艺评论》1984 年第 4 期。

黄绍清：《抒发真情开拓诗境——读壮族诗人农冠品的诗》，《广西民族学院学报（哲学社会科学版）》1984 年第 2 期。

郭辉：《他们，在为民族深情讴歌——评介农冠品、凌渡、蓝怀昌的三本新书》，《文学情况》第 10 期 1985 年 3 月。

黄绍清：《山泉般潺潺的歌音——评农冠品〈泉韵集〉》，《新花漫赏》，广西民族出版社，1985 年 11 月版。

杨长勋：《寻找适合塑像的那一刻——农冠品散文诗印象》，《广西个人报》1987 年 9 月 16 日。

黄桂秋：《大山的泪与笑——读农冠品的大山诗》，《南方文坛》1988 年第 2 期。

向成能：《〈南方山区透视〉思想艺术管窥》，《南国诗报》1988 年第 5 期。

蒙海清：《农冠品及其新作〈醒来的大山〉》，《广西民族报》1989 年 7 月 8 日。

向成能：《爱的追求——诗集〈爱，这样开始〉读后随想》，《广西民族报》1989 年 8 月 2 日。

农作丰：《金凤凰的歌——壮族诗人农冠品及其诗歌创作》，《南宁师专学报》1990 年第 1 期。

向成能：《源与流——农冠品〈江山魂琐议〉》，《南国诗报》1991 年第 28 期。

向成能：《故乡之水民族之情——读〈故乡诗草〉》，《广西民族报》1992 年 7 月 25 日。

向成能：《大山创造了他创造诗意的基因》，《当代艺术评论》1992 年第 1 期。

黄绍清：《海域韵味 岛国情思》，《广西作家》1992 年第 1 期。

农作丰：《〈南方民族文化透视〉——评农冠品诗集〈晚开的情花〉》，《南国诗报》1993 年第 52 期。

何巫燕：《他离不开这片沃土——记壮族诗人农冠品》，《南宁日报》1994 年 3 月 10 日。

黄国林：《汗水浇灌瑰丽的民间文学之花》，《广西民族报》1994 年 4 月 16 日。

王晓：《内与外的统一——读农冠品散文集〈风雨兰〉》，《广西文艺》1997 年 4 月 28 日。

农作丰、龙文玲：《民族文化研究的新收获——农冠品〈民族文化论集〉读后》，《民族艺术》1994 年第 4 期。

严小丁：《论农冠品的散文创作》，《民族文学研究》1997 年第 4 期。

覃绍宽：《勤耕热土结硕果》，《广西文艺报》1997 年 10 月 28 日。

廖传琛：《坚韧晶莹的白玉》，《广西文艺报》1997 年 10 月 28 日。

王一桃：《风雨中读风雨兰》，《广西文艺报》1997 年 10 月 28 日。

岑维平：《兰花香馨扑鼻来——读散文集〈风雨兰〉》，《广西建设报》1997 年 12 月 10 日。

王光荣：《诗人农冠品和他的〈风雨兰〉》，《广西师院学报（哲学社会科学版）》1998 年第 1 期。

潘全山、覃茂香：《献给红土地的恋歌——评壮族作家农冠品》，《南宁日报》1998 年 8 月 29 日。

严小丁：《为民族文学辛勤耕耘》，《中国少数民族文学学会通讯》1999

年 1 月总 25 期。

农丽婵：《农冠品诗歌族性写作研究》硕士论文，广西民族大学少数民族文学方向，2016 年度。

（二）著作

胡仲实：《壮族文学概论》，南宁：广西人民出版社，1982 年版，第 141 页。

吴重阳、陶立璠：《中国少数民族现代作家传略 续集》，西宁：青海人民出版社，1982 年版，第 87 页。

覃国生、梁庭望、韦星朗：《壮族》北京：民族出版社，1984 年版，第 99 页。

杨炳忠：《桂海文谭》，桂林：广西师范大学出版社，1990 年版，第 62 页。

梁庭望、农学冠：《壮族文学概要》，南宁：广西人民出版社，1991 年版，第 374 – 378 页。

黄绍清：《壮族当代文学引论》，桂林：广西师范大学出版社，1993 年版，第 268 页。

陈虹：《中国少数民族专家学者辞典》，沈阳：辽宁民族出版社，1994 年版，第 377 页。

特・赛音巴雅尔：《中国少数民族当代文学史》，北京：北京十月文艺出版社，1999 年版，第 435 页。

黄伟林：《文学三维》，南宁：广西人民出版社，2004 年版，第 199 页。

李建平等：《广西文学 50 年》，桂林：漓江出版社，2005 年版，第 244 – 247 页。

李德和：《二十世纪中国诗人辞典》，北京：作家出版社，2006 年 12 月版，第 124 页。

周作秋、黄绍清、欧阳若修、覃德清：《壮族文学发展史》，南宁：广西人民出版社，2007 年版，第 1573 – 1583 页。

雷锐：《壮族文学现代化的历程》，北京：民族出版社，2008 年版，第 305 – 308 页。

杨炳忠：《杨炳忠集 文化与文艺理论研究》，北京：线装书局，2011 年版，第 140 页。

黄伟林、张俊显：《从雁山园到独秀峰——独秀峰作家群寻踪》，桂林：广西师大出版社，2012 年版，第 198 –205 页。

黄佩华：《壮族》，沈阳：辽宁民族出版社，2014 年版，第 135 页。

梁庭望：《中国民族百科全书　壮族、黎族、仫佬族、毛南族、京族卷》，北京：世界图书出版公司，2015 年版，第 370 页。

中国文联理论研究室、中国文艺评论家协会、中国文联文艺评论中心：《第九届中国文联文艺评论奖获奖论文集 上》，北京：当代中国出版社，2015 年 6 月版，第 311 页。

黄桂秋：《壮族传统文化与现代传承》，北京：光明日报出版社，2016 年 7 月版，第 234 页。

后　记

本书是在我的硕士论文的基础上修改而成的。从研究生二年级至今五年多，我日渐消瘦，白发渐起，除了上课和从事繁复的行政工作，把主要精力放在了这部书稿上，为的是给大山里的善良的人们一个交代。我想为善良的人们做一些有意义的事情，可惜我除了读书和写作，不能为大山里的人们做更多。

书稿的写作得到了我深爱着的老师们的帮助，他们是硕士研究生导师广西民族大学的陆晓芹、广西大学的罗树杰、南宁师范大学的宾恩海和广西民族大学的翟鹏玉教授，南宁师范大学的黄桂秋教授在百忙中为本书写序，衷心地感谢他们对我的帮助和支持，也感谢我的丈夫和儿子在默默地为我付出。

在写作的时光里，我和农冠品老师及家人结下了深厚的友谊。农冠品老师为人宽容、善良、隐忍，从他身上，我看到了和大山里的泥土一样芬芳的灵魂。我每次到他家借书和资料，这位八十几岁白发苍苍的老人总是把书叠得整整齐齐，用绳子结结实实地捆好，放在一个很坚实的布袋子里，并叮嘱我要好好看。接过农老师的书，我的心总是无法平静，以我对文学的粗浅理解，根本无法解读他那充满民族激情的诗，我默默地下定决心，沿着农老师的民族文学的路子走下去。农老师一直在鼓励我进行文学创作和研究。在闲暇的时候，我写了一些触景生情的小诗，抒发的是个人的情感，表达的是儿女的落寞之情。我偶尔会拿去给农老师看。农老师看了，总是说我写得不错。我深深地知道，和农老师抒发的民族、国家高尚的情怀相比，我的文字根本登不了大雅之堂。写完毕业论文以后，有些老师对我的研究方法提出了质疑，农老师知道后，不止一次地打电话和发短信给我，支持我走自己研究的路子。

他告诉我，只有坚持自己的路，才会逐渐形成自己的学术风格。农老师几十年来，一直在鼓励像我这样的年轻人进行创作和研究，鼓励我们不断追求进步。

我深知这部书稿的田野调查的功底不够扎实，相关的理论钻研得不够深入，但我相信这部书稿不是终点，而是起点。今后的路还很长，为了我深爱着的国家和民族，我深爱着的人们，我会继续努力的。

二〇一九年七月二十一日